CASA DE ODISSEU

House of Odysseus (2023)
Copyright © 2023 by Claire North
Tradução © 2023 by Book One
Todos os direitos de tradução reservados e protegidos pela
Lei 9.610 de 19/02/1998. Nenhuma parte desta publicação, sem
autorização prévia por escrito da editora, poderá ser reproduzida ou
transmitida sejam quais forem os meios empregados: eletrônicos,
mecânicos, fotográficos, gravação ou quaisquer outros.

Tradução	*Lina Machado*
Preparação	*Tainá Fabrin*
Revisão	*Vanessa Omura* *Thaís Mannoni*
Arte e adaptação de capa	*Francine C. Silva*
Design original de capa	*Lisa Marie Pompilio*
Diagramação	*Bárbara Rodrigues*
Tipografia	*Electra LT Std*
Impressão	*COAN Gráfica*

Dados Internacionais de Catalogação na Publicação (CIP)
Angélica Ilacqua CRB-8/7057

N775c   North, Claire

      Casa de Odisseu / Claire North ; tradução de Lina Machado.
      –– São Paulo : Excelsior, 2023.

      368 p.: il. (Cantos de Penélope ; vol 2)

ISBN 978-65-80448-94-4

Título original: *House of Odysseus*

1. Ficção inglesa 2. Mitologia grega I. Título II. Machado, Lina III. Série

23- 3967   CDD 823

CLAIRE NORTH

CASA DE ODISSEU

UM ROMANCE DOS
CANTOS DE PENÉLOPE

EXCELSIOR
BOOK ONE

São Paulo
2023

Dramatis Personae

A família de Odisseu
    Penélope – esposa de Odisseu, rainha de Ítaca
    Odisseu – marido de Penélope, rei de Ítaca
    Telêmaco – filho de Odisseu e Penélope
    Laertes – pai de Odisseu
    Anticlea – mãe de Odisseu

Conselheiros de Odisseu
    Medon – um conselheiro idoso e amigável
    Egípcio – um conselheiro idoso e menos amigável
    Pisénor – um antigo guerreiro de Odisseu

Pretendentes de Penélope e seus parentes
    Antínoo – filho de Eupites
    Eupites – mestre das docas, pai de Antínoo
    Eurímaco – filho de Pólibo
    Pólibo – mestre dos celeiros, pai de Eurímaco
    Anfínomo – um guerreiro grego
    Kenamon – um egípcio

Criadas e plebeus
    Eos – criada de Penélope, cuida de seus cabelos
    Autônoe – criada de Penélope, cuida da cozinha
    Melanto – criada de Penélope, cuida da lenha
    Melitta – criada de Penélope, cuida da lavanderia

Phiobe – criada de Penélope, amigável com todos
Euricleia – a velha ama de Odisseu
Otonia – criada de Laertes

Mulheres de Ítaca e além
Priene – uma guerreira do leste
Teodora – uma órfã de Ítaca
Anaitis – sacerdotisa de Ártemis
Urânia – mestre das espiãs de Penélope

Micênicos
Electra – filha de Agamêmnon e Clitemnestra
Orestes – filho de Agamêmnon e Clitemnestra
Clitemnestra – esposa de Agamêmnon, prima de Penélope
Agamêmnon – conquistador de Troia, morto por Clitemnestra
Ifigênia – filha de Agamêmnon e Clitemnestra, sacrificada à deusa Ártemis
Pílades – irmão de juramento de Orestes
Iason – um soldado de Micenas
Rhene – criada de Electra
Kleitos – sacerdote de Apolo

Espartanos
Menelau – rei de Esparta, irmão de Agamêmnon
Helena – rainha de Esparta, prima de Penélope
Nicóstrato – filho de Menelau
Lefteris – capitão da guarda de Menelau
Zosime – criada de Helena
Trifosa – criada de Helena
Icário – pai de Penélope
Policasta – esposa de Icário, mãe adotiva de Penélope

Diversos mortais vivos ou falecidos
Páris – príncipe de Troia
Deífobo – príncipe de Troia
Xântipe – sacerdotisa de Afrodite

Os deuses e diversas divindades
Afrodite – deusa do amor e do desejo
Hera – deusa das mães e das esposas
Atena – deusa da sabedoria e da guerra
Ártemis – deusa da caça
Éris – deusa da discórdia
As Fúrias – a vingança personificada
Calipso – uma ninfa
Tétis – uma ninfa, mãe de Aquiles

Capítulo 1

Eles chegaram ao pôr do sol à porta do meu templo, com tochas flamejantes. O fogo que carregavam era fraco contra o oeste escarlate e destacava as linhas de bronze de seus capacetes em ouro. O último dos devotos fugiu diante deles, enquanto os homens de coração de escudo subiam o caminho estreito ao longo da curva da colina, acrescentando ao perfume de jasmim e rosas da noite o arfar de seus peitos de fato adoráveis. Tamanha ostentação de braços oleados e pernas torneadas não podia deixar de ser notada de um vale distante, e, sendo assim, minha sacerdotisa, a bela Xântipe, estava esperando por eles no topo dos três degraus rústicos que subiam até o pórtico de colunas. O cabelo dela estava preso acima de seu rosto, seu vestido baixo sobre seus seios. Ela tinha enviado uma das meninas mais novas para pegar um ramo de flores amarelas do santuário para que pudesse segurá-las nos braços como uma mãe acalentaria seu bebê, mas, infelizmente, a menina tinha pés lentos e não conseguiu voltar a tempo para completar a imagem agradável. Então, em vez disso, teve que se encolher atrás da assembleia sacerdotal, segurando suas pétalas entre os dedos que retorciam como se houvesse um escorpião no buquê.

– Bem-vindos, belos viajantes – Xântipe cumprimentou quando os primeiros homens da coluna que se aproximava estavam ao alcance de sua voz baixa. Não é aceitável perguntar a idade de uma dama, mas ela havia alcançado a plenitude de sua beleza, exibindo as rugas ao redor dos olhos com alegria, uma curva no sorriso e um lampejo de seu pulso perfumado como se dissesse "Posso não ser jovem, mas aprendi tantos truques divertidos!". No entanto, os homens que se aproximavam não retribuíram sua cortesia, mas se alinharam em semicírculo a alguns passos de onde as mulheres estavam, cercando a boca do templo como se ela fosse arrotar cobras. Abaixo, a oeste, o final do dia se destacava rosa e dourado do mar fino que o esperava. A cidade que repousava sob a sombra do meu altar estava coroada com gaivotas, e os estandartes brilhantes estendidos das colunas aos pinheiros ao redor do meu templo estremeciam e se esticavam contra suas cordas.

Então, sem dizerem uma palavra, os homens em bronze, capacetes sobre as faces e mãos nas espadas, moveram-se em direção às mulheres. Na ocasião, eu estava me banhando em meu sublime caramanchão olímpico, apreciando o néctar acumulado em meu umbigo; porém, no instante em que suas sandálias pesadas bateram contra as madeiras consagradas de meu templo sagrado logo abaixo, levantei meus olhos da contemplação de minhas partes mais belas, mandei que minhas náiades parassem com suas brincadeiras – o que elas fizeram com certa relutância – e voltei meu olhar para a terra. Em crédito ao seu sacerdócio, Xântipe imediatamente se adiantou para bloquear a passagem do homem mais próximo, o nariz dela alcançando um pouco abaixo do topo arredondado da couraça peitoral dele, o sorriso dando lugar a algo quase tingido de decepção.

– Bons viajantes – proclamou ela –, se vieram aqui para agradecer à generosa deusa Afrodite, então são bem-vindos. Mas não profanamos seu santuário com armas nem oferecemos nada em seu nome, a não ser com a maior piedade, amizade e deleite.

O soldado que liderava o grupo – um homem de queixo marcante e coxas bastante grossas, que, em circunstâncias normais, eu acharia realmente fascinante – refletiu sobre isso por um momento. Então, ele colocou a mão no ombro da minha sacerdotisa e a empurrou – ele de fato *empurrou* minha sacerdotisa sobre *meu lar sagrado*! – com tanta força, que ela perdeu o equilíbrio e quase caiu, segurada por uma das mulheres que esperavam antes que pudesse cair completamente.

O néctar dourado transbordou ao redor da borda da banheira, derramando-se em poças brilhantes sobre o chão de mármore branco, enquanto eu me sentava ereta, os ossos da minha longa e sedosa mão se destacando brancos. Amaldiçoei o soldado que ousou tocar minha devota, mal percebendo que o fiz: ele amaria e amarraria seu coração à paixão e, quando tivesse dado tudo de si, então, seria traído.

E *depois* desfiguração genital. Não se desrespeita Afrodite sem algumas consequências bem explícitas.

Quando o próximo homem cruzou a soleira do meu santuário, e o seguinte, alheios aos ritos sagrados e obrigações devidas a mim, ordenei que a terra tremesse um pouco sob seus pés, e eis que assim foi, pois, embora eu não seja uma agitadora de terra, o solo sob meus adoradores sabe que não deve resistir à vontade até mesmo da mais adorável entre os deuses. No entanto, esses tolos continuaram, e, quando todos os homens já haviam atravessado e estavam olhando ao redor no santuário interno do meu templo como alguém inspecionaria uma ovelha no mercado, levantei meus dedos, ainda vertendo fluido dourado, e me preparei para feri-los com uma condenação inominável, desgosto perpétuo, com almas despedaçadas e corpos quebrados tão vis que até mesmo Hera, que tem um talento especial para o grotesco, talvez desviasse o olhar.

No entanto, antes que eu pudesse obliterar todos eles, transformar cada homem maldito que ousasse derrubar as flores do altar com suas mãos imundas ou puxar as cobertas das camas quentes onde era celebrada a mais sagrada comunhão de corpos, outra voz soou, vinda da teia poeirenta de caminhos e casas tortas que cercavam meu santuário.

– Homens de Esparta! – exclamou ele. E como falou bem, um tom encantador no som, uma qualidade impressionante, que indicava um capitão dos mares ou um soldado em muralhas de guerra desabando. – Profanadores deste espaço sagrado, somos nós que procuram!

Os homens dentro do santuário pararam sua busca e, com as mãos sobre as lâminas, reemergiram, o crepúsculo sangrento queimando por entre as plumas de seus capacetes altos. Mesmo assim, eu os amaldiçoei com um fluxo do mais vil dos fluidos de suas partes baixas, condição que se abateria sobre eles lentamente, mas implacável, até que se atirassem aos pés de uma de minhas damas e implorassem misericórdia.

Feito isso, permiti-me um pouco de curiosidade quanto à cena que se desenrolava diante de meu santuário; que aflição mortal insignificante era essa que estava trazendo tal perturbação ao meu banho noturno?

Onde antes havia uma linha de homens de armadura pisoteando meu santuário, agora havia duas. Os primeiros, os malditos homens em armaduras de bronze, se dispuseram em linha reta de soldados com o sol poente às suas costas, bocas cerradas e rostos parcialmente escondidos pelos capacetes que ainda pesavam sobre suas sobrancelhas. Os próximos usavam mantos de um marrom e verde empoeirados, sem capacetes, mas estavam reunidos em um aglomerado frouxo na entrada de onde haviam surgido.

– Homens de Esparta – continuou o adorável líder deste segundo bando, *inflexível*. Essa era uma palavra excelente para ele, muito inflexível, tanto no tom quanto no franzir da testa; às vezes eu aprecio um sujeito desse tipo

–, por que vieram aqui com armas? Por que cometeram um sacrilégio neste lugar tão pacífico?

Um dos homens armados – um daqueles que logo descobririam sua masculinidade explodindo em uma protuberância disforme e inchada sob a túnica – deu um passo à frente.

– Iason, não é? Iason de Micenas.

Iason – um nome muito bonito, concluí – tinha uma das mãos na espada sob seu manto e não dignou esses homens descarados com um sorriso ou um aceno de cortesia.

– Vou perguntar uma última vez e então ordeno que saiam. Esparta não tem autoridade aqui. Considerem-se com sorte por ainda respirarem.

Mãos se apertaram ao redor das empunhaduras. A respiração desacelerou nos pulmões daqueles que sabiam lutar, acelerou um pouco naqueles que ainda não estavam familiarizados com o curso sangrento da violência. Xântipe já estava conduzindo seu pessoal para dentro do santuário, fechando e trancando as pesadas portas contra o mundo exterior. A última curva do sol poente pairou no horizonte por um momento longo demais, uma leve curiosidade talvez sobrepujando o dever sagrado dos condutores celestiais, antes que ele caísse sob o mar a oeste, deixando a luz do fogo e os últimos ecos escarlates do dia que partia.

Iason apertou a mão na empunhadura de sua espada, e eu palpitei em seu coração, sim, sim, faça, sim! Ele estremeceu com meu toque celestial, como todas as pessoas quando Afrodite caminha entre elas, aguçando o desejo em um único ponto em seu peito. Saque sua lâmina, ordenei-lhe, acabe com esses profanadores! O coração dele bateu um pouco mais rápido; ele sente a força da minha mão em seu punho, estremece com uma excitação que não consegue explicar, o fluxo de sangue, o tensionar dos músculos em seu peito? Houve muitos homens de guerra que sentiram o lugar onde medo, raiva, pânico e luxúria se encontram; quando eu sou ofendida, com alegria vou encontrá-los lá.

Nesse momento, outra voz falou, cortando o silêncio agitado e furioso de mão apertando espada, respiração acelerada no peito – uma ao mesmo tempo nova e familiar. Fiquei surpresa ao ouvi-la e também senti o choque de reconhecimento no peito de Iason quando as palavras do orador se derramaram como óleo no crepúsculo.

– Bons amigos – saudou ele –, este é um lugar de amor. E é com amor que viemos.

Então, outro homem deu um passo à frente. Não usava armadura, mas um manto da cor do rico vinho que o engordara desde que zarpara de Troia. Uma coroa de grossos cachos escuros adornava sua cabeça, com fios grisalhos, e seu crânio repousava sobre um pescoço que se expandia em um triângulo até os ombros, de modo que cabeça, garganta e peito pareciam ser uma só matéria, em vez de três órgãos distintos. Ele não era mais alto do que qualquer outro homem, mas suas mãos – que mãos! Tão grossas e largas que poderiam esmagar o rosto de um ferreiro entre as palmas. Mãos que arremessavam lanças, arrancavam corações e brandiam espadas, do tipo que creio que nunca mais veremos na Grécia.

As mãos dele eram a primeira coisa que todos os observadores notavam, mas, quando ele voltava a falar, seus olhos se levantavam para encontrar os dele e imediatamente se desviavam, pois naquele olhar invernal havia algo que apenas as Fúrias poderiam nomear. Os lábios sorriam, mas seus olhos, não; nem poderia eu, cuja memória é vasta como o céu estrelado, recordar uma época em que os vira sorrir, salvo uma ou duas vezes quando ele era apenas um bebê choroso, antes do tempo de maldições ancestrais e das mais recentes guerras.

O aperto de Iason não afrouxou no punho de sua espada, mas mesmo ele, meu pequeno e corajoso guerreiro, sentiu seu equilíbrio mudar diante do olhar dessa figura de braços abertos deslizando entre as fileiras dos profanadores.

E, por um momento, até eu não sabia se o sorriso dele pressagiava adoração ou incêndio sacrílego; se ele estava prestes a oferecer incenso e grãos para minha glória ou pedir que as madeiras de meu santuário fossem queimadas. Procurei em sua alma uma resposta, e não consegui vê-la. *Eu*, nascida da espuma sagrada e do vento sul, olhei dentro de seu coração e não pude saber, pois, na verdade, nem ele mesmo sabia; mas apenas eu estava com medo.

Então ele voltou aquele sorriso mais uma vez para Iason e, como um erudito que deseja que seu pupilo tenha uma grande ideia por conta própria, disse:

– Bondoso Iason. Sua honra é proclamada até mesmo em nossa pequenina Esparta. Eu não tinha pensado em encontrá-lo em um lugar tão... pitoresco... quanto este, mas claramente houve alguma falha de comunicação. Quando se está preocupado com o bem-estar daqueles que se ama, com o bem-estar de um reino, com o coração da Grécia, com a terra abençoada que nos gerou, é necessário aprender a deixar de lado todas as expectativas. Todas as expectativas normais, se essas coisas normais se interpõem entre um homem e seu dever, até mesmo sua honra. Acho que você entende essas coisas, não é?

Iason não respondeu. Estava tudo bem – muito poucas pessoas o faziam quando este homem falava.

– A verdade é que meus homens estão cansados. Não deveriam estar, é realmente embaraçoso; houve um tempo em que homens, homens de verdade, eram capazes de marchar sem comer nem beber por cinco noites e ainda lutar e vencer uma batalha no final, mas temo que esse tempo tenha passado e devemos nos contentar com um tipo mais fraco de homem. Um tipo tolo de homem. Pois eles são tolos por terem vindo aqui de maneira tão provocativa e impensada. Eu lhe darei... três de suas vidas, se quiser, em compensação. Escolha quem quiser.

Os homens de Esparta, se estavam perturbados por seu líder oferecer três deles para imediata morte desonrosa, não demonstraram. Talvez isso fosse algo que o rei deles já fizera antes – ou talvez estivessem preocupados demais com a crescente sensação de desconforto em suas virilhas para apreciar por completo o desenrolar da situação.

Iason demorou a entender a sinceridade desse momento, mas por fim sacudiu a cabeça. No entanto, isso não foi resposta suficiente. O outro homem ficou parado com a cabeça inclinada como se dissesse: "Você não vai escolher?". Então finalmente Iason deixou escapar:

– Eu... não. Sua palavra basta. Sua palavra é... mais do que suficiente.

– Minha palavra? Minha palavra. – O homem experimentou a ideia, experimentou-a no coração e na mente, saboreou-a e cuspiu-a de volta. – Bondoso Iason, é um conforto para mim saber que Micenas tem homens como você. Homens que confiam em... palavras. Meu sobrinho é abençoado com sua lealdade. Ele precisa disso agora. Ele precisa da lealdade de todos nós nestes tempos. Que tempos. – Mais uma vez, ele fez uma pausa, e houve um espaço no qual Iason podia falar e um espaço no qual, de novo, Iason não tinha nada a dizer.

O homem suspirou – esta havia sido uma conversa decepcionante, mas dificilmente surpreendente. Ele estava acostumado ao som da própria voz, embora ainda não tivesse entendido o porquê. Aproximou-se de Iason e, vendo que o mais jovem não recuou, aproximou-se mais, pôs a mão no ombro de Iason, sorriu e apertou. Ele quebra cascas de nozes entre dois dedos, uma vez torceu tanto a cabeça de um homem, que o pescoço dele quebrou, mal notando o que havia feito. Mas Iason era corajoso; Iason não estremeceu. Isso agradou ao homem. Muito pouco lhe agradava hoje em dia que não fosse expresso em linguagem de dor.

– Bem – respirou, finalmente. –, Iason. Iason de Micenas. Meu bom amigo Iason. Muito bem. Permita-me perguntar a você, como tio amoroso, como servo leal, humilde suplicante ao nosso grande rei dos reis, Orestes de Micenas, seu nobre mestre, meu querido sobrinho. Permita-me perguntar-lhe então. Permita-me perguntar. – Menelau, rei de Esparta, marido de Helena, irmão de Agamêmnon, ele que esteve na incendiada Troia e pisoteou cabeças de bebês; um homem que no lugar mais secreto de sua alma todas as noites jura ser meu inimigo como se juramentos de mortais significassem alguma coisa para deuses; nesse momento, ele se inclina para o soldado suado de Micenas, nesse momento, ele sussurra no ouvido dele com uma voz que ordenara que o mundo se partisse:

– *Onde diabos está Orestes?*

Capítulo 2

Ao largo da costa ocidental desta terra chamada Grécia, existe uma ilha derramada no mar como os últimos líquidos de um encontro insatisfatório com um amante prematuro. Hera ficaria chocada se eu descrevesse para ela nesses termos, mas, depois que me repreendesse por minha escolha de linguajar, ela baixaria os olhos do Olimpo para examinar o pequeno vômito geográfico a que me refiro e de fato não discordaria.

Esta ilha é Ítaca, sede de reis. Existem outras ilhas próximas que são muito menos miseráveis e desagradáveis. Um minúsculo curso d'água a separa das adoráveis colinas de Cefalônia, onde as azeitonas crescem abundantes, os amantes podem se deitar nas areias ocidentais, puras como a água salgada que faz cócegas em seus dedos nus e entrelaçados. No entanto, foi em Ítaca, aquele pequeno e remoto fim de mundo, que a família de Odisseu, o mais astuto de todos os gregos, decidiu construir seu palácio – uma insignificância raquítica de rochas negras, enseadas secretas, espinhos e cabras fedorentas. Atena interviria neste ponto e falaria sobre sua importância estratégica, sobre estanho e prata e comércio e blá-blá-blá, mas Atena não é a narradora desta história, e todos podemos nos alegrar por isso. Sou uma poeta muito mais delicada, estudada na sutil arte da paixão e do desejo humano, e, embora nunca fosse ser vista em Ítaca sob qualquer disfarce – mortal ou divino, já que era tão completamente fora de moda e carente de qualquer um dos luxos que se poderia desejar –, agora havia uma pergunta cujo resultado poderia afetar os próprios deuses – e cuja resposta traria até mesmo alguém tão sofisticado quanto eu a essas ilhas miseráveis.

Onde está Orestes?

Ou melhor dizendo: *Onde diabos está Orestes?, pois* Menelau, rei de Esparta, não está acima de uma certa crueza contundente em suas palavras e ações.

Onde diabos está de fato?

Onde está o recém-coroado rei de Micenas, filho de Agamêmnon, o maior governante da maior região de toda a Grécia?

Essas não são perguntas que interessariam alguém como eu.

Reis vêm, reis vão, mas o amor permanece, e, realmente, essas questões de política e monarcas deveriam ser dirigidas a Atena – ou até a Zeus se ele conseguisse se dar ao trabalho de levantar a cabeça de sua taça para responder a elas. No entanto, admito que, quando é Menelau quem faz tal pergunta, marido de minha querida e adorável Helena, até eu erguerei uma sobrancelha perfeitamente modelada para contemplar a resposta.

Venha, segure minha mão. Não sou a vingativa Hera ou a prima Ártemis; não vou transformá-lo em um javali por ousar roçar sua pele na minha. Minha presença divina é obviamente avassaladora, eu compreendo – até mesmo minhas ninfas e náiades, com frequência, são dominadas por minha fragrância, e muitas são as noites em que tenho que buscar meu próprio leite quente, pois meus criados estão absortos além de qualquer utilidade. Mas mantenha seus olhos fixos em um certo ponto distante, e você poderá viajar comigo através de eventos passados, presentes – talvez até alguns dos que ainda estão por vir – e retornar, seu corpo e sua mente em grande parte intactos.

Há um lugar em Ítaca chamado Fenera.

Mesmo para os padrões muito baixos de Ítaca, é um pequeno antro miserável. Já havia sido uma enseada de contrabandistas, emoldurada por rochas cinzentas contra as quais o mar se joga como uma rameira bêbada, casas atarracadas de lama e esterco afastadas de uma costa de cascalho. Até que vieram invasores, homens movidos pela ambição e esquemas mesquinhos de homens mortais, e o pouco que havia de notável no local foi saqueado, pilhado ou queimado até virar cinzas. Alguns ainda dormem entre os poucos barracos que resistem ao vento – pescadoras e velhinhas de rosto endurecido que escavam mexilhões e criaturas rastejantes das profundezas. Mas, na maior parte, é um monumento ao que acontece quando uma ilha não é defendida por um rei – poeira, cinzas e o vento salgado do mar bravio.

Eu normalmente não me dignaria a olhar duas vezes para tal lugar, não, nem mesmo pelas orações dos jovens amantes que costumavam se tatear rudemente na praia. Minhas preces devem ser levadas por respiração ofegante, captadas em sussurros secretos ou cantadas com prazer ao toque dourado da aurora nas costas de um amante; não retorcidas em um murmurado "Anda, bota isso pra fora". No entanto, nesta noite, com a lua meio cheia sobre a baía, até mesmo eu volto minha visão celestial para a terra para ver um navio impulsionado pelo bater de remos e o impulso das ondas avançar a proa até a costa em Fenera.

É uma embarcação curiosa; nem barca de contrabandistas, nem pirata ilírio vindo saquear as terras de Ítaca. Embora a vela fosse lisa e sem marcas, na proa do navio está esculpido um leão rugindo, e os primeiros homens que saltam dela para a areia molhada abaixo estão envoltos em lã fina tingida e iluminados pela luz fraca de óleo queimando envolto em bronze.

Eles estão gratos por chegar à terra, pois suas noites no mar foram atormentadas por sonhos inquietos, com despertares ofegantes e gritos chamando os que foram perdidos, com o gosto de sangue entre os lábios, embora não tenham comido carne, e com ondas violentas que pareciam se agitar e despencar da forma mais incongruente enquanto eles avançavam sob um céu cinzento e manchado. A água doce tinha gosto de sal, e os peixes salgados que comiam tinham vermes; e, embora não pudessem vê-la com olhos mortais, havia uma nuvem negra que se agitava em torno deles elevando-se até as abóbadas do céu e guinchando, mais alto do que a audição humana poderia captar, na língua do morcego bebedor de sangue.

Por alguns minutos, esses mesmos homens, com a carne ainda quente por seus agradáveis esforços nos remos, cuidam de proteger seu navio contra a maré e o vento, de uma maneira que não convém a nenhum pirata, enquanto outros partem com tochas para explorar um pouco os limites arruinados de Fenera. Um gato assustado berra, sibila e foge ante sua passagem. Atarefados pássaros barulhentos conversam uns com os outros das rochas sonolentas, perturbados por essa chegada inesperada da humanidade e sua luz de fogo, embora até eles fiquem em silêncio quando a presença mais sombria que espreita acima do convés se faz conhecer.

Uma fogueira é acesa na praia, alimentada com madeira enfumaçada reunida nos arredores da orla. Um toldo é erguido acima dela, algumas cadeiras são trazidas, assim como caixas nas quais outros se sentam – mulheres também agora desciam do navio para se juntarem aos homens, seus olhos fundos de preocupação insone. A lua caminha em direção ao horizonte, as estrelas giram em torno de seu ponto celestial, e, bem no limite da arruinada Fenera, mais do que apenas olhos de lobo observam.

Venha – é melhor não se demorar muito perto do navio. Há aqueles que até eu, nascida do escroto espumante do próprio Urano e, portanto, de fato notável em minha potência, preferiria evitar.

Dois homens dessa embarcação abrem caminho pelas cinzas da cidade, um segurando uma tocha e o outro, uma lança. Foram designados para guardar as fronteiras deste lugar, mas não podem imaginar contra o que as estão guardando – Ítaca é uma ilha de mulheres e cabras, nada mais. Um faz uma pausa para se aliviar, enquanto o outro educadamente lhe dá as costas e, ao fazê-lo, vê a guerreira.

Ela está vestida com couro e facas. As facas são o elemento mais proeminente, pois ela traz uma no quadril esquerdo, uma nas costas, uma no pulso direito e uma em cada bota. Ela também usa uma espada no quadril direito e carrega uma lança de arremesso. Se alguém puder ignorar por um momento a distração do fracasso da moda que é a vestimenta dela, poderá notar seu cabelo curto e empoeirado, seus encantadores olhos castanhos e, se alguém ficar um pouco mais íntimo, a fascinante tapeçaria de cicatrizes sulcadas e prateadas traçadas ao longo de sua carne inabalável e musculosa.

– Hum… – começa o soldado que não está ocupado com sua bexiga.

– Você vai me dizer quem é e de onde vem – declara a mulher, em tom alto e claro o suficiente para fazer o soldado ocupado dar um pulo, borrifando-se com a própria urina antes de correr para esconder sua vergonha flácida.

– Quem em nome de Zeus…

A mulher não se move nem pisca. A flecha vem da escuridão atrás dela, passa por cima de seu ombro e se crava em uma parede enlameada em ruínas, a um palmo da cabeça do soldado mais próximo.

– Quem é você e de onde vem? – repete a mulher, e, quando nenhum dos dois responde imediatamente, ela acrescenta uma ideia que outra pessoa lhe dissera para lembrar – Ítaca está sob a proteção de Ártemis, a caçadora sagrada. Se forem inimigos dela, não viverão para contar a outros que temam o nome dela.

Os homens olham da mulher para a flecha alojada ao lado de suas cabeças, para a escuridão de onde veio. Então, com muita sabedoria, o homem que há pouco estava realizando um ato da natureza deixa escapar:

– Ela disse que você viria.

– Quem disse? Disse o quê?

– Deve vir conosco até o navio. – E um momento depois talvez tenha entendido que essa não é uma mulher para quem a palavra "deve" seja uma escolha sensata de verbo – Podemos explicar tudo lá.

– Não. Esta é Ítaca. Vocês vêm até mim.

Esses homens não são os espartanos de Menelau. São micênicos e mantiveram os olhos abertos enquanto a rainha Clitemnestra governou as terras do marido. Eles estão estranhamente acostumados com mulheres dizendo "não".

– Precisamos buscar nosso capitão.

A mulher dá um firme aceno de assentimento, e os homens saem correndo.

Não demora muito para eles voltarem. A ameaça de um arqueiro ou arqueiros desconhecidos e potencialmente celestiais esperando na escuridão provoca uma certa pressa até mesmo, se não em especial, entre os veteranos mais experientes. Quando retornam à orla de Fenera, até o lugar onde a luz das tochas encontra a escuridão e o caminho estreito e lamacento, a mulher ainda está esperando lá, uma estátua feita de bronze e peles de animais. Ela piscava? Ora, sim, ela piscava, andava, se movia, tinha uma breve conversa com uma das observadoras ocultas vestidas com roupas enlameadas nos limites da aldeia; e, então, ao ouvir o retorno dos soldados, assumiu novamente sua posição fixa para dar a impressão de que nenhum trovão ou vulcão poderia desviá-la de seu dever. Deixe-me assegurar-lhe, como alguém que observou os heróis de Troia bem de perto, que às vezes até Páris tinha que cagar nos arbustos, e o adorável Heitor com seu adorável nariz empinado roncava tal qual um urso e peidava feito um boi. Tal é a rígida dignidade de heróis impassíveis.

Os soldados trouxeram com eles outros dois, e esses outros estão sabiamente desarmados. Um deles é um homem vestido como os homens que o convocaram, com peitoral e grevas, um manto surrado nas costas, o cabelo salgado e atirado em volta do rosto cansado. Seu nome é Pílades, e seu amor é daquele tipo trágico que arde com tanta intensidade, que ele teme expressá-lo, temendo que se extinga com a rejeição e assim apague o brilho de sua vida.

A outra é uma mulher, de rosto como o de um corvo e a alma de penas negras, cabelos compridos e descontroladamente libertados pelo balançar de sua jornada marítima, o rosto contraído de fome e as mãos fechadas em punhos ao lado do corpo. É ela quem avança em direção à mulher armada com facas e, sem medo, estende a mão direita, abre os dedos e revela um anel de ouro.

– Eu sou Electra – proclama. – Filha de Agamêmnon. Este anel pertenceu à minha mãe, Clitemnestra. Leve-o para sua rainha.

A mulher com facas observa o ouro com desconfiança, como se a qualquer momento pudesse se desenrolar em uma cobra mística.

– Eu sou Priene e sirvo apenas Ártemis – responde. E poderia ter dito mais se Electra não tivesse interrompido com um bufo zombeteiro.

– Eu sou Electra – repete –, filha de Agamêmnon. Meu irmão é Orestes, rei dos reis, o maior dos gregos, governante de Micenas. Nesta ilha ele matou nossa mãe em vingança pelos crimes dela, enquanto sua rainha, Penélope, testemunhava, traidora da própria família. Faça todos os discursos que quiser sobre deuses e deusas e tudo mais, mas faça isso depressa e, quando terminar, leve isso em segredo, leve rapidamente e entregue a Penélope.

Priene analisa tanto o anel – que a seu modo ela avalia ser um trabalho um tanto inferior, nada parecido com os cavalos de ouro em movimento que o povo de sua terra era capaz de esculpir até mesmo na menor pepita de metal – quanto a mulher que o segura. Ela já sabe que despreza Electra e ficaria feliz em matar todos eles e encerrar o assunto, mas lamentavelmente não podia. Há mulheres atrás dela com quem sente certa obrigação e cujas vidas seriam no mínimo importunadas se toda Ítaca ardesse em uma guerra de retribuição inflamada. Os mares estavam cheios de homens furiosos hoje em dia, veteranos de Troia que não receberam o que lhes era devido e seus filhos, que estão começando a entender que nunca seriam considerados tão grandiosos quanto os pais.

Com tudo isso em mente, ela pega o anel, enfia-o no traje mais próximo ao peito, observa Electra para ver se essa intimidade pode despertar uma reação que justifique o uso de lâmina e flecha e, quando isso não ocorre, acena com a cabeça.

– Não saiam da praia – comanda. – Se fizerem isso, vão morrer.

– Nunca temi o rio esquecido do Hades – responde Electra, suave como um riacho de montanha. Priene é familiarizada o bastante com a matança para ver a verdade das palavras e sábia o suficiente para se perguntar o porquê.

Sem medo, Priene dá as costas para os homens de Micenas e sua rainha e caminha rumo à escuridão, que ainda observa.

Capítulo 3

No palácio de Odisseu, uma rainha está sonhando.
Estas são as coisas com as quais os poetas dirão que ela deve sonhar: o marido, da maneira como o vira pela última vez, há quase vinte anos, talvez com um brilho adicional de heroísmo que alargue o peito dele, acrescente-lhe um resplendor dourado ao cabelo, inche seus braços de arqueiro e ponha um sorriso em seus lábios. Ainda eram jovens quando ele partiu, ela mais nova do que ele, e, nas noites anteriores à chegada dos micênicos para convocar Odisseu a Troia, ela o encontrava segurando o filho recém-nascido e borbulhando todas as suas esperanças no rosto gorducho do bebê confuso: *quem é? Sim, é heroizinho? Sim, você é um heroizinho, é siiiiiim!*

Ou, se ela não sonha com Odisseu, o que sem dúvidas deve fazer, talvez sonhe com: Telêmaco, aquele mesmo bebê agora quase crescido. Ele zarpou para encontrar o pai ou o cadáver dele – ambas as opções têm seus prós e contras. Ele é um pouco mais alto do que o pai era – isso é herança do sangue do avô espartano –, porém, mais claro também, infundido com uma palidez que beira o mar invernal. Essa seria a influência de sua avó, a náiade que dera à luz Penélope e a largara nos braços do pai com um grito alegre de "Ela é sua, tchaaaau!".

Telêmaco não dissera a Penélope que estava deixando Ítaca. Ele não acreditaria que ela chorou ao vê-lo partir, embora ela tivesse, com os olhos vermelhos e o nariz escorrendo, um tipo feio de choro que só uma mãe entenderia.

Esses são os dois sonhos mais aceitáveis para uma rainha. É claro que há um terceiro sonho que alguns dos poetas mais atrevidos poderiam mencionar caso as coisas dessem terrivelmente errado. Pois, nos salões tortuosos do palácio, em pequenos quartos dos fundos construídos sobre a borda de um penhasco íngreme, em cabanas decoradas como residências dignas de hóspedes e por todas as moradias, albergues e casebres espalhados da cidade abaixo, os pretendentes dormem em seu estupor embriagado, os rapazes da

Grécia todos reunidos para conquistar a mão – e a coroa – da senhora de Ítaca. Será que ela sonha com esses sujeitos empertigados? O poeta piedoso clama "não, não! Não a esposa de Odisseu, ela não!". Casta contemplação de enxugar a testa franzida do marido, nada mais. O poeta do tipo mais vulgar, porém – ora, ele se curva e sussurra: *já faz muito tempo que se deita em uma cama fria e vazia*...

Penélope sabe – ora, até os sonhos de Penélope entendem – que, se ela for qualquer coisa além de uma rainha imaculadamente casta, os poetas com certeza a cantarão como uma prostituta.

E com o que ela de fato sonha, essa mulher adormecida em sua cama solitária?

Eu me inclino para o emaranhado de seus pensamentos para pegar o fio da aranha que o tece, e lá, tremendo em sua rede, ela sonha com...

Tosquiar ovelhas.

No sonho dela, a ovelha está de pernas para o ar, com o traseiro para baixo, entre os joelhos de Penélope, enquanto ela corta seu casaco de lã felpudo, revelando a esbelta criatura de verão por baixo. Suas criadas recolhem a lã e a empilham em cestos, e assim que o primeiro animal está terminado, com seus enormes olhos amarelos encarando-a em confusão, ela passa para o próximo, e o próximo, e o próximo, e... talvez isso seja alguma metáfora?

Mas não. Sendo uma deusa do desejo, permita-me afirmar que não há peculiaridade ou predileção na mente dela, nem pastores amorosos por perto, nem subtom emocionante de paixão frustrada.

Penélope sonha com ovelhas porque, no fim das contas, ela tem um reino para administrar e, sendo incapaz de administrá-lo com as atividades tradicionais de saques, pilhagem e roubo, que são o negócio dos reis, ela foi forçada a recorrer a meios inferiores, como agricultura, manufatura e comércio. Portanto, para cada momento passado com saudades e contemplando as águas agitadas que mantinham o marido e o filho longe dela, 20 eram dedicadas às questões de saneamento, estrume e qualidade da terra; 35, à criação de cabras; 40, ao estanho e o âmbar que fluem por seus portos; 23, aos olivais; 22, aos assuntos domésticos; 5, às colmeias; 15, às várias manufaturas de tecelagem, costura e bordado com miçangas praticadas pelas mulheres de sua casa; 12, às questões da lenha; e quase 50, à pesca. O fedor de peixe na ilha é tamanho, que até meu perfume celestial é contaminado por ele.

Infelizmente, qualquer que seja o sonho que a posteridade possa alegar que Penélope tenha sonhado esta noite, ele foi dolorosa e profundamente quebrado por Priene escalando a janela do seu quarto.

Quantos encontros maravilhosos começaram assim! Acalme-se, meu pequeno coração palpitante; e, no entanto, de que modo decepcionante Priene declara sua presença enquanto a tênue luz do amanhecer desliza sobre as pedras cinzentas de Ítaca, com um profundamente mundano:

– Ei! Acorde!

Penélope acorda e, embora sua mente ainda esteja impregnada com o cheiro de lã e o balido de animais barbeados, no mesmo instante, sua mão busca a faca que ela sempre mantém escondida sob os cobertores da cama, puxando-a da bainha para golpear na direção da escuridão sombreada da mulher que a despertara tão rudemente de seu sono.

Priene observa a arma sem medo ou surpresa, bem além do alcance do braço errante da rainha, então, esperando um pouco mais para que Penélope piscasse com algum sinal de consciência em seus olhos, dispara:

– Há um navio micênico escondido na enseada dos contrabandistas em Fenera. Vinte e nove homens armados, dez mulheres. Uma garota que diz ser Electra, filha de Agamêmnon, me deu este anel. Devemos matar todos?

Penélope está na idade da virada na vida em que uma mulher ou encontrou aquele senso de si mesma que torna qualquer criatura radiante, bela, um esplendor para o coração e para os olhos; ou, em sua agitação e corrida por identidade, reverteu, nervosamente, para algum tempo de sua juventude, pintando o rosto com cera e chumbo e esfregando hena no cabelo na esperança de talvez ganhar um pouco mais de tempo para aprender a amar as faces em transformação que vê no espelho d'água.

Penélope não observa muito o próprio rosto. Ela é prima da própria Helena, distante o suficiente para não ter nada da beleza daquela rainha, mas próxima o bastante para que suas feições comuns sejam, portanto, notáveis quando vistas lado a lado. Quando ela era uma jovem noiva, afastava o cabelo escuro da testa e temia que suas bochechas pálidas não estivessem coradas o suficiente para o agrado do marido ou que o sol, castigando seus ombros, pudesse deixá-la com um tom de lagosta pouco atraente. Vinte anos perseguindo gado pelas ilhas acidentadas de seu reino disperso, de velas e armações, sal e esterco abalaram esse aspecto de sua natureza, e nem mesmo – ou talvez em especial – a chegada dos pretendentes foi capaz de reacendê-lo. É assim que uma Penélope extremamente desgrenhada se senta na cama, a faca cortando o ar vazio, seu cabelo como um ninho destruído ao redor de seu crânio, seus olhos faiscando brilhantes em um rosto sufocado em cinza, o tom aquático de sua pele um tanto esfolado sob as ásperas erosões de um céu de verão, as faces castigadas pelo vento do mar, qualidades que ela atribui ao sofrimento feminino sempre que se lembra de fazê-lo.

Uma pausa enquanto a consciência alcança o evento, até que por fim ela deixa escapar:

– Priene?

Priene, capitã de um exército que não deveria existir, espera próximo à janela, de braços cruzados. Ela sabe onde fica a porta e como usar as escadas, Penélope tem certeza. No entanto, essa guerreira do leste desde o início demonstrou aversão aos caminhos secretos do palácio, guardados pelas criadas de Penélope, e prefere uma forma mais direta de acesso a sua "às vezes empregadora, talvez rainha".

– O anel – declara ela, deixando cair o grosso anel de ouro na palma da mão assustada de Penélope, totalmente alheia à lâmina ainda balançando sem foco na direção de seu rosto.

Penélope pisca, abaixa a adaga devagar, como se agora esquecesse que a segurava, encara o anel, ergue-o, vira o pescoço para vê-lo mais de perto contra a tênue luz da aurora, não consegue vê-lo bem o bastante, levanta-se, um emaranhado de túnica caindo com uma frouxidão bastante atraente sobre seus ombros curvados, caminha até a janela, ergue o anel mais uma vez, estuda-o, inspira fundo e rápido.

Essa é a maior reação que ela demonstrará por um tempo e assusta até mesmo Priene, que se aproxima um pouco mais.

– Bem? – pergunta ela. – É guerra?

– Tem certeza de que é Electra? – Penélope responde. – Pequena, zangada, propensa a usar cinzas como um acessório de moda?

– Os homens eram micênicos – Priene matou muitos micênicos; ela conhece o tipo. – E não vejo por que alguém mentiria sobre ser filha do maldito tirano.

– Por favor, diga-me agora se matou algum deles – suspira Penélope. – Prefiro não ser envergonhada pela revelação mais tarde. – A voz dela ocupa um lugar decidido com cuidado; ela dificilmente dirá a sua capitã das ilhas para não matar homens armados que sem aviso chegam às suas praias; apenas ficará desapontada se essa ação foi tomada sem prudência.

– Eu me contive – resmunga Priene. – Embora a noite seja escura e acidentes aconteçam quando navios ancoram em enseadas de contrabandistas. Conhece o anel?

– Acorde Eos e Autônoe – responde Penélope, fechando o anel, ainda quente do toque de Priene, em seu punho. – Diga a elas que precisamos de cavalos.

Capítulo 4

Era uma vez uma festa de casamento.
Tenho sentimentos conflitantes sobre casamentos. Por um lado, choro durante toda a cerimônia, e, embora minhas lágrimas sejam sempre diamantes transbordando no prateado perfeito dos meus olhos, não é apropriado para uma convidada desviar as atenções das emoções mais performativas e importantes do noivo, da noiva e, claro, das sogras de ambos. O que posso dizer? Sou uma alma muito empática.

Agora, alguns podem lhe dizer que um casamento é uma celebração do amor verdadeiro, da união piedosa e do atar de um nó para a eternidade, mas deixe-me assegurar-lhe que a principal função de uma festa dessa natureza é sua capacidade infalível de causar separações entre casais de namorados que até aquele momento pensavam que talvez estivessem construindo algo um com o outro. É muito fácil unir as mãos e sorrateiramente dar um beijo carinhoso, enquanto o vento oeste sopra sobre o mar da meia-noite. Entretanto, há algo em observar a realidade do compromisso, para não mencionar o consumo abundante de comida pesada e vinho forte, para revelar com clareza um relacionamento. Assim, nenhum casamento está completo sem um canto sob uma árvore carregada com frutas maduras, no qual as jovens se sentam e choram, abandonadas por seus amantes e sonhos. No entanto, prefiro que sofram uma rápida rejeição de um desejo falso do que a lenta dor de uma vida vivida sem o amor mais verdadeiro e puro.

Casamentos também contêm dois dos processos mais terríveis e excruciantes a serem suportados: discursos proferidos por velhos chatos que só estão interessados em si mesmos e conversa fiada com parentes.

Foi assim que me encontrei no casamento de Peleu e Tétis, sentada à mesa com Hera e Atena.

Hera, deusa das rainhas e mães. Nos últimos meses, ela foi acusada por seu marido, Zeus, de se intrometer em assuntos mortais – sempre se intrometendo, diz ele, sempre interferindo nos reinos dos homens! Os homens, especificamente, estão fora dos limites para ela.

Ela pode brincar com mulheres, com mães, com criaturas inferiores como elas o quanto desejar – ninguém notará ou se importará.

É aos *homens* que Zeus se opõe. As mulheres que tentam interferir nos negócios de um homem sempre pioram as coisas, e Hera, como deusa que está acima de todo o seu sexo, deve levar isso a sério. Quer ela queira, quer não.

A beleza dela é uma coisa enfraquecida, desgastada. Para agradar ao marido, ela deve ser radiante, gloriosa, uma criatura da mais alta divindade. Mas, se ela brilhar demais, Zeus brada que ela é uma prostituta, uma rameira, uma vadia – igualzinha a Afrodite, aliás. Ele não sabe onde fica essa linha, entre aquela cuja beleza é meramente agradável e aquela cuja beleza é uma ostentação inaceitável, mas ele sabe quando a vê; desse modo, hoje o cabelo de Hera está lustroso demais, amanhã, opaco demais. Hoje, os lábios dela sorriem com animação demais, amanhã, ela tem uma carranca que a faz parecer uma miséria envelhecida. Ontem, seus seios estavam expostos demais, grotescos. Agora, ela é frígida, uma esposa estéril cujo único filho amado é meu belo Hefesto, que os outros chamam de tolo desfigurado.

Assim é que a beleza de Hera desaparece, arrancada de seu corpo pelas mãos de outros, escavada de sua carne um talho por vez, deixando apenas uma estátua pintada para trás. Houve um tempo em que tudo isso não era assim – um tempo em que ela se rebelara contra o próprio Zeus, mas ele a acorrentou depois que Tétis, mãe de Aquiles, expôs seus planos. O convite de Hera para o casamento da ninfa que a traiu foi, portanto, pode-se dizer, uma espécie de imposição.

Dizer que a conversa não fluía livremente de Mãe Hera sentada ao meu lado esquerdo seria o mesmo que sugerir que um homem que teve suas partes banhadas em gelo, enquanto os princípios da mumificação lhe eram explicados, pode não estar sentindo o fogo crescente da paixão sensual. É verdade que as flores flutuavam nas árvores e a grama clara estava salpicada de orvalho perfumado e todas as coisas estavam tão perfeitas quanto possível no jardim das Hespérides, mas isso de maneira alguma abalaria o mau humor fervilhante de Hera.

O que dizer, então, da conversa à minha direita?

Infelizmente, aqui também faltava entretenimento, pois ali estava Atena, deusa da guerra e da sabedoria. Por ser um casamento, ela havia deixado sua couraça e escudo no Olimpo, mas sua espada estava pendurada nas costas da cadeira, onde outras mulheres teriam colocado um belo xale. Ela beliscava a comida que lhe tinha sido servida, comendo apenas o suficiente para demonstrar cortesia ao anfitrião e nem um pedaço a mais, pois também tinha muito pouco tempo para Tétis. Estranhos que a contemplassem poderiam não saber disso, pois ela sempre foi boa em dizer um cortês "que seus filhos lhe tragam glória com suas vitórias" e assim por diante, mas, enquanto Zeus continuava monotonamente um discurso autocongratulatório, olhei de relance para os olhos de minha prima Atena e vi apenas o brilho da lâmina acima do sorriso do tubarão.

– Bem, não é adorável? – opinei. E porque uma mesa de três mulheres sentadas em silêncio taciturno em um casamento arruinaria o clima para todos, tagarelei um pouco sobre isso e aquilo, decidindo que, se Hera e Atena desejassem me silenciar ou se juntar a mim, eram perfeitamente capazes de exercer o livre-arbítrio a esse respeito. Também desfrutei da liberdade de falar com – ou, sendo mais honesta, para – minhas parentas mulheres, sabendo que os homens não nos davam atenção, pois nas festas no Olimpo mal consigo abrir minha boca sem que Zeus bufe diante da menor coisa que eu diga, como se fosse obsceno, ou Hermes faça uma piada de mau gosto sobre genitália.

Mesmo assim, com a maior boa vontade do mundo, devo dizer que o banquete de casamento estava ficando realmente insuportável quando Éris pregou sua pequena peça. Os centauros já haviam bebido bastante e estavam se aproximando da embriaguez quando todos concordaram que seria mais sensato que a noiva fosse retirada antes que pudessem começar conversas sobre "testar" – sem mencionar "provar" – a masculinidade de qualquer um nas mulheres próximas, e Ares tinha convocado seu touro favorito e estava tagarelando sobre sua garupa fumegante ou algo assim. Eu aprecio um pouco de Ares de vez em quando. Meu pobre querido esposo Hefesto passou tanto tempo ouvindo que é um homem incompleto, inútil, diminuto e digno apenas de zombaria, que agora acredita nisso ele mesmo e, embora eu tenha tentado encorajá-lo a ter fé em sua capacidade romântica e sensual, sempre que se aproxima de mim, cobre meus olhos com as mãos como se estivesse envergonhado demais de me ter olhando para ele enquanto realiza o ato e grita que sou nojenta sempre que eu o toco daquelas maneiras afetuosas de uma amante. Entendo que não sou eu que sou nojenta. Ele sente nojo de si mesmo e, portanto, tem nojo de alguém que poderia considerá-lo bonito.

E assim as coisas são.

Dadas essas circunstâncias, quinze minutos de Ares depois do jantar é, no mínimo, uma experiência sensual diferente para estimular os sentidos, mesmo que possa ser um pouco tedioso estar com um homem que insiste em voz alta que não tem nada a provar e, portanto, tem que passar muito tempo provando a si mesmo de maneiras cada vez mais apressadas e agressivas. Céus, tentei dizer uma vez, não é uma corrida! Se ele me ouviu, fingiu que não.

Bem, essa era a situação, e, minha nossa, estava ficando tudo bastante barulhento. Atena, Hera e eu estávamos indo em direção aos portões dourados que emolduram o abençoado jardim das Hespérides com um "obrigada, noite adorável, boa noite" – deixar um casamento sempre leva uma eternidade – quando Éris, deusa da discórdia, arremessou sua maçã dourada pela porta. Pessoalmente, eu acho Éris um completo deleite em qualquer casamento, em especial quando a dança começa, mas Tétis, a recatadinha presunçosa, recusou-se a convidá-la. Bem feito para ela, e lá vai a maçã dourada, com "para a mais bela" escrito em sua casca brilhante, e bate na sandália de Atena, e "ah não", dizem nossos olhos, enquanto nós três olhamos dela umas para as outras. E, antes que se pudesse murmurar "melhor não se envolver, querida", Hermes, o insípido rapazinho da assembleia, pegou-a e a ergueu para todos verem.

– Ah, ha-ha! – diz ele, ou palavras nesse sentido. – Para a mais bela! Quem pode ser?

Bem, naturalmente, e é óbvio, a mais bela sou eu. Mas admito que a maneira como Hera endireitou as costas não foi apenas a resiliência de uma rainha, mas o desafio de uma sobrevivente, de alguém que fora dominada, de novo e de novo e, ainda assim, se reergue. E Atena, senhora de bronze e gelo, que deu a oliveira ao seu povo e que é a única, além de Zeus, capaz de manejar o trovão e o relâmpago, tem no canto do olho um poder e uma presença diante da qual os próprios Titãs estremeceriam. E eu? Até Zeus me teme, pois meu poder é o maior de todos, a criadora e destruidora de corações partidos, portadora do desejo, a senhora do amor.

Todas nós deveríamos ter objetado. Com charme e deleite, deveríamos ter dado as mãos e dito não, mas você, bela prima – ah, não, mas você, minha boa irmã! Teria sido muito atraente, especialmente em um casamento. Poderíamos tê-lo feito mordaz, espirituoso, ácido, mas também encantador, uma coisa íntima que nenhum homem jamais poderia entender. Em vez disso, ficamos caladas por um instante a mais, e então Zeus, desviando brevemente suas atenções de uma náiade trêmula, exclamou:

– Quem é de fato? Devemos decidir!

Na mesma hora, é claro, todos começaram a insistir que só Zeus poderia julgar, sendo o rei dos deuses, mas ele, com uma faísca no olhar, recusou, dizendo que era óbvio que teria que escolher Hera, por ser sua esposa, e, sendo assim, era enviesado demais na questão, renomado árbitro da moderação que ele é. Não, não, precisavam de um juiz independente, alguém totalmente separado das questões do celestial e do parentesco do divino. Você aí – o jovem simpático que estava elogiando o touro de Ares –, escolha alguém!

Ao meu lado, senti Atena enrijecer tal qual sua lança. Ouvi uma pequena respiração de Hera; mas a velha rainha não demonstrou mais nada, não se curvou, não se desfez, enquanto esse menino mortal, pouco mais que uma criança, deu um passo à frente.

Ele deveria ter implorado. Deveria ter se encolhido. Deveria ter chorado e rastejado por ter a ousadia de olhar uma deusa de cima a baixo, muito menos nos olhos. Ele deveria ter beijado nossos pés. Em vez disso, esse mortalzinho andou de um para o outro e nos inspecionou como ovelhas premiadas, enquanto os centauros pausaram seu acasalamento para aplaudir, e os convidados torciam e berravam suas próprias opiniões e conselhos.

Eu amei Páris naquele momento?

Na verdade, não. Já vi homens suficientes que dirão a uma mulher "você não faz muito meu tipo" na tentativa de fazer essa mulher se prostrar diante dele, usando o medo da rejeição para conquistá-la e controlá-la. Há um poder nessa arrogância, uma força nela que é fascinante, até mesmo para deuses – mas apenas por pouco, pouco tempo.

No entanto, aqui havia uma pequena redenção para Páris, um vislumbre dos encantos que iam de alguma forma redimi-lo para mim, que o manteriam em parte interessante aos meus olhos. Pois, após ostensivamente examinar todas nós, ele recuou, fez uma reverência e, com um floreio, voltou-se para a multidão.

– Elas são todas belas demais, majestosas demais, próximas demais em esplendor. Não tenho condições de escolher entre criaturas tão perfeitas!

Senti Hera relaxar um pouco ao meu lado, e eu também estava pronta para dar um tapinha no ombro do garoto e felicitá-lo por não ter se portado como um completo tolo. Atena, no entanto, permaneceu rígida e congelada, os dedos cerrados ao lado do corpo como se fosse segurar uma lâmina, e isso deveria ter me alertado.

– Não consegue escolher? – Zeus refletiu. – Então claramente você não viu o suficiente delas!

Os homens entenderam antes de nós o que isso poderia acarretar, pois eles rugiram sua aprovação e riram e bateram palmas e disseram que era a melhor ideia de todas. Que esporte, que ideia absolutamente brilhante!

– Não, eu... – começou Hera, mas o rugido das vozes a abafou, e ela virou o rosto para o vento, antes que alguém pudesse ver as lágrimas brotando em seus lindos olhos ardentes. A respiração de Atena era rápida e superficial, mas ela não falou, não dignou esses homens com sua voz nem santificou suas barbaridades com nada além do que deveria ser feito.

Então, Hermes nos guiou, Páris carregado em suas costas, até a fonte sagrada que nasce na base do Monte Ida e, com seus olhinhos de porco brilhando em sua cara amassada, nos convidou a nos despir. Páris ficou um pouco para trás, fazendo o possível para ser, se não discreto, pelo menos moderadamente respeitoso, Zeus ao lado dele, uma das mãos em seu ombro. A lua estava cheia no céu, obscurecendo as estrelas vigilantes, a água da piscina de um cintilar de frescor perfeito para a pele em uma noite quente, como todas as noites são quentes quando três deusas se banham sob a sombra da montanha.

Chamei minhas abençoadas atendentes, as senhoras das estações e da alegria. Elas vieram no mesmo instante, soltaram meus cabelos, tiraram minhas vestes de meus ombros, tiraram o broche de ouro do meu pescoço, colocaram as pulseiras de meus pulsos e tornozelos em almofadas de prata e seda tecidas e se afastaram, enquanto eu descia para o lago. A água estremeceu ao meu toque, como se refletisse o prazer da minha carne. Observei a curva da minha perna quando rompi a superfície, deixei o choque do frio no meu umbigo percorrer todo o caminho até meu pescoço arqueado e costas, pela curva do meu crânio e, depois, com outro pequeno passo, me permiti afundar da borda e nas próprias águas beijadas pela noite.

Atrás de mim, ouvi a respiração de Páris, mais rápida do que ele sabia, inaudível para todos, exceto os ouvidos divinos. E, mais do que isso, senti seu sangue, o calor de sua pele, a excitação de suas partes e sabia que ele me culpava por isso, achava que era de alguma forma minha magia, minha divindade que o deixava desse jeito, em vez de uma parte de sua humanidade se agitando por dentro.

Que seja – a água era linda, e eu, também. Eu flutuei um pouco, tomando cuidado para manter meu cabelo flutuando ao meu redor para que pudesse ser um halo de ouro, em vez de se emaranhar infeliz sobre a minha testa – um visual atraente apenas quando se emerge da água, onde, com sorte, há alguém que se deleitará em afastar os cachos úmidos de seus olhos. Nesse momento, olhei de volta para a margem.

Hera e Atena ainda estavam lá, completamente vestidas. O rosto de Hera estava quase carmesim, seus lábios um pouco entreabertos como se ela não tivesse certeza se poderia conter a respiração, a voz, o choro, o grito. Atena era o oposto invernal, tremendo como se tivesse sido atingida pelo vento frio, os olhos apertados contra a tempestade. Chamei-as com ambas as mãos e sorri.

Venham, irmãs, sussurrei, na voz que apenas as mulheres podem ouvir.
Esqueçam os olhos dos homens.
Vocês não são o que quer que pensem que eles veem.
Venham.
Venham, minhas gloriosas senhoras, deusas do fogo e do gelo.
Vocês são lindas. Eu amo vocês duas.

Elas não se mexeram. Até hoje nem sei se conseguiam me ouvir, de tanto que a ternura lhes havia sido negada.

Pensei ter ouvido Zeus sufocar uma risada, mas seus olhos eram puro desejo. Não por mim – ele desviava o olhar de mim, pois eu era bela demais, poderosa demais até para ele. Sua grandeza não era nada diante da minha, enquanto a lua beijava meu corpo e a fonte de Ida banhava minha pele de cristal. A carne pode ser roubada, selvagemente despojada e possuída com sangue e crueldade, mas o amor estava além até mesmo do poder dele.

Ele também não olhava para a esposa, cuja nudez não era nada além do que outra manifestação do próprio poder para ele – e pequena ainda por cima. Não havia nenhuma parte dela que ele não tivesse ridicularizado antes, nenhuma parte dela que ele não fosse capaz de zombar, mesmo quando se deitava sobre ela no leito nupcial. Em vez disso, ele olhava para Atena, para as linhas de seu manto rígido e reto, que sempre mascarava tão bem as curvas sensuais de seus seios e nádegas.

De todas as criaturas em todos os mundos, há apenas duas que não sou capaz de influenciar com minha grande divindade – Atena e Ártemis, as deusas castas, aquelas que matam em vez de ceder ao desejo. Zeus tentou estuprar Atena uma vez, e ela mostrou a ele naquele dia por que era uma deusa da guerra e também da sabedoria. Bem, ele nunca mais teria outra chance de possuí-la, mas com certeza a faria pagar por sua santidade, a faria sofrer por não ser dele por completo.

Mais uma vez, chamei-as; outra vez, estendi meus braços.

Minhas irmãs, chamei. Minhas queridas. Minhas mais belas senhoras.

Eles não nos possuem com os olhos. Sua beleza é sua e somente sua.

Venham, minhas adoráveis, minhas irmãs, minhas mais belas rainhas.

Vocês são lindas.

Foi Hera quem se moveu, não em minha direção, mas virando-se depressa no local e fixando Páris com toda a força de seu olhar. Senti seu poder se agitar, geralmente tão escondido, tão ofuscado, agora ardendo com um gostinho da grande rainha que ela havia sido, a deusa da terra e do fogo acima de todos.

– *Escolha-me* – rugiu ela –, *e farei de você um rei dos homens!*

Imediatamente Atena girou e, fixando Páris com o mesmo olhar que estava a apenas um piscar de olhos entre a divindade e a morte, trovejou:

– *Escolha-me e será o homem mais sábio sobre a terra!*

Enquanto Páris vacilava devido à força de duas intervenções divinas, nadei um pouco de um lado para o outro, derramei gotas sobre meu colo e observei como elas se contorciam de volta à superfície da água, como se misturavam e se dividiam sobre minha pele. Levei um momento para perceber que o jovem troiano estava olhando para mim, ávido, aguardando. Foi quando fui totalmente convencida de que ele seria um problema, mas o que posso dizer? Todos pareciam estar esperando por algo, todos os olhos em mim – e não apenas da maneira de sempre.

– *Está bem* – suspirei nos ouvidos do destino. – *Escolha-me, e darei a você a mulher mais bela que já existiu.*

Ora. Pensando em retrospecto, admitirei que há muito sobre esse sentimento que pode ser considerado um erro de julgamento. Coisas pelas quais, com apenas um pouco mais de consideração, penso que, de fato, eu devia ter previsto que todos nos arrependeríamos.

Mas o que posso dizer? No momento, parecia haver um pouco de expectativa, e, bem, ninguém quer decepcionar.

– Ela – declarou Páris, apontando um dedo mortal para a minha forma celestial nadando. – Eu escolho ela.

E assim começou a jornada rumo à guerra que ia desfazer o mundo.

Capítulo 5

Amanhecer sobre Ítaca.

Suponho que seja um evento perfeitamente agradável se você gosta desse tipo de coisa. O mar é tão maior que a terra, que nem precisamos falar das sombras que se estendem desde as árvores danificadas ou das rochas íngremes e irregulares se aquecendo aos poucos. Em vez disso, podemos falar de miragens prateadas e daquela linha dourada ao leste onde mar e céu se tornam um, tão brilhantes que até os deuses protegem os olhos de sua iluminação. As gaivotas se elevam em revoadas oscilantes, e os botões da meia-noite se desdobram de seus nós cerrados, o perfume da aurora subindo como o deleite feminino.

De minha parte, prefiro o amanhecer em Corinto, onde a luz da manhã pode flutuar através da neblina ondulante para derramar seu toque dourado sobre as nádegas arrebatadas de um ou dois amantes que despertam; onde o calor do dia se mistura da forma mais agradável com a suave agitação do mar interior para arrepiar a pele ainda quente de uma noite de agradáveis esforços. Há poucos casos desse tipo em Ítaca, pois os homens das ilhas partiram há cerca de vinte anos para Troia, e nenhum deles retornou.

As viúvas esperaram o máximo que puderam, enquanto suas filhas envelheciam e não tinham amores, e, com o tempo, o cansaço tornou-se um hábito, e a sobrevivência tornou-se mundana. Para essas mulheres, não haveria a carícia dos dedos ternos de um homem descendo por suas costas para despertá-las com o canto dos pássaros matinais; em vez disso, o cortar da lenha e o arrastar de redes, a pesca de caranguejos e o revirar do solo noturno saúdam as senhoras da ilha. Dos homens que se agitam ao toque rosado da aurora, restam apenas alguns anciãos; homens como Egípcio e Medon, conselheiros de Odisseu, velhos demais – ou muito convenientemente debilitados antes do tempo – para navegar para Troia.

Do tipo mais jovem, nenhum filho nativo que não tenha acabado de sair da infância; e os pretendentes turbulentos que fungam e bufam em um sono embriagado nos salões de Penélope têm tantas espinhas juvenis quanto barbas masculinas.

E, no entanto, se eu for justa, não vamos presumir inteiramente que as ilhas ocidentais não têm seus prazeres ao amanhecer. Em Zaquintos, o cheiro de flores amarelas pode roçar o nariz de uma donzela cujo hálito se confunde com o de outra garota que nunca soube o nome do pai ao se levantarem de sua cama de palha. Ou, acima dos ricos portos de Hyrie, um marinheiro de Creta beija sua amada com ternura e sussurra: *Eu voltarei*. E pensa que diz a verdade, pobre cordeiro, até que a dureza dos mares de Poseidon e a distância entre eles trazem um certo fim para sua história.

Reze para mim, sussurro nos ouvidos do adormecido Antínoo e do preguiçoso Eurímaco, enquanto vagueio pelos salões do palácio, o vinho ainda pegajoso nos lábios entreabertos dos pretendentes. *Reze para mim*, murmuro para o bravo Anfínomo e ao tolo Leiodes, *pois fui eu que dei a bela Helena para Páris; fui eu, não Zeus, quem trouxe o fim da era dos heróis. Ájax, Pentesileia, Príamo, Pátroclo, Aquiles e Heitor – eles morreram por mim, então rezem. Rezem para o amor.*

Os pretendentes não se mexem. Seus corações estão longe da divindade, mesmo um poder tão potente quanto o meu. Os pais navegaram para Troia, e eles foram criados pelas mães. Que tipo de homens eles serão, perguntam, quando têm apenas mulheres para ensinar-lhes usar a lâmina?

Espalho deleites rosados com um gesto de meu pulso nas mentes daqueles que ainda sonham, de modo que quando acordam seus corações estão cheios de anseio que agrada e de saudade também, que dói um pouco nos limites de suas almas.

Então tenho que partir, seguindo quatro cavalos, enquanto escapam do palácio de Odisseu pela luz nascente e galopam para o norte, em direção às cinzas de Fenera e ao navio indesejado que espera em sua costa.

Penélope cavalga com Priene e duas de suas criadas, a confiável Eos e a risonha Autônoe, embora ninguém ria neste momento. A noite escondeu as arqueiras que se esgueiravam no escuro acima de Fenera, mas, conforme o dia nasce, elas também devem recuar, as guardiãs ocultas da noite de Priene retornando para as fazendas e cabanas de pesca que chamam de lar e que lutarão para defender. Sua partida não é notada, assim como sua chegada também não fora. Os homens que guardam o barco micênico estão ansiosos, com lanças na mão, diante da aproximação de Penélope.

Ela demora a desmontar; examina a cena com calma, antes de, com um aceno educado para os homens que a esperavam, declarar:

– Eu sou Penélope, esposa de Odisseu, rainha de Ítaca.

Este último título deve seguir o primeiro – pois o que é uma rainha hoje em dia? Bela Helena, em nome de quem morreu o último dos heróis? Ou a assassina Clitemnestra, que levou a sério demais ser rainha e esqueceu que era uma mulher primeiro?

Penélope prestou atenção a essas duas lições – ela é uma esposa, talvez uma viúva, que, por coincidência desses estados, também é uma rainha.

– E vocês – acrescenta ela – parecem ter vindo sem serem convidados, porém armados, para as ilhas de meu amado marido.

Na voz de outra mulher, isso poderia ser uma declaração servil de ansiedade, um questionamento temeroso sobre coisas terríveis que ainda estão por vir.

Contudo, uma flecha ainda estremece na parede perto das cabeças dos soldados, portanto, os homens correm para buscar seu capitão de dentro das entranhas sombrias do navio – sombras que até eu estremeço em perturbar – e de lá saem Pílades, os cabelos longos bastante agitados de forma encantadora pelo mar, e Electra, menos charmosa em tudo.

A última vez que eles chegaram a essas ilhas, foi com uma escolta de muitos navios, fanfarra e pompa. Partiram com o corpo de Clitemnestra, um monumento triunfante aos seus esforços, toda a Grécia saudando seu feito e nome. No entanto, o que vemos agora? Um corvo maltrapilho e sua escolta marcada de sal escondidos em uma enseada de contrabandistas? Não é necessário um adivinho que leia as entranhas de um bezerro para ver que algo aqui é um mau presságio.

– Prima – Electra chama, antes que Penélope tenha a chance de expressar seus sentimentos sobre tudo isso. – Fico grata por você ter vindo tão depressa e com tamanha… discrição.

Os olhos de Electra passam de Penélope para Eos e Autônoe, seus rostos escondidos sob os véus habituais das criadas do palácio. Nenhuma delas está vestida de modo adequado para encontrar uma rainha, mas acho que seus trajes apressados e sua partida rápida acrescentam uma certa autenticidade desgrenhada a todo o caso, uma graciosa sensibilidade de um encontro espontâneo no celeiro, que é atraente de verdade quando visto sob a luz certa. Electra não olha para Priene. Um excesso de facas pode desencorajar a contemplação.

– Minha honrada prima – responde Penélope, caminhando ligeira entre os homens micênicos, que se separam como besouros diante da aranha, enquanto as mulheres se aproximam sob a sombra do navio. – Eu diria que você é bem-vinda a Ítaca, mas tradicionalmente uma princesa de sua nobreza é saudada com tambores triunfantes, discursos e muita comida. Então, tenho que me perguntar: por que estou lhe dando as boas-vindas neste lugar depenado de corvos? Por que uma mensagem enviada com isso?

Ela abre o punho e lá está o anel, agarrado com tanta força que deixou sua marca na palma da mão, o sangue afastado para deixar apenas o ardor oco do ouro agarrado.

É o anel de Clitemnestra, claro – Electra nunca o usará, considera-o quase amaldiçoado e também conhece o valor das coisas amaldiçoadas.

Conforme Penélope se aproxima de Electra, a jovem faz algo totalmente inesperado.

Ela corre em direção à prima e, com uma ferocidade repentina que assusta até Penélope, aperta as duas mãos da rainha entre as próprias. Ela as segura com força como se nunca tivesse sentido tanto calor humano através de sua carne gelada e, por um momento, parece que talvez até abraçaria Penélope, jogaria seus braços ao redor dela e a seguraria com força, como um órfão se agarraria à mãe há muito perdida. Tal ato seria inexplicável, espantoso. A última vez que Electra se agarrou tão forte assim a qualquer criatura viva que não fosse seu cavalo, ela tinha sete anos, e a mãe estava levando sua irmãzinha Ifigênia para ver o pai nos penhascos sagrados acima do mar, de onde apenas a mãe retornaria. Ela não conhecia o conforto de um abraço familiar desde aquele dia, e, se o momento fosse mais demorado e eu fosse um tipo mais maternal, poderia tê-la tocado gentilmente no ombro e pedido que ela se agarrasse a Penélope e chorasse, como só os perdidos conseguem fazer.

Ela não o faz, o momento passa, e, soltando a mão da prima como se tivesse se queimado de repente, Electra recua, se afasta e proclama:

– Preciso que você veja.

Há muito pouco espaço nas entranhas do navio micênico. O espaço que existe foi preenchido com água e peixe salgado, com madeira para consertar um mastro ou viga quebrados, com ânforas de vinho e baús de tecido e cobre para negociar.

A escuridão é uma coisa fina e entalhada, quebrada apenas pelas pequenas linhas de luz que rastejam atravessando o teto acima ou pela escotilha aberta. Não é permitido acender fogo abaixo; seus ocupantes precisam se amontoar na escuridão, tendo como companhia apenas o martelar do mar e a correria dos ratos.

Ah, há mais, muito mais do que ratos espreitando lá dentro, pois eu vejo as três mulheres que os olhos mortais não são capazes de perceber, ouço o couro de suas asas conforme elas se movem e se agitam diante de minha aproximação divina, vejo seus olhos sanguinários reluzindo na escuridão mais profunda da sombra mais distante do navio, naquele trecho gélido aonde nenhum mortal vai, embora eles próprios não saibam por quê.

Eu não chegaria perto dessas três bruxas escondidas nem mesmo pelo amor do poderoso Ares, mas Penélope segue Electra até o interior do navio, alheia à blasfêmia cruel que espreita abaixo; portanto, eu também sigo, fazendo o possível para ignorar o riso das asquerosas, cujo toque fétido está apodrecendo até as madeiras mais novas do navio de dentro para fora.

Mais uma criatura espreita abaixo: um homem, visível aos olhos mortais, embora muito mal, pois ele está tão envolto em pano rançoso e sombra, que Penélope teve que parar por um longo momento, enquanto seus olhos se ajustavam à escuridão, antes que pudesse localizá-lo no escuro. O sangue de Clitemnestra, nascido de um toque de divindade, sempre foi mais forte do que a linhagem amaldiçoada de Agamêmnon.

Desse modo, em Orestes, pode-se ver o cabelo escuro da mãe, salpicado apenas um pouco com um tom avermelhado do pai; também os lábios carnudos da mãe, olhos castanhos tão escuros que tendem a queimar, a magreza de uma mulher em seu ombro; e do pai, apenas certa rigidez da coluna, nariz adunco e queixo orgulhoso e saliente com o qual ele teria derrubado os próprios portões de Troia.

Ele é jovem o bastante para estar ocupado cortejando rainhas para seu novo reino e também tem idade suficiente para que seu cortejo seja sofisticado e encantador, estudado na excelência não apenas do próprio valor, mas do valor daquela que ele deseja atrair.

Infelizmente, Orestes não cortejou nenhuma criatura de qualquer grau por muitos e muitos anos, e também não acho provável que ele volte a cortejar.

Em vez disso, está enrolado na própria sujeira rancorosa, as mãos agarrando o cobertor imundo enrolado em seu corpo, seus olhos giram enlouquecidos na escuridão, e a saliva espuma em sua boca, enquanto ele grunhe e geme, balança e estremece. Ora ele uiva como um cachorrinho ferido. Ora ele desvia o rosto até mesmo da escassa luz do dia, balança e tenta bater a cabeça contra a parede.

Agora, ele balbucia, e as palavras são uma confusão emaranhada que ninguém consegue decifrar – embora talvez Electra ouça uma palavra repetida, *Mãe, Mãe, Mãe* – e agora range os dentes com tanta força que temo que eles se quebrem em sua mandíbula, ossos, sangue e pedaços de gengiva engolidos.

Ali está ele.

Orestes, filho de Agamêmnon, rei dos reis, o poderoso senhor de Micenas, sobrinho de Menelau, assassino da própria mãe.

Ali, caralhos, está ele, mijando nas calças em algum canto escondido de um navio secreto.

Electra para ao pé dos degraus íngremes e lascados que levam à escuridão, como se não ousasse ir mais longe, de costas para as megeras invisíveis para as quais, sabendo ou não, todos os mortais darão as costas em algum momento.

Penélope se aproxima um pouco mais, boquiaberta, para examinar seu primo, que por um momento parece vê-la, por um momento parece quase feliz, depois fecha os olhos vermelhos para gritar de novo: "Mãe!" ou talvez não, talvez tenha sido *matança*, talvez *maluquice*, talvez apenas um grito prolongado que começava e terminava em um som de lábios franzidos e ponta da língua.

O grito é alto o bastante para fazer Penélope parar no meio do caminho, para fazê-la recuar alguns passos, estendendo a mão para se firmar contra a solidez das vigas transversais do navio.

– Há quanto tempo ele está assim? – pergunta ela finalmente.

– Quase três luas – responde Electra. – Vai e volta aos solavancos, mas está piorando.

Devagar, Penélope acena com a cabeça. Há muitas perguntas e muitas conclusões indesejadas a que se poderia chegar. Nenhuma delas é boa. Não há um único resultado neste momento que ela goste de considerar. Em vez disso, ela aborda questões práticas.

– Quem sabe que você está aqui?

– Apenas as pessoas neste navio. Não contei a ninguém para onde navegamos.

– E em Micenas? As pessoas sabem que seu irmão está… neste estado?

– Electra não responde, o que é uma resposta bastante fluente. Penélope reprime um suspiro. Está cedo demais para assuntos como estes. – Menelau? – pergunta, por fim, os olhos apertados contra as visões de desastre que se desenrolam diante de sua imaginação. – Ele sabe?

– Meu tio tem espiões em todos os lugares.

Agora, finalmente, Penélope desvia o olhar da contemplação do jovem trêmulo para Electra.

– Prima – murmura ela –, que novo desastre três vezes maldito trouxe sobre mim agora?

Electra aprendeu a lançar olhares fulminantes de uma rainha com a mãe, que se considerava a mulher mais grandiosa de todas as terras. Ela jamais admitiria ter adquirido tal habilidade com alguém que acredita odiar, mas agora, quase pela primeira vez, vacila, e ela abaixa a cabeça, antes de levantá-la de novo como uma criança, pouco mais do que uma menina, amedrontada.

– Meu tio não pode encontrar Orestes nesta condição. Ele a usará para tomar Micenas para si. Ele será... eu não acho que você ou eu gostaríamos do governo dele.

Quando os poetas falassem desse momento – e não o farão –, acredito que retratariam as duas mulheres se abraçando no mesmo instante e chorando, unidas pela dor e pelo terror pelos homens que amam. Ah, meu pobre irmão, poderia lamentar Electra; e ah, querida prima, poderia chorar Penélope.

O que os poetas não vão relatar é aquele outro momento – aquele momento fugaz, porém profundo – em que Penélope contempla a alternativa. Por um segundo, sua mente corre de volta ao palácio, e ela está convocando Urânia, aquela ex-criada secreta que, às vezes, vai a negócios para a rainha nos mares ocidentais, e está enviando uma mensagem até Menelau para que ele venha imediatamente a essas ilhas. "Ai, proteja-me, bom amigo do meu marido!", ela grita, enquanto o grande guerreiro de Troia desembarca em suas costas. "Pois Orestes está louco!"

Menelau gosta quando as mulheres choram a seus pés enquanto imploram por proteção. As lágrimas delas ajudam a preencher os vazios da alma fraturada dele. Isso é algo que Penélope vai manter em mente durante muito do que está por vir.

Todavia, por enquanto, a rainha de Ítaca manterá suas opções em aberto.

Ela solta um suspiro rápido, se endireita, quase bate a cabeça no confinamento das vigas, volta a se abaixar e, com uma voz agitada e enérgica, começa a dar ordens.

– Quantas almas há neste navio? Trinta? Quarenta?

– Quase quarenta. Mas deixamos Micenas com mais de duzentos.

– Onde estão os outros agora?

– Eles se abrigaram em um santuário para Afrodite, a um dia de marcha de Cálidon. Espalhamos a notícia de que meu irmão estava viajando para os templos de todos os deuses para pedir bênçãos para seu reinado.

– Bom. Se, ou quando, seu irmão for encontrado aqui, essa será a nossa história. Não há santuários em Ítaca que valham a visita, mas ele pode estar visitando o lugar onde a mãe morreu para agradecer a Atena. Todo mundo gosta quando as pessoas agradecem a Atena em Ítaca. Confia no capitão do navio?

– Não confio em ninguém. Mas Pílades é... próximo do meu irmão.

– Certo. Ele pegará o navio e todos os luxos que puderem reunir e navegará até o porto. – Electra abre a boca para protestar, mas Penélope a interrompe. Electra não teve ninguém que a interrompesse desde a mãe, e esse é um sentimento tanto de indignidade quanto de estranho conforto para ela. – Não podemos esconder um navio inteiro de micênicos neste lugar. Serão encontrados. Melhor que sejam descobertos em nossos termos. Pílades é... um embaixador. Um amigo de boa vontade. Enviado por Orestes para demonstrar seu apoio inabalável a mim e ao meu filho. Se tivermos sorte, essa pequena mentira pode até manter os pretendentes mansos por alguns dias, e isso já seria alguma coisa.

– E meu irmão? – murmura Electra. E depois, mais suave, o cansaço sendo a única coisa que mantinha sua voz no limite de um lamento. – E eu?

– Seu irmão não pode ser visto em meu palácio nesta condição. Navios partem de Ítaca o tempo todo; a notícia se espalharia em um instante. Precisamos escondê-lo.

– Onde?

Penélope olha longamente para o rei que se contorce e geme antes de fechar os olhos para a inevitabilidade desse resultado. – Eu tenho um lugar. De quantas de suas criadas e servos você precisa?

– Nenhum.

Isso surpreende até Penélope.

– Isso é sábio, embora eu não tenha muitas que possa enviar para atendê-la; não sem atrair a curiosidade dos pretendentes.

– Eu vim para este lugar principalmente para manter meu irmão longe de quem o conhece.

Penélope aprendera desde muito jovem a não demonstrar surpresa nem deixar a boca aberta de forma grosseira demais. A mãe adotiva colocava dois dedos sob sua mandíbula sempre que estava aberta e, com gentileza, a fechava com um murmúrio de "Uma rainha mostra os dentes apenas para sorrir ou morder, querida". Em vez disso, ela alisa a frente de seu vestido desbotado, pressiona a mão esquerda na direita sobre a barriga, vira a cabeça para cima e um pouco para o lado, como se pudesse ver através das madeiras do navio até os céus distantes, antes de enfim proclamar:

– Bem, prima. Suponho que devo dar as boas-vindas a você e a seu irmão a Ítaca.

Nas sombras do navio, as três megeras riem e batem palmas com suas mãos com garras, e Penélope parece sentir o frio da alegria repugnante delas percorrê-la como o primeiro vento do inverno, pois descruza as mãos e, em vez disso, se abraça um pouco mais apertado. Electra aperta os olhos, pois ela, até mesmo ela, que aprendera nos palácios vazios de Micenas como ignorar o frio e o riso dos inimigos, não consegue ignorar a zombaria das ocultas que espreitam na escuridão sangrenta às suas costas. Eu ia alcançá-la, confortá-la com uma carícia dourada de minha luz interior, mas meu brilho está abafado neste lugar, meu olhar afastado das bruxas, meu brilho divino esmaecido até a invisibilidade nos confins apertados deste lugar miserável.

Orestes, porém... Orestes vê. Com o riso das mulheres amaldiçoadas, ele ergue a cabeça, então levanta a mão para apontar, o dedo em riste como Zeus golpearia com seu raio, para acusar suas acusadoras, e agora ele as vê e grita, grita e grita até que Electra chama Pílades, que ajuda a arrastá-lo, ainda gritando de terror, para a luz do dia.

As três mulheres, as Fúrias, com sangue de lava e asas de morcego, olhos de sangue e dedos com garras, dançam juntas, deliciando-se com seu esporte, antes de se voltarem para cima e, com um único bater de suas asas enegrecidas, subirem atravessando o próprio barco e rumo ao céu para criar tempestades e nuvens de ébano acima da cabeça de Orestes. Chamadas pelo derramamento do sangue de uma mãe – trazidas das profundezas da terra pela loucura do filho, talvez –, as Fúrias não têm pressa em despedaçar sua presa.

Elas vão assistir e vão esperar e vão uivar em suas alegres brincadeiras para Orestes em sua loucura. Vão deixá-lo permanecer, enquanto a irmã chora, vão deixá-lo se urinar nos salões de reis e babar nos braços de Menelau, e somente então, só quando não restar mais nada do rei de Micenas, exceto insanidade oca e orgulho quebrado, elas finalmente devorarão sua carne.

Eu as observo e não interfiro. As antigas Erínias nasceram da terra muito antes dos olímpicos dominarem os céus.

Até o próprio Zeus pensa duas vezes antes de sussurrar o nome delas para o trovão. Há coisas que podem ser feitas, é claro – barganhas que podem ser negociadas –, porém, o preço é sempre alto, e, embora minha curiosidade esteja aguçada, não é a hora certa.

Ainda não.

Capítulo 6

Um navio micênico parte de uma enseada escondida em Ítaca para reaparecer em estado mais pomposo no porto da cidade, próximo ao nariz da ilha. Pílades gagueja quando lhe contam o plano.

— Tenho que estar perto de Orestes! Ele é meu irmão!

Pílades tem um coração que bate tão alto e forte em seu peito, que às vezes ele não consegue ouvir mais nada. Eos, embora pequena, sabe como preencher um espaço com sua presença e agora enfrenta o furioso micênico e exclama:

— Vamos manter seu irmão seguro; sabemos como proteger o rei.

— Proteger? Com suas bênçãos de Ártemis e suas orações femininas? Eu estava com ele quando ele matou Egisto, estou ao lado dele desde Atenas, desde que ele era apenas um menino. Eu vou…

— Pílades! — É a voz de Electra que decide a questão, e é pelo comando de Electra que ele finalmente obedece. — Sua lealdade é valente, mas equivocada. Eu vou cuidar do meu irmão agora.

Por um momento eles se encaram, o guerreiro e a princesa, e Eos se afasta um pouco para que a fornalha de seus olhares não queime seu vestido. Mas é Pílades quem se curva primeiro, virando as costas – que grosseria! – para a irmã de seu mestre e avançando em direção à proa do navio para se juntar à visão realmente adorável de homens com panturrilhas e ombros trabalhando enquanto empurram o navio de volta para as águas agitadas da baía.

Electra dá as costas, e apenas Eos a vê estremecer.

A chefe das criadas de Electra, Rhene, coloca a mão no ombro da princesa. É um toque que, vindo de qualquer outra pessoa, seria punido no mesmo instante. Contudo, Rhene era criança quando Electra também era, alguns anos mais velha, mas ainda com idade próxima o suficiente para ser uma espécie de companhia. É claro que ela nunca será uma amiga – escravas não são amigas de suas senhoras –, mas também não será chicoteada por demonstrar o menor vislumbre de um coração carinhoso.

– Deixe-me acompanhá-la – murmura ela. – Eu... entendo se não me quer perto do seu irmão, mas a senhora... a senhora tem...

Rhene está prestes a dizer algo imperdoável. Ela talvez esteja prestes a sugerir que Electra tem necessidades, sente dor, anseia por companhia, tem vulnerabilidade em sua alma. Se ela disser isso, Electra vai sucumbir, o que é imperdoável; e, no entanto, ela anseia tão profundamente ouvir essas palavras ditas pelos lábios de outra pessoa.

Rhene hesita. Rhene sabe de tudo isso sem ter formulado nenhuma forma consciente de palavras. Ela sela os lábios e não diz mais nada.

Electra aperta a mão dela e acena com a cabeça uma vez.

– Vigie Pílades – sussurra ela no ouvido da criada. – Observe-o bem.

Rhene se afasta do lado de sua senhora, voltando para o navio e para seu dever, e não olha para trás, e não deixa Pílades ver que ela está observando.

Enquanto o orgulhoso navio retorna novamente à água, uma donzela de Ítaca cavalga até o templo de Ártemis em seu bosque sagrado, longe das batidas do mar de Poseidon. O nome da criada é Autônoe, e, quando era criança, ela pensou em fugir, ansiava por poder, liberdade e a adoração dos homens. Depois, ela aprendeu que a única liberdade que as mulheres livres das ilhas tinham era para se casarem ou serem piedosamente abstinentes e evitadas por isso. Então, ela ficou a serviço de Penélope, onde havia – como descobriu, para seu deleite – um tipo diferente de poder para ser empunhado nos salões empoeirados do palácio.

Quando jovem, os homens tentaram possuí-la. Eles viram sua beleza, o brilho em seus olhos e quiseram isso para si. Disseram-lhe que ficasse lisonjeada com a atenção deles; foi informada do quanto era sortuda por ser uma coisa, uma posse. Mas, quando a realidade do que aquela posse significava lhe fora revelada, ela quase arrancou os olhos daquele homem tolo que tentou se forçar sobre ela e, assim, foi julgada quebrada e sem conserto. Uma não mulher; uma coisa estéril e desperdiçada. Até as outras criadas estalaram a língua no céu da boca e falaram que ela estava errada em lutar, pois é claro que, se Autônoe se recusasse a ficar em silêncio em seu sofrimento, então de que valia o sofrimento de todas as mães espancadas que vieram antes?

Autônoe tem muito pouco interesse em homens hoje em dia. Refletindo sobre sua vida, ela tem bastante certeza de que nunca teve muito interesse neles, era apenas o que todos esperavam, o que o mundo como um todo parecia exigir. Ela não é avessa à ideia, caso alguém aparecesse que a fizesse se sentir aquecida por dentro, mas, até que chegue esse dia mais que improvável, há muitas outras maneiras de encontrar poder no prazer. E é isso que prazer significa para Autônoe, é claro. O poder de controlar quando ela vivencia o êxtase. O poder de escolher os próprios prazeres. O poder de escolher se deliciar, do próprio jeito, no próprio tempo, com quem ela quiser. Não importa o que mais o mundo possa dar ou tirar, isso sempre será dela. Ela jurou.

Agora Autônoe cavalga até o templo de Ártemis. Ela cavalga como um homem, curvada sobre seu cavalo, saboreando os segredos que carrega na língua, o vento em seu cabelo, as responsabilidades que são dela para honrar ou trair. Ela gostaria que o pai pudesse vê-la agora, uma mulher sem supervisão que ri ao dizer não. Ela acha que ele ficaria chocado e se deleita com isso até as portas do templo.

O santuário sagrado de Ártemis fica nas profundezas da floresta raquítica de Ítaca. Muitas "festas sagradas" estranhas foram realizadas neste local nos últimos anos. Muitas mulheres acostumadas a cortar a própria lenha, cavar os próprios poços, proteger suas ovelhas dos lobos, esfolar os próprios ursos – essas são as senhoras vistas com mais frequência diante das portas da caçadora, arcos na mão e machados na cintura, olhos de pedra fixados no olhar acovardado de qualquer estranho que se atreva a se meter no meio delas. Os homens que visitam os portos de Ítaca murmuram entre si sobre esta estranha ilha de viúvas e esposas solteiras e concluem que é melhor não investigar muito detalhadamente suas crenças pessoais e íntimas.

A sacerdotisa do templo se chama Anaitis, e ela tem a linha mais fabulosa de sensualidade terrena e atraente que já se viu. Meu Deus, se alguma vez existiu uma mulher para acariciar em um campo de cevada, é ela – mas, infelizmente, ela não se vê assim, pois, quando Autônoe se aproxima da senhora de cabelos outonais que está na entrada do santuário, Anaitis cruza os braços e reclama:

– O que aconteceu agora?

Longe do templo, de Anaitis e Autônoe e de seus segredos compartilhados sussurrados, quatro viajantes com dois cavalos marcham para o leste atravessando a ilha em silêncio. Electra monta o cavalo de Penélope. Ela não perguntou se isso era adequado, já que é filha de Agamêmnon e pegar cavalos de outras pessoas é praticamente um negócio de família. Mas está aprendendo – ah, ela está aprendendo –, pois nem um segundo depois de sentar na sela ocorreu-lhe que estava tecnicamente realizando uma violação grosseira de seu papel como hóspede – e uma hóspede tão vulnerável. O próximo estágio em sua redenção seria balbuciar um pedido de desculpas, implorar perdão por essa transgressão, mas, embora Electra esteja se saindo muito melhor em pensar nas necessidades dos outros do que é tradicional em sua família, ela não avançou o suficiente em sua jornada pessoal para alguma vez pedir desculpas. Então, em vez disso, desajeitada, congelada e rígida, ela cavalga, mortificada, teimosa, medrosa e pequena.

Orestes é colocado nas costas do corcel de Eos. Ele é quase capaz de segurar o pito sozinho, mas Eos se posicionou perto o bastante para que, caso ele caia, ela definitivamente possa ser vista fazendo um esforço para pegá-lo, ao mesmo tempo em que está longe o suficiente para que possa saltar para ficar em segurança e, assim, evitar uma concussão perigosa. Dessa forma, a criada permanece inteiramente consistente e fiel à sua natureza, pois estudou sua senhora por muitos anos, bebendo com avidez todos os aspectos do governo de Penélope, e agora sabe como não ser exatamente uma coisa nem outra, não agradando a ninguém por completo nem irritando ninguém demais. Seu corpo pequeno e quadrado é forte pelos dias caminhando entre olivais ou campos de ovelhas; seus dedos são desgastados e ligeiros – ela é a favorita de Penélope para trançar cabelos, embora não seja muito boa nisso. Várias outras criadas, Euricleia em particular, se ofereceram para ensinar a Eos muitas maneiras extraordinárias de trançar cabelos de forma rápida e bem-feita, mas ela sempre recusou com educação. O pente lento, o enrolar demorado e cuidadoso enquanto conversam sobre coisas secretas – isso é mais importante para senhora e criada do que o resultado final na cabeça de Penélope.

Coisas íntimas e verdades sussurradas são mais excitantes para Eos do que qualquer roçar de dedo por sua espinha. Os pretendentes tolos pensam que ela é fria, indiferente às suas brincadeiras. Se apenas soubessem como ela talvez gemesse de prazer com o murmúrio de algum segredo mais profundo e sombrio...

Esses viajantes agora seguem um caminho estreito e sujo, marcado por pedras cortantes e espinhos afiados, com arbustos que se prendem a vestes que se arrastam e insetos matinais gordos e curiosos que se agarram a narinas e cabelos, para o interior e para o alto, subindo afastando-se do mar em direção a uma pequena fazenda longe de um templo ou santuário. Um parco olival corre atrás dela em uma pequena curva de terreno inclinado, e há alguns porcos se remexendo no quintal, gordos e pálidos, com manchas pretas e rabos enrolados. Alguns sinais de reformas em andamento ainda são aparentes, desde um muro alto recém-construído, mais adequado para uma fortaleza do que para uma fazenda, até novas telhas de barro no telhado e o aparato de um portão de madeira, ainda não suspenso por suas dobradiças, mas apoiado no chão, esperando que as trabalhadoras viessem e terminassem seus trabalhos.

No pátio além da futura barreira à entrada, uma velha está parada perto de um poço, um balde já cheio a seus pés, outro desaparecido no interior escuro. Ela recua, mais irritada do que com medo, quando Electra entra cavalgando, abre a boca para gritar algo rude, algo totalmente desrespeitoso, então para quando Penélope entra no quintal e quase revira os olhos.

– Penélope está aqui! – grita para o interior sombrio da fazenda e, com este dever cumprido, volta para seus esforços no poço.

O sorriso no rosto de Penélope é o lábio fino da cobra, que assusta quando se escancara e revela as presas, seus olhos pouco mais abertos ao contemplar essa apresentação. No entanto, alguém se mexe dentro da fazenda, um homem empurrando uma porta de madeira nobre das ilhas do norte recém-instalada, e, em um instante, Penélope ajeita um pouco a postura, une as mãos, força o queixo para baixo e os olhos para cima em educada deferência ao velho que emerge lá de dentro. Laertes, pai de Odisseu, rei de Ítaca no passado, pode viver em uma fazenda recém-reconstruída das cinzas da anterior, com argila e pedra novas, mas faz poucos esforços para se igualar à condição de sua acomodação. Uma túnica velha e suja, enlameada na bainha e coberta por manchas de comida e outras matérias corporais, cobre seu corpo magro. Suas unhas estão pretas e seus cabelos brancos, compridos. Ele anda curvado como se estivesse se dobrando todo, virando-se para a terra que o esperava. Ex-argonauta, nunca foi muito a favor do modo normal de fazer as coisas quando era rei, proclamando que a tempestade não se importava se o capacete tivesse sido polido para recebê-la, nem a justiça se impressionava com o cheiro de perfume. À sua maneira, ele estava certo, mas a esposa, Anticlea, impôs alguns padrões básicos de propriedade e comportamento comum, proclamando que um rei seria capaz de governar com justiça e sabedoria, mas que seria justo e sábio por muito mais tempo caso também cuidasse dos dentes e dissesse "ah, que bom" para estranhos poderosos de vez em quando.

Anticlea está morta, é claro.

Ela morreu ansiando pelo filho, perdido, tão longe de casa.

O amor maternal é domínio de Hera, mas até eu senti uma lágrima dourada escorrer pelo canto do olho quando a velha rainha ergueu sua taça de vinho misturado com papoula, pedindo que sua dor fosse afogada. Laertes não chorou no enterro, gritou, bradou e declarou que chorar era coisa de mulher. Em vez disso, suas pernas incharam até quase o dobro de seu tamanho natural, e urticárias surgiram em suas costas, e por seis meses depois ele mancou de dor, condenando o luto como uma ideia tola, inadequada para heróis.

Às vezes, entenda, nós, deuses, não somos, afinal de contas, culpados pelas coisas que os homens fazem.

Este, portanto, é o velho que sai de sua casa para ver a nora e os hóspedes dela e, com uma voz como chuva caindo de um telhado sujo, late:

– O que você quer?

– Bom pai – começa Penélope, e no mesmo instante o rosto de Laertes se contorce em uma carranca, pois nada agradável vem das palavras "bom pai". – Permita-me apresentá-lo Electra, filha de Agamêmnon, e Orestes, rei de todos os gregos.

Lá no alto, as Fúrias estão girando, girando, girando.

Pássaros mortos serão encontrados amanhã, caídos do céu em um círculo perfeito ao redor da fazenda de Laertes, com os olhos ainda abertos como se estivessem surpresos com a queda. As Fúrias não têm o poder de ferir aqueles que cuidam de suas presas, mas, minha nossa, isso nunca as impediu de dar a conhecer seus sentimentos em sinais e presságios tão sutis quanto uma lâmina contra o pescoço. Laertes olha para Orestes, que balança, treme e estremece, depois para a irmã rígida e de lábios cerrados, antes de deixar escapar:

– O que, em nome do todo-poderoso Zeus, vocês estão fazendo?!

Capítulo 7

Orestes é colocado na cama da criada de Laertes, Otonia. Ele deveria ocupar a cama de Laertes, é claro, sendo um rei acima de todos os outros reis, mas, caramba, Laertes era um argonauta! Velocinos de ouro, maldições terríveis, guerreiros esqueletos – e suas costas o incomodam desde que aqueles malditos piratas tentaram incendiar sua casa!

– Esta cama é perfeitamente satisfatória, obrigada – entoa Electra. – E eu vou dormir no chão ao lado do meu irmão.

Para onde Otonia irá, ninguém de fato pergunta. Dou um tapinha gentil nas costas dela, enquanto ela fica parada perto da porta. Ela está velha agora e invisível em sua idade. Uma vez, quando era jovem, ela era envolvida pelos braços de um homem cuja voz parecia cantar em perfeita harmonia com a dela, suas vidas eram uma celebração perpétua da glória um do outro. Ele morreu em Troia, e ela não amou desde então, mas a memória dele ainda brilha em seu seio, e ela é minha.

– Qual é o problema dele? – exige Laertes da porta, enquanto Electra enxuga o suor da testa do irmão.

Nenhuma das mulheres responde, então ele levanta as mãos e deixa escapar:

– Está certo! Ignorem o mais sábio dos heróis antigos! – Então ele se vira e marcha de volta para o próprio quarto e tenta bater a porta com o mesmo talento dramático que o do neto Telêmaco, conhecido por usá-lo às vezes, em seus momentos mais petulantes; mas a porta é nova, as vigas ainda não estão assentadas em sua forma final, então ela se arrasta lenta e dolorosamente pelo chão enquanto ele tenta puxar para fechá-la.

No silêncio do quarto que ele deixa para trás, Penélope levanta a cabeça para sua criada, Eos, que gentilmente pega Otonia pelo braço e a conduz para fora.

Por um tempo, Electra e Penélope esperam sozinhas, observando Orestes se remexer em sua pequena cama. Então Electra endireita as costas – ela sempre endireita as costas – e diz:

– Não há nada que possamos fazer por ele agora. Ele dormirá por um tempo, depois acordará em um estado agitado e depois voltará a dormir.

– Muito bem. Vamos conversar?

Capítulo 8

Duas mulheres caminham ao redor da fazenda de Laertes enquanto o sol nasce quente e brilhante sobre Ítaca. Uma vala havia sido cavada para separar a parede dos campos que a emolduram; o velho rei de Ítaca tinha insistido.

– Não adianta ter uma fortificação sem um fosso – declarava ele. – Não faz o menor sentido!

– Mas, honrado pai – suspirava a nora –, de que adianta uma vala se as únicas pessoas que defendem as muralhas são você e Otonia?

– Quando os pretendentes finalmente se cansarem e aquele grande palácio chique em que você fica for incendiado, vai me agradecer pela minha escavação!

Havia – Penélope foi forçada a admitir a contragosto – certa sabedoria no argumento do velho.

Agora a rainha de Ítaca caminha ao longo da borda deste buraco recém-cavado, Electra ao seu lado.

Ela espera que Electra fale.

Penélope é extremamente talentosa em esperar.

– Começou algumas luas atrás – Electra enfim começa e para, como se duvidasse da própria memória. Então, lembrando que a certeza é um dom de seu sangue, continua. – Depois que deixamos Ítaca... depois que lidamos com a rainha renegada... – Ela não dirá o nome da mãe em voz alta, e, por isso, nem ninguém na corte real o fará. *Clitemnestra*, sussurro em seu ouvido, e fico feliz em vê-la estremecer. *Clitemnestra*, que ensinou seu amante Egisto a adorar no altar de sua pele. *Clitemnestra*. Hera amava Clitemnestra muito mais do que eu, pois era uma mulher que adorava ser rainha. Não tenho interesse em tais exibições fugazes de poder – mas sempre gostei de uma mulher que dá valor ao próprio prazer.

Lá no alto, as Fúrias estão gerando um redemoinho nos céus, as nuvens, correndo velozes, a terra abaixo, se enchendo de tons de cinza e preto enquanto seu tumulto agitado escurece o sol.

Os mortais na ilha ocidental estremecem e murmuram que o tempo mudou e olham para cima, mas não veem. Só Orestes sabe, e ele grita novamente em angústia, sua voz perturbando o espreitador Laertes, que rosna e cospe e ouve a esposa morta ainda repreendendo os palavrões.

No chão castanho-amarelado do lado de fora, Electra e Penélope caminham, as cabeças abaixadas, as vozes baixas.

– Retornamos a Micenas – conta Electra. – Meu irmão foi coroado, celebrado por todos os gregos. Ele matou a assassina de Agamêmnon, trouxe justiça, provou ser digno. Achei que nenhum homem ousaria desafiar um rei tão corajoso que mataria o próprio sangue… então os sonhos começaram. Ele acordava chorando, corria para o meu quarto, não comia a menos que fosse lembrado, empalideceu e parou de falar. Ele não era cruel em sua melancolia, mantinha o decoro em público. Mas os sacerdotes estavam inquietos. Eles disseram que havia sinais e presságios. Animais morriam nas ruas, suas entranhas apodrecidas e explodindo com larvas, que se partiam e caíam de sua carne arruinada onde jaziam; nenhuma chuva caiu sobre a nova safra, até que caiu chuva demais, um mês de chuva que empurrou todas as pessoas das ruas para suas casas, uma umidade pestilenta e enjoativa, em todos os cantos, da qual não era possível se livrar. Morcegos enxameavam o palácio ao pôr do sol, drenavam o sangue dos cavalos nos estábulos com suas presas, porém, pela manhã, não podiam ser encontrados. As pessoas falavam das Fúrias, rumores terríveis e perniciosos contra meu irmão – mas ele aguentava tudo. Ele estava abalado e cansado, sim, não finjo o contrário. De luto, talvez, talvez até isso. Mas ele não estava louco. Louco, não.

Nas profundezas secretas da noite, enquanto Electra dormia e Orestes estava acordado na cama do pai no palácio micênico, às vezes ele pressionava as mãos contra os olhos e gritava: Mãe, mãe, mãe!

Ele nunca gritava pelo pai. Orestes tinha apenas cinco anos quando Agamêmnon o deixou para trazer a esposa do irmão de volta de Troia. Nas paredes do palácio, as Fúrias espreitavam, rindo de sua divertida caçada. Elas não apreciavam apenas estripar sua presa nem os castigos grosseiros dos deuses sem imaginação. Nada era tão doce quanto o louco que implorava pela morte e para quem a morte não vinha.

– Algumas luas atrás, ele começou a mudar. A princípio pensei que fosse sua melancolia, mas que melancolia leva os homens a começarem a balbuciar e a gritar em vozes estranhas na companhia dos amigos? Que melancolia faz seus olhos se arregalarem, seu coração acelerar no peito, o suor brotar de sua pele como o mar, convulsões atormentarem seus pobres e miseráveis membros e bile brotar de sua boca? Demorei para reconhecer. Demorei muito. Até que encontrei uma de minhas criadas caída no chão na mesma condição. Foi quando eu soube. Esta não era uma doença enviada pelos deuses.

Ela demora um pouco para dizer a palavra, mas está tão perto de já ter sido dita, que podia muito bem falar agora. Então, com a voz de uma criança pequena e assustada, ela sussurra:

– Veneno.

Penélope acena com a cabeça; a coisa toda parece inteiramente lógica para ela.

– A criada sobreviveu?

– Sim. E eu a questionei. Exigi saber cada passo dela, desconfiei dela, afastei-a de meu irmão. Ela confessou ter bebido um pouco do vinho que ele não tinha terminado, implorou meu perdão, disse que aceitaria qualquer punição – mas a essa altura, é claro, o vinho havia acabado. E, então, Pílades também adoeceu; uma doença leve, mas ainda semelhante, por um dia, talvez dois. Pílades tem… muitos defeitos… ele não é…, mas acredito que ele é leal ao meu irmão. Então o mensageiro chegou de Esparta, dizendo que meu tio estava a caminho. Menelau tinha ouvido falar da doença de meu irmão e estava vindo correndo para ajudá-lo.

– Que atencioso da parte dele.

– Ele não podia ver Orestes neste estado. Não podia. Ele teria convocado os reis de toda a Grécia, estabelecido seu direito ao trono micênico em nome do irmão, falado sobre batalha, honra e Troia e sobre como não poderia haver um… louco matador de mães como rei dos reis de todos os gregos. Ele teria convocado um conselho de homens, e quem falaria em favor de Orestes?

Ninguém, é claro. Talvez Nestor dissesse algo benéfico, sentindo-se um pouco envergonhado com a forma como a coisa toda estava acontecendo. Mas Leucas gostava de usurpadores, e Diomedes ficaria ao lado de seu sanguinário irmão de batalha atravessando sangue e sacrilégio, não importasse o quê. Electra esperaria à porta, espiando, impedida de entrar ou de falar, enquanto seu irmão balbuciava loucuras no meio do salão. Assim caem os filhos de Agamêmnon.

– Engraçado como Menelau soube que seu irmão estava doente lá de Esparta – comenta Penélope, enquanto elas dão voltas e mais voltas pela fazenda.

– Ele tem olhos em todos os lugares. Diz que sempre será leal ao filho do irmão, mas em particular chama meu irmão de "menino". Como se um "menino" fosse capaz de matar a rainha traidora e seu amante! Como se um "menino" fosse capaz de caçá-la pelos mares, como se um "menino" fosse capaz de... – Ela estremece por um momento, como um pato sacudindo a água das costas, olhos adiante, mãos fechadas em punhos. – Eu sabia que precisávamos partir. Antes que meu tio chegasse. Não podíamos ir em segredo, é claro, isso daria a impressão de que tínhamos algo a esconder. Mandei um homem chamado Iason organizar as questões de soldados, tambores e mercadorias para comércio e sacrifício, tão depressa e com tanto segredo quanto ele ousou, e então partimos. Primeiro para Égio, oferecendo sacrifícios a Atena e Ártemis enquanto íamos, depois por mar até Cálcis para fazer oferendas a Zeus.

– Quem sabia para onde vocês estavam indo?

– Ninguém.

– Iason? Pílades?

– Não. Eu disse a eles o que preparar, que viajaríamos por algum tempo, porém ninguém sabia para onde. Mas é difícil disfarçar a marcha de trezentos soldados, sacerdotes, servos e criadas pela terra.

– Imagino que sim. E Orestes? Ele se recuperou?

– Por alguns dias, sim. Quando acampávamos à noite, eu preparava sua comida com minhas próprias mãos, alimentava-o com água que só eu tinha provado primeiro e por um tempo acreditei que isso estava ajudando. *Estava ajudando.* Mas, sempre que parávamos em uma cidade, algum rei inferior insistia em nos receber, e eu tinha que dizer que meu irmão estava em oração piedosa, isolado do mundo, enquanto eu, para manter as aparências, comia à mesa nobre e dizia as palavras necessárias de paz e solenidade. Cada vez que eu voltava para meu irmão depois desses esforços diplomáticos, ele estava adoecido de novo. Eu não podia vigiá-lo a todo momento de cada dia; eu temia dormir. Temia o fim do dia.

Foi quando, a poucos dias de Cálcis, recebi a notícia: Menelau estava em Égio. Ele tinha vindo a Micenas conforme prometido e, ao descobrir que partíamos, embarcou imediatamente para encontrar o sobrinho; para nos apoiar, declarou ele, em nossa jornada piedosa e oferecer devoções à nossa boa causa tanto quanto um mero rei de Esparta poderia. Se ele nos encontrasse, eu jamais conseguiria livrar meu irmão de suas aflições. Ele seria exibido diante de todos os reis da Grécia; perderia seu trono. Tivemos que fugir. Dividi nossas forças. Enviei a maioria para uma cidade nas colinas acima do mar onde há um templo para Afrodite, para fazer barulho com tambor e trombeta como se Orestes ainda estivesse presente e em oração. Então, com aqueles em quem mais confio, meus servos e criadas mais fiéis, zarpei para Ítaca.

Essa declaração parece o fim da história de Electra, e, por mais algum tempo, as mulheres se arrastam pela lama revirada ao redor dos altos muros das terras de Laertes. Eu sigo atrás delas, impaciente por sua conversa, mas apreciando ao menos o agitado tumulto de suas respectivas almas, enquanto as palavras se elevam e diminuem como a luxúria. Por fim, Penélope diz:

— Está certo, prima. Está certo. Estão aqui. Eu esperava que, quando viessem a estas ilhas novamente, se viessem, fosse com um tesouro de presentes imponentes e longos discursos para os pretendentes sobre como deveriam andar na linha para que a ira de Micenas não recaísse sobre eles e assim por diante. Mas suponho que foi um pouco ingênuo, levando tudo em consideração. Por favor, tenha em mente para visitas futuras, porém, que apreciamos em especial lingotes de cobre e barris de sal. Por enquanto, supondo que tais coisas sejam inalcançáveis, o que deseja de Ítaca?

— Não mais do que já forneceu. Um lugar seguro e secreto para meu irmão.

— Você faz com que pareça tão simples.

— E não é? Ítaca esconde bem as coisas.

Penélope suspira, mas não consegue discordar de todo.

— Acha que quem o envenena, se ele está sendo envenenado, e isso não é apenas um mal da culpa...

— Não há culpa! — exclama Electra, a voz mais alta e aguda do que pretendia; uma voz, Penélope sente, muito parecida com de Clitemnestra. Talvez Electra também perceba, pois ela se encolhe um pouco e acrescenta mais suavemente: — Não há culpa.

— ...acredita que aquele que o envenena ainda navega com vocês. Que ainda não escaparam de suas garras.

— Acredito. Eu pensei que deixando Micenas..., mas isso não foi suficiente. Pensei que deixando a maior parte do meu séquito..., mas isso também não bastou. A cada passo, descubro que a traição, a violação da minha confiança é mais profunda.

Penélope não responde; essas coisas de que Electra fala com tamanha indignação são apenas um passatempo noturno na casa de Odisseu. Em vez disso:

— Mandei chamar uma sacerdotisa da ilha. Ela é boa com certas ervas, e, das mulheres que ficam sob seus cuidados, apenas um número médio morre, o que é um excelente registro para uma médica.

— Uma sacerdotisa, não um sacerdote? Não há servos de Apolo em Ítaca?

— Existe um, mas ele janta regularmente com o mestre das docas, cujo filho Antínoo é pretendente no meu palácio. Não consigo imaginar que você queira que a notícia se espalhe por esses espaços. Além disso, ele acha desagradável cuidar de doenças femininas, e, como a maior parte da população ilha é composta de mulheres, isso o deixou com relativamente poucos pacientes em quem praticar.

— Confia nessa sacerdotisa?

— Tanto quanto confio em qualquer pessoa. Ela é a senhora do templo de Ártemis.

Electra solta um pequeno suspiro, uma lufada de ar ao ouvir o nome.

— Dizem que as ilhas ocidentais são protegidas pela caçadora. Alguma coisa de ilírios, ou eram argivos, invadindo suas terras? Navios encontrados incendiados, cadáveres crivados de flechas, uma intervenção divina, não? Que sorte que sua piedade pode conjurar o mais útil favor da deusa.

Isso é uma pitada de rancor na voz de Electra? Quando tinha doze anos, ela invadiu o arsenal do palácio da mãe e roubou uma espada, foi encontrada balançando-a no pátio, ambas as mãos segurando o cabo que sacudia em suas mãos como um peixe ofegante. Se ela tivesse nascido homem, teria matado Clitemnestra, em vez de obrigar o irmão a fazê-lo.

— Não presumo nada. — A resposta de Penélope é firme, contundente, encerrando essa linha de investigação antes que pudesse prosseguir. Electra reconhece e se enrijece também. Por um momento, duas rainhas em potencial pisoteiam como hipopótamos com pés pesados pela lama ao redor da casa de Laertes, mas é Penélope quem amolece primeiro, mesmo que apenas um pouco. Penélope nunca quis ser homem. Aquiles só poderia provar seu valor morrendo, com o coração partido, em algum campo sangrento. Héracles massacrou a esposa e bebês, e mesmo aqueles heróis que sobreviveram relativamente ilesos muitas vezes morreram miseráveis quando sua lenda passava. — Podemos falar com franqueza, prima Electra? Acho que talvez seja bom sermos claras uma com a outra, conversarmos com total confiança e honestidade.

– Isso não é o usual, prima. Mas, se quiser, já que estamos sozinhas...

Um aceno firme: ela deseja. A novidade é emocionante para seus lábios, uma excitação quente em sua pele.

– Há certos assuntos entre nós. Assuntos sobre sua mãe, claro, pactos e entendimentos firmados. Vou procurar honrá-los, claro que vou. Farei isso pelo sangue de que compartilhamos, por seu irmão, que parece ser um rei tão bom quanto qualquer outro, e por certos acordos que temos. Farei isso por você, prima. Farei também. Mas se você atraiu Menelau para minhas terras, se o meu povo estiver em perigo ou o meu reino ameaçado, não vacilarei no meu dever. Eu sou rainha, e você está em meus domínios. Aconteça o que acontecer, quando acontecer, lembre-se disso.

Para sua surpresa – para minha surpresa – e talvez até para surpresa da própria Electra, a mulher mais jovem assente com um gesto. Isso é uma pitada de humildade em seus olhos? Acho isso extremamente desagradável; talvez um dia Electra se torne uma esposa recatada e bela, afinal.

– Entendo, prima – responde ela, e por mais algum tempo elas caminham juntas, em silêncio.

Então Eos para no portão que guarda a fazenda murada e acena para elas do outro lado do campo.

– Ele está acordado – informa.

Capítulo 9

Certa vez, Zeus me enganou para que eu me deitasse com um mortal. "Enganar" é a palavra que ele usa, é claro. Ele estava incrivelmente orgulhoso de todo o caso. "Olhem para a prostitutazinha, fodendo um homem mortal!", ele gargalhava.

Ele fez isso, é claro, para provar que tinha poder sobre mim. Era muito importante para ele demonstrar isso da forma mais pública e perversa que conseguisse, para dissipar a fofoca comum entre os deuses de que ele se esquivava de mim por medo do castigo que eu poderia lançar sobre sua alma. Que até mesmo o pai dos deuses não estava imune ao poder do desejo e do amor. Como se o amor fosse apenas luxúria e o desejo só pudesse se prestar à conquista.

De qualquer forma, fui enfeitiçada para acreditar que estava me deitando com outro dos divinos, e tivemos juntos uma noite de fato bastante picante, Anquises e eu. Na altura em que o encantamento se desvaneceu, eu já suspeitava de que era com um mortal que eu me deitava, pois ele adorou meu corpo, exultou em minha graça com uma humildade e uma gratidão que excedem qualquer coisa que já recebi de meus pares celestiais, e foi uma experiência completamente agradável e adorável também. Depois, é claro, as coisas ficaram difíceis para ele. Ele proclamou que nenhuma mulher jamais o satisfaria como eu havia feito, o que era uma podridão autoengrandecedora, e, embora eu o advertisse para não mencionar o assunto a nenhum outro mortal, ele não conseguiu mesmo se conter, e Zeus o cegou com um raio por seus pecados. Uma pena.

Sempre fiquei de olho em Anquises, é claro, e principalmente em nosso lindo menino Eneias, que eu sabia que faria coisas maravilhosas. Os deuses riam de mim, achavam ultrajante, absurdo que a meretriz sentisse um laivo de afeição pelo mortal que a violou; mas Anquises estava tão enfeitiçado quanto eu, e nosso adorável filho não carregava nenhum pecado por nossas cópulas. Isso também causou muita confusão entre os olímpicos, pois que tipo de divindade tola permitia que um filho vivesse como se fosse dono de si, livre do legado dos pais, e ainda assim o amava? Absurdo, gritaram. Ridículo! Mais uma prova da cabecinha vazia de Afrodite.

Nunca amei Anquises, embora sentisse alguma simpatia e afeição por ele. Eu amava Eneias, nosso menino, com uma ferocidade que atraiu até mesmo eu, a mais bela das divindades, para o campo de batalha. Os deuses falavam que eu amava Páris, e, se quiserem acreditar nisso, que seja; mas, na verdade, há apenas uma outra mortal que amei tão ferozmente quanto amo Eneias, e ela agora está navegando direto rumo a Ítaca.

Capítulo 10

Na casa de Laertes, Orestes desperta.

Penélope e Electra estão ao seu lado, de mãos dadas como carpideiras já reunidas para o funeral.

Quando ele abre os olhos, eles estão cobertos de remela, como se suas pálpebras estivessem seladas com cera antiga. A parte branca está salpicada de vermelho, e no mesmo instante Electra arqueja um pouco e pega uma tigela de barro deixada ali perto, mergulhando um pano de cânhamo para lavar a crosta ressecada de seus cílios e limpar o sal de sua testa.

Ela tem um pente de concha esculpida com o qual acaricia os cabelos dele; o movimento parece trazer-lhe um pouco de alívio, uma tranquilidade suave. Talvez a mãe também penteasse seu cabelo quando ele era criança, antes que sua infância fosse encharcada de sangue.

— Meu irmão — sussurra ela, e ele parece reconhecê-la, agarra com uma mão branca feito osso o braço magro dela, enquanto ela aplica um líquido suave na pele ardente de suas bochechas e na vermelhidão pulsante de seu pescoço. Ela sorri, aperta a mão dele. — Estou aqui.

Ele a vê, tenta sorrir, os dentes manchados de amarelo. Suas pupilas estão largas e escuras, as íris em linhas estreitas de um cinza profundo, tão apertadas, que é como se a escuridão em sua visão fosse explodir, fosse consumir todo o seu olhar. Seus olhos piscam para Penélope, esforçam-se para enxergar.

— Mãe? — pergunta ele.

Esta é talvez a identificação mais estranha que ele pode fazer. Penélope se mexe um pouco onde está, mas não se aproxima.

— Não, irmão — Electra sussurra, pingando um pouco de água na boca dele. — É Penélope.

Um momento de confusão — quem em sua vida é Penélope? Ah, mas então ele se lembra, e a resposta em nada ajuda a aliviar sua angústia.

— Penélope — repete ele, digerindo como um homem faminto digere frutas podres. — Então... Ítaca?

– Sim, irmão. Estamos em Ítaca. Você estava doente. Lembra?

Um pequeno aceno. Um pequeno desvio de cabeça; está farto de água, dela enxugando sua testa, penteando seu cabelo. Ele agora deseja olhar para a parede, para a escuridão, fechar os olhos doloridos.

Penélope finalmente se aproxima um pouco mais, tirando do lugar a relutante Electra ao seu lado.

– Sua majestade – começa ela. E, quando isso não produz resposta: – Primo. Você está na casa de Laertes, pai de Odisseu.

O menor dos acenos de cabeça ou talvez ela tenha imaginado? Na escuridão, é difícil dizer.

– Electra acha que alguém está tentando prejudicá-lo. Tentando envenená-lo. Sabe quem faria isso? Sabe como?

Orestes balança a cabeça em negativa, dobra os joelhos mais perto do peito.

– Perdoe-me – sussurra ele. E, então, mais uma vez: – Perdoe-me.

Acima, as Fúrias cacarejam, línguas negras sobre lábios escarlates, mas apenas Orestes ouve. Ele pressiona as mãos sobre as orelhas, aperta os olhos até chorar, choraminga: *perdoe-me, perdoe-me, perdoe-me* – até que suas palavras se afoguem na escuridão crescente.

Anaitis, sacerdotisa de Ártemis, abre as janelas.

– Luz! Ar!

Electra se sobressalta. Orestes se encolhe, perdido em um quase assombro.

Laertes está parado na porta, de braços cruzados. Ele não aprova todas essas mulheres perambulando por sua propriedade – já era ruim que sua nora tenha trazido um rei meio louco para sua fazenda, perturbando o que de outra forma seria uma manhã perfeitamente boa, mas trazer a criada Eos, a sacerdotisa Anaitis e a irmã sombria de Orestes, Electra, apenas faz o lugar parecer apertado.

Mas agora! Agora Anaitis está em seu elemento, bradando instruções e mandando trazer água limpa, pão fresco para ser mergulhado nela e colocado na boca de Orestes como mingau para um bebê. Há algo realmente magnífico em uma mulher que sabe o que está fazendo, Laertes pensa, mas de jeito nenhum ele dirá isso.

– Ele precisa comer – decreta a sacerdotisa. – Nada pesado para o estômago.

Ela se senta e sente o sangue correndo pelo pescoço de Orestes, observa seus olhos, cheira seu hálito, puxa seu cabelo, que, para sua leve decepção, não cai quando ela puxa.

– Que tipo de médica você é? – exige saber Electra, diante desse pequeno insulto.

– Eu ajudava no parto das ovelhas quando tinha cinco anos – retruca Anaitis. – Humanos não são muito diferentes.

– Meu irmão não está grávido.

Anaitis lança um olhar furioso para Electra, que tem muito pouca preocupação com a realeza. Ela mal havia dominado a arte da deferência real quando Penélope veio chamá-la, mas mesmo isso é um pouco demais. Esse arremedo de garota micênica é outra história.

Penélope pigarreia.

– Tem alguma ideia da enfermidade de Orestes, Anaitis? Você diria que a condição dele tem – e estou apenas especulando – cura imediata com uma única erva comum e muito fácil de encontrar e que o deixará de pé bem depressa e pronto para retornar ao governo de Micenas antes que a situação se deteriore ainda mais, por exemplo?

Anaitis muda de Electra para a rainha itacense.

– Ele me lembra um cavalo que comeu certas plantas que crescem perto do riacho. Também há isso em seus delírios…

– Ele não está delirando! – dispara Electra.

– Ele *está* delirando. Por que ela diz que ele não está?

– Afeto familiar – explica Penélope, fria como uma nascente na montanha. – Por favor, continue.

– Está bem. Ele está delirando igual aos sacerdotes que inalaram demais da fumaça divina; não são alheios ao mundo ao seu redor, mas também não falam dele com coerência. Alguém mais mostrou sinais como esses?

Electra se remexe um pouco, os olhos fixos em outro lugar.

– Em Micenas, antes de partirmos. Uma noite, logo no início, uma criada bebeu do vinho dele. De manhã ela estava com calor, ofegante, os olhos arregalados, vendo coisas que não existiam. E Pílades também.

– Pílades?

– Um capitão de Micenas que, acredito, deve estar prestes a chegar ao porto da cidade e agindo como se tudo estivesse perfeitamente normal e sob controle – explica Penélope, para o leve interesse de Anaitis. Elas olham para o rei, enquanto Anaitis pressiona a mão na testa dele de novo, uma pequena carranca em seu rosto largo e eloquente. – Quem prepara a comida de Orestes? A bebida dele?

– Eu mesma.

– Tudo mesmo? Você tira a água do poço? Mexe o mingau para a tigela dele?

– Eu… não. Mas em Micenas, no momento em que suspeitei que ele estava sendo envenenado, mandei que a cozinha preparasse todas as refeições iguais, todas servidas da mesma maneira, e as dispus diante de mim. Eu escolhia um prato da mesa, e o resto era comido por nossos convidados, servos e escravos. Só eu carregava a taça de Orestes e fazia com que todos na casa partilhassem o vinho e a água que se colocava nele. Não havia como envenenar meu irmão sem arriscar envenenar todos os outros também.

Penélope tenta levantar uma sobrancelha, mas suas feições não são ágeis o suficiente, de forma que ela não consegue deixar de levantar as duas.

– Essa é uma aposta fantasticamente perigosa; e se o envenenador não se importasse com quem mataria?

Os olhos de Electra faíscam – ah, iguais aos de sua mãe, ela odiaria se soubesse disso.

– E daí? Se todos devem morrer para que meu irmão viva, não é isso que é ser um rei?

Electra também é filha de Agamêmnon, devemos sempre lembrar. O pai matou a irmã dela para que ele pudesse ter sua guerra e esqueceu o cadáver ensanguentado de Ifigênia tão depressa quanto se acostumou com o cheiro das piras funerárias nas praias de Troia.

Penélope viu muitos aspirantes a reis quando era menina na corte de Esparta. De muitas maneiras, os confins deselegantes das ilhas ocidentais têm sido uma alternativa agradável a ter que suportar muito da companhia deles.

– Acredito que seu irmão não melhorou, certo?

– Às vezes ele melhorava, e depois, não. Vinha em ondas. Quando enfim fugimos, eu tinha certeza de que minhas ações não eram suficientes. Mas o que eu poderia fazer? Ele é rei. Ele deve ser visto sendo rei; presidindo audiências e emitindo julgamentos. Ele não pode ficar trancado no quarto; isso seria tão perigoso quanto se ele já estivesse morto. Talvez mais.

– Se o quisessem morto, ele já estaria morto – declara Anaitis com a leveza casual de quem conhece seu ofício e não pensa muito nisso. Os olhares se voltam para ela, e ela percebe por um instante que as outras podem não se sentir tão desinteressadas por essa declaração como ela.

Ela dá de ombros – quando era uma jovem sacerdotisa, foi esbofeteada nos ombros pelo gesto, mas, agora que está no comando do próprio santuário, não vai propagar essas bobagens sobre comportamento ou decoro arruinando a pura essência da adoração de Ártemis.

– Há muitas flores, cogumelos e ervas que, se misturados em um prato, ou esmagados em uma bebida, ou destiladas em um óleo e tomadas na língua podem matar em menos de um dia. Se eu quisesse este homem morto – um aceno vago para Orestes, que ainda é de interesse bem limitado para Anaitis em seu papel de rei dos reis –, consigo pensar em três ou quatro ervas fáceis de conseguir ao redor desta fazenda que eu poderia servir para ele que seriam mais eficazes do que esse balbuciar sem sentido.

– Um rei louco – reflete Penélope – pode ser tão útil quanto um morto. – Penélope é especialista em questões de realeza ambígua; inigualável quanto à nuance de reis ausentes. – O que aconteceria se Orestes morresse?

– Um conselho de reis. Os governantes mais velhos se reuniriam. Os maiores guerreiros. Menelau, é claro. Qualquer um que sentisse que tem algum direito ao trono.

– E quem seria coroado? – Electra aperta os olhos, balança a cabeça. Ela não consegue pensar nisso; mas ela precisa.

– Menelau? – pergunta Penélope baixinho.

– Não. A reivindicação dele ao trono é a mais forte, é claro. Ele é irmão de Agamêmnon. Mas os outros nunca permitiriam. Eles se uniriam atrás de outra pessoa, algum candidato fraco o suficiente para ser controlado pelas antigas famílias de Micenas, forte o bastante para resistir a Menelau caso ele se recusasse a aceitar o resultado. Não pode haver apenas um rei em Esparta e Micenas, tal homem seria capaz de conquistar tudo.

– Um homem fraco e forte... e você?

– Eu? Eu seria aquela que selaria o acordo. Eu me casaria com quem eles escolhessem para manter Menelau longe do trono.

– Casaria?

Electra não sabe. Seu dever está claro, e ela acredita acima de tudo no dever. Mas ela é sábia o suficiente para conhecer o próprio coração e teme que, tal qual o coração da mãe e o coração de sua prima Helena, ela seja traiçoeira. Ela teme ser capaz de amar, e esse é o maior perigo de todos. É uma das razões pelas quais ela veio até Penélope. A rainha de Ítaca, ela tem certeza, baniu todo amor em nome do dever.

Isso é o que Electra deve ser, uma mulher de gelo e pedra. Eu acaricio sua bochecha, planto um beijo gentil em sua testa. Electra só viu o amor uma vez – quando a mãe amou Egisto, e ele a amou –, e foi um veneno para seu coração. Ela não acredita que isso possa ser remediado. Mais um de seus erros.

– E se Orestes *estiver* louco? – Penélope questiona, e no mesmo instante Electra está de volta a este lugar no presente, as bochechas corando de fúria carmesim, os olhos se erguendo duros. Penélope encontra seu olhar e não se encolhe diante dele. – É uma questão política inteiramente razoável, prima – reflete. – Na verdade, se o envenenador não matou seu irmão, deve ser por algum motivo. Insanidade... levanta questões, não é?

– Se... *se* fosse julgado que meu irmão era de alguma forma... incapaz de governar – Electra rosna, mal conseguindo resmungar as palavras por entre os dentes –, seria o caos. Alguns tentariam formar um conselho de anciãos, mas aqueles que estivessem dispostos a defender a reivindicação de meu irmão não o apoiariam. Pílades levantaria homens em nome de Orestes, Menelau também; embora o que quisessem dizer com isso fosse totalmente diferente. Igual ao caso do seu marido, o problema seria o seguinte: o que aconteceria se pegasse em armas para reivindicar o trono e então Orestes – ou Odisseu – voltasse? Isso seria... incomparavelmente perigoso.

– E, igual ao caso de meu marido – Penélope reflete –, algum apoio seria dado a quem quer que você desposasse.

– Não me casarei com ninguém que pretenda usurpar meu irmão!

– Mesmo que ele esteja louco?

– *Ele não está louco!*

Electra coloca o punho na boca. Não fazia isso desde criança. Ela quase morde com força suficiente para tirar sangue, em seguida afasta a mão depressa, como se outras pessoas pudessem não ter notado o movimento. Penélope fica sentada, com os dedos cruzados no colo, e tem a delicadeza de fingir que não. Anaitis pisca, perplexa, olha de uma para outra. É assim que a realeza é, ela se questiona, igual a pessoas? Não é de se admirar que pareçam não conseguir fazer nada.

– Bem – Penélope suspira por fim. E depois: – Bem.

Ela se levanta, se dirige para a porta, para, se vira.

– Quem quer que esteja envenenando seu irmão, seja lá como esteja, claramente não deseja que ele morra. Isso significa que tem um mestre com muito a ganhar com a confusão. Existem pouquíssimas pessoas que prosperam no caos, prima. E uma acima de todas as outras. Pense nisso quando Menelau chegar.

Electra não diz nada e vira o rosto para a parede.

Capítulo 11

Há assuntos que apenas uma rainha pode resolver.
Ou melhor, há assuntos que uma rainha deve ser vista resolvendo, para que ninguém considere que ela não está reinando apropriadamente.

Um pouco depois de o sol beijar o ponto mais alto do céu, enquanto Electra fica de guarda sobre a forma retorcida do irmão, Penélope está voltando para a pequena, ondulante e miserável "cidade" que o povo de Ítaca aclama como sua capital. Apenas uma estrada boa passa por ela, ao longo da qual os sacerdotes precisam fazer procissão em um arrastar excruciante para prolongar a solenidade de seus ritos em um pedaço de terra tão pequeno. Desta única trilha saem becos e escadas que contornam os prédios rachados e as casinhas que crescem como dentes tortos da terra rochosa, cada uma batendo contra a vizinha. Não há muros de defesa no local, mas o palácio de Odisseu pelo menos tem alguns muros erguidos pelo pai de Laertes, principalmente para impressionar os muitos estranhos e poetas fofoqueiros que faziam relatos sobre Ítaca a seus pares de que o povo cheirava a peixe e falava apenas de cabras.

– Vão em frente e proclamem que, embora adoremos uma cabra e um ou dois mexilhões para o jantar, isso na verdade nos torna destemidamente robustos e resistentes! – declarou o pai de Laertes, e veja como seus filhos pagaram o preço pela disseminação bem-sucedida dessa noção.

Os murais que revestem as entranhas do palácio – pelo menos as entranhas onde olhos estrangeiros curiosos possam ir – costumavam retratar Laertes no *Argo*, valente rei guerreiro navegando com os maiores homens da Grécia. Mas o ar salgado do porto desgasta até mesmo a arte mais refinada, então Penélope contratou os serviços dos terceiros melhores artistas de alguns dos cantos mais moderadamente cultivados da terra para refrescar aqueles borrões de branco, vermelho e preto com imagens das façanhas de seu marido. Aqui: Odisseu matando um javali feroz. Ali: Odisseu atacando as muralhas de Troia ou lutando para defender o corpo do caído Pátroclo. A imagem do cavalo de madeira domina a maior parte do salão principal onde os pretendentes se reúnem embriagados, e Penélope convidou os carpinteiros de sua casa para esculpir cabeças de cavalos ou as linhas de seus corpos flutuantes em qualquer superfície ornamental que conseguissem encontrar, tanto como homenagem a Poseidon (que não se importa) quanto para sutilmente lembrar todos e quaisquer visitantes da astúcia de seu marido ausente.

E onde Odisseu está agora?

Ora, ele está rolando nos braços de Calipso em sua ilhota no mar encoberto, e ela é uma amante fabulosa – eu faria o mesmo, com certeza faria, e talvez, quando isso acabar e ela estiver sofrendo por sua perda, eu farei, ninfinha sortuda. Ele fica estimulado ao agradá-la, excitado por seus gemidos de êxtase, pelo sabor dela em seus lábios e se ressente por ela ter esse poder sobre ele. E, quando não está esplendidamente enrolado entre as pernas dela, ele se senta sobre a rocha voltada (ele acha) na direção de Ítaca e chora. Mas chega de Odisseu. O máximo que mando para ele é um tapinha apaziguador nas costas quando me dou ao trabalho de lembrar.

Neste palácio pintado, há muitas características de uma residência adequada a um príncipe que não são encontradas. Faltam banheiras douradas nas quais um conquistador possa se banhar enquanto é agradado por suas concubinas. Há uma escassez de cortinas ondulando suavemente atrás das quais a risada solta de uma donzela encantadora pode ser ouvida em horários impróprios. Há pouquíssimos leitos de penas e penugem macia em cantos perfumados com jasmim e mel, mas há quartos com estrados duros apertados para acomodar os mais pobres dos pretendentes, a menor das criadas. O incenso deveria ser queimado todas as manhãs e todas as noites, o aroma floral e leve no verão, rico e cheio de néctares amadeirados no inverno, e o doce som de um alaúde ouvido em algum pátio macio sob vinhas pesadas seria uma adição agradável em qualquer época do ano, mas especialmente nas noites longas e quentes, quando a brisa do mar pudesse carregar as notas, ou no inverno mais profundo, quando o vento do norte castiga a terra. Longos corredores com grandes colunas altas por trás das quais se pode ver um amante distante disparar para a sombra são essenciais. Portas pesadas que podem ser fechadas com um baque sólido, selando a noite para esta intimidade privada, também são muito importantes para um palácio adequado, mas as paredes nunca deviam ser tão grossas a ponto de não se poder ouvir um gemido de êxtase vindo de outro aposento – apenas espessa o suficiente para que nunca se possa ter certeza de onde veio o gemido.

Em vez disso, o palácio é muito parecido com a cidade – um emaranhado de becos sem saída confusos e escadas para cantos estranhos, quartos adicionados e divididos e acrescentados de novo, de forma que a coisa toda se inclina para a beira do penhasco como se seu crescimento tivesse se transformado em um lento arrastar suicida. Pela manhã cheira aos porcos que farejam o terreiro; à tarde, tem cheiro de peixe limpo na cozinha. À noite, enche-se com o rugido de homens bêbados que pararam de fingir cortejar e, em vez disso, se empanturram de carne e grãos, talvez na esperança de matar de fome a rainha itacense até que se submeta e eles; e, quando o vento sopra do leste, o cheiro do estrume e dos montes de compostagem é levado pelas janelas abertas, forte o bastante, juro, para afastar até mesmo o amante mais dedicado de seus intentos.

Resumindo: é uma espelunca. Apenas a presença ocasional de estrangeiros arrastados pelo comércio movimentado que passa pelos portos das ilhas ocidentais me induziria a sequer olhar em sua direção, esperando talvez por algum bárbaro do norte de cabelos flamejantes, todo envolto em peles e peito forte, ou um belo sujeito das terras do sul com pele de meia-noite e uma voz rica e profunda que negociou em muitas línguas, cortejou em mais algumas também. *Venha até mim*, sussurro nos ouvidos desses estranhos. *Deixe sua barca de mercador e deite-se comigo em um leito florido. A terra aqui é suave e amena, a mais dura das estações, mais suave do que o seu sol ardente ou a sua floresta gelada. Você está longe das terras de seus deuses; seria prudente prestar homenagem à mais grandiosa nestas partes. Adore-me.*

Às vezes eles ouvem; outras vezes, não. O padrão de sua fala nativa e sua adoração familiar os ensurdecem para o caminho mais prazeroso que ofereço. Aqui está um, veja, aqui. Aqui está um homem do longínquo Egito vindo para cortejar a rainha de Ítaca. Ele foi enviado, conta, pelo irmão, cujo comércio depende do fluxo de âmbar dos portos do norte, cujo comércio deve ser mantido seguro ao passar pelos mares ocidentais. Ele mente neste ponto, mas em todos os outros assuntos é notavelmente honesto. Seu cabelo é encaracolado e preto ao redor de seu rosto crepuscular; seu traje tornou-se cada vez mais parecido com o dos gregos com quem passa seus dias, embora ainda haja ouro ao redor de seus pulsos e braços, um lembrete do valor de sua corte. Quando está no palácio, ele não carrega nenhuma arma, como cortesia com sua anfitriã. Mas esta tarde ele caminha, como tem feito tantas vezes, ao longo da espinha escarpada de Ítaca, olhos voltados para o sul, o vento martelando em seus ouvidos, sua mente em dois lugares ao mesmo tempo – sua casa, há muito perdida, e aqui também, em maneiras que ele não previra.

O nome dele é Kenamon. Houve um tempo em que caminhou por essas colinas com o filho de um rei, ganhando o favor do próprio Telêmaco, até que aquele jovem partiu em segredo em busca do pai. Agora, caminha sozinho, exceto por aqueles raros e preciosos momentos em que encontra mais alguém entre os pastos irregulares e os olivais tortuosos. Ele achava que seu coração jamais ia palpitar de amor. Como os homens podem ser ingênuos! Dele teremos mais a dizer.

Por enquanto, porém, há negócios a tratar. Penélope retorna ao palácio, com Eos ao seu lado, como a leal Eos sempre está.

Se questionada sobre onde esteve esta manhã, Penélope dará sua habitual resposta piedosa: "Caminhei sobre os penhascos e chorei por meu marido desaparecido"; ou talvez, se estiver particularmente irritada com as pessoas que constantemente perguntam onde ela vai na própria terra: "Fiquei tão triste por meu marido e agora meu filho errante que desabei sobre a terra dura, rasguei minhas roupas e arranhei meu peito até sangrar. Ah, tristeza, não fale comigo, para que o sofrimento não volte!".

A primeira vez que ela fez essa declaração, julgou um pouco mal a maneira de fazê-la, e os ouvintes foram forçados a fazer um trabalho significativo para interpretar a impaciência raivosa em sua voz como uma dor feminina ardente. Agora ela despeja esses sentimentos depressa e sem muito esforço, e as pessoas acenam com a cabeça e sorriem e dizem: "Ah, sim, essa é a nossa Penélope, é isso". Uma boa dose de lamentação antes do almoço, de volta a tempo para o jantar.

Seu conselho já está reunido, quando ela entra pelos portões do palácio, tira o véu, afasta do rosto os cabelos revoltos do mar e come um bocado de queijo e alho colhidos de um prato pronto. Ou melhor, deveríamos dizer que foi o conselho do marido dela que se reuniu, uma assembleia de homens que Odisseu considerou adequados para abandonar quando partiu para Troia. Ela comparece a essas reuniões para assistir sem comentar, para que, quando Odisseu voltar, ela possa relatar: "Ah, sim, os homens em quem você confiava se encontraram e falaram e disseram coisas sábias." e depois voltar a ficar em silêncio. Hoje, no entanto, enquanto os homens falam de negócios – uma disputa no porto sobre o valor do estanho, uma embaixada do norte vinda para negociar o livre acesso aos estreitos mares guardados por Ítaca, relatórios dos fazendeiros de Hyrie e uma disputa entre dois velhos homens importantes em Cefalônia por causa de algumas vacas roubadas – ela mal finge ouvir. Senta-se com o queixo na palma da mão e não olha para nada em específico. Está esperando. Penélope está sempre esperando.

Dois de seu conselho – e são apenas três, agora que Telêmaco se foi – não parecem notar. Pisénor e Egípcio gostavam de se imaginar como homens de guerra e ação – se ao menos tivessem navegado para Troia. O velho soldado Pisénor, com um braço terminando em um toco, seu queixo como uma mancha de cicatriz e barba por fazer, recebeu ordens de Odisseu para cuidar das defesas desta terra na ausência de seu rei errante. A recente revelação de que as flechas abençoadas de Ártemis fazem mais para defender as ilhas ocidentais do que qualquer milícia de garotos sujos que ele conseguiu criar prejudicou um pouco o senso de valor desse pretenso guerreiro. Ele não parou para investigar muito a fundo como piratas são mortos às portas de Ítaca sem o seu envolvimento – e nunca o fará. Odisseu, apesar de toda a sua fala, não era alguém que gostava de promover tipos questionadores.

Egípcio, um homem que mais parece uma corda que, se dedilhada como uma harpa, soaria com uma nota dissonante, algumas vezes se perguntou como exatamente Ítaca se defendia. A conclusão a que chegou é, em muitos aspectos, sábia: saber a resposta poderia colocá-lo em algum perigo pessoal e, portanto, é melhor não se alongar muito.

– ... o carregamento de madeira atrasou, o mestre em Patras mais uma vez não é mais um fornecedor adequado...

O terceiro conselheiro, o leal Medon, que amou, amou e amou, até que a morte finalmente levou sua esposa – e ainda ama seu fantasma como se ela estivesse viva, glorioso em seu coração –, espia Penélope com o canto do olho e, diferentemente da maioria dos homens nestes salões, ele a vê. Não uma rainha enlutada, mas a própria Penélope, inteira e verdadeira.

– ... e agora é claro que estão exigindo ouro por âmbar, ouro! Como se de fato esperassem qualquer tipo de comércio significativo se começam com esses termos...

Estes são homens necessários. É importante que sejam vistos como se estivessem no comando, mesmo que não estejam. Eles são outro véu que a rainha coloca sobre sua face, outra pequena parede que surgiu em torno de seu palácio torto.

– Esta manhã chegou um micênico, um sujeito chamado Pílades. – Egípcio é quem dá a notícia. Ele está um tanto orgulhoso por ser o primeiro a saber. Recebeu a notícia de Eupites, pai de Antínoo, cuja família controla as docas, e eles gostam de lembrar as pessoas disso. Egípcio sempre teve o cuidado de ser amigável com os pais dos pretendentes, dizendo que é para o bem de Penélope que ele aguente muitos jantares e taças de vinho, e seu próprio futuro é uma mera consideração secundária neste jogo.

– Um micênico? – A voz de Penélope é o roçar suave da anfitriã preocupada, nada mais. –Talvez ele tenha alguma notícia do meu filho.

Egípcio e Pisénor trocam olhares cansados. Por quase vinte anos, Penélope ofereceu a frase "talvez ele tenha notícias de meu marido" como desculpa para se envolver em conversas que beiravam o impróprio com todos os mercadores, marinheiros e escória dos mares que visitam sua casa. Depois de apenas quinze anos, estava se desgastando um pouco, e agora isso – outro parente desaparecido, outro olhar lamentável no canto do olho, enquanto ela se concentra em qualquer um que possa ter informações sobre seus familiares ausentes.

É apenas Medon que olha para Penélope enquanto ela diz essas palavras e entende a diferença. Ela é uma esposa que mal consegue se lembrar do marido, mas também é uma mãe, que sempre soube que um dia seu filho partiria, mas não pensou que seria em um segredo cruel na calada da noite, navegando por mares perigosos sem nem mesmo um pedido de licença.

Às vezes, até Penélope tem suas próprias necessidades, ele conclui.

– Pílades é o camarada de Orestes, não é? – resmunga Pisénor, rápido para evitar até mesmo o menor sopro de sentimento em uma conversa. – Próximo do rei.

– Houve rumores vindos do continente.

Egípcio adora um boato do continente.

– Dizem que Orestes não está bem.

– Que tipo de mal? Não está doente?

– O tipo de mal que se pode esperar de um homem que mata a própria mãe.

A sala cai em um silêncio desconfortável. Já é bastante embaraçoso que Clitemnestra tenha sido morta na ilha deles; pior ainda, ninguém consegue pensar em nada para dizer que deixe todos os envolvidos se sentindo completamente satisfeitos com sua parte na morte dela. Nuance não é algo para o qual esses sábios anciãos de Ítaca são preparados.

É Egípcio quem limpa a garganta, ansioso para prosseguir.

– Falando em novidades… um tanto diferentes… temos excelentes notícias de Pólibo e Eupites, que finalmente concordaram em trabalhar juntos e contribuir com dois bons navios tripulados para a defesa da ilha.

Penélope congela, enquanto quando Pisénor quase se dobra de alívio.

– Finalmente! – suspira o velho soldado.

– Eles o quê? – deixa escapar Medon.

Egípcio olha de um para o outro sem saber ao certo como lidar com essa contradição. É Pisénor quem vem em seu auxílio.

– Se dois dos pais mais poderosos de dois dos pretendentes mais poderosos do território estão, enfim, colaborando na proteção do reino que eles esperam que os filhos um dia governem, isso só pode ser uma coisa boa! Assumir a responsabilidade! Mostrar vontade! Sem falar na ajuda com os piratas nas águas locais, tudo coisas boas!

– Aqueles dois se detestam quase tanto quanto os filhos detestam um ao outro – retruca Medon. – Apenas um de seus filhos pode ser rei…

– *Se* o corpo do meu marido for encontrado – corrige Penélope, um hábito mais do que qualquer outra coisa, um pássaro comum que canta.

Medon passa por cima – quase todos agora têm o hábito de passar por cima dessas declarações.

– … e com certeza, Antínoo, filho de Eupites, e Eurímaco, filho de Pólibo, terão apenas uma missão, que é matar o outro. E você diz que os pais deles, de repente, descobriram que estão dispostos a ser amigos de novo? Para… o quê? Servir Ítaca como se não fossem os mais implacáveis rivais que prefeririam ver as ilhas dilaceradas a ver seu inimigo no trono? Eu não acredito nisso.

– Acredite ou não – retruca Egípcio, desenrolando a curvatura de sua coluna para ficar um pouco mais alto acima do velho redondo –, está acontecendo.

A mandíbula de Medon se move como a de um peixe sufocando por um momento, mas ele não emite nenhum som. É Pisénor quem decide assumir a responsabilidade por uma conclusão, agitando-se o suficiente para bradar:

– Não há mal em ter mais navios na água, mais homens ao mar. Somos navegadores, é isso que devemos fazer!

É um sentimento de tamanha banalidade, que, por um momento, até mesmo Pisénor parece surpreso por tê-lo pronunciado, mas agora é tarde demais.

O velho soldado certa vez pensou que estava apaixonado por uma mulher que parecia disposta a ouvir, ouvir de verdade, tudo o que ele tinha a dizer. Mas um dia ela se manifestou e sugeriu, gentil como um pardal, uma interpretação alternativa de alguma grande e envolvente história que ele estava contando, e então ele percebeu que, afinal de contas, não a amava.

Pisénor, como tantos outros do tipo guerreiro, nunca ousou amar, para não ter algo inexpugnavelmente potente pelo que viver, e, desse modo, ele se via com medo de morrer.

Então o conselho se dispersa, até que apenas Penélope e Medon permaneçam. Isso é aceitável – ele é velho demais, familiar demais para ser considerado um homem de verdade e, portanto, pode estar na companhia dessa mulher que ele conhece desde que ela era uma menina. Sem dúvida, dizem os outros, ele a está confortando, enquanto ela chora mais uma vez pelo destino de seu marido perdido, seu filho ausente. A barra das vestes de Medon devem estar bordadas com o sal de lágrimas femininas.

Em vez disso, porém, ela deixa escapar assim que a porta é fechada:

– Pólibo e Eupites têm navios agora?

– Estou tão chocado quanto você.

– Preciso saber tudo sobre isso o mais rápido possível. Como foi feito esse acordo? Quais são as intenções deles? Por que os outros pretendentes não se rebelaram contra isso? Por que não sabíamos?

– Pergunte à sua mulher Eos; ela parece saber mais sobre os pretendentes do que qualquer um dos meus olhos e ouvidos – retruca Medon.

Penélope mal consegue esconder sua carranca – uma rainha nunca deve mostrar descontentamento, a menos que possa agir no mesmo instante da maneira mais demonstrativa e, de preferência, violenta.

– Vou mandar as criadas perguntarem, mas se essa aliança repentina for uma ameaça, devemos lidar com ela o mais rápido possível.

– Não parece muito preocupada com a chegada de Pílades – comenta Medon, as mãos cruzadas sobre a barriga curva. – Pensei que você iria direto para o grande salão para algumas boas novas e uma taça de vinho.

– Encontra-me um pouco incomodada com assuntos mais próximos de casa.

– Se está certa disso. – Medon não está. Há muito tempo que Medon não tem muita certeza no que diz respeito à sua rainha. Ele a ama, é claro – talvez mais do que o próprio pai um tanto desinteressado dela a amava –, e seu amor é estranhamente reafirmado todos os dias pela percepção de que ele não a entende por completo, nunca terá a confiança total dela e, ainda assim, morreria por ela em um instante caso fosse necessário.

Ele espera que não seja.

– Acredito que encontrará tempo para ser pelo menos um pouco cordial com este Pílades. Se os pretendentes estiverem planejando algo, precisará do apoio de Micenas. A menos que tenha chegado a hora…? – A carranca de Penélope é um aríete afiado cruzando seu rosto. Ele levanta as mãos em educada deferência. – Eu apenas sugiro que, se alguma vez houve um momento para se casar com um pretendente, poderia muito bem ser agora, quando Antínoo e Eurímaco parecem ser praticamente amigos, e o novo rei de Micenas defenderá sua escolha.

Ela não responde, e um pensamento ruim passa pela mente de Medon.

– O novo rei de Micenas *defenderá* sua escolha, não é? A menos que haja algo que saiba que eu não sei?

Penélope se levanta em um redemoinho de vestes ligeiramente desbotadas, sorri, beija o velho na bochecha enquanto passa por ele.

– Coisas imensuráveis, bom conselheiro. Mas saber lhe traria alegria?

– Provavelmente não – admite ele, enquanto ela desliza para fora da sala.

Pílades está esperando em uma sala ao lado do grande salão onde todas as noites os pretendentes se banqueteiam. Esta é uma escolha tanto educada quanto prática, pois o próprio salão está sendo varrido mais uma vez dos restos incrustados da refeição da noite anterior, a lareira, preparada com gravetos novos, as cadeiras, endireitadas, as mesas, esfregadas, e todas as coisas estão sendo restauradas como se uma centena de bêbados não fossem se abater sobre o palácio ao pôr do sol exigindo carne! Carne fresca, carne fresca e também, sim, carne que também é metáfora, tão saborosa, nham, nham.

Um banquinho é colocado para o soldado que espera, e bebida fresca e as melhores frutas que as ilhas podem fornecer são postas sob uma janela com vista para o mar. A brisa tem sal e peixe, o que Pílades não aprecia, sem perceber que o cheiro alternativo que pode assaltá-lo vindo do outro lado do palácio é merda de porco e pele de cabra. Ele foi atendido por criadas – ele não se preocupou em saber seus nomes, embora seja educado o suficiente para agradecer quando enchem seu copo. Isso é menos por causa de quem elas são e mais em deferência a sua anfitriã, que ele suspeita ter sentimentos muito fortes sobre o bem-estar das mulheres que servem em sua casa e que ele se esforçaria para não ofender, mesmo que ela não estivesse atualmente a par de certos segredos. Pílades se considera um bom homem. Este é um autojulgamento confuso para qualquer homem em sua posição.

Deixaram que ele esperasse por tempo demais, ele pensa, antes que Penélope chegasse. Ela usa um véu, como sempre usa quando entra em uma sala com alguém que não é o marido ou os três homens de seu conselho, e tomou alguns cuidados para garantir que o vestido macio que flutua ao seu redor quando para diante ele seja totalmente disforme de uma maneira que sugere não que esconda uma forma sensual, mas sim que foi desenhado para obscurecer uma mistura de defeitos físicos profundos e deselegantes.

Não esconde. A beleza de Penélope é a da coxa que caminha muitas horas sobre terreno acidentado, da mão que segura a garganta da ovelha enquanto a faca é passada sobre ela, das costas que não devem se curvar e das curvas da feminilidade que mudam com a idade, a carne movendo-se aqui e ali por conta própria para criar novos contornos de que as ninfas zombam e ridicularizam sem entender o que é viver em um corpo que é o espelho da sua alma.

Pílades não vê nada disso – apenas uma mulher viúva usando véu, seu estado cada vez mais precário à medida que ela avança na idade fértil. Assim é que, com um pouco menos que consideração régia, ele meio sussurra, meio esganiça:

– Onde está Orestes? – assim que as criadas fecham a porta atrás de sua rainha.

Penélope tenta arquear uma sobrancelha. É algo que a sogra dela fazia com maestria, e ela, não.

Pílades não está em condições de notar o esforço, pois acrescenta: – Eu deveria estar com ele! Eu deveria estar ao lado dele!

– O rei está seguro, e a princesa está com ele.

– Onde?

– Não vou contar para você.

Pílades eriça-se, sua, torna-se carmesim como o céu poente.

– Ele é meu irmão jurado, ele é meu dever, ele é…

– Envenenado – Penélope murmura baixinho, e a palavra é um soco no estômago do soldado como ele quase nunca sentiu antes.

– Seu rei está envenenado.

– Como?

– Não sabemos. Mas quando um homem é mordido constantemente por uma cobra, não se pode esperar que ele se recupere com a cobra tão perto.

Pílades nem sempre se irritou depressa, mas esses tempos têm sido desgastantes e, por isso...

– Não pode estar sugerindo que *eu*...

– Não estou sugerindo nada. Apenas que Orestes foi envenenado quando estava na própria corte e depois foi envenenado quando estava fora dela. Ele foi envenenado na estrada, foi envenenado nos mares. A serpente, ao que parece, nunca esteve longe dele.

Pílades se senta – ou pelo menos parece não conseguir mais ficar de pé, e ao menos há um banquinho útil atrás dele. Penélope observa por um momento, depois se dirige para a janela para sentir um pouco do cheiro do mar, do vasto oceano abaixo das paredes de seu palácio. Por fim:

– Vou precisar de informações sobre todas as almas que viajaram com vocês de Micenas para Ítaca. Preciso saber o nome e as características de cada homem e cada mulher do navio de Orestes. Eu também preciso revistar sua nau.

– Por quê?

– Para ver se a droga que foi usada para envenenar Orestes permanece a bordo.

– Se os itacenses forem vistos revistando um navio micênico...

– Seremos discretos. Tenho uma mulher que tem vários primos que trabalham para ela nas docas. Eles podem embarcar para ajudar a consertar algumas madeiras soltas, talvez, ou para ajudar a selar uma junta? Trabalho tedioso, demorado. Consegue garantir que eles não sejam interrompidos em seus trabalhos?

Ele concorda com um gesto de cabeça e parece não ter mais palavras para dizer.

Ela se volta para ele de novo, talvez surpresa com seu silêncio, e acrescenta:

– Electra me disse que você também foi envenenado. Em Micenas.

– Eu... Eu estava doente.

– Da mesma forma que Orestes?

– Foi... houve uma noite... Eu estava doente.

– O que fez naquela noite? Você se lembra? O que você tocou, o que bebeu, o que comeu? – Ele balança a cabeça em uma negativa, e ela o repreende. – Esta é a vida do seu rei.

– Eu... não me lembro. Comemos juntos, mas havia muita gente comendo. Não toquei em nada que ele tocou, ele bebeu do próprio copo, nós nos retiramos... ele foi para o quarto... e isso é tudo que eu sei.

Pílades está mentindo. Penélope também suspeita. Mas, sem a sabedoria dos deuses, ela não sabe como questioná-lo.

– Tem alguma ideia de como seu rei está sendo tão afetado? Um balançar de cabeça. De repente ele é jovem. De repente ele está cansado.

Nem ele nem Orestes deveriam ser homens tão cedo na infância; nenhum dos dois de fato teve tempo para aprender a crescer.

– Bem – suspirou Penélope por fim –, será bem-vindo aqui como embaixador em Ítaca. Se precisar de alguma coisa, é só...

A mão dele avança e agarra o pulso dela. Ele está segurando com força demais – é assim que se segura o pulso de uma serva, não o de uma rainha – e no mesmo instante afrouxa o aperto.

– Posso vê-lo? Apenas por um momento? Posso vê-lo?

Penélope balança a cabeça e o deixa sozinho na luz prateada do mar refletido.

Capítulo 12

Um banquete! Mas é óbvio e sempre: um banquete.
Eis alguns nomes de quem regularmente participa dessa refeição, servida no grande salão do palácio de Odisseu:

Antínoo, filho de Eupites, com seu cabelo escuro penteado da maneira mais ridícula e pomposa com cera de abelha e óleo. Ele ouviu dizer que era assim que os jovens de Atenas e Esparta, Corinto e Micenas usavam seus cabelos, mas, não tendo nada além de alguns arranhões grosseiros na argila no que basear o efeito, acabou com uma confusão de estilos que seriam motivo de riso em todos os lugares de cultura em todas as ilhas. Felizmente Ítaca não é um lugar de cultura, e aqueles que zombariam de Antínoo o fazem pelas costas.

Eurímaco, filho de Políbio. De cabelos dourados e pele clara, ele tentou nos últimos meses adquirir um físico mais guerreiro, sem dúvida inspirado pelos braços realmente excepcionais do guerreiro Anfínomo, filho de um rei, ou mesmo pelo belo indício de peitoral e costas que às vezes se pode ver de Kenamon, o adorável egípcio com olhos profundos e adoráveis. Eurímaco está indo razoavelmente bem nos braços tonificados do arremessador de disco, embora com a inevitável disparidade entre lado direito e esquerdo que vem de tal esporte. Mas, infelizmente, um queixo viril de verdade, coberto por barba macia, que pode ser acariciado com carinho após um encontro entre os lençóis, sempre lhe faltará.

Normalmente Antínoo e Eurímaco estão brigando.

Esta noite não estão. Em vez disso, um silêncio sombrio e mútuo paira entre eles. Isso é realmente estranho.

Servindo o banquete, estão as criadas da casa – a linda Autônoe do riso vazio e a quieta Eos, que não encontra os olhos de ninguém até que o faça, e então é como se a pessoa fosse cegada pela força de seu olhar cinzento. Outras também – Melanto, de ombros e quadris largos, que carrega grãos nas costas do celeiro até a cozinha como se estivesse arremessando sacos de nuvens fofas, e Phiobe de pés leves e risonha, que canta secretamente à noite canções que são destinadas apenas aos homens e há muito aprendeu a se deliciar com a sensualidade do próprio corpo.

De todas elas, Phiobe é a única que oferece suas orações a mim, e, embora eu raramente atenda aos chamados de servas e tipos inferiores, esta noite beijo sua testa macia com meus lábios vermelhos e dou-lhe minha bênção. Não a amaldiçoarei com um amor forçado nem lhe prometerei a realização de algum sonho fantástico e ridículo. Essas coisas sempre terminam mal, e, de todos os deuses, sei com quanto cuidado meus poderes devem ser usados. Mas posso dar a ela os dons pelos quais sou mais frequentemente ridicularizada – deleite nas palavras de elogio dos outros, alegria pela beleza de seu corpo, um êxtase que perdura em contentamento caloroso quando ela se pressiona contra o corpo de outra pessoa, uma confiança em um encontro que esta noite pelo menos ninguém trairá.

Rezem para mim, sussurro para o quarto. *Rezem para Afrodite.*

Nos corredores ao redor do salão, quando os homens estão separados, as criadas abordam os pretendentes. Nos primeiros anos, quando os primeiros pretendentes chegaram, as criadas mantinham-se distantes, indiferentes. Uma delas fraquejar, uma delas ousar sussurrar para um homem que talvez fosse também um ser de desejos sexuais, sobretudo sonhar com noções tão tolas como companheirismo, amizade, amor de outro que escolheria estar ao seu lado com alegria no coração – isso colocaria todas elas em perigo. Pois, embora a lei dissesse que qualquer homem que tocasse uma criada pudesse ser punido da forma mais extraordinária, se fosse apenas sussurrado que a criada primeiro gritou "sim, sim, sim!" – bem, isso era um caso bem diferente. Assim, as criadas mantinham-se envoltas em gelo, igual sua senhora era, como Atena em castidade, a única segurança que uma mulher poderia ter.

No entanto, uma criatura de sangue quente e coração pulsante não pode viver sozinha no gelo para sempre. E, à medida que mais pretendentes encheram os salões, de fato havia alguns espécimes bastante atraentes começando a chegar, homens que cortejavam a rainha itacense visando ao seu reino, não à sua carne, mas que também eram feitos de partes mortais. Foi um pretendente sem importância – um homem chamado Tríaso – que primeiro seduziu uma criada. Ele havia sido enviado a Ítaca para tentar se tornar rei, mas não estava interessado nisso e sabia que não tinha chance de obter a coroa. No entanto, também não podia partir admitindo ser um homem menor, inferior aos seus pares, e, então, resmungando, permaneceu, até que por fim seus olhos pousaram sobre uma criada chamada Iros, e os olhos dela encontraram os dele, e por algum tempo – ah, por algum tempo – foi amor. Eles se deitavam sob o luar, banhavam-se no mar, massageavam óleo na pele um do outro, cada um adorado pelos lábios de seu amante. Seu jovem êxtase desapareceu depois de um tempo, esmagado sob estas palavras: dever, honra, masculinidade, medo, segredos, pavor. Mas bastou para abrir a porta, e daí em diante as criadas e os pretendentes se enredavam em toda forma de desejo, dos caprichos da carne ao pulsar de corações que batiam apenas um pelo outro.

Nada poderia resultar disso, é claro. Se a barriga de uma criada crescesse, ela seria enviada para uma das casas de Penélope nas ilhas ocidentais para ser mãe longe dos olhos e das línguas agitadas dos homens. Se um homem tentasse tomar uma criada sem consentimento, a notícia chegaria aos ouvidos de Penélope, e, embora ela não pudesse punir esse homem em público – não quando era sabido por toda a ilha que as mulheres de sua casa eram a coisa mais profana que existe, seres sexuais –, ainda assim ele seria punido. Cólicas estomacais o assaltavam, não importava o que comesse, seu vinho sempre era amargo, seu sono, perturbado por insetos que o picavam devido à palha imunda, e se por fim, perturbado, ele fugisse da casa de Penélope para se refugiar na cidade abaixo, isso não acabaria com seu tormento. Mesmo lá, aquelas pragas estranhas e peculiares – lenha úmida fumegando na lareira, roupas sujas e rumores cruéis sobre todos os aspectos de sua masculinidade – o perseguiriam, até que ele fosse para o exílio, com risos perseguindo-o e silêncio nos lábios das mulheres que lhe acenavam adeus.

Priene, capitã do exército secreto de Penélope, considerava isso uma punição totalmente inadequada. A morte era o que ela buscava para tal sujeito; no entanto, uma anfitriã colérica não pode matar nem mesmo o mais rebelde de seus convidados.

Euricleia, a velha babá de Odisseu, tinha uma opinião diferente.

– Se uma mulher desnuda a pele, sorri, ri, fala com ousadia, fala alto, é vista, se dá a conhecer, então o que espera? Homens são homens, eles não podem evitar, é a natureza deles. A culpa é da mulher se ela se coloca em uma situação ruim!

Euricleia já foi um ser sexual, há muito, muito tempo.

Este único ato de coito fez com que ela fosse chicoteada por sua então rainha, Anticlea, e enviada para as partes sombrias do palácio, onde era chamada de prostituta, vagabunda, a mais vil das vis. Quando ela deu à luz, a criança foi mandada embora – disseram-lhe que morreu –, mas o leite de seu seio foi útil para a rainha quando o dela secou – Odisseu era então apenas um bebê. Euricleia não se permitiu pensar no toque de um homem – muito menos no de uma mulher – desde então.

A babá despreza o que Penélope permitiu que suas criadas se tornassem, mas seu rosnado não conseguia impedir. Nem mesmo se Euricleia fosse do tipo mais persuasivo, pois, se Penélope aprendeu uma coisa, é que a união ocasional entre uma criada e um pretendente poderia ser muito, muito útil.

E assim:

– Como está esta noite, Eurímaco? – pergunta Autônoe dos olhos brilhantes, enquanto serve outra taça de vinho.

– Antínoo, oleou seu cabelo só para mim? – ri Phiobe, inclinando-se para colocar outro prato diante dele.

– Anfínomo, posso tentá-lo a algo mais? – questiona Melanto dos quadris generosos.

Havia outra criada aqui não faz muito tempo, uma troiana chamada Leaneira, que também jogava esse jogo. Mas o jogo foi longe demais, e agora ela se foi. Quando a palavra "liberdade" foi sussurrada, Eos ficou horrorizada.

– Leaneira livre? – ofegou ela. – Como ela vai sobreviver?

Em seus momentos mais tranquilos, Penélope pensa sobre essa questão e se sente envergonhada.

Normalmente, as suaves indagações das criadas produziriam uma resposta vertiginosa de entusiasmo masculino, pois cada pretendente se sente seguro de que ele – sim, até mesmo Eurímaco – conquistou com seus atributos viris a adoração de uma mulher da casa. E por que não? Ele tem muitas qualidades, como… bem, você sabe… há uma coisa que ele sabe fazer com um figo…

Esta noite, porém, os pretendentes estão distantes, distraídos. Eles não respondem ao toque suave de um dedo em suas costas.

Não viram a cabeça quando são convidados para uma conversa tranquila no jardim iluminado pela lua, não levantam os olhos de suas tigelas enquanto pulsos elegantes as reabastecem. É desconcertante para Eos, francamente insultante para Autônoe e uma fonte de grande desconforto para a rainha itacense.

Pílades senta-se perto de Penélope, no lugar de honra nos fundos do salão, enquanto os poetas cantam e ninguém se mexe. Ele é um hóspede mal-humorado, mexendo em sua comida, outra nota dissonante na sala sombria. Atrás deles está a cadeira em que Odisseu se sentaria caso estivesse aqui. Penélope nunca se sentou no lugar do marido – esse é o tipo de coisa que Clitemnestra faria, o tipo de ato que as pessoas poderiam olhar e dizer "ela tem algumas ideias acima de si mesma". Em vez disso, ela se senta um pouco abaixo e ao lado dele, uma guardiã deste lugar vazio, o velho cachorro de seu marido, Argos, ao seu lado.

O poeta havia sido convidado para cantar canções sobre Agamêmnon esta noite. É sempre bom cantar algo que possa fazer seu convidado se sentir à vontade, mas Pílades parecia não notar.

Penélope se esforça para conversar – ela é muito ruim nessa arte, está sempre contando com a vontade dos outros de falar sobre si mesmos para se virar –, mas sem efeito.

Os pretendentes não olham para ela, e isso é incomum, então ela aproveita para encará-los diretamente, examinando cada homem por baixo do véu com uma ousadia que as regras de modéstia costumam lhe negar. Eles estão encolhidos e curvados esta noite.

Eles são abutres, enrolados atrás de suas asas emplumadas. Estão escondendo algo, ela tem certeza disso.

Todos menos um. Kenamon, o egípcio, um pária tanto para seu povo quanto para este salão, ergue os olhos quando o olhar dela pousa nele e sorri.

A reação dele é chocante, inaceitável. Penélope afasta a cabeça depressa, um movimento súbito que ainda não é suficiente para despertar Pílades de sua miséria, embora a mão de Eos voe para o ombro de sua senhora, indagando, apoiando.

Os homens não sorriem para Penélope.

Eles dão esgares. Eles olham de soslaio. Eles insinuam. Eles reclamam. Eles barganham.

Eles não sorriem como se estivessem genuinamente satisfeitos em vê-la.

Até Odisseu, quando se conheceram há muitos, muitos anos, teve que aprender o que era estar feliz ao encontrar a esposa. Ela era uma princesa de Esparta, ela era a mãe de seu filho, ela era uma rainha de Ítaca, e esses deveres deixavam pouco tempo no dia para ser qualquer outra pessoa, muito menos uma mulher, inteira e verdadeira.

Kenamon sorri, e, quando o faz, é como se estivesse sorrindo para ela. Para a mulher sob o véu. Para Penélope. Isso é tão perturbador e estranho quanto a frieza e o silêncio dos pretendentes normalmente turbulentos.

Atravesso o salão, passo os dedos pelo cabelo de Kenamon. Ele cheira a sal e cedro, as memórias de velhos amores e corações partidos ainda se agarram a ele de sua terra distante. Ele cumpriu seu dever, ele pensa – navegou até Ítaca, como o irmão ordenou, para seduzir uma rainha –, e agora pode voltar para casa, novamente um fracasso. Por que ele não volta? Ele não sabe.

Reze para mim, sussurro em seu ouvido. *Reze para Afrodite. Vou ensiná-lo a conhecer a verdade de si mesmo, amar a si mesmo, amar o mundo.*

Ele não me ouve. Suas orações são para o falcão, Hórus, que viajou por toda parte antes de retornar com espada e justiça para sua terra natal. Encontrei Hórus uma vez em uma ilha engolida pelo mar, e, embora o bico fosse uma experiência incomum, ainda assim foi uma tarde fascinante e plenamente valiosa. No entanto, apesar de todas as suas muitas boas qualidades, não tenho dúvidas de que o deus protetor não atende às orações deste mortal de tão longe através do mar.

Reze para mim, sussurro. *Reze para...*

Então eu sinto o poder de outra.

Suave e prateada, ela se move pelo salão tanto visível quanto invisível aos olhos mortais.

Ela está vestida como um velho pastor, e, se um mortal erguer o olhar e a vir, verá um homem torto sorrindo com dentes quebrados. Então, desviará o olhar e esquecerá que viu qualquer coisa, e, desse modo, estando e não estando aqui, Atena, senhora da guerra e da sabedoria, vem para o banquete.

Eu me endireito imediatamente, resistindo à tentação de ajustar meu vestido, tirar meu cabelo do rosto e ajeitar meus ombros para trás para copiar sua arrogância divina. Ninguém pode superar Atena sendo Atena, portanto, eu não tento, mas descanso contente em minha própria força e beleza, meu esplendor encoberto escondido dos olhos humanos, para que toda a refeição ao nosso redor não se transforme em uma orgia bastante emocionante, mas, em última instância, confusa à mais leve lufada do meu perfume. Seus olhos se fixam em mim pelo menor dos instantes, então ela vira as costas, se dirige para a lareira perto de onde os poetas cantam, imbuindo a música com uma nota mais clara, uma frase curiosa ao passar. Um verso que deveria ter sido cantado para a glória de Ares dá a volta sobre si mesmo e, em vez disso, louva a poderosa lança de Atena.

Ares, embora poderoso, não é sábio. Ele não passou tanto tempo quanto Atena lidando com as almas daqueles que cantam louvores a um guerreiro.

Ela se senta em um banquinho perto da lareira, e eu me desdobro, um membro elegante de cada vez, em um assento diante dela, resistindo à tentação de jogar um beijo gentil para ela através do abismo entre nós. Tal demonstração de afeto só a irritaria. Esta é a tragédia dela – e a minha.

– Atena – murmuro, contendo uma lufada de perfume glorioso do meu vestido que se assenta para que não provoque uma balada obscena do cantor nas proximidades. – Que bom vê-la.

– Prima – responde ela. – Não pensei em encontrá-la em Ítaca. Pensei que talvez nos templos de Corinto ou em algum caramanchão florido?

– E não há amor nas ilhas ocidentais? – Respondo. – Não existe uma paixão de fato picante? Veja Penélope, por exemplo. – Os olhos dela faíscam, mas ela está escondendo seu trovão, seu poder, seu rugido de chamas, algo incomum para Atena. – Como é fascinante ver uma mulher que, quando era uma jovem noiva, se deliciava em aprender e explorar os contornos do próprio corpo – continuo, com a cabeça um pouco de lado, estudando o rosto de minha prima –, que se lembra do que era ser abraçada, ser amada, que conhece sua respiração suave e que, ainda assim, nega a si mesma. Houve um tempo em que ela se tocava ao lembrar dessas coisas, mas mesmo isso se apagou, não é possível, não é permitido, por causa do perigo que há nisso; tanto perigo no amor, tanto poder nele! Ela entende isso melhor do que alguns de nossos pares, creio eu. É fascinante, não é? Quando ela finalmente se soltar, meu Deus, será um espetáculo de se ver, será uma oração de êxtase de incendiar o Olimpo, será...

– Já chega, prima! – Atena rosna, e ali está de novo sua chama escondida que ela não deixa arder. Eu sorrio brilhantemente para ela, descansando meu queixo na palma da minha mão. Atena não encontra meus olhos.

– E como está Odisseu? – Pergunto. – Vi você observando Ogígia de novo algumas noites atrás. Calipso é surpreendentemente flexível e imaginativa também! É revigorante, não é, ver um homem se liberar por completo, confiar totalmente seu corpo a uma mulher; submeter-se, pode-se dizer, à sabedoria de alguém cuja sensualidade é de qualidade tão aguçada e deliciosa para o benefício de ambos.

– Odisseu será libertado. – Ela está quase grunhindo, cuspindo as palavras por entre os dentes cerrados, embora eu não saiba se ela percebe isso.

– Poseidon está visitando o povo dos mares do sul; ele não retornará por várias luas. Eu organizei tudo. Meu pai vai concordar. Hermes voará até Calipso, ela o ajudará a construir uma jangada...

– E depois? Ele retorna a este adorável palacete para encontrar cem homens esperando por ele que não estão nem um pouco interessados em seu retorno? É por isso que está aqui, prima? Dando uma olhada no que está reservado para o seu belo e peludo Odisseu? Não que eu me importe com um pouco de pelo. Que peitoral lindo ele tem, lindas pernas, aquela cicatriz! Eu poderia traçar aquela cicatriz por horas...

– Por que está aqui, prima? – Ela está a um triz de cuspir as palavras, uma deusa da sabedoria que não tem a resposta, que não consegue encontrar meu olhar encantador. Solto um pouco de ar, compreendendo, inclino-me para a frente, pego a mão dela na minha.

Ela se encolhe, mas não se afasta. De todos os deuses, apenas ela e Ártemis são capazes de resistir ao meu poder, mesmo que Atena duvide, duvide em seu coração – ah, mas como ela duvida disso –, é verdade.

– Ah, querida – suspiro. – Você está com medo. – Ela se arrepia, se prepara para rugir, para explodir, mas eu coloco um dedo em meus lábios. – Não de mim. Não de mim. Nunca de mim. Há quanto tempo Odisseu está em Ogígia? Seis, sete anos? Um herói que não morria, que deve, portanto, sofrer e continuar sofrendo até que os deuses decidam que sua história acabou. Você lutou tanto por ele. Eu a vi no Olimpo, tramando, planejando, sussurrando pelos cantos igual a Penélope. E agora que está tão perto de alcançar seu objetivo, de libertar seu favorito, está com medo. Do quê? De que, se você brilhar demais, se revelar seu amor por esse homem – sim, é amor, o amor é mais rico e mais esplêndido do que qualquer um de nossos irmãos jamais saberá –, Zeus o manterá aprisionado para sempre? Sua afeição a tornou fraca. Vulnerável. Você demonstrou lealdade. Demonstrou paixão. Isso significa que pode se machucar. Nossos irmãos vão machucá-la se souberem que podem. É tudo o que eles fazem. É por isso que esconde seu fogo. Você está com medo.

Atena puxa a mão da minha, fecha-a em punho como se tivesse sido picada, mas não se esquiva nem me olha nos olhos.

– Hera veio para Ítaca – murmura ela. – Ela veio porque Clitemnestra estava aqui. Sua rainha favorita. A última das grandes rainhas da Grécia. Clitemnestra... tinha que morrer. Hera sabia disso. Mas chorou por ela. Todos os deuses viram Hera chorar. E onde ela está agora? Presa no Olimpo, vigiada todos os dias e todas as noites pelos servos de Zeus. Ele disse: "Maldição, ela ama aquela cadela mortal falecida mais do que a mim!". Ele fez isso ser engraçado. Todos riram de Hera, a cercaram e riram, porque ela se mostrou fraca. Ela tinha mostrado que era capaz de amar. Mas não Zeus. Ele vai puni-la por isso. *Está* punindo-a por isso. Ele jamais vai perdoá-la por amar alguém que não é ele.

Novamente, eu busco a sua mão, mas desta vez ela a afasta.

– Minha pobre coruja – suspiro. – Minha adorável Atena. De todos os heróis que você poderia ter escolhido em toda a Grécia para guardar em seu peito, tinha que escolher o mais sentimental. Não se preocupe, não vou contar. Ninguém acreditaria em mim se eu o fizesse. Quer saber por que estou em Ítaca? É porque alguém *que eu* amo muito está vindo para esta ilha.

Os olhos de Atena disparam para Pílades, e em seu olhar eu a vejo também olhando além, para onde Electra dorme ao lado do irmão, então para onde as Fúrias ainda circulam bem acima das faces suadas de Orestes. Mas não – ela é sábia, portanto, ela olha além, e mais além, e, então, finalmente entende.

– Ah – suspira. – *Ela* está vindo.

– Claro que está – murmuro. – Ele nunca vai a lugar nenhum sem ela hoje em dia.

Ela se endireita um pouco, e o momento em que havia uma mulher envolta em prata se foi, e apenas a deusa guerreira permanece sentada, rígida, diante de mim.

– Esses assuntos são mais complicados do que você imagina – retruca. – Eles são...

– Ah, isso – interrompo com um movimento da minha mão sedosa. – Não gostaria de incomodar meu pobre cérebro tolo com todas essas... coisas *políticas*. Quem vai ser o senhor de Micenas, rei dos reis, todo esse assunto terrível e tedioso. Não se preocupe, Afrodite deixa todos esses negócios grandes e importantes para as pessoas que realmente se importam com eles. Como imagino que você se importe um pouco. Imagino que não seria nada agradável para você se Menelau tomasse o trono de Orestes e se coroasse rei dos reis. Imagino que você não ficaria totalmente satisfeita ao ver um homem cuja única divindade é Ares, a taça e a lança, tornar-se senhor de todos os gregos. Ora, um homem como Menelau, se tivesse poder suficiente, não daria a mínima para Odisseu ou para quem era rei no oeste – ele simplesmente tomaria tudo para si. Devoraria até a última ilha e mataria qualquer poeta que cantasse qualquer nome que não o dele. Isso seria terrível, não é? Um homem acima de todos os outros, apenas seu nome sendo lembrado através dos tempos, apenas sua história contada, não a de Odisseu. Nem a sua. Só de pensar nisso, minha querida cabecinha dói. E claro, isso nem cobre o que, entre o céu e o mar, você vai fazer quanto às Fúrias.

Os lábios de Atena se estreitam, imperceptíveis para todos, exceto para o mais divino dos olhos. Resisto à vontade de passar o dedo pela linha de sua boca, de explorar aqueles contornos e ver se sua carne é mesmo tão fria quanto sua voz. Estou tão encantada com a contemplação desta expedição, que quase não ouço suas palavras, ditas como se fossem a coisa mais óbvia do mundo.

– Clitemnestra não lançou as Fúrias sobre o filho.

– Eu... Como?

– Clitemnestra. Sem dúvida ela será acusada de convocar as Fúrias para vingá-la, mas ela não as lançou sobre Orestes. Ela bebe do rio do esquecimento até que ele lave as memórias de seus filhos mortos, de seu amante massacrado, até que apenas o nome de Orestes permaneça. Ela agarra o ferimento no peito que ele fez e sangra, e continua sangrando, e grita "Meu lindo menino!" enquanto vagueia por campos de névoa. Como senhora da sabedoria, eu digo: Clitemnestra não convocou as Fúrias.

– Então, quem? – Pergunto, e imediatamente acredito que sei a resposta. – Céus. Que coisa.

– Entende agora por que esses assuntos estão além de você?

– Ah, sim, querida prima – gorjeio alegremente. – Hera está presa no Olimpo vigiada pelo marido; você está escondendo cada parte de si mesma da vista de mortais e imortais para que ninguém pense em mencionar a Poseidon que você está prestes a libertar Odisseu. Hermes sem dúvida está roubando gado; Apolo, dedilhando sua lira; e Ártemis, se divertindo muito em seu bosque. Ora, parece que realmente a única de seus parentes que pode ser de alguma utilidade para você em impedir que Menelau incendeie estas ilhas até transformá-las em pó é a mais tola, cabeça de vento e inútil de todos eles!

É preciso muito para surpreender a deusa da sabedoria. Quando ela fica surpresa, mostra apenas uma leve inspiração de ar, tão suave e gentil, que se pode pensar que nada mais é do que uma pequena inalação depois que uma mosca preta e gorda pousou na ponta de seu nariz. É a mesma respiração que ela inspirou quando por acidente enfiou a lança no coração de Palas quando elas estavam lutando, dizendo depois: "Aprendi muito com a experiência". Palas sempre sonhou com as lutas das duas e como, no final de uma rodada no campo empoeirado, elas caíam, espadas na garganta uma da outra, lábios nos lábios uma da outra, as pernas lutando umas contra as outras para se segurar enquanto elas rolavam, rolavam e rolavam, suor e sangue se misturando em suas sobrancelhas, dedos desenganchando a armadura das costas uma da outra. Esse sonho morreu quando Palas morreu, e Atena respira levemente – tão levemente – mesmo quando seu coração está se partindo.

Até que ela se firma.

Atena não é nada senão firme.

Ela diz, mas sem olhar diretamente para mim – bem poucos da minha família olham diretamente para mim:

– Pode haver um momento. Quando terei que invocá-la.

Essas palavras são difíceis para ela. Quero dizer-lhe que está tudo bem, que estou aqui por ela, que a amo. Essas palavras seriam impossíveis para ela ouvir. Então, em vez disso, aceno com a cabeça e deixo que isso seja suficiente, e ela se vai num suspiro, num lampejo prateado, no bater de asas com penas brancas.

À noite, após a festa, Penélope vai até a janela de seu quarto e pensa ouvir alguém cantando.

É em uma língua estranha, mas ela agora pode pelo menos identificar, mesmo que não entenda as palavras.

Kenamon, o egípcio. Ele está sentado em seu jardim secreto, o jardim aonde de fato os homens não deveriam ir – não que ela possa bani-los por completo se eles exigirem caminhar por seus limites estreitos. Ela o mostrou para ele um dia depois que Telêmaco havia partido, disse-lhe que sempre seria bem-vindo ali, em agradecimento por alguns poucos serviços que havia prestado em auxílio de seu filho. Naturalmente, ele nunca poderia estar ali ao mesmo tempo que ela – isso seria impossível, perigoso além da conta –, mas ela esperava que a doce fragrância das flores pudesse lhe trazer um pouco de contentamento, visto que ele estava tão longe de casa.

Meu marido, entende, também está longe de casa.

Ela sentiu que deveria acrescentar essas palavras, murmuradas com o canto da boca, sem encará-lo.

Claro, respondeu o egípcio. Tenho certeza de que todos os pensamentos dele são sobre voltar para você.

Agora ele está sentado no jardim dela e canta canções em uma língua que ela não entende.

Ele sabe que ela consegue ouvir, embora, é claro, nunca tenha perguntado.

Ela sabe que ele sabe, embora, é claro, nunca vá dizer isso.

Um homem cantando para a rainha de Ítaca? Não pode ser permitido. Mas um estranho, ignorante do que é apropriado, que por acaso canta em um jardim perfumado sob uma janela aberta?

Bem.

Às vezes, essas coincidências encantadoras...

Elas acontecem.

Acontecem mesmo.

E então, para a escuridão e somente para a escuridão, Kenamon canta.

Dois dias depois, os espartanos chegam.

Capítulo 13

Os navios espartanos têm velas vermelhas, e quem não os visse conforme se aproximavam da baía ouviria seus tambores.

Eles batem em um ritmo constante, cada um ressoando com a tensão de tendões, com o ranger de dentes, com o movimento de braços e o curvar de costas, enquanto os marinheiros puxam seus remos. *Bum – bum – bum – bum.*

Eles vêm do sul ao raiar do sol, avançando em direção ao porto de Ítaca. Barcos de pesca se dispersam diante deles, suas tripulações de viúvas e filhas escondendo o rosto sob as capas enquanto remam rumo à costa, a pesca matinal se debatendo a seus pés descalços com cicatrizes de conchas. *Bum – bum – bum – bum.*

A maior das embarcações tem um toldo na popa, sedas drapeadas que ondulam com a brisa. São tecidas com fios de ouro, e algumas ainda carregam a imagem do cavalo, do mar, da cidade caída da qual foram roubadas, levadas de um quarto real para agora enfeitar um navio no mar. Criadas com pulseiras de ouro nos braços e cicatrizes brancas desbotadas nas costas seguram travessas de figos e tâmaras, uvas e peixe em conserva para as mãos de seus mestres beliscarem, enquanto o percursionista, vestido apenas com uma tanga realmente encantadora que deixa pouco para a imaginação, mantém seu ritmo. Poucos homens conseguem exibir tanto as nádegas durante o trabalho, mas os espartanos sempre tiveram opiniões muito fortes sobre a beleza masculina, e, embora isso possa levar a algumas consequências socialmente tóxicas a longo prazo, neste momento estou a favor disso. *Bum – bum – bum – bum.*

Os soldados que circulam pelo convés também são escolhidos por sua beleza, embora o ideal que esculpe tal palavra nunca seja simples. A "beleza" em um veterano de Troia deve conter cicatrizes; deve haver um olho que observe o mundo sombriamente, uma boca que raras vezes se abra para o riso. A altura e a largura dos ombros são priorizadas em relação aos homens menores e mais velozes que se saíram tão bem em sobreviver à guerra quanto seus colegas robustos – pois uma lâmina afiada e uma mente rápida cortam o braço de um homem tanto quanto um golpe forte de um bíceps parrudo. No entanto, não é assim que os poetas falam da guerra – seu discurso é sobre gigantes e leões, o choque de escudos e o rugido de homens poderosos –, e em Esparta, por mais que finjam não ter muito tempo para os poetas, ainda assim levaram essa mensagem a sério. Desse modo é que um gigantesco excesso de virilidade, um enorme volume de masculinidade musculosa se encontra sobre os conveses dos seis navios de velas vermelhas que se aproximam de Ítaca ao som dos tambores de couro de boi. *Bum – bum – bum – bum!*

Penélope é acordada por Autônoe, que já pôs em movimento grande parte da casa. Eos está a caminho da fazenda de Laertes com um aviso para os micênicos escondidos lá dentro; Melanto está despertando Pílades.

– Tem certeza de que é Esparta? – pergunta Penélope, já sabendo a resposta.

– A menos que qualquer outro rei planeje visitar com velas como sangue e navios enfeitados com lanças – Autônoe responde, enquanto prendem o véu em Penélope.

Apesar de haver alguns bíceps realmente poderosos puxando os remos dos navios espartanos, demora até o sol estar bem acima do horizonte, o mar transformado de prata em ouro, para que eles entrem no porto de Ítaca. O cais do porto não é larga, nem os embarcadouros de fato construídos para tantos navios de grande porte. Outros navios menores, mercadores do norte e fornecedores de âmbar e estanho, são forçados a sair e a se afastarem para abrir caminho para a frota real. Isso normalmente provocaria uma ladainha de reclamações e reprovações amargas – hoje, não. Mesmo os marinheiros mais salgados controlam a língua quando navios de guerra iguais a esses chegam ao porto.

O sacolejar de um lado para outro, o arrastar entrando e saindo diminui bastante a realeza do momento. Os mais cínicos podem suspeitar de que isso é um tanto satisfatório para os itacenses que se reúnem à beira da água.

– Não adianta ter um navio grande se não consegue navegá-lo – resmunga Pisénor, o velho conselheiro que fora arrastado de sua cama muito mais cedo do que gostaria, seu melhor manto um pouco sujo nos joelhos.

– Ouvi dizer que Menelau "adquiriu" sua armada de Tirinto – comenta Medon, enquanto os tambores tocam apesar do movimento agora claramente menos do que ritmado dos navios. – Sugeriu ao rei de lá que o que seria melhor para sua cidade seria a proteção amorosa e o apoio generoso de Esparta e que Esparta poderia apoiar melhor a dita cidade se assumisse o comando da marinha, celeiros e madeireiras de Tirinto. De uma maneira amigável e amistosa.

– Você está surpreso? – retruca Egípcio. – Mesmo antes de Agamêmnon se autoproclamar rei de todos os gregos, aqueles irmãos estavam usando esse truque. A única coisa que os impedia eram os reis menores se unindo em aliança, e alianças hoje em dia são... — Sua voz falha. Egípcio realmente não sabe o que pensar das alianças da Grécia hoje, mas ele tem certeza de que não eram assim quando era jovem.

Penélope não diz nada. Quando os homens falam, essa é sua posição de costume. Houve um tempo em que seu filho, Telêmaco, ficava no cais com ela e fazia perguntas: *Mamãe, o que é aquele navio grande?* Ou: *Mamãe, por que Agamêmnon é rei dos reis? Ele realmente é muito sábio e bom ou é só forte?*

Nessas circunstâncias, Penélope responderia – não como rainha, é claro, mas como mãe. Sua voz era aceitável e ela nunca dizia nada muito controverso, e assim, de certa forma, a mera presença do filho lhe dava a chance de ser ouvida.

Mas Telêmaco se foi, e hoje, quando o sol nasce mais alto sobre Ítaca, a ausência dele é um nó no estômago dela. Ela sabe que deveria temer esses navios carmesins, que deveria estar tremendo por dentro com o que implicam, com quem e o que podem estar trazendo, e ainda agora – ah, agora – ela estende a mão para onde o filho deveria estar, e ele não está lá, e isso a faz se sentir profundamente nauseada.

Pílades chega quando o maior e melhor dos navios espartanos por fim se posiciona e cordas são jogadas para a costa. Ele está totalmente armado, o elmo polido, as grevas brilhando ao sol, uma espada ao quadril. Egípcio olha para ele como alguém olharia para uma criança com uma lâmina de madeira. Pisénor parece ter um pouco de inveja do jovem, de queixo erguido e costas eretas. Penélope relanceia para ele, depois desvia o olhar e agradece por o véu esconder o revirar de seus olhos.

Atrás dele, os pretendentes. Antínoo e o pai; Eurímaco e o dele. Até mesmo Kenamon veio ver que presságio essas velas escarlates poderiam trazer. Ele ouviu grandes rumores sobre esse Menelau – muitas pessoas que não viram leões comparavam o homem e a besta, e Kenamon, que de fato viu um leão e entendia que a grama alta ao redor dele escondia as fêmeas caçadoras que ele não enxergava, está fascinado para saber do que os poetas estão falando.

A percussão para.

Tem sido um tema tão recorrente da manhã que as pessoas da cidade quase esqueceram que estava lá, o barulho se misturando ao fundo de vozes, rangidos e grasnidos de gaivotas. Seu silêncio as silencia, o que é exatamente o efeito pretendido. Uma rampa é abaixada da lateral, e uma tropa de homens em armaduras de bronze reluzente e plumas vermelhas nos capacetes trotam – de fato trotam, é tudo tão *viril* – para o cais. Lá eles se posicionam em duas linhas de cada lado, seus calcanhares correndo o risco de cair para trás para dentro da água, conforme tentam deixar espaço suficiente na passagem estreita. Assim organizados, erguem suas lanças três vezes para o céu e gritam:

– Menelau! Menelau! Menelau!

Existem duas maneiras como uma entrada como essa pode prosseguir. Em muitas cidades, em muitas terras, tal rugido de respiração calorosa seria seguido por aplausos selvagens e arrebatadores, vivas, batidas de pés e gritos de "Viva Menelau, herói de Troia!". Este é talvez o efeito desejado. Mas o povo de Ítaca não é nada além de um pouco atrasado, e todos, exceto um pequeno punhado de mulheres reunidas e um homem micênico no porto, estão francamente surpresos com esse pronunciamento. Menelau? Rei de Esparta, herói de Troia? O que poderia trazê-lo *aqui*? Desse modo, em vez de gritos de comemoração e algazarra extasiada geral, é com um silêncio quebrado apenas pelo farfalhar pesado de velas amarradas à brisa e o esvoaçar de mantos ligeiramente sujos que Menelau desembarca de seu navio.

Menelau.

Ali está ele.

Lembro-me dele quando jovem, lutando com Agamêmnon para reconquistar seu reino e, aliás, quaisquer outros reinos próximos que ninguém parecia particularmente disposto a defender. Nem ele, nem o irmão seriam pintados na lateral de uma ânfora em momento algum, mas isso porque ainda não haviam acumulado poder suficiente para realmente deixar sua marca na moda. Somente depois de matarem seus inimigos, reivindicarem suas coroas e se declararem reis acima de todos os outros, o ideal de masculinidade começou a passar do tipo mais alto e mais magro, com um peito esguio, mas razoavelmente poderoso, para os retângulos um tanto mais baixos de humanidade impetuosa que os irmãos representavam. Foi quando comecei a entender o poder deles – eles se tornaram tão grandiosos que até a beleza se curvou e mudou para honrar os caprichos deles.

E aí está ele. Um homem que já foi considerado de fato muito feio e se tornou, por meio do poder, da grandeza e da força das armas, um dos homens mais bonitos do mundo. O tempo puxou sua barriga para baixo, mas não tem poder sobre seus ombros, seu pescoço largo, seu queixo protuberante e nariz adunco. Seus cachos escuros, salpicados com a mesma tonalidade sangrenta de sua bandeira carmesim, estão ficando grisalhos nas têmporas, e ele não se preocupa muito em cuidar da barba. Os verdadeiros espartanos, entende, não precisam *trabalhar* em seu físico. Eles nascem perfeitos, ou não – esse também é o mito que Menelau criou. Ele usa um manto da cor do céu noturno. Era o manto de Príamo, rei de Troia, arrancado de seu corpo, o sangue ainda manchando um pouco a bainha. Menelau diz que nunca foi lavado e não percebe que mente – na verdade, foi limpo onze vezes desde a queda de Troia, duas vezes por acidente e nove vezes quando começou a cheirar mal, e ele não percebe e não se importaria.

Ele não usa armadura.

Menelau de Esparta não precisa de armadura. Ele não usou quando os troianos queimaram os navios gregos, correndo para o corpo a corpo, saindo direto de sua cama usando pouco mais que uma tanga e um lençol para devastar seus inimigos. Observando o peitoral de sua armadura quando voltou de Troia, ele concluiu que, de todos os amassados e golpes que havia recebido, nenhum teria sido fatal, então, qual era realmente a necessidade? Mas viaja com ela para todos os lugares, sempre suspensa acima do trono onde se senta, para que ele possa explicar seu raciocínio a qualquer um que se dignar a perguntar.

Todo mundo toma o cuidado de fazê-lo.

Esse é o homem que desce do navio para o cais de Ítaca, no silêncio de apenas uma brisa agitada. Esse é o homem que caminha pelo corredor criado por seus guerreiros, seus olhos absorvendo tudo – a multidão, os pretendentes, os conselheiros, a rainha. Esse é aquele que incendiou as torres, matou os bebês, passou por cima dos cadáveres de reis caídos, agarrou sua rainha renegada pelos cabelos e a arrastou de volta para Esparta, esse é ele, *esse é ele...*

Menelau, Menelau, Menelau!

Ele se aproxima de Penélope em silêncio.

Outros nobres e dignitários, quando chegam a Ítaca, poderiam abordar os conselheiros dela primeiro, os representantes do rei desaparecido da ilha. Menelau não tem tempo para velhos como estes – seu olhar está fixo na rainha, ladeada por suas criadas em véus como mortalhas. Seus olhos se desviam para Pílades muito depressa, depois se afastam. Seu sorriso cresce quando se aproxima das mulheres – "O que esses dentinhos brancos em grossos lábios carmesins podem significar?", elas se perguntam. Ele vai arrancar seus véus, beijar suas bochechas, derrubá-las? O que o açougueiro de Troia não faria com uma mulher cujo homem a abandonou?

Penélope não via Menelau havia mais de vinte anos, quando todas as filhas de Esparta foram casadas com seus vários príncipes e reis. Naquela época, ele falou com ela apenas uma vez, para dizer: "Então você é aquela que nasceu de um pato em vez de um cisne?", e todos riram e acharam muito engraçado, e Penélope sorriu e se fez de boba e só mais tarde, sendo pouco mais que uma criança, se escondeu no quarto para chorar.

Agora ele se aproxima.

Agora ele desacelera.

Agora ele brilha nos olhos dela como se o véu que os cobre e a distância de mais de vinte anos, de guerra, mar e sangue e a forja e quebra de cada voto que pudesse importar não fossem nada – nada! Algo que aconteceu na última lua cheia, um espirro perdido no vento.

Agora ele abre os braços.

– Penélope! – exclama ele.

E em um único movimento de membros queimados pela areia, o rei de Esparta dá um grande e apertado abraço na prima.

Tecido se agita pesadamente com a brisa. Água bate pesada contra as paredes do porto. Uma gaivota berra indignada. Fecho seu bico com meus dedos, faço um gesto para que ela e seus parentes desapareçam, silencio o trinado estridente de um bando de pássaros que se agarram aos penhascos, que tagarelam e pulam juntos nos paredões de pedra escarpada. Olho ao redor para ver se algum outro deus está observando – penso por um breve instante que vejo um lampejo da lança de Atena entre a multidão, mas ela se esconde tão depressa quanto é encontrada.

Nenhum homem tocou em Penélope em quase vinte anos. Seu filho, Telênaco, é claro – quando era jovem demais para entender o que era ser um homem, ele segurava a mão dela, se escondia atrás de seu vestido, corria para ela em busca de consolo. Mas esses dias se foram, mesmo que ele continue sendo um menino tentando deixar crescer a barba de um homem.

Além disso, nenhum homem *abraçou Penélope* pelo que ela consegue se lembrar. Odisseu "ele dá ótimos abraços" não é como seu marido em geral é conhecido. Mas Menelau… ele envolve os braços ao redor dela, pressiona a barba em seu pescoço, o peito contra o peito dela – com nenhuma pitada de sexualidade, nem um único pingo de desejo ou agitação das partes inferiores – e apenas a segura com força, como se, por seu toque, ele pudesse ajudar a carregar o fardo de todas as coisas que pesam sobre ela.

Continua por uma era. Acaba cedo demais.

Menelau dá um passo para trás, as mãos ainda segurando os braços de Penélope. Sorri, aperta e parece por um momento tão feliz em vê-la que poderia talvez dar-lhe outro grande abraço de novo, incapaz de conter seu adorável e doce prazer. Olha em volta e observa os estadistas mais velhos da ilha, os pretendentes reunidos, as criadas – Pílades. Agora ele deixa seu olhar pousar por um momento mais longo no micênico e sorri, sorri de novo e acena com a cabeça uma vez em reconhecimento, se não, talvez, em amizade.

– Penélope! – repete ele, deixando sua voz ressoar com a facilidade de um general em meio à multidão silenciosa. – Penélope, sua majestade, devo dizer! Meu Deus, tão rude, tão impensado, perdoe um velho soldado.

Ele finalmente solta seu aperto, executa uma pequena reverência, uma reverência muito maior do que qualquer outra pessoa havia dado a essa rainha chocada desde… céus, desde quando? (*Desde que o adorável egípcio chegou à sua terra*, sussurro. *Ele se curvou para você, sem ter noção de nada, e, minha nossa, não foi delicioso?*).

– Estou ficando tão descuidado – continua Menelau, da mesma forma que um homem pode confessar às vezes não se incomodar em prender o manto bem apertado ao redor dos quadris. – Eu continuo dizendo aos meus filhos que toda essa paz vai me matar!

Ele ri. No meio da multidão, alguns pretendentes tentam rir com ele, e no mesmo instante os olhos de Menelau se voltam para eles, e eles ficam em silêncio novamente, encarando o chão e arrastando os pés – nada para ver aqui. Essa risada, ao que parece, era só dele. Ele vai informar quando a alegria for para ser compartilhada.

– Meu senhor – começa Penélope, um pequeno discurso que ela teve algum tempo para preparar, uma peça de oratória modesta, julgada com precisão e exatidão. – É muito bem-vindo a Ítaca, onde...

Ele a interrompe. O queixo de Clitemnestra teria caído; ela teria ficado furiosa com a dispensa enérgica, o golpe certeiro da mão de um homem por suas palavras. Penélope apenas fecha os lábios. Penélope não é Clitemnestra.

– Não precisa se preocupar com tudo isso! – Menelau proclama, passando um braço sobre seus ombros e puxando-a um pouco para longe de sua comitiva, como se fosse para as criadas ou os homens reunidos em Ítaca que ela agora está representando desnecessariamente, em vez de para ele, o bom e velho Menelau. – Posso chamá-la de irmã? Sei que é presunçoso, mas seu marido era meu irmão juramentado, um grande homem, um grande homem, e tenho sido terrível em todos esses anos em que ele está desaparecido. Eu me sinto péssimo por isso, por deixar você aqui sozinha. Se Odisseu pudesse me ver agora, ficaria furioso por eu deixar a esposa dele aguentar tudo sozinha. Sinto-me envergonhado. Totalmente envergonhado. Espero que possa me perdoar, irmã!

Seus olhos são grandes, redondos, salpicados de verde em seu rosto de fruta queimada pelo sol. Penélope foi treinada quando menina a não encontrar os olhos de nenhum homem; depois, como rainha, a encontrar alguns olhares algumas vezes, mas principalmente a buscar olhar para o alto e um pouco à esquerda de qualquer olhar questionador que pudesse cair sobre ela, como se para dizer "Ah, veja, estou contemplando um assunto distante e nobre que você não é capaz de compreender" sem arriscar o confronto total de rosto encarando rosto. Com Menelau, não há escapatória. Ele é um aríete; o ombro dele pressionado contra o dela como escada contra parede.

– Não há nada para perdoar... irmão – finalmente ela consegue dizer.– Em vez disso, sou eu quem deveria lhe pedir desculpas. Ítaca e Esparta há muito são as aliadas mais próximas, mas, com meu marido perdido, tenho sido muito fraca, muito tola para honrar e manter nossos antigos acordos como sei que ele teria desejado. Só posso esperar que neste feliz momento...

É neste momento que a vê.

O resto da comitiva de Menelau está no convés do navio, esperando a vez de desembarcar.

Há alguns que ela não reconhece. Guerreiros, um príncipe, um sacerdote. Uma nobre assembleia para acompanhar um rei.

Mas também há uma que ela conhece bem.

Ela está parada na beira da rampa para o cais, os braços relaxados ao lado do corpo, as pontas dos dedos apoiadas nas palmas das mãos das duas criadas que a apoiam, como se até mesmo esse leve movimento do navio no porto pudesse ser demais, pudesse desequilibrar seus delicados membros. Seu cabelo dourado está trançado com prata e pérola; seu rosto está pintado com chumbo branco, as sobrancelhas tingidas com cera e carvão para escurecer e alongar sua forma já perfeita. Seus lábios estão pintados de carmesim, que também foi passado em suas bochechas, e ela mantém o queixo erguido para que todos possam apreciar como, mesmo depois de todos esses anos, de todas as crianças que ela teve, seu pescoço é como o longo membro branco do cisne sagrado que a gerou.

Há rugas em torno de seus olhos, dobras macias de carne perto de seus quadris e no topo de seus braços, que ela tentou esconder com ataduras, com misturas de óleo e metais triturados, com ocre pintado e com a maneira como ela puxa os ombros para trás, mas elas estão lá, de qualquer modo, a mortalidade pesando até mesmo sobre alguém cuja vida deveria ser um mito imortal. Se um ousado estranho farejador se aproximasse, descobriria que seu cabelo cheira a manjerona, seus braços, a rosas. Eu sopro a mais leve divindade sobre ela, para elevar o doce perfume que paira a seu redor, de modo que mesmo aqueles no cais pensam que captam o mais leve traço de jasmim no ar, detectam o brilho da perfeição em seu sorrisinho brilhante. Sussurro em seu ouvido: *bem-vinda, meu amor. Bem-vinda.*

Penélope, ao vê-la, parece criar uma linha reta que outros podem seguir. Um pequeno suspiro percorre a multidão, uma ondulação, uma agitação de homens e mulheres, conforme as pessoas contemplam a mulher no convés, crescendo a medida que compreendem. Mas com certeza não pode ser, se questionam. Decerto isto não é possível? Não em Ítaca, não nestas ilhas cheirando a peixe onde a coisa mais interessante que acontece é às vezes encontrarem uma lula excepcionalmente grande. É ela? É ela?

Pisénor é o primeiro a rachar e dar voz abafada a essa pergunta, inclinando-se para Egípcio para murmurar:

– Aquela não é…?

– É – Egípcio murmura em resposta. – Zeus salve a todos nós.

Como se estivesse esperando aquela pequena onda de reconhecimento como um orador espera sua deixa, a mulher desce, ainda apoiada por suas criadas, como se o menor passo pudesse se transformar em uma queda fatal.

O príncipe, os soldados e o sacerdote seguem atrás, sem fazer nenhum esforço para tentar ofuscar a majestosa descida dessa mulher, um estrondo de masculinidade se arrastando à deriva de seu rastro.

Menelau está ao lado de Penélope, os braços cruzados agora, seu sorriso é uma coisa torta que pressiona um lado de sua mandíbula como se estivesse cogitando escapar por completo de seu rosto.

Eles esperam que a mulher se aproxime, o que ela faz sem grande velocidade. Esperam que ela se curve diante da rainha de Ítaca.

Esperam que ela se endireite, sorria, graceje, volte os olhos para o chão em recato.

– Penélope – Menelau declara. – Você se lembra da minha esposa Helena, não é?

Capítulo 14

Certa vez, havia três princesas em Esparta.

Clitemnestra e Helena eram filhas de Zeus, depois que ele se interessou por Leda, a esposa do rei, e desceu sobre ela na forma de um cisne. Veja bem, eu sou mente aberta sobre basicamente tudo nos reinos da exploração corporal consensual e consigo entender qual era a ideia de Zeus, mas, mesmo assim, duvido que a execução do ato tenha sido tão emocionante na realidade quanto ele pensava que seria em sua imaginação hiperativa.

Ele jurou de pés juntos ao retornar ao Olimpo que era realmente fantástico e que com certeza faria de novo. A opinião de Leda sobre o assunto não foi solicitada.

Penélope era filha de Icário, irmão de Tindáreo, cuja esposa teve um encontro ornitológico tão inesperado. Icário era casado com Policasta, uma mulher de fato bastante decente, mas isso não o impediu de ter uma noite de êxtase sexual acrobático e um tanto úmido com uma ninfa do rio e do mar que não tinha mais nada para fazer naquela noite e não estava se importando muito de qualquer maneira. Quando, nove meses depois, a dita ninfa chegou com uma bebê e a deixou na porta de Icário, o príncipe espartano deu uma olhada na criança, acenou com uma firme determinação guerreira, esperou que a mãe dela partisse, pegou a recém-nascida adormecida e a atirou do penhasco mais próximo.

Isso deveria ter sido o fim de tudo, mas o que se pode dizer?

Às vezes, o mar e o rio se ofendem quando alguém tenta afogar sua prole, e, com muitos grasnados e queda de penas, assim que a bebê foi jogada para sua ruína, foi levantada de volta para o lado do seu pai por um bando de patos.

Normalmente, em tais histórias, a regra dos três poderia ser aplicada, e Icário deveria ter tentado assassinar a filha mais duas vezes.

No entanto, há algo sobre a visão de sua bebê sendo carregada por mais de uma dúzia de pássaros aquáticos de vários tipos que envia uma mensagem clara e decisiva, e, desse modo, com uma cabeça notavelmente fria,

Icário assentiu uma vez, pegou sua bebê, marchou de volta para o palácio, depositou-a no colo da esposa e disse: "Tenho novidades fantásticas, querida! Encontrei esta linda criança órfã e decidi que deveríamos adotá-la, não é ótimo?".

Assim como a Leda, a opinião de Policasta sobre tudo isso não foi solicitada.

No entanto, ao contrário de Leda, que, ao dar à luz ovos após uma noite sendo violada por um cisne, estava longe de estar com disposição maternal, Policasta não estava disposta a punir a criança pelo pecado de sua origem. "Ela será amada", declarou, segurando a pequena Penélope junto ao seio, e, para surpresa de todos, isso acabou sendo verdade.

Portanto, essas crianças foram criadas juntas – as filhas de um deus e a criança salva por um bando de patos protetores.

Tradicionalmente, um rei espartano está mais interessado em filhos do que em filhas, porém, depois que os preciosos gêmeos de Tindáreo, Castor e Pólux, sequestraram as filhas prometidas em casamento do irmão dele, Afareu, e as levaram embora amarradas e amordaçadas nas costas de dois cavalos com um grito de "Falamos para você que éramos a melhor escolha de marido!", uma enorme contenda se seguiu que resultou em muito sangue derramado e uma rápida perda de homens disponíveis em quem realmente investir. Sendo assim, Tindáreo despendeu uma quantidade incomum de esforços para garantir que o casamento de suas familiares femininas fosse um grande evento, em que todos os reis da Grécia viessem para competir pelo privilégio e honra de suas mãos. Clitemnestra foi dada primeiro a Tântalo, o que foi considerado uma união perfeitamente adequada que ajudava a garantir um aliado de longa data de Esparta na fronteira norte do país. Agamêmnon, no entanto, ficou um tanto encantado com Clitemnestra, o que ele manifestou assassinando o marido e o filho recém-nascido dela diante de seus olhos antes de reivindicá-la como esposa, apenas para deixar claro o quanto seus sentimentos eram fortes.

Helena, no entanto, era o verdadeiro prêmio. Tão bonita, que, mesmo quando criança, ela foi sequestrada e guardada por Teseu até atingir a idade de esposar, e sua reputação rapidamente se superou a ponto de seus encantos reais terem muito pouca relevância para a conversa. O que importava em Helena era que *outra pessoa* a queria. Outro homem. Outro rei. E assim, para realmente mostrar sua masculinidade, para realmente provar que *ele* era maior do que *aquele*, e que *ele* era um espécime mais poderoso do que *aquele homem ali*, tornou-se uma espécie de teste de realeza ser aquele que capturou com sucesso a mão dessa princesa espartana. Isso representou um problema para Tindáreo, que esperava conseguir casá-la com Menelau o mais rápido possível e, assim, ajudar a garantir que a coroa de Esparta passasse para seu companheiro de bebida favorito após a morte de Tindáreo. Mas, de repente, toda a masculinidade da Grécia estava pavoneando-se por Esparta, exigindo ser alimentada e regada e explicando da maneira mais enfática que não, é sério, *ele* era o melhor candidato.

Este foi mais ou menos o momento em que Odisseu, um príncipe sem renome de um fragmento bastante insignificante de ilhas sujas, ofereceu a Tindáreo um plano útil. Fazer com que todos os pretendentes jurassem que não importava quem se casasse com Helena, todos os outros apoiariam esse homem e defenderiam sua reivindicação. Já que todos os homens lá acreditavam firmemente que *ele* era a escolha certa para Helena, não hesitariam em jurar, imaginando que o juramento acabaria por beneficiá-los.

Quando apenas um homem pode vencer, é notável quantos homens se considerarão o vencedor garantido, sussurrou Odisseu.

Esse era um bom plano, no que dizia respeito a Tindáreo, e quando Odisseu nomeou o preço por sua astúcia, embora fosse atrevido e um tanto excessivo, o rei estava de tamanho bom humor, que acabou não discutindo.

– O quê? Penélope? – ele deixou escapar. – Você quer a filha do meu irmão?

– Exato – respondeu Odisseu. – Uma união com alguém tão nobre quanto ela traria grande honra para minha casa.

– Primeiro casamos Helena – concordou Tindáreo – e depois conversamos.

Compareci ao casamento de Helena e Menelau, claro. Muitos deuses o fizeram. Zeus passou os dedos pela barba e comentou durante o jantar:

– Vejo que Helena vai se casar com o príncipe Menelau. É tão bom ver os jovens se saindo bem. – E seu olhar varreu a sala, e as divindades reunidas compreenderam bem depressa o tipo certo de barulho que deveriam fazer.

Eu provavelmente teria ido de qualquer maneira, apenas porque, em matéria de casamentos, aquele foi um dos mais luxuosos e espetaculares que os mortais poderiam realizar, e em eventos como esse sempre chega um ponto, depois que o orbe prateado da lua se põe, em que as pessoas realmente se soltam.

Helena viu Menelau apenas uma vez antes do casamento. Ela tinha quatorze anos e estava muito animada. Todos deixaram claro para ela que sujeito forte, bonito, corajoso e magnífico esse jovem príncipe era e como ela seria sortuda. Em seu único encontro antes de os votos serem feitos, ela estava tão nervosa, que mal conseguiu olhar para ele, e ele ficou tão desapontado com suas risadinhas e monossílabos superficiais, que depois foi e encontrou uma devota de meu templo para aliviar suas ansiedades, desfrutando de uma noite plenamente fabulosa com uma senhora experiente que sabia muito bem como manter dois corpos à beira do êxtase, no auge do prazer torturado, enquanto se grita não, sim, não, por favor, sim, não, sim! Menelau já era então um guerreiro, um soldado ao lado do irmão. Ele não tinha interesse em conquistar virgens chorosas quando havia cidades para arrasar, príncipes para massacrar – batalhas de verdade para vencer.

Na noite de núpcias, Helena deitou-se em uma cama de pétalas, tendo sido informada por sua mãe sobre o que esperar. "Um homem fará coisas com você", explicara Leda, com os olhos fixos em algum lugar distante. "Como esposa dele, é seu dever aturar isso."

Embora ainda fosse apenas uma criança, Helena já estava desenvolvendo sua feminilidade, com sensações agitadas em sua barriga, certa umidade entre as pernas. Clitemnestra havia sussurrado para ela: *é assim que você se toca*, e Helena ficou chocada, horrorizada, fascinada. Por meses ela se recusou a ouvir os conselhos da irmã, até que, no fim das contas, ela cedeu e sentiu... coisas que tinha certeza que uma mulher não deveria sentir. E, ainda assim, tinha esperanças. Mesmo quando Menelau entrou no quarto e a viu deitada ali, avaliando-a com a mesma expressão que tinha ao considerar a altura da muralha de algum inimigo, ela rezou. E sua oração foi por alegria, êxtase e amor.

E sua oração havia sido para mim.

Não demorou muito para Menelau fazer o seu serviço. Ele não ergueu os olhos para verificar se os gritinhos dela eram de agonia ou êxtase. Ele não queria saber, e era mais fácil para todos em um casamento apenas presumir que era o segundo caso. Quando ele havia terminado, quando ele havia partido, Helena se tocou para ver se isso aliviaria um pouco a dor. Para ver se ela conseguia transformar essa experiência no que sabia que precisava ser – o amor mais puro, feliz e maravilhoso. Acariciei sua testa, deitei ao lado dela, segurei-a com força.

Minha linda, sussurrei, enquanto ela tentava se dar prazer para acreditar que sua vida seria alegre, que seu corpo fluiu com o de seu marido em perfeita harmonia. Que ela não era apenas carne para ser usada. *Eu estou aqui. Você não está sozinha.*

Helena ficou grávida desse primeiro encontro e ficou contente. Jurou que amaria sua criança, e, quando Hermíone nasceu, ela segurou a pequena neném que se contorcia e sentiu... nada. Vergonha, talvez. Vergonha porque não amava o bebê. Vergonha porque ela era um fracasso como esposa e como mãe.

Talvez com seu próximo filho. Talvez, então, ela sentisse algo mais. Menelau disse a ela que o parto a fez ser menos agradável por dentro, então, Helena, de dezesseis anos, ajoelhava-se dia e noite diante do meu santuário e me implorava para torná-la uma esposa melhor, uma amante melhor, mais capaz de agradar ao marido.

Meu amor, sussurrei em resposta, você poderia ser a melhor esposa do mundo, e ainda assim ele não a adoraria.

E, claro, havia o negócio com a maçã, o Jardim das Hespérides, minha oferta um tanto imprudente a Páris, príncipe de Troia. Ainda me sinto um pouco envergonhada por isso agora, mas o que posso dizer? No calor do momento, não parecia tão ruim, considerando todas as coisas.

Helena tinha vinte e dois anos quando Páris chegou a Esparta e ainda era uma criança. Ser criança era sua maior segurança, pois, se fosse mulher ou mãe, sabia que seria um fracasso como ambas. Uma mulher deve satisfazer um homem. Uma mãe deve amar seus filhos. Mas se ela ainda era uma criança, bem, então isso a livraria da responsabilidade, não é?

Mas Páris – ah, Páris. Ele havia crescido como pastor antes de se tornar um príncipe e ainda carregava a fragrância do campo e da floresta, da lã úmida e das noites agrestes nas montanhas frias. Ele não era como nada que ela tinha visto antes, mas ainda assim – ainda assim. Ela conhecia seu dever. Ela conhecia as regras que limitavam sua vida.

Mas ele é muito bonitão, não é? Sussurrei, enquanto ela o via a observá-la por cima da taça de vinho dele. A maneira como ele olha você – é como se ele visse a verdadeira você por dentro.

Eu tinha feito uma promessa a Páris. Um juramento feito pelo poder divino. Eu ia cumpri-lo, não importava o custo. Até nós, divindades, temos regras.

– Você parece ser o tipo de mulher – Páris murmurou – que esconde o que está sentindo lá no fundo.

Esse é o tipo de aforismo que Páris havia usado muitas vezes em sua carreira de sedução. É como dizer a alguém: "Vejo que já ficou triste algumas vezes" ou "Sei que, quando está feliz, você ri". Praticamente não há chances de essas declarações serem falsas, mas, quando se é uma mulher solitária desesperada pelo mínimo de conversa, elas se revestem de tamanha profundidade de percepção e significado, que podem ser bastante emocionantes.

Faça, sussurrei. Faça. Seja vista. Seja uma mulher. Seja livre.

Páris, por sua vez, era um amante terno. Helena não sabia que poderia haver tal coisa. *Então é essa a sensação*, pensou ela, enquanto ele fitava seus olhos e prometia sempre ouvir suas palavras, honrar seus desejos, de *ser uma mulher afinal de contas*.

Capítulo 15

Helena de Troia – ou melhor, Helena de Esparta – tem duas criadas que nunca saem de seu lado. Seus nomes são Trifosa e Zosime. Elas não são como as outras mulheres da casa de Menelau. O palácio dele está cheio de mães capturadas e filhas escravizadas, de irmãs espancadas sobre as quais ele diria: "Elas não precisam falar para trabalhar, não é mesmo?". Para um escravo, ser ouvido falando os dialetos de Troia é a morte; para uma empregada, ser ouvida falando por si só traz uma série de punições que se tornam cada vez mais severas.

Trifosa e Zosime não são como essas mulheres. Não há cicatrizes em suas costas. Seus pescoços são tão perfumados quanto os de sua protegida. Seus vestidos são macios e delicados, elas usam ouro em seus pulsos e braços. E, quando Eos e Autônoe se aproximam e se apresentam como as principais criadas da casa de Penélope, ali para servir, para garantir que sua senhora recebesse tudo o que ela precisar, Trifosa olha Eos de cima a baixo uma vez, em desprezo, e dá as costas para a criada itacense. Eos fica brevemente indignada – até com raiva. Depois, fica com raiva de si mesma por permitir que até mesmo o mais leve lampejo de indignação passe por suas feições, e volta a ser pedra de novo. Autônoe apenas sorri de canto de boca. Essas belas damas de Esparta, vestidas com pérolas e orgulho, podem se considerar elevadas acima de todas as outras mulheres de todas as outras casas, porém, Autônoe reconhece escravidão quando a vê, mesmo que não seja oficialmente assim chamada. Ela sabe identificar as mulheres cujo maior orgulho está em suportar bem o próprio sofrimento e, sabendo disso, afasta-se, pois Trifosa e Zosime não lhe interessam mais.

Em público, Helena é radiante, recatada, acena para as pessoas reunidas no cais como se estivessem ali só por ela, abaixando as pontas dos dedos em um movimento minúsculo como se cumprimentasse uma criança. Ninguém acena de volta. No final, em um momento de sabedoria, Medon dá uma cotovelada em um dos poucos homens itacenses que conseguiu encontrar que fossem capazes de carregar um escudo e uma lança.

– Toque a trombeta e o tambor!

A trombeta faz um som como um Titã soltando gases, mas pelo menos é alto e cerimonial o suficiente para quebrar o encanto do silêncio que se instalou no porto. Os tambores são velhos e flácidos, arrastados para fora apenas para raros festivais, quando os sacerdotes do templo de Atena achavam que valia a pena acordar a cidade cedo e lembrar a todos qual deusa realmente os protegia.

Eles seguem em procissão até o palácio. Os itacenses não têm muita ordem. Todos concordam que Penélope provavelmente deveria estar em algum lugar perto da frente, mas não, ela também precisa estar em algum lugar perto do final para manter uma adorável ladainha de conversa fiada com Menelau. Felizmente, ele faz a maior parte do trabalho nesse sentido.

– Que lugar fantástico que você tem aqui – proclama ele, enquanto passam pelo mercado fedendo a peixe e pelo tortuoso redemoinho de casas tortas construídas umas em cima das outras como uma velha colmeia em uma árvore curvada. – Odisseu costumava falar sobre esse lugar de uma forma que você não ia acreditar: ah, Ítaca, dizia ele, lugar incrível, o vento, o mar, o céu; ele tinha todo um discurso sobre o céu, dourado, ele dizia, dourado! Todos nós pensávamos, sim, sim, sim, claro que o céu é lindo, mas e as mulheres, *as mulheres*! E quer saber? Sinto que a conheço tão bem, tão bem, conheço, meu Deus, o jeito que ele falou... é como se você estivesse naquela praia conosco.

Ocorre a Penélope que Menelau tecnicamente teve um relacionamento muito mais longo e, era bem possível, muito mais intrincado com o marido dela do que ela mesma. Ela conheceu Odisseu apenas alguns anos antes de ele embarcar para a guerra, e uma parte significativa desse tempo foi passada se familiarizando com seu trabalho real – o cultivo de olivais, o manejo de ovelhas e a melhor forma de negociar com os comerciantes de madeira do norte – com apenas um ou outro jantar romântico pontuando os trabalhos do dia.

Ao passo que Menelau se sentou em uma duna de areia com Odisseu ao seu lado por dez anos, marcados ou por prolongados períodos de tédio em que esperavam que algo acontecesse, ou por extraordinárias explosões de violência com risco de vida. Ambos os casos podem induzir uma qualidade de relacionamento que, se ela for honesta consigo mesma, Penélope não experimentou com o marido.

Esse sentimento é inquietante, se não exatamente surpreendente.

– E seu palácio! Maravilhoso. Maravilhoso! Dá para ver bem a habilidade dos construtores, não é? A história! Outros reis sempre diziam, ouro, mármore, arte – *arte*! Mas Odisseu insistiu, sempre insistiu, um palácio deve ser primeiro uma fortaleza, passar a mensagem certa, deixar claro quais são as suas prioridades, é de ser admirar, não é? Tenho que admirar a tenacidade, essa é a palavra, *tenacidade*. Itacenses são tão tenazes!

Há outros com Menelau além da esposa e das criadas.

O filho, que provavelmente é um príncipe, mas o assunto nunca foi totalmente resolvido. Nicóstrato caminha a uma distância educada atrás de Helena e de suas criadas, uma lança em uma mão, capacete emplumado debaixo do braço. Você não saberia que ele era filho de Menelau quando olhasse para ele pela primeira vez – ele tem a pele cor de vinho de sua mãe escrava e sobrancelhas grossas que parecem sempre inclinadas para baixo, descendo e descendo. Mas, uma vez que lhe fosse apontado que ele carrega o sangue do pai, ali está, na curva de seu nariz, na pequenez de suas orelhas, em suas pernas curtas e fortes. O pai chegou tão perto de amar a mãe dele quanto Menelau jamais amou, exultando com sua rebeldia, o brilho de seu olhar, a sua língua afiada, até que um dia, depois que se deitou com ela, ela riu e disse: "Não foi seu melhor desempenho, não é mesmo?", e seu corpo foi encontrado estrangulado naquela mesma noite nas portas do palácio.

Nicóstrato tinha três anos quando Helena fugiu para Troia e, mesmo nessa tenra idade, aprendera a desprezar a mulher que não era sua mãe. A partida dela apenas formalizou e deu permissão ao ódio dele. Sua compreensão do amor limita-se a algo físico. Amor é sexo. Sexo é poder. O poder conquista os submissos. Conquista é desejo. Isso é tudo o que Nicóstrato é capaz de dizer sobre o assunto.

Ao lado de Menelau, um soldado, chefe de sua guarda pessoal. É uma bobagem na verdade eu precisar de uma guarda pessoal, debocha ele, mas os homens de Esparta insistem, são mulheres tão velhas, tão preciosas, então aqui está ele – diga olá, Lefteris. Diga olá aos nossos amáveis amigos itacenses.

Lefteris, veterano de Troia, guerreiro forjado em sangue e pedra, os cabelos compridos desgrenhados sobre os ombros, as unhas gastas até o sabugo em seus dedos de segurar lanças, diz olá, bons amigos itacenses. Nenhum dos simpáticos amigos itacenses responde de verdade.

Em seguida: um sacerdote. O nome dele é Kleitos, e ele não é nada espartano.

Seu corpo é feito de ângulos, como se alguém tivesse juntado uma série de triângulos para tentar criar um homem. Joelhos e cotovelos, costelas e clavícula, mandíbula e barba grisalha pontiaguda.

Ele é tratado com alguma honra, como convém a sua posição – mas menos honra do que ele acha que deveria receber, levando tudo em consideração. Ele viajou de Micenas com Orestes naquelas primeiras semanas da inesperada "peregrinação" do rei. Ele resmungou por todo o caminho que não gostava de receber ordens naqueles dias e não gosta de receber ordens agora. Por acaso eles não sabem quem ele é?

Ele não expressa nada disso a Menelau, é claro. Ele é mal-humorado, não suicida.

Ao seu lado está alguém que já conhecemos. Adorável Iason com aquele caroço bastante fascinante que sobe e desce em sua garganta quando ele engole, ombros poderosos e queixo forte. Nós o vimos pela última vez, não foi, em meu lindo templo cuidado por Xântipe, guardando seus segredos à luz do fogo? Eu beijo sua bochecha – é claro que é um terrível presságio que você esteja agora aqui, em Ítaca, mas é bom ver velhos amigos.

Estes são apenas alguns dos que seguem dos navios rumo ao palácio, dos quais falaremos mais adiante. Os espartanos fazem o possível para fazer disso um espetáculo – todos marchando juntos, pés batendo no chão em uníssono –, mas as voltas e mais voltas das ruas estreitas e sinuosas limitam um pouco o drama do efeito, e, quando os últimos de seu grupo começam a chegar aos portões do palácio, estão desistindo de tudo e apenas caminham como pessoas normais a caminho de um lugar normal.

O interior do palácio é um turbilhão de preparação. Já estava prestes a explodir com o peso dos pretendentes, mas agora – agora – o rei de Esparta chegou! Todos os cantos devem ser limpos, todas as superfícies esfregadas, todos os cantos de espaço devem ser abertos para dar lugar a esses homens nobres.

Menelau não aceita nada disso.

– Bobagem. Bobagem! Você já está tendo que fazer tanto; eu ouço falar dessas coisas, sabe, pretendentes, *pretendentes*, a completa ousadia! Como se você não tivesse o suficiente com que se preocupar! Não seremos um fardo de jeito nenhum, não terá que se preocupar com nada, veja, veja!

Ele estala os dedos e, quando isso não provoca uma resposta imediata, estala mais uma vez, rápido, impaciente, prestes a se voltar contra o próprio povo e rugir, quando dois escravos avançam carregando um baú entre si e o colocam no chão aos pés de Penélope com um baque pesado. Menelau o abre sem pressa, apreciando o peso da tampa que balança para trás nas grossas dobradiças.

Os poucos espectadores que podem ver seu interior produzem uma respiração satisfatória, um suspiro de admiração. Penélope observa o conteúdo do baú, mas não toca. Ela não é supersticiosa quanto a essas coisas – pratos de ouro e taças de prata marcados pelos artesãos massacrados de Troia não são diferentes do ouro que o marido roubou dos ocidentais ou que o sogro saqueou do sul tantos anos atrás. Mas ela ainda tem deveres como anfitriã, então imediatamente começa um pequeno discurso.

– Majestade, não, não podemos aceitar isso, claro que não podemos, você é nosso hóspede, o mais honrado, o mais...

– Irmã – retruca ele, cortando-a, duro como uma lâmina. – Você vai aceitar meu presente.

Um adendo tardio, algo a ser lançado com um sorriso largo e encantador e um pequeno balançar de cabeça.

– Por favor. É o mínimo que podemos fazer pelo incômodo.

Penélope jamais negaria, é claro. Ela tem um reino para administrar. Mas também sabe que um tesouro cheio pode trazer tantos problemas quanto soluções, e são os pretendentes que observam o baú com mais atenção enquanto é levado embora.

A maioria dos espartanos monta acampamento na periferia da cidade ou permanece em seus navios. Alguns dos melhores são alojados na cidade, com famílias que não os encaram ao recebê-los. Mesmo assim, quando a brisa da tarde sopra do sul, Penélope estima que haja mais espartanos armados em seu palácio do que há homens itacenses. É Eos quem finalmente dá voz a essa hipótese, sussurrando no ouvido de sua senhora:

– Parece que fomos conquistados.

Elas aguardam, enquanto Helena é colocada no quarto da velha Anticleia, a falecida mãe de Odisseu. Esse processo requer uma quantidade excessiva de trabalho, pois ela veio com todas as misturas e aromas imagináveis, desde os confins do Nilo até as florestas do norte dos bárbaros. Ela tem espelhos de prata polida, baús de vestidos – para passear, para jantar, para se reclinar, para ouvir música doce – e uma gama de apetrechos que Penélope nunca viu antes para a criação perfeita dos penteados mais elaborados.

– Ah, você não conhece isso? – Helena pergunta, enquanto Penélope e suas criadas estão paradas na porta, retorcendo as mãos e com expressões confusas. – Bem, suponho que Ítaca sempre foi o último lugar para aprender sobre moda!

Ela ri.

Sua risada é o estalo alto e quebradiço de um pássaro canoro, estridente o suficiente para fazer os espectadores estremecerem. Começa e para tão de repente quanto o grito do corvo, como se o humor em seu coração, que desceu flutuando, de súbito voasse para longe.

– Vou mandar Zosime ensinar uma de suas mocinhas, se quiser; ah, *Zosime!* Zosime, onde está você; ah, aí está você, muito bem, sim, se importa muito? Sei que nossas anfitriãs itacenses adorariam aprender um pouco sobre cabelo!

Zosime se importa?

Os lábios dela se curvam em desagrado, e ela não responde nem sim, nem não. Isso é, pensa Penélope, extraordinariamente rude, mas Helena não parece notar ou se importar.

– Agora, onde está aquele vestido... ah, *fabuloso!*

Penélope mal consegue se mover no próprio palácio sem esbarrar em outra criada, outro homem, outro escravo, outro soldado. Ela tenta chegar ao próprio quarto, com a cama crescida da oliveira, mas a cada passo alguém se aproxima, exigindo sua atenção.

– Nicóstrato não está satisfeito por estar em seu quarto, ele diz que tem que ficar perto de Helena, e Menelau diz que não pode dormir no antigo quarto de Laertes, ele não gostaria de manchar a honra do velho rei ousando...

– ... mandou buscar mais ovelhas para abate para o banquete, mas só chegarão amanhã, as marés para Cefalônia estão todas erradas, e mesmo que o mensageiro chegue a tempo...

– ... nossa última ânfora de óleo, e depois disso não sei o que vamos fazer!

– Os espartanos dizem que devem manter suas armaduras e espadas com eles em seus quartos, mas não temos espaço para os homens dormirem e suas armaduras serem guardadas, a menos que eles as coloquem no arsenal mesmo. Sugeri transformar o arsenal em outro quarto de dormir, mas eles dizem que é frio e escuro demais lá embaixo, então o que precisamos são quinze lamparinas a óleo, cinco caixotes do porto e uma...

– Penélope! Você não me disse que Pílades estava aqui!

Menelau a alcança quando ela tenta atravessar o grande salão, o fogo já sendo aceso para o banquete da noite. Ele encontrou Pílades no meio da multidão, passou um grande braço amigável por cima do ombro do micênico, está caminhando com ele como se finalmente tivesse encontrado seu irmão há muito perdido.

– Pílades, quando foi a última vez que o vi? É um amigo tão leal para meu sobrinho, significa muito para mim saber que ele tem alguém como você ao seu lado.

Kleitos e Iason, os outros micênicos na sala, ficam a um canto em silêncio, de cabeça baixa, homens espartanos ao seu lado. Os espartanos não estão *guardando* esses dois, é claro. De jeito nenhum. É muito, muito importante para Menelau que todas as suas necessidades sejam atendidas, e isso significa que eles precisam ser atendidos.

– Como está Orestes? – Menelau pergunta, apertando gentilmente Pílades como se pudesse sacudir algum segredo hilário das narinas dilatadas do homem. – Ouvi dizer que meu pobre sobrinho ficou doente; que horror! Ele está bem agora, é claro?

– Quando o vi pela última vez, o rei estava bem – responde Pílades.

Ele olharia nos olhos de Menelau se pudesse – muito poucos homens têm coragem, mas Pílades está disposto a tentar. Mas Menelau está em constante movimento, deslocando-se, andando pelo salão como se tivesse perdido algo de que não consegue se lembrar agora, arrastando consigo Pílades, um alegre companheiro nesta épica jornada doméstica.

Parar agora, virar agora, enfrentar o espartano agora exigiria mais passos e mais agressividade do que até mesmo Pílades com sua adorável e admirável valentia é capaz de reunir.

– Bom! Bom! Não em Micenas, no entanto? Nem ele, nem aquela minha sobrinha foram vistos lá por várias luas, ouvi falar. Perdoe um velho intrometido, mas Orestes é tão querido para mim, o único filho de meu irmão, precioso... um menino precioso. Meu irmão sempre me disse que, se alguma coisa acontecesse com ele, eu deveria cumprir meu dever e garantir que Orestes estivesse seguro. Família. Você sabe como é com a família.

Lá está novamente, aquele lampejo de sorriso como óleo pegando fogo.

Penélope nota, e, embora não se mexa, seus dedos se fecham em punhos ao lado do corpo por um momento.

– Ele está visitando os templos sagrados dos deuses – Pílades consegue responder, as palavras caindo como pedras de seus lábios. – Buscando bênçãos auspiciosas para seu reinado.

– Bom rapaz! Bom rapaz! Que maravilha. Paz e amizade: é tudo o que meu irmão sempre quis, tudo com que sempre sonhou. Bom rapaz por estar realmente comprometido, realmente correndo atrás. E você está em Ítaca porque…?

Pílades se esforça para encontrar as palavras, olhando ao redor, então Penélope desliza com um movimento de véu e a menor respiração.

– É claro que deixo as conversas sobre honra e questões diplomáticas para o conselho escolhido por meu marido, pois eles têm cabeças mais sábias e experientes; porém, eu seria negligente se não valorizasse o comércio de prata, âmbar e estanho que o povo do meu marido tem com o povo de Micenas e de Esparta também, creio eu. Essas coisas nunca são estáticas, o valor desses bens aumenta e diminui; e tenho a impressão de que Orestes pretende garantir que todo o comércio seja justo para todos.

Menelau parou de andar e pela primeira vez olhou para ela – olhou através do véu e diretamente para ela, como se visse a mulher, não a história, diante de si. Seu sorriso desta vez é lento, uma curvatura para fora dos lábios, enquanto ele solta Pílades e caminha em direção à rainha de Ítaca. Ele estende o braço. Ela o pega. Avançam mais devagar agora, como se ele não quisesse tropeçar nos pés dessa delicada criatura.

– O filho do meu irmão, um comerciante – reflete ele, enquanto vagam. – Quando eu era criança, tomávamos o que precisávamos, saqueávamos onde devíamos; mas isso era naquela época. Troia… bem, Troia nos uniu. Uma união de reis. Juramentos prestados. Sangue derramado. E, quando voltamos, sei que era o desejo mais profundo de meu irmão, seu desejo mais profundo, que não voltássemos a ser grego contra grego. Mas esse "comércio"… não vou fingir que meu cérebro de soldado tem muito tempo para isso. Deixo para outros. Para pessoas mais adequadas à tarefa. Suponho que isso faz de mim um rei terrível.

– É um rei poderoso – responde ela. – Um herói.

– Estou ficando velho. – Um suspiro; uma repreensão, até. – Um homem velho. Está vendo essa barriga? Carne demais, envelhecendo, engordando. E quando penso no meu legado, no que vou deixar para trás… – Um balançar de cabeça, um pequeno suspiro. – É por isso que a família é tão importante.

Minha filha, Hermíone... sabia que ela foi prometida a Orestes quando os dois eram apenas bebês? Ela deveria ser rainha de Micenas, mas depois houve todo aquele negócio com o filho de Aquiles, foi uma confusão, e eu me sinto mal por isso, eu me sinto mesmo, mas sei que ela sempre teve esperança de que ficará com meu sobrinho, que eles serão capazes de consolidar o vínculo familiar entre eles para sempre, Esparta e Micenas como uma só. Talvez Electra e meu Nicóstrato também – é apenas o sonho de um velho, é claro, mas... bem, nós abandonamos nossos sonhos por último, não é?

Lefteris, capitão da guarda de Menelau, está parado em um canto cutucando os dentes, descansando contra uma parede na qual está pintada uma imagem de Odisseu, obscurecendo o rosto do rei de Ítaca, um homem com um sorriso desleixado e encouraçado, apreciando observar seu mestre em ação. Penélope é gelo. Penélope é pedra.

Em Esparta, Policasta, a mulher que a criou como se fosse sua, pegava a filha pela mão e sussurrava: "A única que pode dizer o que você deve sentir é você".

Em Ítaca, Anticlea, esposa de Laertes, mãe de Odisseu, naqueles dias antes de finalmente beber até morrer, olhava fixamente para seu reflexo na água e proclamava: "Ninguém mais deve ter permissão para colocar palavras em sua boca".

Anticlea foi estuprada um dia antes de se casar com Laertes, em vingança pelos atos do pai dela. Na noite seguinte, certificou-se de que Laertes cumprisse seu dever junto ao leito conjugal, para que nenhuma pergunta fosse feita, nenhum problema causado, e ninguém mais precisava saber.

Agora sua nora anda de braço dado com Menelau, rei de Esparta; força-se a dar as costas aos olhares maliciosos de Lefteris e murmura:

– Você está certo, é claro. Claro que está certo. Tentei tanto ser digna de meu marido. Não o vejo há quase vinte anos, e agora meu filho partiu para encontrar o pai, e eu... Temo estar me apegando a esperanças vãs. A sonhos imprudentes. Mesmo quando pensei que estava livre deles, voltam para me atormentar. Não é absurdo?

Menelau dá um aperto suave no braço dela. Nenhum homem esteve tão perto dela quanto agora por tanto, tanto tempo – mas está tudo bem.

Menelau é marido de Helena. Ele é um rei, irmão de sangue jurado de Odisseu. As regras normais não se aplicam a alguém como ele.

– Vi seu filho – revela ele, e Penélope quase tropeça nos próprios pés. Ele a segura sem piscar, sem perder um passo ou uma respiração, é fácil, esperado, previsível. – Jovem Telêmaco, um bom rapaz, veio a Esparta em busca de notícias do pai. Você o criou tão bem, considerando todas as coisas. Adorável voz firme, boas maneiras, braço de lança forte; dificilmente se pensaria que ele foi criado por mulheres! Claro que não podíamos ajudá-lo. Mas mesmo vendo o menino fiquei emocionado. Comovido. Realmente sinto falta do seu marido, todos nós sentimos. É claro que tivemos nossos desentendimentos, mas, no final das contas, Odisseu, de fato se podia confiar nele para fazer o trabalho. Só lamento não podermos ter dado notícias melhores para seu filho, qualquer notícia, quero dizer. Nenhuma má notícia. Apenas qualquer notícia sobre seu marido.

O corpo de Penélope está se movendo, e ela está nele, e por enquanto isso terá que bastar. Uma cabeça de chumbo assente uma vez acima de um pescoço de palha.

– Entendo – suspira ela. – E isso foi... recentemente?

– Não faz nem cinco luas desde então.

– Cinco luas. Sim. Obrigada. Fico feliz que... É um conforto saber que Telêmaco está bem. Obrigada.

Ele para, tão de repente que Penélope quase esbarra nele quando ele se vira, tomando as duas mãos dela. Ele olha através do véu dela, direto nos olhos dela, aperta os dedos dela entre os dele, curva-se.

– Sou irmão de seu marido – proclama ele. – E Ítaca sempre estará segura comigo.

Ele beija os dedos dela.

Lábios sobre pele.

A umidade de sua boca persiste quando ele termina. É o ato mais sensual que qualquer homem realizou por ela em quase vinte anos, e, quando finalmente retorna a seu quarto, Penélope lava as mãos três vezes e troca de vestido.

Capítulo 16

Um banquete.
Menelau trouxe o próprio vinho.

Isso é um ultraje, um insulto! Nenhum anfitrião jamais sonharia em permitir que um convidado trouxesse um gole de bebida, um bocado de comida para sua mesa. É uma violação das tradições mais sagradas da terra, impensável.

Contudo, Menelau não é um convidado comum, e Penélope, ora, ela...

– Você passou por tanta, tanta dificuldade, mais do que qualquer mulher deveria – acalma Menelau, enquanto seus servos trazem as ânforas dos navios para o salão. – Totalmente sozinha sem seu marido, sem um homem para mantê-la segura, e eu a negligenciei. Negligenciei mesmo... não, nem uma palavra! Não vou ouvir uma palavra, eu a negligenciei, falhei com Odisseu, falhei com meu irmão de sangue deixando sua esposa sofrer todo esse tempo nesta rocha, e você também uma princesa de Esparta. Nem todo o vinho de todos os bosques da Lacônia poderia compensar minhas falhas com você, e assim entende, boa irmã, devo fazer reparações. Devo. Se me recusar, certamente me condenará. Desejo garantir que as ilhas ocidentais não sejam mais negligenciadas. Desejo garantir que você seja bem cuidada.

O vinho é potente, mesmo quando a água é adicionada, e tem sob a doçura um sabor forte e quente de azedo.

Eos sussurra ao ouvido de Penélope, enquanto enche seu copo:

– Soldados espartanos estão se espalhando pela ilha.

– Eles machucaram alguém?

– Ainda não.

– Mande uma mensagem para Priene. Diga às mulheres que escondam suas lanças e seus arcos.

*

Os bardos no salão também são espartanos.

– Os melhores, os melhores de toda a Grécia! – Menelau explica, diante do pequeno arquejo de Penélope, seu tremor de indignação ao ver os próprios músicos dispensados. – Eu mandei trazê-los de Atenas, eles tocam música, apenas a música mais doce que você já ouviu. Não quero desrespeitar os locais, é claro, mas você precisa mesmo ouvir; e, se não gostar deles, mandarei afogá-los imediatamente, sem questionamentos, eu juro!

Menelau jurou. Claramente devia ser verdade. Eles escutam os músicos de Atenas cantarem para salvar suas vidas, e Penélope sabe que foi derrotada. Clitemnestra teria declarado que achou a música desagradável, só para marcar sua posição, e ficaria parada na beira do cais enquanto os homens eram empurrados para o fundo do oceano com pedras nos tornozelos. Mas Clitemnestra está morta, assassinada por ser parecida demais com um homem, e Penélope não pode deixar de pensar em como será inconveniente ter que buscar os cadáveres dos bardos mortos, assim que os espartanos se forem, para que não contaminem a água com sua putrefação.

As canções que cantam não são sobre Menelau. Ele mal aparece em um único verso. Em vez disso, eles cantam sobre Agamêmnon, seu grande irmão, o rei dos reis. Cantam sobre a unidade que ele trouxe, sobre a paz conquistada pelo poder exercido por apenas um, sobre os heróis que se uniram sob sua coroa, sobre o propósito de um povo, finalmente unido. Menelau cantarola nas melhores partes, desafinado e apenas meio interessado, uma cantiga familiar que escutou tantas vezes, que agora quase não a ouve.

Menelau senta-se no lugar de maior honra – ao lado da cadeira vazia de Odisseu. A cadeira de Penélope fica um pouco abaixo da dele, mas ele grita:

– Não vou poder conversar com você se estiver aí embaixo. Aqui, junte-se a mim, junte-se a mim!

E, como as opções são colocar a cadeira dela ao lado da dele ou ela se sentar em seu colo, Autônoe e Eos movem a cadeira da rainha para perto da do rei.

Helena senta-se abaixo, flanqueada por suas criadas. Nicóstrato está na frente dela, brincando com a comida. Pílades está sentado entre os pretendentes, o soldado Iason e o sacerdote Kleitos ao lado deste, não havendo outro lugar para colocar esses convidados bastante dignos. Lefteris circula ao redor do salão, uma espada ao seu lado. Ele é um lobo amigável, uma saudação sorridente, um sorriso cortante. Ninguém encontra seu olhar e ninguém se opõe quando ele tira a comida de seus pratos – amigável, é claro. Compartilhando como irmãos, compartilhando como amigos – tudo muito amigável.

– O que você é então? – pergunta ele ao egípcio.

– Eu sou Kenamon – responde Kenamon, e há uma frieza incomum em sua voz, uma distância inesperada que ele jamais demonstrou nem mesmo para seus maiores rivais, os outros pretendentes do salão.

De onde veio isso? Ah, sim, é o som de soldados se encontrando que não conseguem imaginar que se encontram em tempos de paz. Lefteris encara Kenamon, e Kenamon encara Lefteris, e cada um vê nos olhos do outro um homem que sabe o que é puxar sua lâmina de dentro de um coração que ainda bate, enquanto o sangue corre pelo bronze quente. Outros homens podem tagarelar sobre carruagens e ataques gloriosos. Lefteris e Kenamon dão o sorriso gélido de reconhecimento de homens que preferem matar seus oponentes enquanto dormem do que entrar em uma batalha sangrenta de novo. Tal sorriso é incomum neste salão de vaidosos e tolos tagarelas; eles se demoram um momento longo demais no olhar um do outro antes que Lefteris continue andando pelo salão.

Todos os pretendentes usam suas melhores vestes. Túnicas bordadas com corantes de besouros e pulseiras de ouro foram trazidas de algum lugar secreto; os cabelos oleados e os cachos arranjados artisticamente, os dedos lavados e a sujeira esfregada de entre os dedos dos pés. Por apenas uma noite, o palácio real de Ítaca parece quase merecer o nome.

Helena fala. É um borbulhar incessante de ruído leve, tão importante quanto o bater da asa emplumada de uma pomba, agitado como o som das aves marinhas aninhadas na falésia. "Minha nossa, isso tem caranguejo? Ah, que maravilha, não costumo comer… Mas tenho certeza que é delicioso, não é? Nunca comemos caranguejo em Esparta, sabe, e em Troia só comíamos às vezes, quando um grupo de incursão conseguia sair pelo portão que dava para o mar e voltar sem perder muitos homens. Que delícia! Que delícia… embora eu suponha que você, prima Penélope, deva comer isso o tempo todo. Que adorável. Sabe, às vezes, eu a invejo, neste pequeno palácio, uma vida simples, tão simples, deve ser um alívio não ter que se preocupar com as coisas. Lá em Esparta, temos que receber o tempo todo, tantos dignitários, tantos reis, e mal dá para lembrar quem é quem, não é?

Sua risada não é a risada que chamou a atenção de Páris. Aquela risada era rica e sonora e tinha por baixo um toque de malícia, uma explosão profunda de pulmão e um toque do nariz bufando. Aquela risada era a risada de uma mulher que, por um breve momento, ousou ser vista, por um instante, ousou ser algo mais do que apenas uma criança submissa – ousou talvez ter um coração batendo sob seu peito de lírio. Aquela risada era até mais sedutora do que a perfeição de sua pele – perfeição que devo admitir que realcei um pouco com uma dose adicional de fulgor divino. Mas foi aquela risada, uma promessa de segredos, uma promessa de lugares escondidos onde ninguém além dele poderia ir – foi isso que de fato atraiu a atenção de Páris de Troia.

Essa não é aquela risada. Essa é a risada que ela reaprendeu em seu quarto em Esparta, encarando o próprio reflexo manchado em um espelho de bronze turvo. Sua voz flutuava subindo e descendo em busca da nota perfeita, do tom perfeito, e, depois, ela experimentava na frente do marido, quando ele dizia algo que as pessoas pareciam achar divertido, testando qual resposta causava uma carranca, qual causava um suspiro e qual ele poderia ignorar por completo. Essa risada é a última dessas três, um som que Menelau mal parece saber que existe, como se a parte de seu ouvido que poderia reconhecê-lo tivesse morrido, silenciada, talvez, pelos dez anos de choque de espada contra escudo – embora o som não cause nada além de angústia e confusão a todos os outros ouvintes.

Bem poucos dos pretendentes conseguem ouvir o que Helena diz, embora não por falta de esforço. Penélope os inveja por isso.

– Vi seu adorável Telêmaco, ah, ele é um menino tão bonito, não é? Ele estava viajando com um dos filhos de Nestor, um rapaz atraente, mas você sabe como Nestor é; bem, eles são todos um pouco secos, não são? Um pouco enfadonhos, ouso dizer, que terrível atrevimento de minha parte, ah! – Ela leva os dedos aos lábios, uma criança travessa flagrada falando o que não devia. Então sorri e continua, a criança perdoada imediatamente. – Todo mundo ficou terrivelmente emocionado no banquete, é claro. Tantos dos melhores se foram: Agamêmnon, Aquiles, Odisseu; e, para falar a verdade, apesar de mastigar de boca aberta, Heitor realmente era um homem muito atencioso, muito atencioso, ainda bem que Aquiles não profanou demais o cadáver dele, sabe; não é apenas como alguém trata um inimigo que importa, mas o que alguém pensa sobre si mesmo por dentro. Quem deseja ser. Aconteça o que acontecer, prima... – Helena estende a mão para Penélope, mas está longe demais para alcançá-la, então deixa a mão pairando no ar. – Eu sei que você sempre escolherá o amor.

Penélope não tem absolutamente nada a dizer. Ela está estupefata.

Ela olha para Menelau, mas, se ele ouviu uma palavra da esposa, ele não dá sinal. Ela olha para Nicóstrato, que está tão esparramado em sua cadeira, que é de surpreender que ele não caia para fora dela, de cabeça para trás, bunda para o ar, vum! Ela olha para os pretendentes, que estão todos fazendo o possível para não serem vistos observando o grupo real, e, por fim, olha de novo para Helena, cuja mão ainda está pendurada, um sorrisinho no rosto como se dissesse, *venha, querida, venha*.

Ela acha que talvez isso seja um teste. Ela é boa em testes – as respostas que deve dar sempre foram muito claras para ela.

Então, sorrindo, ela ignora a mão, ignora os olhos grandes e reluzentes de Helena, as pupilas gordas e pretas, e diz:

– Claro, prima. E que amor existe que seja maior do que o amor de uma esposa pelo marido?

O sorriso de Helena não se altera. Mas ela se afasta, lentamente, repousa a mão com a palma para cima no colo, coloca a outra mão por cima como se quisesse esconder alguma mancha, olha para o meio do nada, não come e, por algum tempo, não diz mais nada, apenas bebe o vinho que Zosime lhe serve de uma jarra de ouro.

Os músicos tocam, mais carne é trazida à mesa. Os lábios de Helena estão vermelhos enquanto ela bebe, seus olhos, focados em algum lugar distante. Penélope inclina-se um pouco para Menelau.

– Ouvi dizer que alguns de seus homens estão viajando por Ítaca – sussurra ela.

Ele não olha nos olhos dela enquanto toma pequenos goles de seu copo.

– Suas mulheres lhe disseram isso?

Penélope sorri. Ela sorri porque há vários significados para a palavra "mulheres" quando se trata das damas de Ítaca, e ela não tem ideia de quantos desses Menelau pode conhecer. É possível que ele entenda mais do que diz, e, neste caso, tudo está perdido – a casa dela, o reino dela, a esperança dela –, mas é igualmente possível que ele use a palavra como um insulto vago, um desprezar descuidado de tudo o que ela é e de todas que a servem. De qualquer maneira, Penélope vai sorrir. Sorrir esconde o medo, a indignação, a náusea interna. Reis não precisam sorrir, mas para uma rainha é uma ferramenta muito útil à sua disposição.

– Existe algo que seus homens precisam? Algo que não fornecemos?

– Creio que há boa caça na ilha – responde Menelau, ainda sem olhar para ela, sem se dignar a dar-lhe a graça do olhar. – Odisseu tinha uma história sobre caçar um javali quando era menino; mostrou a cicatriz para todos nós também, grande, gorda. Ele tinha tanto orgulho daquela cicatriz, que dava para pensar que ele não era um guerreiro de verdade fazendo o trabalho de um guerreiro! Terá muitas cicatrizes em breve, não se preocupe, eu disse a ele, mas não, ele continuou falando de Ítaca e do maldito javali. Enfim. Vendo como você não tem muitos homens na ilha, imagino que tenha bastante caça por aí. As mulheres podem capturar coelhos, é claro, mas um javali de verdade… com sua permissão, isto é. Eu adoraria ver o quanto da história de Odisseu era como todas as suas outras, mais palavras do que presas.

Penélope escolheu bem esse sorriso. Enrugou os cantos dos olhos e tudo. Ela não tem espelhos da mesma qualidade dos que Helena costumava usar para praticar, mas sentou-se com Urânia, sua mestre dos segredos e espiões, ensaiando o olhar até que viesse por instinto.

– Claro – murmura ela. – Não consigo pensar em nada melhor do que uma caçada real em Ítaca depois de todo esse tempo. Mas seus homens não precisam arriscar seu conforto se afastando demais no escuro. A ilha é pequena – temos pessoas que podem lhe mostrar os melhores campos de caça.

– De jeito nenhum, irmã. – Ele dá um tapinha gentil nas costas da mão dela. Ela não é adorável por pensar nessas coisas? – Não devemos incomodá-la mais do que já o fizemos. Nem pensaria nisso.

E isso parece ser o fim disso.

– Bem, Príamo, Príamo! Quero dizer, ele sempre contou as mesmas três histórias. Havia aquela sobre o cavalo, havia aquela sobre a profecia, e havia uma história terrível sobre a época em que ele foi para a Cólquida…

Helena fala.

É desconcertante para Penélope que uma voz possa manter um fluxo tão desordenado de ruído sem sentido. É desconcertante para ela que a prima consiga falar com tanta facilidade sobre Troia, sobre uma coisa que partiu o mundo ao meio, e ainda assim dizer tão pouco. Que possa haver tantas palavras saindo dos lábios de Helena com tão pouco conteúdo de verdade.

– ... notável o que elas fazem com os cabelos. Então, quando uma garota do sul se torna uma mulher, raspa tudo e usa uma peruca, mas em outros lugares usam essas tranças que são símbolos do laço entre marido e mulher e ficam assim – Penélope, você está olhando? – por toda a volta, mas também têm esses corantes, um terrível marrom avermelhado, horrível mesmo, mas dizem que simboliza fidelidade e lealdade ao...

Enquanto Helena fala, há movimento no palácio.

É inofensivo, nada notável. Apenas as criadas de Penélope – de Odisseu, diga-se – cuidando de seus afazeres.

A maioria está ocupada no andar de baixo, com o banquete, mas há algumas, lideradas pela ligeira Autônoe, que agora perambulam pelos quartos dos visitantes espartanos, garantindo que, quando forem para a cama, eles encontrem bacias de água fresca esperando sob a janela, que os cobertores de lã áspera estejam tão lisos quanto podem estar, que não há excrementos de ratos nem besouros fugindo de vista, mesmo nos quartos mais simples. Autônoe está acompanhada por Phiobe e Melanto, enquanto vai de quarto em quarto, baldes de água na mão, sorrisos educados em seus rostos, olhos voltados para o chão. Há alguns espartanos colocados para vigiar as portas, mas eles apenas ficam parados e observam enquanto as mulheres trabalham. Não há mal nenhum, afinal. E o que mulheres escravas podem ver que possa ser do seu interesse?

No quarto de Nicóstrato, que foi o quarto de infância de Telêmaco, quase tanto espaço é ocupado por uma armadura dourada polida ao lado da porta quanto pela própria cama.

Nicóstrato nasceu tarde demais para lutar em Troia. Ele sabe disso e, no dia seguinte ao seu décimo quinto aniversário, em vez disso, se atirou em toda e qualquer batalha que pudesse encontrar contra piratas e invasores.

Essa tarefa exigia algum artifício, pois a paz de Agamêmnon ainda era mantida, e era considerado rude que o jovem guerreiro saqueasse os reis vizinhos de Esparta. Em vez disso, ele teve que navegar para o sul, até as terras dos faraós e dos barbudos hititas, em busca de glória e ouro. Esparta não precisava de ouro, mas Nicóstrato precisava de glória, mesmo que a única maneira de obtê-la fosse matando crianças em fuga. Sua armadura, afirma ele, foi tomada de um grande guerreiro em uma carruagem, contra quem ele lutou sozinho perto da cidade de Asdode. Sua principal característica é um escudo de torre que poderia facilmente ser usado como teto para uma família de três pessoas, de tão pesado e enorme. Nicóstrato de fato matou um homem em uma carruagem perto daquele lugar, mas ele estava tentando fugir, e a armadura foi encontrada enterrada sob a casa de uma viúva. Ele pensa que um dia talvez seja rei e, se for, dedicará sua vida ao guerreiro Ares e fará com que todas as mulheres de sua casa conheçam seu lugar. Este último é um tema recorrente nas conversas dos filhos homens de Menelau. Autônoe e as mulheres acendem a lamparina a óleo que arde ao lado da cama, para que Nicóstrato não precise voltar para seu quarto na escuridão.

O quarto de Menelau é, em comparação com o do filho, muito mais simples.

É claro que há baús de ouro e armas para recompensar com generosidade todos os que agradarem ao poderoso rei, e sua cama já foi coberta com sedas roubadas com bainhas no estilo troiano. Mas ele não precisa deixar sua armadura montada em um suporte, um grande escudo encostado ao lado da porta. Ele não precisa de bobagens para mostrar ao mundo quem é – ele é Menelau! Há uma característica em seu olhar, uma majestade em seu passo que deveria bastar para comunicar isso, muito obrigado.

Os espartanos observam, enquanto Autônoe enche a bacia dourada ao lado da cama com água do poço. A bacia não é de Ítaca – não que Menelau se importasse de se lavar com utensílios de estanho e barro, de jeito nenhum, ele é um guerreiro, veja bem, um guerreiro acima de tudo! É que alguém em sua casa achou que talvez fosse apropriado ele estar cercado de ouro, e, bem, a criadagem, a criadagem – às vezes, é necessário ceder a eles, mesmo quando se é rei.

O quarto de Helena é dominado por espelhos. Um espelho pequeno para examinar o rosto; um magnífico espelho no qual ela poderia avaliar seu majestoso visual final. Um espelho que pode ser erguido para que ela possa ver a nuca; um espelho de bronze que uma criada pode carregar se ela precisar verificar sua aparência enquanto se desloca. O maior e mais fino de todos é de prata polida, o reflexo é uma coisa brilhante e desconcertante que Phiobe acha bastante hipnótica. Helena não levou nenhum espelho consigo quando foi para Troia. Foi só depois que Páris morreu e os irmãos dele ficaram discutindo sobre quem deveria ser dono dela, então, que ela enfim se permitiu olhar profundamente e por muito tempo no espelho.

– Boas notícias – proclamou Deífobo, filho de Príamo, irmão do morto Heitor e do massacrado Páris, parado na porta do quarto, as mãos já trabalhando para desatar o cinto ao redor dos quadris. – Eu venci.

127

– Foi aqui que esse homem me estuprou, bom marido – Helena explicou, suave como uma pérola, quando Menelau estava no quarto de Deífobo diante do príncipe ferido e acovardado, enquanto a cidade queimava. – Ele fez isso. Aquele homem ali.

Menelau levou quase dois dias para matar Deífobo, enquanto Helena assistia. Enquanto Deífobo gritava, Menelau imaginava que era Páris quem ele mutilava, que era Páris cujos membros ele rasgava.

O que Helena imaginou enquanto o príncipe de Troia morria é apenas para ela e eu sabermos.

Desde então, ela nunca esteve mais do que a alguns segundos de um espelho, ajustando um cacho, certificando-se de que a linha desenhada de sua sobrancelha não estava borrada, verificando como a luz incide sobre as rugas sutis em sua testa, as pequenas linhas gravadas no canto de sua mandíbula. Sobre uma mesa estão jarros. Pomadas e misturas, poções e pastas, fórmulas testadas e especulativas.

Autônoe nunca tinha visto tantos potes de creme e frascos de perfume nem cheirado tantos aromas florais e terrosos saindo deste lugar ao mesmo tempo. Ela se inclina para examinar um, segurando a lamparina a óleo que traz com cuidado, e uma voz da porta ladra:

– Afaste-se!

Uma donzela de Esparta – Trifosa – irrompe pelo quarto, com o rosto vermelho.

– Afastem-se! – repete ela, batendo palmas para Autônoe e as mulheres itacenses. – Vocês não são bem-vindas aqui!

Se qualquer outra escrava ousasse falar assim com ela, na casa onde ela é uma das mais queridas, mais estimadas de Penélope, Autônoe teria jogado um pote na cara dela. Contudo, esta noite, ela é uma mulher com uma missão, portanto, assente e sorri e responde:

– Sinto muito, estávamos acendendo as lanternas e trazendo água para nossos convidados…

– Nós cuidamos disso! – declara a esganiçada Trifosa, virando seu corpo para que possa expulsar as itacenses como a espuma diante da onda para fora da porta. – Vamos cuidar de tudo!

Assim Autônoe é banida do quarto.

*

No salão abaixo:

– … eu não como ovos, claro, são péssimos para a pele e também causam inchaço, eu acho. Você não acha, prima Penélope, não acha que os ovos lhe causam uma sensação horrível? Tenho que tomar tanto cuidado com o que como hoje em dia, meu estômago ficou bastante refinado…

Helena continua a tagarelar, os músicos tocam, os pretendentes sentam-se carrancudos abaixo.

Pelo menos, quase todos os pretendentes. Há um que está prestes a cometer um erro. Antínoo se levanta.

Isso é inesperado, mesmo para uma deusa com meu poder incisivo.

Esse pretendente, filho de Eupites, sai de sua mesa, com vinho na língua, e volta-se para a realeza reunida no fundo do salão. Ele foi ordenado a isso por seu pai, é claro, caso contrário, jamais teria ousado. Dois medos guerrearam dentro dele e atrasaram sua ação até que o banquete estivesse quase terminado: terror de seu pai contra terror do rei espartano. Notavelmente, o terror de seu pai supera um pouco seu pavor mortal de Menelau, e assim Antínoo sai de seu lugar e se aproxima da corte real.

A princípio, ninguém percebe. Ele provavelmente está indo a algum lugar para se aliviar ou está bêbado e logo estará na cama. A ideia de que esse pretendente, mesmo sendo um dos mais antigos do grupo, ousasse falar com o conquistador de Troia é obviamente absurda. Mas não, ele se aproxima, ele para, ele se curva, ele espera que alguém o note.

Penélope o faz primeiro e, pela primeira e quase última vez em sua vida, sente uma pontada de medo pelo garoto diante deles.

Sob as pernas abertas e esparramadas de Nicóstrato, filho de Menelau; diante da sombria muralha de Pílades e Iason; abaixo da cadeira onde o próprio Menelau está sentado, Antínoo, de repente, não é mais um homem que quer ser rei de Ítaca, mas uma criança. Um menino vestido com as roupas do pai, enviado para cumprir seu dever, obedecendo na ausência do próprio bom senso.

A atenção de Penélope chama a atenção de Menelau. O foco de Menelau finalmente silencia Helena. Nicóstrato se endireita um pouco na cadeira, curioso para saber o que vai acontecer. Os músicos ficam em silêncio. Antínoo pigarreia.

– Poderoso Menelau, rei de Esparta – começa ele. Ele praticou esse discurso na frente do pai quase sem parar desde que as velas vermelhas foram avistadas pela primeira vez no horizonte estreito do oceano. – Maior dos gregos, rei dos reis...

– Quem é este? – Menelau interrompe, dirigindo sua pergunta a Penélope. – Não é um dos seus pretendentes, é?

– Este é Antínoo, filho de Eupites – responde Penélope, com uma voz como penas caídas. – Ele é de fato um dos muitos homens que buscariam proteger Ítaca em sua hora de maior fraqueza.

Menelau bufa.

– Você quer dizer sentar no trono vazio de seu marido e traí-lo na própria cama dele!

Antínoo já perdeu o rumo de seu já curto discurso, mas tenta recuperá-lo.

– Grande rei, maior de todos os gregos...

Um dedo se estende da mão de Menelau.

– Você! Garoto! Você lutou em Troia?

– Eu... infelizmente nasci tarde demais...

– Já matou um homem?

Antínoo não o fez, mas dificilmente pode admiti-lo diante desta assembleia. Menelau se inclina um pouco, pontuando sua pergunta com um dedo apontado para o nariz trêmulo de Antínoo.

– Você conheceu Odisseu?

– Eu... não tive essa honra.

– Você não teve essa honra. Claro que não teve essa honra; seu nariz ainda estava sendo assoado por alguma ama de leite quando o rei, meu irmão, partiu para Troia. Você não tem ideia do tipo de homem que está tentando usurpar, absolutamente nenhuma ideia. Seria desprezível se não fosse tão absurdo. E ouvi dizer que você passa o tempo todo comendo do prato dessa boa mulher – um aceno para Penélope, rígida, ao seu lado – e bebendo seu vinho e tomando liberdades com suas criadas; eu ouço coisas, ouço, a notícia de sua depravação chega até Esparta... E por quê? Porque você acha que tem pernas para andar um passo sobre as pegadas do marido dela. Por todos os deuses, se não fosse contra a minha natureza que o leão mate os coelhos, eu acabaria com você, e ninguém reclamaria. Vocês todos têm sorte de eu ter amolecido na velhice.

Antínoo fica boquiaberto. Então, em um raro momento de sabedoria, ele fecha a boca. Esta é uma reviravolta surpreendente. Penélope precisa se impedir de se inclinar para saboreá-la. Antínoo, filho de Eupites, faz uma pequena mesura, recua uma vez, recua duas vezes, faz menção de se virar e...

– Então, o que você queria falar? – pergunta Menelau.

Antínoo para.

A sala parou.

Do canto mais escuro até a criada de olhos baixos mais próxima, há silêncio. Espera.

O sorriso de Nicóstrato quase alcança suas orelhas. Lefteris está tentando não rir. Menelau gosta que seu capitão da guarda demonstre seu prazer com a dor dos outros. Ele gosta de um pouco de honestidade em sua vida.

Antínoo olha para o rei de Esparta e não consegue encará-lo. Engole em seco. Penélope está fascinada. A última vez que ele estivera tão perto dela, chamara-a de prostituta, mentirosa, tentadora. Ele declarara que o tear em que ela estava tecendo a mortalha de Laertes era uma mentira, estava expondo-a como uma prostituta, rainha das sombras e da enganação.

Agora ele está com medo.

Ela sabe que não deve se deleitar com o medo dele, mas é inebriante. É ambrosia para seu coração entorpecido e dolorido.

– Rei dos reis – ele tenta mais uma vez.

– Você quer alguma coisa? Os jovens de hoje estão sempre querendo, nunca valorizando o que têm. Então, garoto? Vamos! Desembuche!

Antínoo estende a mão. Nela está um broche. Tem a forma de um falcão e um rubi sangrento no lugar do olho. Veio das terras do sul, do Nilo e dos lugares além, onde dizem que se pode colher ouro do chão como se tivesse caído como chuva.

O pai de Antínoo o negociou por quase um navio inteiro carregado de estanho, guardando com cuidado, esperando o momento certo para usá-lo. A hora, determinou, é esta noite. Está errado.

– Em nome do povo de Ítaca... como representante dos bons homens aqui reunidos... – esta é uma adaptação apressada do discurso de Antínoo, que até alguns segundos atrás era quase inteiramente sobre suas qualidades pessoais como um rei em potencial – desejamos presenteá-lo com este sinal insignificante de nosso respeito e...

Menelau aponta com o queixo para o filho. Nicóstrato levanta de seu lugar, toma o broche de Antínoo, ergue-o contra a luz, arranha-o com a ponta áspera de uma unha grossa, atira-o para o pai. Menelau o pega com uma das mãos, puxando o punho para o peito para impedir que a coisa pesada caia, caso tenha errado o truque. Observa-o, levanta-o, coloca-o no colo, olha para Antínoo, sorri. Antínoo baixa os olhos, depois ergue os olhos quando olhar para baixo está durando um tempo um tanto longo demais, para encontrar Menelau ainda encarando-o diretamente, e no mesmo instante volta o olhar para baixo, para baixo, para baixo, onde talvez o chão possa engoli-lo.

O sorriso de Menelau se alarga.

– Bom – comenta, virando o falcão dourado para um lado e para o outro entre os dedos. – Bom. Pessoas boas. Odisseu sempre dizia que a realidade de Ítaca é que ninguém nunca diria por favor ou obrigado, nada das artimanhas de lugares mais civilizados, nada da pompa e de toda aquela podridão. Apenas pessoas generosas e honestas, fazendo o melhor que podem. Leais, dizia ele. Leais e, embora não se perceba ao vê-las, basicamente bondosas. "Não têm modos artificiais", respondi, "mas, então, e quanto a você?". Mas Odisseu, bem, ele sempre se destacou, não é? Sempre um pouco acima de todos, até mesmo do próprio povo. Antínoo, não é? Obrigado por seu presente atencioso e *bom*.

Antínoo se curva mais uma vez, os olhos sem deixar os dedos dos pés, e começa a se afastar.

– Penélope – A voz de Menelau é alta o bastante, brilhante o suficiente para parar Antínoo em seu caminho. Ele se inclina, pega a mão de Penélope, fecha-a ao redor do falcão dourado e o empurra de si para ela. – Quero que fique com isso.

Os olhos de Antínoo piscam do chão para a rainha itacense.

Ele nunca teve nenhum problema em encarar uma mulher. O broche está quente na palma da mão de Penélope, aquecido pelo aperto do rei espartano.

Menelau se levanta. Helena cobre a boca como se fosse rir.

Nicóstrato se recosta em sua cadeira, de braços cruzados; Lefteris está tentando não bufar.

– Vocês, pretendentes! – Menelau não precisa gritar para encher a sala de som. Ele comandou homens no estrondo da batalha, ele se fez ouvir acima das chamas de uma cidade incendiada. Houve o tempo em que eu o teria amado se ele tivesse se permitido se abrir para todas as coisas que o amor poderia ser.

– Vocês, pretendentes. – Ele deixa o volume cair um pouco, agora que tem certeza de que tem toda a atenção deles. – É tão gentil de sua parte me dar ouro. Tão atencioso. Entendo o que meu bom amigo Odisseu quis dizer sobre a astúcia de seu povo, realmente entendo; vocês, itacenses, sempre sabem como surpreender. Mas parece-me que vocês estiveram aqui aos pés desta boa mulher, a esposa do meu irmão mais querido, comendo sua carne, bebendo seu vinho, durante o quê... dois anos? Três? Vocês vêm ao palácio dela, rodeiam sua cama, bajulam suas virtudes, menosprezam seu marido, que ela ama, que *eu amei*...

Esta palavra "amor" não é falada nesses salões há muito tempo. Ela paira no ar como uma teia de aranha antes de ser levada pela brisa. Menelau pensa que sabe o que ela significa quando a pronuncia. Ele não sabe.

– ... como se o legado dele fosse uma bugiganga barata para ser comprada. Como se o reino dele fosse um pedaço de terra para crianças rasparem com suas varas afiadas e pontiagudas. Olhem para vocês. Olhem para vocês. Meninos criados por mulheres. Filhos de comerciantes. Prostitutas mercantes. E isso – ele acena em direção ao broche na mão de Penélope –, isso? Acham que podem comprar um reino com o quê? Presentinhos? Odisseu sangrou por sua casa. Odisseu trabalhou como escravo na areia e na pedra, sob a chuva, o sol e a neve gelada do inverno por seu lar. E, durante todo esse tempo, esta boa mulher, sua amada rainha, a melhor, a mais leal, a mais fiel mulher de toda a Grécia, esperou por ele. Rezou por ele.

– Você – Ele aponta, não para Antínoo, mas para Eurímaco, vestido com as melhores roupas do pai, lápis-lazúli no pescoço, perfume adocicado nos cabelos. – Você tem algo digno de um rei?

Eurímaco se levanta. Seu pai, Pólibo, não foi tão rápido quanto Eupites em perceber a oportunidade, tomando medidas para tentar tirar vantagem do momento. As consequências dessa inação são agora uma mistura. Eurímaco olha de Menelau para os outros em sua mesa, seus aliados, aqueles pretendentes inferiores que sabem que nunca serão rei, mas esperam talvez ascender quando Eurímaco o fizer, para seguir seu caminho rumo à glória. O estalar dos dedos de Menelau chama sua atenção de volta para o rei espartano. Lentamente, ele solta o colar de joias e ouro do próprio pescoço, uma coisa que o pai comprou de um mercador que havia navegado desde a foz do Tigre em busca de azeite e prata gregos.

Ele se aproxima, estende o prêmio a Menelau, que estala os dedos mais uma vez, se vira e aponta para Penélope.

Eurímaco dá um passo à frente e cuidadosamente deposita sua oferenda na mão aberta dela.

Faz uma vênia.

Retira-se.

Menelau sorri.

– Certo! – exclama, batendo com as mãos devagar em sua barriga protuberante. – Quem é o próximo?

Capítulo 17

— Bem — comenta Urânia, enquanto Eos fecha a porta do quarto de Penélope atrás dela —, isso é um tanto inesperado.

Um baú de ouro e joias, prata e pedras preciosas jaz ao pé da cama de Penélope. Foi Eos quem buscou o recipiente quando ficou claro que Menelau não ia parar em seus esforços até que todos os pretendentes no salão entregassem algum item precioso nas mãos da rainha. O sorriso do rei espartano ficou ainda maior quando o viu sendo trazido, e ele acenou com a cabeça apenas uma vez quando as criadas o colocaram no chão, antes de continuar com suas exigências. Nicóstrato deu uma olhada primeiro em algumas das peças mais finas, balançando a cabeça e franzindo a testa para mostrar sua aprovação ou descontentamento. Dois dos pretendentes choraram em silêncio enquanto entregavam os anéis de seus pais, suas últimas lembranças de um parente morto, as únicas coisas que tinham para dar.

— Vai devolvê-los? — Urânia pergunta, enquanto Eos relata esses eventos. A velha Urânia, cujo cabelo é uma explosão de neve em um rosto como o deserto desintegrado, já foi uma criada neste palácio, como Eos e Autônoe são agora. Mas Penélope achou mais útil com o tempo ter como aliada uma mulher que pudesse viajar livremente e falar o que pensava, sendo assim, Urânia deixou de ser uma criada e se tornou muito mais. Ninguém nota quando ela entra ou sai desses salões, exceto talvez Euricleia, que resmunga que Urânia tem ideias acima de sua posição. Sua presença é familiar como poeira velha, e ela vive a vida com um sorriso beatífico e um pequeno brilho no canto do olho que os tolos podem confundir com uma inocência encantadora. Depois de Penélope, Urânia é a mulher que Eos mais deseja ser, uma doadora e recebedora de segredos e sombras por trás de um sorriso impenetrável.

— Não pode devolvê-los! — Autônoe deixa escapar, enquanto dobra o véu de Penélope sobre o braço. — Isso é uma fortuna!

Ao redor, o palácio dorme. A música silenciou, os pretendentes se esconderam na miséria, Menelau ronca alto no antigo quarto de Laertes. Apenas as mulheres permanecem, esgueirando-se na escuridão à luz de suas lamparinas a óleo. As mulheres e alguns soldados espartanos. Menelau os colocou para patrulhar a muralha – "um velho hábito de soldado, permita-me" – e Penélope descobre que não tem motivos para objetar.

– Devemos anotar qual item pertencia a qual pretendente – conclui Penélope. – Em especial aqueles que pareciam ter um valor significativo. É possível que, ao devolvê-los, possamos extrair uma recompensa ainda mais útil que o ouro.

Quantos pretendentes, ela se pergunta, não voltarão ao palácio amanhã? Quantos vão agradecer-lhe, ajoelhar-se diante dela para receber algum item de volta na palma da mão, um tapinha na cabeça e um convite para partir no navio mais rápido que encontrarem, agora que Menelau está em Ítaca? Ela está fascinada para descobrir.

Ela mantém apenas um item na mão. É um bracelete, uma cobra enroscada em direção ao próprio rabo. Tem um desenho incomum – uma pitada de cobre, pensa ela, no metal fundido –, mas não sem mérito artístico. Veio do braço do egípcio Kenamon.

– Será que fala a nossa língua? – perguntou Menelau, quando chegou a vez de Kenamon.

– Falo sua língua – respondeu ele, encarando o espartano nos olhos – e estou honrado em estar na presença de um guerreiro tão grandioso quanto você.

Muito poucos pretendentes encontraram o olhar de Menelau, exceto por Anfínomo, o filho do guerreiro. O rei riu.

– Cuidado com esse aí, Penélope – proclamou ele, enquanto Kenamon se curvava e fazia sua oferenda. – Sempre são mais problemas do que valem a pena, esses estrangeiros sensuais e exóticos.

Helena riu disso. Sua risada foi aguda como a de um pequeno pássaro primaveril e foi longa e alta demais, antes que ela se silenciasse com outro gole de vinho.

– Vou falar com as criadas que estavam presentes – declara Eos. – Nada será perdido.

– Ótimo. Devemos esconder o restante em segurança esta noite.

Autônoe lança um olhar desejoso para o baú de maravilhas brilhantes. De todas as mulheres da casa de Penélope, apenas Autônoe tem a mais vaga noção do que podem significar as palavras: riqueza, independência, liberdade. Mesmo Eos, que deseja um dia ocupar o lugar de Urânia como espiã-mestre e senhora de muitos primos de origem incerta, porém útil, não considera a palavra "livre" quando contempla o próprio futuro.

Liberdade para ela não é segurança. É posição. Que melhor posição poderia uma escrava sonhar em ter do que ser uma escrava com poder? Mas Autônoe entende que esse pensamento é a corrente mais forte de todas, o último elo que liga o servo ao mestre, e ela gostaria de um dia se livrar dela. Mas ainda não – ainda não.

– Como foi sua exploração dos quartos de nossos hóspedes? – pergunta Penélope, enquanto o baú é levado embora depressa. – Encontraram alguma coisa digna de nota?

– Nicóstrato viaja com um arsenal absurdo, um escudo tão grande quanto eu – responde Autônoe, os olhos seguindo o ouro que desaparece. – E no quarto de Helena havia uma criada espartana, Trifosa, que nos obstruiu. Mas ela não se porta ou fala como uma criada, ela é...

Autônoe procura as palavras, luta para encontrar uma maneira de expressar esse outro poder estranho. Penélope espera, confiando em sua criada para relatar o necessário e saber o que é necessário relatar.

– ... ela se comporta mais como um soldado do que como uma escrava. Acendemos as lamparinas nos aposentos de Menelau, Nicóstrato, mas não no de Helena. Suas criadas nos expulsaram antes que pudéssemos dar uma olhada completa.

– Sabe por quê? – Penélope pergunta.

– Talvez o marido dela seja um pouco protetor da mulher que dividiu o mundo – murmura Urânia, mas Autônoe balança a cabeça.

– Não tenho certeza – reflete ela. – Havia muitos potes e cremes e perfumes, muitos que eu não fui capaz de reconhecer.

– Interessante – reflete Urânia, antes que Penélope tenha a chance de dizer exatamente a mesma coisa. Eos sorri diante disso, ela também quer um dia falar as palavras que de outra forma estariam na boca de uma rainha. Autônoe apenas observa. Ela um dia quer falar o mínimo de palavras necessário para que as pessoas a temam.

– O que sabemos sobre as criadas de Helena? – questiona Penélope.

Ninguém responde. Ninguém sabe. Elas aprenderam que as mulheres de sua posição são irrelevantes, desinteressantes, como elas mesmas são.

– Talvez devêssemos remediar nossa ignorância.

Eos acena com a cabeça, ela cuidará disso. As criadas partem. Urânia fica para trás. A velha Urânia estava ao lado de Penélope quando a rainha deu à luz, segurou sua mão enquanto a jovem noiva gritava, enxugou o sangue e enterrou os restos esfarrapados da placenta. Nem ela, nem Penélope chamariam uma à outra de amiga – nenhuma delas tem tempo para tais criaturas estranhas em suas vidas –, no entanto, quantas vezes se esparramaram juntas à luz do fogo moribundo e riram e conversaram e uivaram com delícias secretas e caminharam pelo penhasco antes que o amanhecer tivesse beijado o céu e se seguraram pelo braço e sorriram ao ver a alegria nos olhos uma da outra. O primeiro ato de Penélope quando a velha Anticleia morreu foi libertar Urânia de sua escravidão. Como Eos, nenhuma das duas mulheres tinha muita noção do que essa palavra, "livre", poderia significar.

– Então – diz Urânia por fim. – Menelau.

– Não se deixe enganar por tudo isso – Penélope suspira, apontando para o baú carregado. – Ele está aqui por Orestes.

– Claro que ele está aqui por Orestes. Aquele micênico que ele tem com ele, Iason, e o sacerdote, Kleitos? Ele os encontrou, assim como o resto da corte de Orestes, escondidos perto de um templo de Afrodite. Tenho um primo que conhece uma sacerdotisa que diz que ele torturou Iason por três dias e três noites da forma mais inimaginável para que ele revelasse para onde Orestes havia fugido. É claro que Iason não parece tão torturado, mas imagino que alguém como Menelau não precise necessariamente ser físico.

Menelau não precisou torturar Iason para descobrir para onde Orestes tinha ido. Em vez disso, ele encontrou um dos homens de Iason "roubando", e, quando o infeliz soldado não quis confessar, os intestinos do sujeito foram lentamente removidos e queimados na frente dele, até que Iason entendeu a mensagem. Assim, não houve tortura – não da parte de Menelau, ah, não, claro. Apenas o trágico curso da justiça, que sempre deve ser servida.

– Ele está enviando "grupos de caça" – Penélope cai de volta sobre a cama que Odisseu fez para ela, cansada demais para fingir ter a postura e resistência de uma rainha digna. – Não posso impedi-lo.

– Priene sabe?

– Sim. Ela ordenou que as mulheres escondessem seus arcos.

– Bom. Se matar um espartano, terá que matar todos eles, e Ítaca vai arder.

– É apenas uma questão de tempo até que ele encontre Orestes.

Urânia se joga na cama ao lado de Penélope, olhando para o teto como antigamente, quando eram mais jovens, e elas se deitavam e olhavam para as nuvens e tentavam ver profecias em suas formas giratórias.

– Se ele vai encontrá-lo, não importa o que aconteça – reflete ela por fim –, por que não entregar Orestes para ele agora? Se o sucesso dele é inevitável, é sábio ser alguém que se opõe a ele?

Penélope não responde.

– A ideia de um governo de Menelau a desagrada – Urânia resmunga no silêncio. – Mas olhe por este lado: ele claramente passou a noite tentando convencê-la de que é um aliado. Você viu como é a generosidade dele. Quer conhecer a raiva dele?

– Claro que não. Mas, apesar de tudo o que ele diz, Menelau obviamente acredita que meu marido está morto. Se ele se tornar rei em Micenas, bem como em Esparta, ninguém será capaz de detê-lo se ele decidir anexar as ilhas ocidentais. E a maneira mais fácil e rápida para ele obter isso seria fazer alguém de sua escolha se casar comigo. Consegue imaginar Nicóstrato no trono de Odisseu?

O rosto de Urânia se enruga em desgosto antes que ela possa esconder seus sentimentos, mas, na luz fraca das lâmpadas, Penélope vê.

– Bastante – murmura ela. – E depois? Talvez possamos evitar uma guerra, nem mesmo Antínoo e sua facção ousariam lutar contra o poder combinado de Esparta e Micenas se impusessem um rei sobre nós; mas as ilhas seriam reduzidas a nada além de uma colônia de nossos vizinhos. Nossos bens, nosso ouro, nosso povo seriam cordeiros para o altar de Menelau, nossa independência seria perdida. Está longe de ser o resultado pelo qual trabalhei todos esses anos.

– E a alternativa? – pergunta Urânia. – Você dá seu apoio a Orestes, Menelau a marca como inimiga de seu povo, e depois o quê? Você ainda será incapaz de resistir a ele se ele assumir o trono micênico, só que nesse caso ele terá ainda menos interesse em seu conforto e bem-estar. Está escolhendo entre dois resultados atrozes, eu sei. Mas, para o seu próprio bem, se não o das ilhas, talvez esteja chegando a hora de escolher o menos terrível dos dois?

Penélope não tem resposta.

Uma batida soa na porta.

Urânia sai da cama, retira-se para as sombras. Penélope ajeita o vestido e chama:

– Entre!

Autônoe enfia a cabeça pela borda da porta.

– Você deveria vir – declara ela.

Capítulo 18

Pílades. Ele tem um queixo lindo. É o tipo de queixo que eu quero apertar entre o indicador e o polegar, tão viril, mas tão macio, e que bico ele consegue fazer quando está de mau humor! Se ao menos seus gostos se inclinassem mais para o meu lado, eu com certeza me inclinaria para ele, ah, céus, sim.

O micênico está sentado na adega do palácio, acompanhado por Eos de um lado e a pequena Phiobe do outro. Ele está armado, com a espada na cintura e uma armadura apenas parcialmente encoberta por seu manto.

Ele mal ergue os olhos quando Autônoe, Urânia e Penélope entram; ele não concede às mulheres a honra de uma rainha nem mesmo de uma dama perfeitamente respeitável, mas olha para as mulheres reunidas e depois desvia o olhar como se já estivesse entediado.

Minha apreciação por seu queixo diminui. Talvez eu não esteja tão interessada em suas coxas grossas quanto esperava.

– Nós o encontramos tentando pular o muro – proclama Autônoe. – Havia espartanos em todos os lugares.

– Ele foi visto? – Penélope pergunta, cortante e dura.

– Acredito que não. Eu o convenci a voltar para o palácio antes que fosse. – Pílades grunhe, e Autônoe esclarece. – Eu o informei que gritaria alto o suficiente para acordar as Fúrias e que, se ele não entrasse imediatamente, contaria a todos os espartanos que o ouvira falando palavras traiçoeiras contra Menelau.

– Suas mulheres são harpias prostitutas mentirosas – dispara Pílades. – São essas as leais damas de Ítaca.

O silêncio cai sobre o cômodo como uma pedra. Cinco mulheres de Ítaca encaram aquele micênico vestido de bronze, e ele finalmente percebe que talvez tenha julgado mal o grupo e cala a boca.

– Pílades – Penélope diz por fim –, meu palácio está ocupado pelos soldados de Menelau. Os homens dele se espalharam pela ilha procurando pelo seu rei. Um rei que, se Menelau o encontrar, com certeza será exibido como louco, incapaz de governar nas próprias terras e muito menos de presidir o poder de muitos monarcas e manter unida nossa frágil paz. Então, tenho que me perguntar, que tolice poderia levá-lo a fazer algo tão insanamente estúpido como tentar escapar sob o manto da escuridão enquanto soldados espartanos vagam pela noite?

Pílades não responde.

Penélope suspira, aproxima-se um pouco mais, juntando as mãos.

– Se estava indo procurar seu irmão jurado, eu entenderei.

Pílades levanta a cabeça. Há desespero em seus olhos, quase lágrimas. A visão surpreende Penélope. Ela não conhece a origem disso, não consegue entender seu sabor, seu significado. Quando a rainha de Ítaca vê o desespero, ela deduz que é de natureza semelhante ao dela – o terror de tramas em perigo, de esquemas que deram errado, do peso da responsabilidade esmagando a alma.

Mesmo com todas as suas qualidades, é difícil para ela imaginar que a brasa na alma de Pílades possa vir de outro lugar.

– Ele é meu rei – declara o soldado. – Ele é meu rei.

– E se você conduzir Menelau direto até ele, ele não será mais seu rei. Entende?

A cabeça de Pílades cai. Ele ainda é tão jovem. Jovem demais para se considerar o maior fracasso da Grécia, o pior traidor que já existiu – e ainda assim estamos aqui. Eu afago seu cabelo, dou um tapinha gentil em seu ombro.

– Leve Pílades de volta para o quarto dele – ordena Penélope. – Sejamos gratos por ninguém mais ter visto os eventos desta noite.

Elas levam Pílades de volta para seu quarto.

Ele o compartilha com Iason, seu companheiro micênico. Pela manhã, haverá um guarda espartano do lado de fora – caso eles precisem de alguma coisa, entende?

Nenhum dos dois dorme. Nem seus atos são invisíveis naquela noite.

Eu voo para a fazenda de Laertes.

Já faz um tempo desde que observei Orestes e a irmã.

As Fúrias se agitam bem acima da casa de Laertes e, enquanto Orestes dorme, enviam-lhe pesadelos e suores amargos, gargalham com seu destempero, lambem os lábios com línguas enegrecidas a cada gemido de desespero. Elas estão brincando com sua presa, banqueteando-se com seu sofrimento – mas cada vez mais começo a suspeitar que elas não são a causa de sua dor, apenas parasitas que vêm roer a carcaça. No entanto, diminuo a luz de minha divindade ao me aproximar, inclino minha cabeça diante de seus olhos escarlates enquanto passo rápido pela varanda.

Atena está sentada ao lado de Orestes, Electra, adormecida aos pés dele.

Ela não enxuga o suor de sua testa, como costumava fazer às vezes com Odisseu quando pensava que nenhum outro deus estava olhando. Ela não acalma os pesadelos que correm por trás de seus olhos. Ela é sábia o bastante para não se intrometer nos negócios das Fúrias, aquelas senhoras primitivas da terra ardente.

– Como ele está? – Murmuro, embora ela mal se mexa com minha entrada.

– A sacerdotisa de nossa prima Ártemis faz o seu trabalho bem – Atena responde. – Ele está a salvo.

– E as Fúrias?

– Orestes está a salvo dos mortais – corrige ela. – Pelo menos por enquanto.

– Eu não teria certeza nem disso – murmuro. – Menelau vai caçar amanhã.

Com isso, a deusa da sabedoria se levanta um pouco de sua contemplação ao príncipe quebrado e ergue o olhar, encontrando o meu. Poucos de meus parentes jamais encontraram meu olhar, talvez temendo serem encantados por ele, mas Atena chegou a uma decisão e, uma vez que ela se decide, é conhecida por raramente mudar de ideia.

– Você em algum momento amou Menelau? – pergunta ela, com uma curiosidade quase infantil que precisa ser saciada. – Sei que você amava Helena muito antes de fazer dela seu joguete.

– Eu amo todo mundo – respondo. – É o meu dom.

– Mas ainda assim você entregou a esposa dele.

– Ela estava pronta para ir. Eu apenas a guiei em direção a um possível escape para seus desejos.

– E Menelau?

Eu suspiro.

– Menelau e o irmão... nunca seriam homens de minha inclinação. Eles desejavam, é claro. Desejavam mais do que a maioria dos homens ousaria sonhar: reinos, riquezas, poder, vingança, glória. Essas coisas não me interessam. Elas não acabarão com o sofrimento, não darão contentamento ao homem. O amor, o amor de uma alma que aprende a voar, a deliciar-se com o voo de outra, nunca passou pela cabeça deles. E, portanto, eles nunca foram muito meus.

Atena acena com a cabeça diante disso, uma pergunta para a qual ela pensava saber a resposta, e fica satisfeita ao descobrir que de fato ela quase com certeza sabia.

– Meu pai reclama que os mortais nos culpam por seus atos. Ele critica suas contradições; um povo nascido tão livre é, no entanto, incapaz de assumir a responsabilidade pelas próprias ações e pelo sofrimento que eles mesmos criam. Ele não vê a contradição na própria posição, que ele também não assume a responsabilidade. Nenhum de nós assume. Exultamos em nosso poder e nunca paramos para contemplar suas consequências. Podemos não guiar os mortais para as escolhas que fazem, mas, sendo seus exemplos, os elevados, devemos liderar e também somos responsáveis. Você e eu, prima. Nós também somos responsáveis. Mas sempre fazemos os outros pagarem o preço.

Eu toco meus dedos na palma fria de sua mão, e ela não se mexe.

Eu passo meu braço ao redor dela, aproximo-me dela, como uma irmã faria, e naquela noite, enquanto as Fúrias gargalhavam lá no alto, e o mar espumava na costa de Ítaca, Atena não me repreende por meus sentimentos.

Capítulo 19

Menelau caça.

Nicóstrato se junta a ele em sua armadura roubada, resplandecente e polida.

– Ele tem tanto medo assim de coelhos? – murmura Euricleia, a velha babá. Ela tem opiniões fortes sobre como os homens devem caçar, idealmente vestidos com o mínimo possível, para demonstrar sua masculinidade destemida. Quando ela conta a história de Odisseu e do javali, ele usa cada vez menos a cada recontagem, de modo que hoje em dia ele mal usa uma tanga, empunhando nada mais do que uma pedrinha e um pedaço de barbante.

Penélope não agracia as opiniões de Euricleia com uma resposta.

Ela teve muito pouco tempo para a babá por muitos anos, e os murmúrios da velha não alteram essa situação.

Menelau não coloca armadura, mas carrega uma velha espada marcada pelo tempo e uma lâmina muitas vezes gasta e afiada. Um escravo carrega um par de dardos e lanças atrás dele, pronto para entregar ao rei itinerante. Uma tropa de quinze guerreiros espartanos acompanha ele e o filho, e quase vinte outros homens correrão à frente para explorar a terra acidentada e gritar quando virem uma fera adequada.

Penélope oferece:

– Deixe-me enviar o bom Pisénor com você, um homem que conhece bem essas terras.

– De jeito nenhum! – Menelau ri. – Eu era perfeitamente capaz de encontrar caça para alimentar um exército fora dos muros de Troia. Tenho certeza de que encontraremos algo adequado para o banquete da noite em sua adorável ilhota!

– Em um navio rápido até Cefalônia, poderá estar lá antes que o sol atinja seu ponto mais alto, e a caça lá é gloriosa, muito melhor do que em Ítaca...

– Odisseu e seu pai amavam esta pequena rocha, e eu respeito o julgamento deles! Não se preocupe com isso, irmã; não seremos um fardo!

Com isso, os cavaleiros de Esparta incitam seus cavalos a trotar, enquanto os homens de Esparta correm ao seu lado de uma maneira realmente impressionante e máscula, que eles mantêm até estarem fora do alcance visual da cidade, quando podem desacelerar para um ritmo de caminhada mais sensato.

– Faça com que as mulheres os sigam à distância – Penélope murmura no ouvido de Eos, enquanto observam a procissão se afastar. – Mande-me notícias de onde eles vão.

Eos assente com a cabeça e se afasta.

Helena fica para trás, ladeada por suas criadas sempre presentes.

– Prima! Ah, prima! – chilreia ela, enquanto Penélope se vira para entrar no salão. – Quer se juntar a mim para beber um pouco?

Um dia normal na vida de Penélope de Ítaca é francamente mais monótono do que posso suportar. Hera ou Atenas podem ter mais tempo para isso, já que consiste em contar cabras, discutir o preço do azeite, negociar custos com pedreiros e carpinteiros, e assim por diante. Não há nenhuma das artes mais refinadas de uma vida de rainha, como ouvir música ou doce poesia, confeccionar vestidos adoráveis ou fofocar com mães sábias sobre as perspectivas de casamento de suas filhas jovens e núbeis.

A vida em Ítaca é, para ser franca, um tédio absoluto. O que torna a chegada da adorável Helena, que sempre teve ouvidos e olhos para as coisas mais doces da vida, uma experiência chocante para a senhora do palácio. Agora elas se sentam sob um toldo azul e branco pendurado entre um ramo de oliveira e uma treliça de doces flores trepadeiras, enquanto as criadas Zosime e Trifosa servem vinho para Helena em um cálice de ouro, e Autônoe serve muito pouco a Penélope em um copo de barro.

No entanto, Helena, que era uma rainha de duas terras e já foi considerada a criatura mais espirituosa e elegante que já discorreu sobre temas femininos, tem alguma coisinha na língua que parece sufocá-la. Pois, enquanto no jantar ela tagarelava sem cessar sobre todas as coisas, um borbulhar airoso de ruído vazio, agora suas palavras saem aos tropeços, como se estivesse tentando conversar, de todas as coisas, a *sério*.

Como se quisesse ter uma conferência significativa com a prima e não tivesse certeza de como fazê-lo.

Em Troia, Hécuba, esposa do rei Príamo, certa vez se voltou para Helena do outro lado da mesa e declarou diante de todos ali reunidos: "Você é linda, filha. Mas que ninguém finja que é sábia".

Em Esparta, nos dias anteriores à chegada de Páris, a irmã de Helena, Clitemnestra, quando ainda era a amada esposa de Agamêmnon e rainha de Micenas, uivou de rir de algo que Helena disse, exclamando: "Ela gostaria que pensassem que ela é uma filósofa!".

Uma mulher – uma esposa –, especialmente uma que é bela, não deve ficar em silêncio. Helena aprendeu isso. Mulheres silenciosas são rabugentas, ressentidas, conspiradoras e intrigueiras. Também não devia ser extrovertida demais em seu discurso. Uma mulher barulhenta é irritante, chata, intrometida. Um meio-termo perfeito é necessário, para que ela possa ser observada participando, mas ser dispensada sem preocupações ao surgirem assuntos de grande importância. Ela descobriu que essa exigência era uma das muitas coisas que Troia tinha em comum com Esparta e Páris, com Menelau.

No entanto, agora ela bebe de um copo brilhante que suas criadas enchem de novo, e seus olhos estão arregalados, e seu discurso, um pouco estranho quando ela diz:

– Então… como foi que Telêmaco deixou Ítaca? – A pergunta tira o fôlego de Penélope, quase parece um tapa na cara dela. Talvez Helena veja isso, talvez não, seus olhos já estão em outro lugar, mas ela acrescenta em uma expiração suave: – Ele parece um jovem tão doce.

– Ele foi procurar o pai – responde Penélope por fim, observando as duas criadas espartanas, que não observam ninguém mesmo de seus postos às margens deste pequeno jardim. – Encontrar Odisseu vivo ou morto. De qualquer maneira, uma resposta.

– E se ele estiver morto?

– Então Telêmaco retornará e buscará seu direito de primogenitura.

– Ser rei, você quer dizer? – Helena ri. Penélope consegue não estremecer com o som. – Que graça, não vai ser um evento? Rei Telêmaco. Bem, tenho certeza de que ele é capaz de fazer isso. Um jovem forte como ele, tenho certeza de que ele vai dar um jeito.

– Naturalmente, ele vai buscar os nobres aliados do pai, Orestes, Nestor, seu bom marido, Menelau, para apoiá-lo em sua reivindicação.

– É claro, é claro! Meu marido está tão sentimental com Odisseu, está mesmo. Ele fará qualquer coisa pelo filho dele, apenas espere e verá. Apenas espere.

O sorriso de Penélope é uma coisa congelada. Ela leva o copo aos lábios, não bebe, esquece até de fazer a mímica.

– E você? – Helena pergunta, colocando a mão no joelho de Penélope. A itacense estremece como se tivesse sido picada por uma vespa, mas Helena parece não notar. – Vai se casar quando Telêmaco voltar? Imagino que não poderá, se seu marido estiver morto, pelo menos não sem a aprovação de seu filho. Talvez uma vida no templo? Dizem que a verdadeira paz pode ser encontrada servindo em um lugar sagrado, uma calma com a qual pessoas como nós só podemos sonhar. Humildade. Muitas vezes me perguntei se deveria tentar ir a tal lugar, mas você sabe como é, há muitos deveres que devo cumprir, muitas responsabilidades. Trabalhar, trabalhar, trabalhar até desabarmos, não?

Ela ri e estende o cálice.

Zosime o enche de novo e imediatamente volta a se afastar.

Penélope observa a prima de cabeça baixa, olhos para cima, fazendo o possível para não encarar, mas sem conseguir se conter.

– Meus filhos, é claro... bem, foi tão difícil para eles – Helena pondera. – Comigo e com Menelau afastados por tanto tempo. Eles tiveram a melhor educação possível, a melhor criação que se pode imaginar, mas sabe como é. As crianças são forçadas a crescer tão rápido hoje em dia, não acha?

Dos filhos de Menelau, dois meninos ainda vivem: Nicóstrato e Megapente. Ambos nasceram de escravas e juraram que atirarão a madrasta ao mar assim que o pai morrer.

Apenas uma filha de Helena vive, a adorável Hermíone, uma filha com idade suficiente para se lembrar de como era ter a mãe acariciando seu cabelo nos dias anteriores à guerra. Ela também tem idade bastante para se lembrar de como foi ser abandonada.

– Como estava Clitemnestra quando morreu?

A pergunta vem do nada. É como se Helena estivesse perguntando sobre a natureza de alguma flor incomum ou se perguntando que receitas Penélope usa para fazer conservas de peixes. Por um momento, Penélope imagina que não ouviu direito, mas, olhando de Helena para suas criadas e de volta, ela vê apenas o olhar de expectativa de Helena. Zosime e Trifosa deveriam virar as costas, deveriam se afastar um pouco mais dessa indagação tão íntima, dar às filhas de Esparta privacidade para falar de sua parenta falecida.

Elas não o fazem.

– Ela estava… tão pronta quanto acredito que qualquer alma pode estar – Penélope responde finalmente. – Sabia que, para Orestes ser rei, ela deveria morrer. Acredito que ela pensou no filho até o fim.

– Mesmo que ele a tenha matado?

– Sim. Isso é minha… pouca compreensão da situação.

Helena acena com a cabeça, bebe, olha para o nada.

– Acha que é por isso que ele está louco?

Penélope segura seu copo como se estivesse se agarrando às tiras de um escudo em uma tempestade de flechas.

– Louco? – murmura.

– Sim, louco. Não é isso que todos estão dizendo? Que ele fugiu de Micenas porque enlouqueceu, que é apenas aquela irmã dele, Electra, quem está impedindo que ele seja publicamente insano? Isso é o que meu marido diz, e ele tem pessoas em todos os lugares.

– Orestes cumpriu seu dever e vingou a morte do pai – Penélope responde, a voz como seixos caindo na praia. – Por que ele estaria louco?

Helena descarta isso com um movimento de um pulso longo e fino.

– Deuses – retruca ela –, ele matou a mãe! O pai matou a irmã dele, a mãe matou o pai dele, ele matou a própria mãe; quer dizer, a família inteira é amaldiçoada de qualquer jeito, não é?

Aquela gargalhada alta de novo; Penélope tem que se lembrar de não ranger os dentes.

– Os filhos de Atreu! O bisavô dele serviu o próprio filho para os deuses comerem; depois, Atreu serviu os sobrinhos para o irmão. Não há nada além de canibalismo, estupro e incesto a cada passo do caminho; não admira que Orestes esteja louco! Quando papai me disse que eu ia me casar com Menelau, fiquei encantada, é claro que fiquei, absolutamente emocionada, mas me lembro de me virar para ele e dizer: "Papai, tem certeza que o grande guerreiro não vai simplesmente me devorar?".

Aquela risada de novo – mais alta, mais aguda, mais vibrante. Penélope vai quebrar um dente se continuar assim por muito mais tempo.

– Culpa os deuses pelo que aconteceu? – pergunta finalmente, uma linha de investigação cuidadosa e cautelosa que ela espera que cause o mínimo de confusão.

– Claro que não! – Helena exclama. – Pais malignos geram filhos malignos! Violência gera violência. É assim que as coisas são. Quebrar o ciclo é muito mais difícil do que mantê-lo, coitados.

Penélope franze a testa. É possível que haja nessas palavras um indício de algo, se não sábio, pelo menos talvez um tanto verdadeiro, saindo dos lábios de Helena. A ideia é inquietante.

Penélope não esperava ouvir um lampejo de qualquer dessas qualidades vindo de sua prima nesses muitos e muitos anos.

Zosime torna a encher a xícara de Helena. Autônoe não chega perto de Penélope.

Há coisas que Penélope quer perguntar.

Há coisas que todo mortal vivo quer perguntar.

Coisas como: então vamos lá, irmã, prima, linda – confesse. Páris a sequestrou ou você fugiu com ele, falando sério agora? O que você estava pensando? O que estava passando pela sua cabeça? Ele era realmente tudo isso? Menelau fez alguma coisa, disse alguma coisa que fez você decidir destruir o mundo? Você *escolheu*? E o que aconteceu quando você se reencontrou com seu marido? Você rasgou seu vestido, como todos dizem, desnudou seus seios e chorou, implorou perdão? Ele realmente ordenou a seus soldados que a apedrejassem até a morte, mas, ao verem seus seios saltitantes, eles não conseguiram fazê-lo? Você entregou para ele a faca que ele enfiou em Deífobo, você fez algum acordo secreto com Odisseu para ajudar os gregos a entrar em Troia...

Você, você, você?

Ocorre a Penélope que ela tem uma gloriosa oportunidade de fazer todas essas perguntas. Para desvendar o coração e a mente da mulher por quem o mundo queimou.

Ela não o faz.

Há muitas respostas esperando na ponta da língua de Helena que não seria pertinente ouvir. Não, nem mesmo para a esposa de Odisseu, que ainda espera que o marido volte para casa. Pois o que dirá Penélope se Helena responder: ah, sim, Menelau, claro que, depois que ele acabou de matar Deífobo e massacrar os bebês de Troia, ele me estuprou, repetidamente, na frente de todos os seus homens no convés de seu navio, tal era o seu humor, mas não pode culpá-lo, pode? É minha culpa, entende? É tudo culpa minha. Tudo isso. Todas as coisas que as pessoas têm que fazer comigo. Eu sou a culpada.

Ou o que Penélope dirá se Helena rir e disser: ora, é claro que fugi com Páris! Claro que sim! Eu era uma *criança*. Eu era uma garotinha risonha que foi mantida infantilizada, ensinada que eu era mais charmosa se fosse uma virgem tola que hesitava, sorria e dizia "ah, sim, senhor, que lindo" e balançava minha adorável cabecinha – é claro que eu fugi com o homem bonito que disse que eu era uma dama! Claro que escolhi. Você não escolheria?

O que, então, Penélope dirá?

Ela vai rosnar para a rainha de Esparta? Cuspir na cara dela? Dar um tapa em sua bochecha branca perfeita? Vai gritar: prostituta, harpia, destruidora do meu mundo, da minha vida? Você tirou meu marido de mim, você fez isso, você fez, *você está certa, você é a culpada!*

Tal ação seria politicamente insensata. E, mesmo que não fosse, Penélope descobre que não tem coragem de fazer isso e fica perplexa com essa conclusão.

Então ela não diz nada, não pergunta nada. É assim que as coisas acontecem com Helena. É assim que será até que minha adorável dama, a mais bela das belas, finalmente morra, sozinha, longe de casa, em um lugar onde ninguém diz seu nome.

Em vez disso, elas ficam em silêncio, as duas rainhas, as últimas rainhas destas terras cujas histórias os poetas vão contar.

– Ouvi dizer – comenta Helena, para ninguém, para nada, para o ar, para o céu, para o silêncio implacável – que há um santuário em Cefalônia para Hera, mãe de todos.

– Existem santuários para Hera nas ilhas ocidentais.

– Sim, mas não para Hera como mãe de todos. Há santuários para ela como esposa, como protetora da casa, mas ouvi dizer que esse era um santuário para Hera como criadora, como rainha do ar e do fogo, como às vezes dizem que a mãe é adorada no leste. Um santuário que só as mulheres frequentam. Isso é verdade?

– Há algumas que têm... crenças antiquadas – Penélope admite. – Muitas mulheres dessas ilhas adoram Hera, Ártemis, Atena, não como às vezes são honradas no continente, mas como... como deusas de um tipo um pouco mais elementar. Como criaturas quase iguais ou talvez até maiores que os homens. Meu marido disse que era uma superstição boba, e, é claro, os sacerdotes fazem o possível para acabar com isso.

– E as sacerdotisas? – pergunta Helena.

– Não seria apropriado que a esposa de um rei se envolvesse em assuntos religiosos – responde Penélope.

A prima assente.

– Claro. Você sempre foi muito mais esperta do que eu.

Outro gole. Helena volta a cabeça para cima e aperta os olhos. Ela está aproveitando o toque do sol em sua pele, o beijo refrescante da brisa. Seu pescoço é longo, alguns fios soltos de cabelo balançam ao redor de seu rosto. Penélope fica fascinada. Ela nunca tinha visto uma mulher de seu tipo, de sangue e treinamento real, visivelmente apreciar o toque dos próprios sentidos. Essas experiências são inocentes, é claro – calor e frio, sombra e luz brincando sobre a pele –, mas também são escandalosas, proibidas, fascinantes. Helena está saboreando a sensação de estar no próprio corpo. Ela escuta o mar e o acha relaxante. Ela sente o perfume das florezinhas subindo pela parede atrás dela e adora seu aroma. E o mais estranho de tudo – ela se atreve a demonstrar isso.

Penélope sente um aperto no estômago e pensa por um momento que pode ser inveja.

– Você tem muita sorte, prima – Helena murmura finalmente –, por ter um lugar como Ítaca.

– Achei que fôssemos considerados um fim de mundo incivilizado – Penélope responde. – Deselegante, creio eu, seja a palavra mais gentil para isso.

Helena abre os olhos e se volta para Penélope com eles arregalados de surpresa.

– De jeito nenhum! Bem, não… sim, é claro que você *está* um pouco isolada aqui, e, francamente, peixes são entediantes, mas não deixe que os poetas e os fofoqueiros a afetem, de jeito nenhum! Você tem uma pureza adorável aqui. Uma quietude adorável, uma tranquilidade. Eu sei que a terra é difícil e que o mar pode ser cruel – querida, que cruel, pobre de você –, mas, quando você se senta atrás dessas paredes em seu pitoresco jardinzinho, imagino que seja pacífico. Tão tranquilo, distante de tudo.

Penélope olha para este pequeno recanto de espaço, este pequeno jardim murado no emaranhado do palácio, e parece vê-lo pela primeira vez. É claro que ela já passou algum tempo aqui antes, descansando, relaxando depois de um longo dia, mas isso era raro – e ainda mais raro com o passar dos anos. Há tantos outros lugares que exigiam sua atenção. A horta, os pomares e olivais, os campos lamacentos, o tesouro – tanto aquele que seus conselheiros conhecem como o outro que ela mantém um pouco mais escondido. Depois, há as salas secretas de Urânia, onde elas conspiram para manter o controle, o curtume e os cais das pescadoras. Ela se esqueceu de ver tudo isso, qualquer parte do reino que é ostensivamente seu domínio, como algo além de trabalho. Até o mar se transformou de uma folha de prata em uma ameaça que traz perigo à sua costa.

Como é estranho olhar agora, pensa ela, e ser lembrada de que esta terra, até mesmo Ítaca, é linda. Ela só se lembrou disso ocasionalmente nos últimos meses, quando o egípcio Kenamon, pego em um momento de solidão obscena, às vezes erguia os dedos para a chuva fresca e murmurava: "Os céus a abençoam, minha senhora".

Penélope nunca parou, nesses momentos, para perguntar mais a Kenamon sobre o que ele vê. Não é adequado que uma rainha e um pretendente troquem mais do que palavras passageiras, muito menos fora de vista, e ela passou apressada, tão ocupada, e fingiu não se incomodar com a voz dele em seu ouvido.

Agora beijo a ponta dos dedos dela, sento-me entre Penélope e Helena e seguro suas mãos nas minhas, uma ponte invisível entre as duas mulheres silenciosas.

Contemple, sussurro, meus lábios roçando a bochecha de Penélope. *Contemple a beleza.*

O som do oceano é suave atrás das paredes que as protegem das rajadas mais frias do vento. As nuvens correm acima, gordas e fofas, ainda não quebradas por baterem contra a terra dura além. As abelhas coletam o último néctar do verão. Um lagarto da cor das pedras contra as quais se aquece rasteja para longe do arrastar dos pés de Zosime, e Helena de Esparta, Helena de Troia, vira o rosto para o sol e inspira a glória da manhã.

Então Eos está na porta, e o momento chega ao fim.

– Minha rainha – proclama ela. Essas palavras só passam pelos lábios de Eos quando há estranhos que poderiam esperar isso. – Há notícias de seu ilustre pai.

Penélope cavalga, Autônoe ao seu lado.

Ela não cavalga como uma dama deveria – recatada, paciente, em uma égua calma. Em vez disso, puxa o vestido entre as coxas, inclina a cabeça sobre o pescoço do cavalo e galopa pela terra por pequenos caminhos sinuosos conhecidos apenas pelas pastoras e seus cães farejadores. Olho em volta procurando minha adorável prima Ártemis – esses são seus caminhos ocultos, os galhos que prendem e os espinhos que arranham e tiram sangue em homenagem a ela, sagrada senhora dos bosques malhados. Ouvi um boato de que ela foi vista caçando nesta ilha nos últimos tempos, mas bem poucos de meus parentes prestam atenção à sua prima rebelde, exceto talvez seu irmão Apolo, e ele só olha por ciúmes.

Nenhum sinal dela – pelo menos, nenhum que eu consiga ver, o que, com a caçadora, nunca é a mesma coisa.

Eos foi à frente para avisar Anaitis; Melanto é enviada à cidade para alertar Urânia. Agora, porém, a própria Penélope galopa até a fazenda de Laertes, o sol batendo em sua cabeça através dos galhos quebrados e folhas manchadas, os cabelos voando de suas amarras, enquanto ela corre em direção ao velho rei itacense.

As Fúrias estão esperando, é claro, tecendo suas maldades acima da fazenda de Laertes com sabores amargos sobre a língua, em grãos podres e infestações de pulgões na videira. No entanto, apesar de uivarem, tagarelarem e gargalharem, não fizeram mais do que essas pequenas travessuras contra Laertes, esses pequenos insultos ao homem que hospeda sua presa, e penso mais uma vez que talvez Atena tenha razão. Talvez não seja a morta Clitemnestra, vagando pelas terras cinzentas das profundezas, quem convocou essas criaturas.

Talvez o propósito delas tenha sido definido por outra pessoa.

Priene está esperando ao lado do portão da fazenda de Laertes, totalmente armada, ousada como a águia. Sua leal tenente Teodora está ao seu lado, uma aljava de flechas nas costas, o arco solto, pronto para atirar.

Os caminhos escondidos e trilhas secretas da ilha levam Penélope para fora de um bosque sombrio e direto até a guerreira que espera, e, enquanto ela desmonta, Priene relata suas novidades.

– Os espartanos estão se aproximando pela estrada marítima. Eles estarão aqui em pouco tempo.

– Quantos?

– Todos eles.

Autônoe já está conduzindo o cavalo de Penélope para dentro, enquanto a rainha marcha em direção à porta da fazenda. Quando ela o faz, o velho emerge, seu manto sujo levantado até os joelhos, o cabelo emaranhado ao redor da cabeça. Laertes pensou em se arrumar para seus hóspedes, já que eles são da realeza da estirpe mais alta. Esse instinto durou apenas uma noite, quando ele percebeu que Electra e Orestes estavam tão preocupados com os próprios problemas, que mal notavam sua presença, muito menos se preocupavam em reconhecê-lo como rei.

– Quem são? – late ele, vendo Priene e Teodora atrás de Penélope.

– Caçadoras da ilha – responde Penélope rapidamente, mal diminuindo o passo. – Menelau chegou. Eu coloquei essas mulheres para observar o progresso dele, e elas relatam que ele agora está vindo direto para cá.

– Imagino que ele não esteja apenas pensando em prestar homenagem – Laertes franze a testa, enquanto Penélope marcha para dentro.

– Sem dúvida ele vai dizer que sim, mas ele tem homens armados, e eles vão revistar esta fazenda. Existe algum lugar onde esconder Orestes?

– Existe algum lugar para esconder Orestes? – imita o velho rei com uma curva azeda na boca. – Deuses, deixe-me pensar… Claro que não! Eu tinha um lugar antes, mas, ah não, espere, foi totalmente queimado quando piratas atacaram há mais de um ano, e não tive a chance de reconstruí-lo e, mesmo se tivesse, eu sou um rei, não um contrabandista ou uma caçadora.

Ele dirige a última palavra a Priene, cuja mão ainda segura o cabo de sua lâmina nada parecida com a de um caçador.

Penélope balança a cabeça, chega à porta do quarto de Orestes, bate nela.

– Electra! Menelau está vindo!

A porta se abre um pouco, o rosto de Electra cinza como a teia de aranha atrás.

– Menelau está vindo para cá – exclama Penélope. – Seu irmão consegue andar?

– Não sei – responde ela. – Não pode detê-lo? Esta é a casa do pai de Odisseu!

– Meu palácio está tomado por soldados espartanos, minhas adegas, cheias de vinho espartano, minhas criadas, deslocadas, meus músicos, dispensados de meu próprio salão, minha ilha, lotada com os homens de Menelau sob o disfarce ostensivo de ir caçar, e, em vez de procurar por javali, ele vem direto para cá… não, claro que não posso detê-lo! – Penélope não está acostumada a levantar a voz, é algo impróprio de se fazer, mas agora está mais do que um pouco irritada. – Tudo o que puder fazer para deixar seu irmão tão… apresentável quanto puder, faça agora!

Um movimento rápido atrás delas. Eos chegou, ofegante e acalorada, Anaitis ao seu lado.

– Anaitis, ótimo; Menelau está vindo e precisamos de Orestes no mínimo sóbrio, no máximo falando de maneira calma e majestosa. Pode fazer alguma coisa por ele?

– Ele tem melhorado, mas ainda está fraco, o veneno...

– O que puder fazer – Penélope quase empurra Anaitis para a sombra do quarto de Orestes –, faça agora.

Electra fecha a porta atrás da sacerdotisa, e Penélope se vira agora para enfrentar os reunidos.

– Priene, Teodora, preciso que vocês se escondam.

– Se Menelau ferir alguém desta casa, vou abri-lo da virilha à goela, você tem meu juramento.

Esta declaração de Priene, dita com voz calma e serena como se ela estivesse discutindo a passagem do crepúsculo e do amanhecer, interrompe Penélope em seu caminho. É, sem dúvida, a coisa mais apaixonada, leal e comovente que essa guerreira do leste já dissera. Em outras circunstâncias, poderia induzir em Penélope algo quase à beira das lágrimas, grata, maravilhada, lisonjeada pelo voto da dama. Até Laertes, pairando em um canto, tem a decência de erguer as sobrancelhas em surpresa. No entanto, agora não há tempo, então ela acena com a cabeça uma vez e espera que seja o suficiente para comunicar seu sentimento sobre o assunto. Pelo menos para Priene, parece ser, pois a mulher e sua tenente se viram e correm, saindo em disparada do portão da casa da fazenda em direção às sombras das árvores que protegem a terra ao redor, enquanto Laertes resmunga e pede uma túnica limpa.

– Se vou ter que aturar a visita de um rei, é melhor eu parecer um rei – proclama. – Eu era um argonauta, sabiam?

– Você tem algum incenso? – Penélope pergunta, enquanto Eos molha as mãos e tenta puxar os finos cabelos brancos de Laertes em algo que se pareça com um esfregão mais digno.

– Incenso? Por que diabos eu teria isso?

Penélope bate na porta de Electra.

– Anaitis! – chama ela. – Diga-me que você tem algo teológico que podemos queimar!

Capítulo 20

Menelau chega à casa de Laertes.
As mulheres de Ítaca – aquelas guerreiras escondidas à vista de todos, pois quem ia questionar a necessidade de uma viúva carregar um machado se ela precisa cortar lenha, ou uma filha com seu arco de caça para pegar coelhos? – observaram enquanto o rei e seus espartanos saíam em sua caçada.

Elas viram os batedores e guerreiros na única estrada sinuosa que contorna a borda agreste da ilha, e, em todas as oportunidades que Menelau poderia ter aproveitado para montar acampamento ou se dirigir para algum provável pedaço de terra onde javalis poderiam vagar ou mesmo um veado resistente, ele não parou.

De fato, as mulheres concluíram mais tarde, a única razão pela qual ele não foi direto para a fazenda de Laertes imediatamente após deixar o palácio foi porque seus homens, até mesmo seus espiões, não tinham certeza do caminho. Mas não se engane, ele sempre teve apenas um destino nesta ilha, tão inalterável quanto a flecha disparada do arco dourado de Apolo.

Agora até as Fúrias estão caladas quando Menelau e sua tropa dourada se aproximam. Elas se amontoam nas paredes da fazenda de Laertes e observam o rei espartano como se fosse um deles. O que, pergunto-me, seus olhos ardentes veem nesse homem? O sangue ainda grudado em suas mãos? Os espectros dos mortos que giram em torno dele, dedos fantasmagóricos se estendendo para as damas aladas, enquanto imploram com bocas sem língua, com vozes que não respiram mais, *vingança, vingança, vingança!*

Laertes e sua serva Otonia esperam no portão, enquanto Menelau e seus homens se aproximam. O velho rei nunca encontrou o espartano. Depois de suas aventuras em alto-mar quando jovem, ele decidiu que já estava farto de viagens exóticas e comida estrangeira e que ficaria onde estava, muito obrigado.

E não é como se alguém importante tivesse muito interesse em visitar Ítaca. Mas um rei reconhecerá um rei. A expectativa de obediência, a presunção de valor, a disposição para atacar alguém por olhar para si de forma engraçada – todas as características reais adequadas que se pode esperar estão aqui destacadas em ambos os homens. Para acrescentar à impressão, Laertes até vestiu sua melhor túnica, aquela que usava sempre que visitava o palácio para sua dose anual de bajulação apropriada, e afastou sua cabeleira rala e desgrenhada do rosto. Não houve tempo para limpar entre os dedos dos pés ou esfregar óleo na pele, mas tudo bem. Os reis de Ítaca sabem como bancar o monarca caloroso e pés no chão ao máximo.

Uma coluna de espartanos se estende de cada lado da trilha de terra para guiar Menelau até o portão, da mesma forma que fizeram quando ele desembarcou de seu navio. Ele diminui a velocidade do cavalo conforme se aproxima da escolta armada, desmonta, entrega as rédeas a um escravo, aproxima-se devagar, sorrindo, a cabeça um pouco inclinada para o lado, observando o pai de Odisseu de alto a baixo. Nicóstrato fica atrás, ainda montado em seu cavalo, armadura brilhante, braços cruzados e os olhos vagando pelas paredes recém-construídas da fazenda como se julgando uma fortificação militar.

Laertes não diz uma palavra quando Menelau se aproxima, esperando que o rei visitante fale, enquanto Menelau espera que seu anfitrião o cumprimente. Assim, há um silêncio entre os dois, e é o silêncio de dois velhos espadachins avaliando o comprimento das lâminas um do outro, considerando o duelo diante deles e se não seria mais fácil cancelar tudo e ir para casa.

Acima, as Fúrias estremecem alegremente dentro de suas asas dobradas, e um vento gelado fora de estação sopra pelo campo, arrepiando a pele nua e assustando um bando de corvos. Seu toque frio parece suficiente para quebrar o silêncio entre os reis, e é Menelau quem sorri, leva a mão ao coração e faz uma leve mesura.

– Grande rei Laertes – saúda ele –, estou honrado em finalmente conhecê-lo.

– Você deve ser Menelau de Esparta – responde Laertes, sem se curvar nem um centímetro. – Você é exatamente como eu imaginei. Entre, então, relaxe um pouco se vier.

Com isso, ele gira sobre os calcanhares e marcha em direção à porta aberta de sua casa. Menelau hesita apenas um momento. Ele está, apenas por força do hábito, contemplando cortar a cabeça de Laertes. Ele não vai, é claro; isso seria não apenas uma violação terrível de todas as leis de hospitalidade, todos os mandamentos sagrados dos deuses, mas também um movimento político absolutamente péssimo que poderia colocar sua própria coroa em perigo. Mas como ninguém, exceto o falecido Agamêmnon, falou com o rei espartano dessa maneira em muito, muito tempo, devemos pelo menos entender a reação instintiva de Menelau. Em vez disso, porém, ele escolhe sorrir, rir – não, rir não. Dar uma risadinha. Um animal decididamente diferente.

Ele engancha os polegares no cinto, acena para que o filho e seu capitão, Lefteris, com seus homens sigam e segue Laertes para dentro de casa.

São apenas poucos passos da porta até a grande lareira que aquece o velho rei no inverno. Ao redor dela estão vários banquinhos baixos para convidados, peles de carneiro no chão e uma cadeira de espaldar alto que pertence a Laertes. Ao lado desta cadeira, está Penélope, Electra ao seu lado, de frente para a porta. Eos fica um pouco nas sombras, com água e vinho preparados, algumas tâmaras em um prato.

Menelau vê Penélope, sorri, vê Electra e para de andar.

– Ah, Menelau, lembra-se de sua sobrinha, Electra? Não é tudo aconchegante e familiar? – Laertes diz, dispensando o vinho oferecido.

– Tio – cumprimenta Electra, com um pequeno aceno de cabeça. – Ouvi dizer que veio para Ítaca. Perdoe meu atraso por não o encontrar nas docas.

Os olhos de Menelau percorrem a sala, contando as portas, considerando os corredores, antes de ele avançar um pouco mais. Ele vai direto para a lareira, encosta-se nela, reivindicando aquele espaço sagrado para si. Atrás dele entra Nicóstrato, seguido por Lefteris e mais dois guerreiros, e de repente o lugar fica apertado, o teto baixo demais para as plumas dos espartanos, apertado demais para o bater de tantos corações.

– Electra – proclama Menelau –, que prazer inesperado, mas adorável.

– É verdade – responde ela, leve como a fumaça da chama. – Esperávamos não incomodar o bondoso rei Laertes com nossa presença quando viemos a Ítaca para nossas devoções, mas é verdade o que dizem, os itacenses são de fato os anfitriões mais graciosos.

– Eles são mesmo, não são? Suas devoções, você diz, sua…

– Uma espécie de peregrinação. Ítaca é onde, pelo julgamento dos deuses e no caminho mais justo da vingança, minha mãe foi morta. Embora fosse inteiramente justo que ela morresse, os sacerdotes de Apolo decretaram que, para lavar a mácula do assassinato de uma mãe, seria desejável uma peregrinação aos grandes santuários de todos os deuses, antes, é claro, de finalmente fazer oferendas à graciosa Atena no lugar onde Clitemnestra, com justiça, tombou. Esperávamos concluir o negócio em particular, mas, como você é da família, suponho que seja apropriado que você, entre todos os grandes reis, esteja aqui para testemunhar.

Os olhos de Menelau vão de Electra a Penélope.

– E sua gentil rainha itacense...

– Eu pedi que ela mantivesse esse assunto privado – Electra corta rapidamente. – Ela já está sobrecarregada com tantos assuntos importantes, que não queríamos aumentar seus problemas. Quando o bondoso rei Laertes se ofereceu para nos abrigar longe dos olhares indiscretos das pessoas, um lugar para rezar e agradecer aos deuses...

– Claro – A voz de Menelau é uma pérola polida. – É como você diz, excelentes anfitriões. Ainda assim, está tudo feito agora, não é? Já fizeram suas orações e oferendas, espero eu, e agora que estou aqui, bem, que tipo de tio eu seria se não cuidasse para que fossem tratados de forma apropriada? O fantasma do meu irmão me perseguiria para sempre se eu não cuidasse de seus filhos. Menelau, ele diria – eu consigo ouvi-lo agora, praticamente consigo –, Menelau, eu naveguei até Troia por sua esposa, agora é melhor você navegar até os confins da terra por meus filhos, os confins da terra, diria ele. E perdoe o meu coração de velho tolo, mas me deixaram um pouco preocupado por um momento, sobrinha. Quando recebi notícias de Micenas dizendo que você e seu irmão haviam desaparecido, pensei: Menelau, você é o pior dos homens. Você é o pior irmão que já existiu, o pior tio, seu sangue é de fato amaldiçoado, como os sacerdotes sempre disseram, você desapontou sua família, e nada é mais importante do que a família. Mas aqui estão vocês. Acampados em Ítaca. Rezando. Estou tão aliviado, que poderia chorar – olhe para mim, juro que tem um pouco de água no canto do meu olho. Venha aqui, sobrinha.

Ele agarra Electra antes que ela possa se opor, fechando os braços ao redor dela em um abraço enorme, de tirar o fôlego e quebrar costelas, os pés dela quase se erguendo do chão com a força dele. Nas costas do seu pai, Nicóstrato limpa os dentes com uma unha longa e encardida e observa Electra, cujos olhos esbugalhados encontram os dele e no mesmo instante desviam o olhar. Nicóstrato sorri, enquanto Menelau coloca a sobrinha de novo no chão e volta sua atenção para Penélope, balançando um dedo e com um sorriso largo.

– E você, irmã! Muito ardiloso de sua parte não mencionar isso, muito leal devo dizer, muito leal a sua prima, devo respeitar isso, admirar, mas ardiloso também. Deve ficar de olho nela, Odisseu sempre disse que você era a mulher mais esperta entre os vivos!

Laertes bufa. O som é rico em muco e saliva e quase grotesco o suficiente para que todos os olhos se voltem para ele.

– Ela? Ardilosa? – brada ele. – Admito que ela tem uma boa cabeça para o valor das ovelhas e um bom ouvido para quando algum comerciante está tentando roubá-la. Bons olhos de pastora, boas pernas de agricultora; eu não esperava isso de uma mulher de Esparta, não vou mentir, mas imagino que, como ela agora viveu em Ítaca por mais tempo do que em Esparta, é de se esperar que alguns de nossos costumes se enraizassem nela. Mas ela não é uma filha de Hermes. Quando chegaram notícias de navios reais no horizonte, mandei uma mensagem para ela no palácio: nem uma palavra disso para quem viesse visitar. Princesa Electra e sua família já estão fartas das tolices reais que vocês fazem no continente, todas as suas maneiras e modos corteses, precisam de um pouco de tempo para rezar; acredite em mim, eu sei uma coisa ou duas sobre os deuses. Nem uma palavra, filha, eu disse, sei como você é, mas você vai me obedecer; e ainda bem que o fiz, francamente, porque quer saber? Vendo você aqui, Menelau, perdoe o que vou falar, mas vendo você aqui com tantos servos e soldados e tamanha comitiva, é de admirar que tenha algum tempo para rezar, com tantas bocas para alimentar e vozes entrando em seus ouvidos. Um pouco de contemplação silenciosa. É disso que um rei precisa de vez em quando.

Menelau olha para Laertes – finalmente olha. E, por fim, ele vê não apenas o velho esquelético e sujo em um manto fora de moda, mas o homem que já foi o mestre de todas essas ilhas. Não apenas o pai de Odisseu, mas o soldado que arrastou as ilhas ocidentais por meio de bronze e sangue, enquanto Menelau e o irmão ainda eram bebês, exilados de sua terra natal. Vê o velho rei astuto, dentes amarelos rachados e olhos fundos, sorrindo para ele do outro lado da lareira.

– Claro que mandou – murmura ele, enquanto Laertes encontra seus olhos, diretos e verdadeiros. – Claro que mandou. – Um pouco mais alto, para toda a sala. – Que tolice da minha parte, estupidez mesmo, pensar que uma mulher tomaria esse tipo de decisão. Muito tolo.

Seus olhares se enfrentam mais um segundo, e há desafio nos olhos de Laertes, um antigo triunfo, um lampejo da astúcia radiante que cintilaria um instante antes de sua lâmina dançar um caminho para a vitória. É Menelau quem desvia o olhar, os lábios se curvando, um leve aceno de cabeça, mas, quando ele levanta o olhar de novo, é diretamente para Electra.

– E onde está seu irmão, sobrinha? Onde está Orestes?

– Estou aqui.

Orestes está na entrada do corredor que leva aos quartos privados, Anaitis atrás dele. Ele é acompanhado por uma lufada de incenso, de ervas sagradas queimando, o cheiro de orações apressadas trazidas por sua passagem. Ele se inclina um pouco contra o batente para se apoiar, uma das mãos se firmando, mas esse movimento é leve.

Com todos os músculos, ele se mantém ereto, o queixo firme, o olhar constante, enquanto o suor escorre por sua testa, seu peito, arrepia os pelos macios sob seus braços. Seus olhos estão arregalados e vermelhos, o cabelo penteado para trás, rente ao couro cabeludo, a barba de um homem lutando para aparecer em sua mandíbula. Sua túnica fede a sal e espaços escuros e úmidos, mas ninguém ousará dizer isso ao rei dos reis, o maior dos gregos. Não, nem mesmo Menelau. Ainda não.

Por três dias e três noites, Anaitis trabalhou nele com seus métodos de cura. Por três dias e três noites, ele gritou e uivou, vomitou e arranhou a própria pele, enquanto a irmã chorava ao seu lado. E agora Anaitis lhe dera uma última erva e sussurrara em seu ouvido: "Quando se sentir tonto, sente-se antes de cair", e, dessa forma, finalmente, Orestes se levantou.

Do lado de fora, as Fúrias rosnam, sibilam como gatos ferozes, as penas eriçadas em suas costas, as orelhas voltadas para a frente, os lábios se curvando em um rosnado. Seu descontentamento é um súbito sopro de fumaça, um salto na batida constante de cada coração dentro de um peito mortal – nem mais, nem menos.

Menelau se vira devagar, sem pressa, observa o sobrinho de alto a baixo. Diz: "Vossa majestade" e se curva um pouco. Até mesmo Nicóstrato, com uma carranca repuxando os cantos de seus lábios, brevemente move a cabeça para cima e para baixo uma vez em reconhecimento. Orestes não retribui o gesto, não se mexe, não se desprende do seu atual lugar de segurança meio inclinado, meio em pé.

– Bondoso tio, espero que você não tenha vindo até aqui por minha causa – declara ele. – Se assim for, deve-se proclamar por toda a Grécia que seu amor não conhece limites.

– Ora – Menelau ri –, Ítaca não é *tão* ruim assim – Seu sorriso diminui um pouco, estreita-se um pouco, mas não desaparece de todo de seus lábios. – Você parece doente, sobrinho. Inalou algum vapor maligno?

– A viagem foi difícil e vários tripulantes adoeceram durante a nossa travessia – responde Orestes, rápido e simples; ah, as Fúrias arreganham os dentes diante dessa resposta rápida, e um estremecimento mal contido percorre seu corpo. Cada palavra lhe custará; haverá um preço a pagar. – Felizmente, o bom Laertes, desejando proteger nossa privacidade e nossas orações, nos acolheu, ordenando que a filha guardasse segredo. – Esta última é uma lembrança tardia, um olhar para Penélope, meio esquecida em um canto cinza da sala.

– Que homem gentil, que bom homem de Ítaca. Mas, sobrinho, penso em você como meu filho, posso chamá-lo de filho? Eu nunca poderia substituir seu heroico pai, é claro, jamais sonharia com isso, mas odeio imaginar você tão jovem sem a sabedoria do meu irmão e, embora eu seja uma mera sombra de tudo o que ele era, adoraria estar a sua disposição em qualquer capacidade que eu puder... – Menelau atravessa a sala enquanto fala, passa um braço pelas costas de Orestes, puxa-o, afastando-o um pouco da parede. Os pés de Orestes se embaralham quando Menelau o segura contra o corpo, e ele quase cai, prende um arquejo, recupera o fôlego, cerra os punhos antes de usá-los para agarrar o tio em busca de apoio. Menelau parece não ter notado enquanto conduz o meio ofegante Orestes para a sala. – Aqueceria muito meu coração se você pensasse em meu filho aqui, Nicóstrato, como seu irmão...

Nicóstrato é filho de uma escrava. É ultrajante que ele seja considerado de alguma forma parente do rei dos reis, mas Menelau parece não se importar.

– Agora que estou aqui, você deve ser bem cuidado. A oração está indo muito bem, claro que está, está muito bem, nobre de fato, tão nobre, seu pai ficaria tão orgulhoso de vocês dois. Mas não vou mentir, tem havido perguntas, perguntas sobre onde o rei de Micenas e sua adorável irmã foram parar. Há coisas que apenas um pai poderia lhe dizer, é claro, sobre o que é ser um rei, apenas um pai, mas sinto que devo isso a ele, ao meu irmão, a você, devo a você ajudá-lo agora. Guiá-lo mesmo. O melhor que posso. Com o pouco que tenho.

As Fúrias se arrepiam, arrulham, acariciam as bochechas amorosamente, as línguas saboreando o ar. Orestes aperta os olhos, como se a escuridão fosse o preço a pagar para se manter de pé, capaz e de pé.

Electra não pisca. Nicóstrato a está observando, sorrindo.

Menelau aperta os ombros de Orestes, franze a testa, um tio preocupado, desesperadamente preocupado com seus parentes fedorentos, suados e trêmulos. Laertes continua em pé ao lado da lareira, reto como o mastro da nobre *Argo* quando zarpou pela primeira vez.

Penélope faz o possível para parecer invisível.

– Tio – Orestes diz finalmente. – É muito gentil.

O tapa nas costas que Menelau lhe dá quase joga o jovem no chão. É apenas o movimento apressado de Electra para o seu lado que o apara, interrompe seu colapso. Menelau finge não ter notado, já um floreio de atividade.

– Certo, está resolvido então! Um cavalo para o rei. Nicóstrato, você vai ceder o seu, é claro; e precisamos de um para a irmã dele também... Mande um recado ao palácio... Orestes deve, é claro, ficar com o meu quarto... E abra as melhores provisões que temos nos navios... Não se preocupe, boa irmã Penélope, não vamos incomodar um fio de cabelo da sua cabeça; tudo deve ser preparado para o meu sobrinho! Tudo deve ser preparado para o rei!

Nicóstrato põe a cabeça para fora da fazenda para dar esse grito e ecoá-lo para seus homens, enquanto eles correm para tratar de seus negócios.

– Pelo rei! – grita ele, e os homens mais próximos atendem.

– Pelo rei! – gritam.

– Pelo rei! – ecoa o vale.

– Pelo rei! – gritam os guerreiros de Esparta.

– *Pelo rei!* – sussurram as Fúrias, enquanto alçam voo para o céu, riem e giram ao redor umas das outras em sua alegria, enquanto penas negras ardentes caem de suas asas esvoaçantes.

Capítulo 21

Penélope, Eos e Autônoe estão no pátio do palácio de Penélope e observam outras pessoas assumirem o comando.

Criadas de Esparta assumem o controle da cozinha:

– Para não incomodá-la nem um pouco, anfitriã, nem um pouco!

Homens de Esparta trazem suprimentos dos navios de Menelau:

– Felizmente, viemos preparados para alimentar um rei, não que eu tenha algo contra peixe, mas sabe como é!

Soldados de Esparta cercam as muralhas, controlam os portões:

– Há pessoas que podem desejar o mal de Orestes, estremeço ao dizer isso, é monstruoso, mas tenho que proteger meu sobrinho.

Euricleia, a velha babá de Odisseu, fica indignada, à beira das lágrimas.

– Eles me mandaram cuidar da minha cabeça oca! Em meus próprios salões! No palácio do meu Odisseu!

Sua angústia é apenas parcialmente aliviada pela chegada de Laertes, que aparece depois que todos já voltaram de sua fazenda, montado em um burro resmungando.

– Bem – murmura ele –, se todos os reis da Grécia estão prestes a comer à mesa do meu filho, o mínimo que posso fazer é mostrar minha cara.

Ele desmonta de sua besta arrastada e marcha para o lado de Penélope. Ela acena com a cabeça, sorri, não sabe como agradecer ao velho. Laertes nunca foi um sogro gentil, mas também nunca foi cruel. Penélope cumpriu rapidamente seu dever como esposa, produzindo um neto para Laertes arengar sobre a maneira adequada de reinar, e nunca desonrou o marido dormindo com ninguém ou tendo ideias acima de sua posição. Os pomares floresceram, e as vinhas foram cultivadas; a mesa de Laertes nunca ficou sem animais para matar ou peixes para estripar. Além disso, as ilhas ocidentais parecem estar sendo defendidas sob a vigilância de Penélope, e, mesmo que essa defesa tenha um pouco demais de "a abençoada caçadora Ártemis interveio com seu poder divino de maneiras obscuras, porém mortais" para o gosto de Laertes, ele respeita o valor de uma batalha aguerrida travada nas horas secretas da escuridão. O valor honroso do guerreiro louvado publicamente nunca foi o caminho itacense.

– Bom rei Laertes! – choraminga Euricleia quando o velho rei entra no salão. – O senhor está aqui! O senhor trará um pouco de ordem ao palácio! Fará o que é certo!

Euricleia era amada por Anticlea, a falecida esposa de Laertes, e, por lealdade a ela, ele sempre deu à babá uma ou duas palavras gentis. Mas há um tempo e um lugar, portanto, neste momento, ele brada:

– Pelos deuses, Euricleia! Temos os melhores das terras em nossos salões esta noite! Tenha algum decoro!

A presença dele é suficiente para que ela se recomponha por enquanto, apenas para chorar ainda mais intensamente quando o sol se puser e ela encontrar um momento privado para fazê-lo.

Orestes já foi acomodado no quarto de Laertes, e seria extremamente desonroso que o rei dos reis fosse removido agora.

– Está tudo bem – resmunga o velho. – Eu não ia ficar mesmo.

Estou enojada com esse desenvolvimento, é claro. A desonra do pai da casa; a infâmia disso, Laertes ser deslocado do próprio quarto. Se eu amaldiçoasse Menelau e toda a sua prole agora mesmo pelo insulto, ninguém me questionaria. Mas, embora minha maldição fosse justa, haveria consequências – ah, tantas consequências –, então, por enquanto, mordo meu lábio e contenho minha ira, embora minha fúria divina cintile radiante nas pontas de meus dedos sedosos.

Com os espartanos não fazendo nenhum esforço para mudar seus planos, Laertes deve manter as aparências, sendo assim...

– Imagino que, depois do banquete, vai se retirar para o templo de Atena para rezar por seu filho, como costuma fazer – murmura Penélope ao ouvido do sogro. – Farei com que uma de minhas criadas cuide do senhor. Urânia, lembra-se dela? Ela vai atendê-lo em suas devoções à meia-noite e garantir que esteja... confortável em sua piedade.

É raro que Laertes sorria, mas é ainda mais raro que uma carranca não esteja em seus lábios. Ele não fecha a cara para Penélope, mas apenas acena com a cabeça e diz:

– Sim. A noite inteira orando por meu filho. Isso soa exatamente como o tipo de coisa que um pai piedoso faria em vez de dormir na própria cama, não é?

Electra e Orestes chegam. Helena os vê de uma janela aberta e grita:

– Electra! Orestes! Eei! *Eei!*

Eles fazem o possível para ignorá-la, mas ela não aceita ser ignorada, corre para cumprimentá-los no pátio com uma enxurrada de pérolas e jasmim.

– Queridos, estão aqui! Você está aqui! – Ela beija Electra em ambos os lados do rosto, esquece de se curvar diante de Orestes, então se lembra e faz uma pequena reverência arrastando os pés com uma exclamação de "Céus, sinto muito, quero dizer, sua majestade!" antes de agarrá-lo pelos topos de ambos os braços para dar um beijo estalado em sua bochecha.

– Maravilhoso, maravilhoso! – exclama ela, enquanto Orestes oscila no calor, prestes a tombar, Electra ao seu lado. – Ah, isso não é maravilhoso? É uma reunião de família completa! Querido, isso não é fabuloso?

– Fabuloso – concorda Menelau, desmontando de seu corcel. – Aconchegante, até.

Pílades corre para o lado de seu rei enquanto Orestes é conduzido ao palácio. Atira-se a seus pés, ajoelha-se, humilde suplicante. Iason e o sacerdote Kleitos seguem mais devagar, de cabeça baixa, os pés arrastados dos infames.

– Meu rei – ofega Pílades, o coração batendo rápido em seu peito, as mãos úmidas enquanto aperta as de Orestes. – Perdoe-nos. Nós o decepcionamos.

– Não, Pílades, não. – Orestes não pode ajudar Pílades a ficar de pé, ele não tem forças para fazê-lo. Mas pode pelo menos agarrar o braço de seu irmão de sangue quando o guerreiro se levanta, dar o sorriso mais estreito e fraco olhando em seus olhos. – Você nunca poderia me decepcionar.

– Majestade – murmura Kleitos, sacerdote de Apolo. – O senhor parece um pouco pálido.

– Não é nada – responde Orestes, cada palavra um fôlego mais perto do colapso. – Não é nada.

As mulheres de Micenas se agrupam em torno de Electra, protegendo-a das atenções das espartanas agitadas. À frente delas está Rhene, seu cabelo negro penteado para trás de seu rosto anguloso, seu corpo inserido, como o grande escudo de Nicóstrato, entre sua senhora e as criadas espartanas. Com o queixo erguido e os ombros para trás, ela afasta uma mulher espartana que parece querer mexer no cabelo de Electra e proclama, uma palavra de cada vez:

– Vamos cuidar para que a princesa esteja em segurança.

Electra não agradece a Rhene, embora muitas vezes ela quisesse desesperadamente fazê-lo. Ela não sabe como.

Anaitis tem uma dificuldade terrível para passar pelos guardas no portão, até que Eos a vê e desce apressada.

– Ela é uma sacerdotisa da ilha, ela é… deixe-a passar, *deixe-a passar!*

Os espartanos não estão acostumados a obedecer a nenhuma mulher, muito menos a uma escrava. Mas têm ordens de não incomodar muito os habitantes locais, e todos sabem que Ártemis vigia as ilhas ocidentais, mesmo que ninguém saiba ao certo como. Lefteris zomba de Anaitis quando ela passa e grita para ela:

– Ítaca não pode fazer melhor?

Anaitis parece mais confusa do que indignada com seu grito.

A sacerdotisa é levada ao único lugar onde as mulheres podem se encontrar e que parece estar finalmente livre dos homens espartanos – os chiqueiros. Aqui um conselho apressado se reuniu com Penélope, Eos, Autônoe, Urânia e Anaitis, entre os porcos e sua merda, bainhas erguidas e olhos furtivos espiando a porta. Anaitis é a última a entrar, alheia aos odores do lugar, enquanto Eos a empurra para dentro.

– Ítaca foi conquistada? – pergunta ela, sem rodeios, quando a porta é puxada atrás de si.

Eos suspira, Penélope estremece e:

– Sim – Autônoe deixa escapar, antes que alguém possa oferecer uma resposta com mais nuance. – Fomos conquistados.

– Ah. Sem luta?

– Até agora – murmura Penélope.

– Mas eu pensei… Priene, as mulheres…

– As mulheres de Priene foram criadas para se defenderem contra piratas que vinham ao luar, não contra um inimigo que chega à nossa porta da frente, assume o controle do palácio enquanto traz presentes e convida todos para jantar sob a ponta de uma lança.

– Entendo. Então… vamos todas morrer? – pergunta Anaitis.

– Eventualmente – sugere Autônoe.

– Isso é justo – admite Urânia.

– Basta! – A voz de Penélope interrompe, alta e dura.

Nem ela, nem o marido são muito de levantar a voz – ambos foram ensinados a acreditar que fazer isso era uma falha de muitas outras habilidades superiores de liderança. No mesmo instante, todos os olhos se voltam para a porta, todos os lábios se fecham, enquanto ouvem aqueles que podem ouvi-las.

– Basta – repete a rainha, mais suave, mais baixo. – O fato é que Menelau está com Orestes, e não há nada que possamos fazer quanto a isso neste momento. Tudo o que podemos esperar fazer é enfrentar a tempestade que se aproxima. Anaitis, como ele está?

– Fraco – responde a sacerdotisa. – Mal consegue ficar de pé. Eu o fiz beber algo que o manterá de pé por algum tempo, mas, quando passar, ele estará mais fraco do que nunca. Ele precisa de tempo, isso é tudo. O veneno o deixou frágil como um cordeiro recém-nascido.

– Boa sorte se acha que ele não será envenenado de novo, agora que ele está nas mãos dos espartanos – resmunga Urânia.

– Existe algo que possamos fazer sobre isso? – Penélope se vira para Eos, que nega, balançando a cabeça.

– Pílades está junto de Orestes; ele protesta que fez todos os juramentos mais sagrados do mundo prometendo que não revelaria a peregrinação de seu rei, e Menelau lhe dá tapas nas costas e diz que ama um soldado leal. Mas isso significa que toda a tripulação micênica também está unida ao seu rei, todos os soldados, sacerdotes e criadas que navegaram com Orestes de Micenas. Entre micênicos e espartanos, dificilmente podemos nos aproximar.

– E o envenenador ainda pode estar entre eles – suspira Penélope. – E nós estamos impotentes para intervir.

– Estamos? – questiona Urânia. – Este ainda é seu palácio, nossa ilha. Os espartanos podem tê-los ocupado, mas não os conhecem.

– Menelau foi direto à porta de Laertes. Ele nem sequer fingiu procurar em qualquer outro lugar. Ontem à noite, a festa, o tesouro… era tudo apenas um jogo. Estava brincando com a gente. – A voz de Penélope é amarga como casca medicinal, negra como a aranha da floresta. Menelau veio, Menelau a derrotou em seu próprio jogo… e com facilidade. Com uma facilidade tão casual e risonha. Ela engole bile, nojo, autorrecriminação e arrependimento doentio, sacode a cabeça. – Esta ilha é pequena demais para esconder um rei louco, e não podemos vencer uma luta com as coisas como estão. Este não é o lugar certo, nem o…

A voz dela falha. Então:

– Precisamos de navios.

– A embarcação em que minhas mulheres pescam ainda está esperando por você – oferece Urânia. – É sempre mantida totalmente abastecida e preparada caso você precise fugir.

– Pode não ser o suficiente. Urânia, mande avisar os seus primos. Navios de pesca, barcos para Cefalônia, pequenos, rápidos, tantos quantos conseguirmos. Fale com Priene. Quantas mulheres temos com armas em Cefalônia?

– Talvez cem – responde Eos.

– Cem. E em Ítaca?

– Talvez noventa. Mas há bem mais de cem espartanos totalmente armados na ilha, e nossas mulheres foram treinadas para lutar contra piratas, não veteranos de Troia.

– No entanto, podemos ser forçadas a dar um jeito. Urânia, há alguma notícia sobre os navios de guerra que Antínoo, Eurímaco e seus pais concordaram em armar e tripular?

– Seus assim chamados navios "defensivos"? Dizem que eles até agora equiparam apenas um, que se esgueirou para o porto de Cefalônia à primeira vista das velas espartanas. Não queriam dar uma impressão errada a Menelau, suspeito.

– Bom. Autônoe, mande avisar aqueles dois e seus pais. Diga-lhes que solicito uma audiência privada assim que puderem. Traga Anfínomo também. – Isso seria o fim de tudo, mas, então, outro pensamento. – E Kenamon. Ele também.

– Tem um plano, minha rainha? – murmura Urânia.

– Ainda não. Talvez. Anaitis, há alguma chance de você se aproximar de Orestes, cuidar dele?

A sacerdotisa nega com um aceno de cabeça.

– Há um sacerdote micênico de Apolo perto dele, um homem chamado Kleitos. Ele foi muito rude quando me apresentei. Disse que era encantador que as mulheres pensassem que poderiam ser úteis, mas que Orestes era um rei e que ele precisava dos serviços de médicos que cuidavam de homens, não de cabras.

Agora, até mesmo Penélope tem que lutar contra a inclinação feia e imprópria para uma rainha de revirar os olhos.

– Muito bem. Anaitis, junte-se a Priene e suas mulheres. Podemos precisar que você a acompanhe se chegar o momento.

– Vou rezar para Ártemis – responde Anaitis afetadamente –, já que sirvo apenas à deusa, mas imagino que ela concordará com esse curso de ação.

Engraçado como frequentemente as divindades concordam com as ações que os mortais mais desejam. É uma característica que notei com frequência e que acharia irritante se não fosse tão estranhamente agradável em suas consequências inesperadas.

– O que vai fazer? – Urânia pergunta a Penélope, enquanto o conselho se dispersa.

Ela suspira e desliza o véu sobre a testa.

– Vou participar do banquete, é claro.

170

Capítulo 22

O banquete.
Observem, sim, deuses, observem – não houve banquete como este antes, nem haverá outro semelhante novamente.

Orestes, filho de Agamêmnon, rei dos reis, assassino da própria mãe, ocupa o lugar de maior honra, sim, ao lado mesmo, ao lado do trono vazio de Odisseu. Laertes senta-se ao lado dele, na mesma altura e honra do lugar vazio onde deveria estar o filho, Menelau ao seu lado. Eles são três iguais, três grandes homens ao lado do fantasma ausente do quarto, reis e heróis, guerreiros e assassinos, todos bebendo vinho e sem olhar nos olhos de ninguém.

Electra, Penélope e Helena sentam-se um pouco abaixo, a cadeira de Helena inclinada para um lado como sempre, igual, é claro, às outras rainhas, mas talvez um pouco afastada, para que ela possa contar suas histórias para o ar, não para suas parentas.

Abaixo delas, os grandes e os bons cujo tempo ainda está por vir. O leal Pílades, que observa seu rei como se houvesse mil quilômetros entre eles. O tranquilo Iason e o sacerdote Kleitos, constituindo os mais importantes do lado micênico.

Nicóstrato, as pernas estendidas à sua frente, como se a única maneira de encontrar conforto em seus pés fosse distanciá-los o máximo possível de seu crânio; Lefteris, que acha engraçadas as coisas que homens desarmados fazem.

Abaixo deles, os pretendentes.

Há muito menos esta noite, e nenhum está vestido com elegância. Muitos descobriram razões repentinas e prementes pelas quais não puderam comparecer ao banquete. Um pai doente. Um ataque inesperado de disenteria. Um burro precisando ter a crina penteada – o que quer que pudessem, na verdade. Apenas os mais corajosos, os mais importantes ou aqueles que não têm para onde ir vieram ao banquete desta noite – Antínoo, Eurímaco, Anfínomo, Kenamon –, e nenhum usa prata ou ouro. Menelau os observa, assim como seus membros agora menos adornados, e seus olhos faíscam.

E, ao redor deles, sempre, mas sempre, as criadas.

Criadas de Esparta – Zosime e Trifosa, sempre ao lado de Helena, e dezenas mais, servindo deliciosas iguarias das entranhas dos navios de Menelau, tiras de carne cortadas do touro recém-abatido.

Criadas de Micenas – a principal delas, Rhene, sempre de pé ao lado de Electra como a árvore-mãe sobre sua muda curvada, olhos escuros cintilando, enquanto observa o movimento do salão.

Criadas de Ítaca – Autônoe e Eos, Melanto e Phiobe, até mesmo a mal-humorada Euricleia, que paira na beira do salão, na esperança de que Laertes possa vê-la, possa dizer algo gentil.

Elas não serão notadas quando as baladas desta noite forem cantadas nem notadas aos olhos de qualquer deus que esteja passando, mas eu toco de leve suas almas, enquanto tomo meu lugar, mais alta e acima de todos eles no salão, desejando-lhes sonhos sensuais de beijos delicados e suspiros de delícias úmidas meio imaginadas, para que, ao acordarem de manhã, fechem os olhos e desejem sonhar de novo.

Há quatro outros convidados importantes no banquete, que todos os mortais – ou quase todos – não conseguem perceber.

Atena envia sua coruja. Hera, deusa-mãe, odeia aquela coruja, se diverte jogando objetos tanto físicos quanto invisíveis na criatura até que ela voe para longe. Eu acho que é bastante adorável, uma grande bola fofa com maravilhosos olhos piscando e um queixo que foi feito para coçar – é sim, *é sim, você é*. Ela se empoleira no alto das vigas e observa tudo abaixo, um sinal da presença dela que nenhum mortal nota e, no entanto, pisca um aviso sinistro em seu olhar amarelo.

E acima das vigas, no próprio telhado?

Claro, mas claro, as três Fúrias. Elas azedam a sopa, queimam o pão, tornam o vinho amargo nos lábios dos convivas. Ninguém diz nada enquanto eles consomem a refeição estragada, sorvem as misturas horríveis derramadas em seus copos. Dizer qualquer coisa seria desonrar seu verdadeiro anfitrião – não a rainha itacense, mas o rei espartano que agora comanda o palácio dela –, e ninguém ousaria. Além disso, as criadas itacenses ficam levemente satisfeitas ao notar as finas flores de fungos se espalhando pelas travessas que os espartanos trazem para o banquete; satisfeitas porque, embora sua cozinha possa servir, sobretudo, alguma variação de peixe, pelo menos é peixe fresco.

Assim, todos os mortais reunidos sentem a presença das Fúrias, mas apenas um as vê, e ele não ousa erguer os olhos para olhar, para não correr o risco de enlouquecer.

– Por Odisseu! – ruge Menelau, e as taças de vinho sujo são erguidas em uma saudação, Menelau inclinando a sua primeiro para o pai, depois para a esposa e, por fim, para a cadeira vazia.

– Por Agamêmnon! – propõe Laertes, quando Orestes não parece ter pressa em fazer um brinde adequado à altura do vigor do tio.

"Por Clitemnestra", sussurram as Fúrias, as garras batendo nas telhas altas. "Mãe de um bebê assassinado, uma filha assassinada, esposa de um marido traidor, assassina de um rei, por Clitemnestra, Clitemnestra, Clitemnestra!"

Zosime enche mais uma vez a taça de Helena de uma jarra de ouro, e Helena a ergue em saudação.

– Ao meu marido! – proclama ela.

Os que a cercam também levantam suas taças, mas Menelau não ergue a dele. Porque não o faz, Laertes não o faz, então Orestes não o faz, portanto Electra não o faz, nem Penélope.

Menelau encara a esposa, seus grandes olhos escuros, e por um momento ela devolve o olhar dele, depois desvia o olhar e dá uma risadinha. É o menor, mais minúsculo som. Ela leva os dedos aos lábios, como se estivesse surpresa por ter ouvido aquilo, como se pudesse fazer o ruído voltar por aqueles seus adoráveis dentes perolados.

– O que você está fazendo? – pergunta ele. Ela não responde. Ele passa a taça para um criado e se inclina um pouco mais perto. – *O que você está fazendo?*

A voz dele é um silvo baixo, um barulho de cinzas sobre um fogo frio, mas parece atravessar o salão.

– Você está tentando ser estúpida?

– Não, querido – sorri ela. – Não, eu só pensei…

Ele derruba a taça de ouro da mão dela. Cai longe com um estrépito, quica até os pés do pretendente mais próximo. O vinho derrama vermelho e brilhante, Helena observa o líquido enquanto ele flui, como se estivesse encantada, fascinada, como se nunca tivesse visto nada tão carmesim – não, nem mesmo sangue. Kenamon encara a taça caída, então lentamente a pega, dá a uma criada, que a entrega a Nicóstrato, que a segura com o braço estendido como se fosse veneno.

O tapa da mão de Menelau contra a bochecha de Helena ecoa pelo salão. No silêncio que se segue, ouve-se apenas o crepitar das brasas quentes da lareira. Até as Fúrias param de tagarelar acima do salão, olhos ardentes voltados para baixo para observar a cena. Helena é jogada contra a lateral da cadeira e se recupera devagar. O segundo tapa dele não é suficiente para derrubá-la no chão, mas ela cai de qualquer maneira, com a mão pressionada na marca vermelha brilhante em sua bochecha perfeita. Ele não rompeu sua carne macia e bonita, e eu vou lavar os hematomas antes que amanheça, mas, por enquanto, o fulgor do sangue ainda brilha sob a pele.

Ele se endireita, relaxa na cadeira, gesticula pedindo uma nova taça, mais vinho. Inclina-a mais uma vez para Laertes, para Orestes. Parece não ver Electra ou Penélope, muito menos a esposa, enquanto ela se esforça para voltar ao seu lugar.

– Por Odisseu – repete ele. – Por Agamêmnon. Aos nossos irmãos caídos de Troia.

Ele bebe.

Laertes bebe.

Orestes bebe. Sua mão treme enquanto ele segura o copo. Electra tenta alcançá-lo, para estabilizá-lo, mas Penélope a impede antes que ela consiga, puxa-a para trás, um pequeno aceno de cabeça, o menor movimento sob seu véu esvoaçante. Electra cerra o punho e o mantém no colo.

– Aos heróis de Troia! – Nicóstrato não se preocupa em se endireitar enquanto faz seu brinde, ainda esparramado tão baixo em seu assento que é uma maravilha que não deslize para fora dele.

– Aos heróis de Troia! – ecoa a sala, com o vigor e o valor de uma margarida murcha.

Nas longas mesas mais afastadas do fogo:

– Experimente isso – Kleitos sussurra, oferecendo uma pitada de ervas sobre a mesa.

Kenamon as olha com alguma confusão, sem saber o que o sacerdote de Apolo pretende. Kleitos ri, um sábio familiarizado com a tolice dos estrangeiros, e joga um pouco do que tem entre os dedos primeiro no próprio copo, depois no do egípcio. O hábito de demonstrar que não se envenena os convidados chegou, ao que parece, até mesmo ao sacerdócio de Micenas. Ele ergue o copo, inclina-o em saudação, bebe-o. Cautelosamente, Kenamon segue o exemplo e, então, com alívio, toma um gole mais longo. O vinho azedou, tem um toque de sangue na água; nenhum tempero doce nesta terra poderia tirar o gosto da bile das Fúrias nos lábios de Kenamon, mas as ervas do sacerdote pelo menos suavizam um pouco.

Kleitos fica olhando-o beber, ri, dá um tapinha no ombro dele.

– Hospitalidade itacense – explica ele. – Você realmente tem que se preparar para isso.

Kenamon sorri, mas não responde. Ele fica tentado a defender Penélope, a explicar que, até a chegada de Menelau, ele não havia comido uma única fatia de peixe ou bebido uma taça de vinho que não fosse, no mínimo, perfeitamente adequada. Mas está sentado entre os pretendentes e os grandes homens de Micenas e aprendeu – infelizmente, como aprendeu – que, estando com esses gregos, muitas vezes é melhor ficar calado do que oferecer elogios sinceros. Ele considera isso trágico, uma terrível acusação contra o estado da Grécia.

– Troquei pelos restos em pó de um cadáver egípcio uma vez – comenta o sacerdote, os olhos perdidos em alguma memória distante. – Fantástico para tratar furúnculos e doenças do sangue.

Os olhos de Kenamon se arregalam, mas ele consegue se conter para não gritar "blasfêmia, blasfêmia, seu nojento violador dos mortos!". Muitos dos pretendentes neste salão estão esperando que ele faça exatamente isso, que comece uma briga, que viole os códigos sagrados da hospitalidade, para que possam, afinal, ter a desculpa que estão procurando para removê-lo de seu jogo e da vida.

Então, em vez disso, casual como uma chuva de primavera:

– Que interessante. Muitos do meu povo que vendem os corpos de nossos mortos enterrados vão a Micenas?

– Ah, muitos! – ri Kleitos. – Você deveria visitar se viver tanto tempo.

Não há ameaça nessas palavras; o sacerdote de Apolo é apenas um realista, conclui Kenamon, e por um momento – e não pela primeira vez – ele observa ao redor do salão seus colegas pretendentes resmungões e não vê homens vivos, mas sim mortos-vivos.

Ele estremece, vira as costas e consegue até beber outro gole horrível de vinho perfumado para mascarar a imagem que se pinta na escuridão oculta de seus olhos.

Nas sombras do palácio, enquanto a festa termina:

Penélope encontra Electra parada do lado de fora da porta da cozinha, respirando fundo.

A filha de Clitemnestra está à beira do pânico, lá vem, lá vem, esse arfar desesperado, esse desesperado, frenético, arfar, ofegar, soluçar, ela vai cair de joelhos, deuses, não deixem ninguém ver, todo-poderoso Zeus, ajude-me, ajude-me, grande Ares, ajudem-me guerreiros dos céus…

Eu a seguro antes que ela caia. Ela não chamou meu nome.

Electra não reza para as mulheres do Olimpo. Mas mesmo assim eu a pego, seguro-a, pressiono minha testa contra a dela, afasto o calor e o terror em seu peito. Com outro tentáculo de minha vontade, guio a rainha itacense pelas sombras até onde ela está. Música está sendo tocada, e vinho, bebido, e só desta vez, pelo meu poder, ninguém vai questionar onde Penélope foi enquanto ela pega a mão da jovem.

– Electra? – sussurra ela. – Prima?

Electra endireita as costas.

Isso é o que uma rainha deve fazer.

Limpa um pouco de água dos olhos.

Olha para o nebuloso céu da meia-noite e reza para Zeus, acha que ouve as Fúrias sussurrando o nome de sua mãe – *Clitemnestra, Clitemnestra* –, pensa ter visto o fantasma da mãe, estremece-se, sabe que imaginou.

– Electra – murmura Penélope novamente. – Fale comigo.

– Deu tudo errado – responde ela, a voz à beira de se partir, as lágrimas ainda assombrando o tremor de seus lábios. – Menelau está com Orestes, e meu irmão está de pé agora, está falando agora, mas é só uma questão de tempo, apenas tempo. Vão vir atrás dele de novo, a loucura vai vir atrás dele de novo, vai vir e…

Ela se detém.

Falar mais é se romper.

Penélope a segura.

Clitemnestra tentou segurar a filha uma vez, mas a jovem Electra a empurrou, chamou-a de puta, vagabunda, prostituta e uma dúzia de outras palavras de cujo significado ela não tinha certeza, mas achava que pareciam adequadas à tarefa.

Agora Penélope a segura, e Electra, para sua surpresa, envolve seus braços em torno da prima e se recusa a chorar, embora as lágrimas estejam escorrendo por seu rosto. Tudo bem, isso é apenas algo físico, não é choro. Não de Electra. Não da filha de Agamêmnon.

Clitemnestra, Clitemnestra! – gargalham as Fúrias. – Filha de Clitemnestra!

Então, da porta:

– Isto é lindo.

Nicóstrato está lá sorrindo, encostado no batente, tirando a carne de um osso que traz na mão. Electra e Penélope se separam.

– Nicóstrato – murmura Penélope. – Há algo que possamos fazer por você? Ele dá de ombros.

– Apenas apreciando duas damas sendo amigáveis.

– Com licença – Electra murmura, passando por Nicóstrato e voltando para o corredor.

Enquanto ela passa, a mão dele cai.

É casual.

Talvez ele tenha sido desequilibrado por sua passagem.

Talvez fosse a maneira como ele se virou para deixá-la passar.

Os dedos dele acariciam o traseiro dela.

Beliscam.

Apertam.

Testam a maciez de suas nádegas, seguram a redondeza de sua carne, é tão bom, é tão bom, ele quer que ela saiba que, quando ele se der prazer esta noite, pensará neste momento, pensará nas nádegas dela agarradas em suas grandes mãos – mas, pensando bem, talvez não, talvez ela tenha imaginado, é tudo tão rápido, tão ligeiro, uma coisa tão pequena.

Electra suga o ar, mas não para, não olha para trás, não se curva, mas se dirige ao som da música, das vozes, da melodia erguidas para o irmão.

Nicóstrato sorri, acena seu osso meio devorado para Penélope, vira-se para segui-la.

– Nicóstrato – A voz de Penélope corta como o ar frio da noite. Ele se vira para olhar para ela, uma sobrancelha levantada. – Só queria dizer como é bom ver você tão fiel a Menelau. Deve significar muito saber que ele tem a dedicação e o serviço até mesmo de homens como você.

O sorriso de Nicóstrato é como o de seu pai e não vacila quando ele retorna ao salão.

*

E pela manhã?

– Bem, tio, acho que talvez meu irmão e eu devêssemos zarpar – declara Electra.

– Bobagem, bobagem! – deixa escapar Menelau. – Com que frequência podemos festejar juntos assim? Você, eu, Penélope. Sei que significa o mundo para ela ter todos nós aqui, um pouco de calor ao redor de seu fogo depois de todo esse tempo. Vocês devem ficar, mais uma noite, eu insisto!

– Precisamos mesmo ir – ela tenta de novo, mas Menelau passa o braço por seus ombros magros, apertando-a com força.

– E para onde vocês iriam? – pergunta ele, sorrindo como o sol. – Para onde iriam?

Não há nenhum lugar para Electra correr. Nas costas do pai, Nicóstrato despe a princesa micênica com os olhos, seus lábios molhados rolando como um cão antes do banquete. Das duas prostitutas que ele acha que o pai poderia lhe dar, ele espera que seja Electra. Penélope é velha e fraca, e, embora ele pense que Electra é uma mulher feia, também acha que ela vai lutar e aprendeu com o pai a amar o som de um grito partido.

– Caçar! – O tapa de Menelau nas costas de Orestes é suficiente para quase derrubar o jovem. – Vamos caçar!

– Com certeza está tarde demais, o sol está alto demais... – Electra murmura, juntando as mãos para impedi-las de tremer.

– Bobagem, de modo algum! O ar fresco nos fará muito bem, e, francamente, querido sobrinho, parece que você precisa do esporte!

– Ai, irmão – Penélope se intromete na conversa como a cobra macia sob a porta –, acredito que meu honrado primo já esteja comprometido, tendo prometido acompanhar meu amado pai em suas devoções no templo de Atena.

Um bom lugar fresco, o templo de Atena. Muitos bancos para sentar nas sombras, onde poucas pessoas vão incomodá-lo.

Útil se precisar de um pouco de descanso. Os sacerdotes não vão se importar. Não hoje. Penélope se certificou disso.

A mandíbula de Menelau tem um pequeno músculo que se flexiona, bem no limite da percepção, quando ele mantém o sorriso por tempo demais.

– Claro – exclama. – Que piedoso. Adorável, adorável. Bem, então, eu e Nicóstrato vamos caçar um bom veado, talvez pegar uma corça quente fresca para o jantar, e nos veremos esta noite para o banquete.

Ele bate mais uma vez no ombro de Orestes no mesmo movimento descontraído com que se vira para a porta, mas Electra pega o irmão antes que seu cambalear se transforme em uma queda.

Ao pôr do sol, Urânia espera por Penélope em seu quarto enquanto ela se prepara para ir ao banquete.

— Eu tenho um primo… começa ela.

— Agora não, Urânia — suspira Penélope.

Urânia sorri, talvez um pouco desapontada, porque esta noite ela não conseguirá explicar o quanto ela foi inteligente, o quanto foi inteligente e deslumbrante e um pouco sensual, o sensual que vem da confiança, da capacidade, de estar certa e de saber disso em seu coração, de saber que está vencendo, que pode vencer, que vale a pena lutar por você — mas não esta noite. Hoje à noite, Penélope é uma mulher com os maiores homens da Grécia esperando por ela no salão abaixo, então Urânia se inclina e sussurra em seu ouvido:

— Quando você voltar, tenho alguns segredos para lhe contar.

Mais tarde, Helena diz:

— Bem, isso tem sido adorável, tão adorável, meu Deus, acho que deveria me recolher.

Ela oscila quando se levanta. Trifosa a pega pelo braço.

Penélope também se levanta.

— Posso acompanhá-la, prima, ajudá-la a…

— Vamos cuidar dela — responde Zosime, uma escrava cortando uma rainha, alta, altiva; totalmente ultrajante! Penélope olha para Menelau, que não diz nada, e Laertes, que apenas levanta uma sobrancelha, mas não faz mais nenhum movimento.

— Adorável banquete, adorável! — balbucia Helena, enquanto Zosime e Trifosa a levam embora.

Electra diz:

— Talvez nós também devêssemos…

Nicóstrato grita:

— Mais vinho! Mais vinho aqui! — silenciando a frase dela no meio.

— Vou precisar fazer minhas orações — murmura Laertes para ninguém em particular. — Já que estou me sentindo piedoso esses dias.

– Meu Deus, se eu fosse Poseidon e ouvisse suas orações, realmente pensaria duas vezes antes de afogar Odisseu no fundo das profundezas sem fim, pensaria mesmo – brinca Menelau.

Laertes não responde nada, mas há aquilo no canto de seu olho que ainda lembra como era segurar o filhinho nos braços, as perninhas chutando e a boca com apenas gengivas balbuciando, e não tem tempo para brincadeiras.

E então, algum tempo depois, Orestes se levanta.

– Eu, ah... – diz ele.

Orestes cai.

Electra grita.

Laertes puxa as pernas para trás para evitar o choque do rei desabado.

Menelau passa seu vinho para Lefteris, a bebida mal tocada. Pílades pula de pé, corre em direção a seu irmão de sangue, a mão alcançando uma lâmina.

– Protejam o rei! – exclama ele. – Protejam o rei!

É difícil ver do que ele protegerá Orestes – ou como, nessas circunstâncias –, mas pelo menos ele parece de fato bastante atraente e arrojado em sua urgência. Iason e Kleitos o seguem, ajoelhados ao lado do mestre, sacudindo-o. Rhene e as criadas micênicas se aglomeram ao redor de Electra em uma parede apertada de feminilidade, deixando Penélope pressionada em um canto bastante estreito por costas e ombros e homens gritando, fazendo o possível para não ser espremida para fora da existência.

No chão, Orestes começa a tremer, a estremecer. Da cabeça aos pés, ele se sacode, ele se contorce, ele geme, ele baba; suas entranhas se soltam, ele geme, o suor escorrendo dele como um rio.

– Mãe, mãe! – choraminga ele, primeiro tão baixo, que talvez os ouvintes não tenham ouvido, depois mais uma vez: – Mãe, mãe! – mais alto desta vez, e ainda mais alto.

Eu toco sua testa, e uma rajada quente de fogo atravessa minha pele. Eu ardo em breve e chocada indignação, giro para fazer se abater perdição absoluta sobre qualquer criatura, divina ou não, que ouse interferir com uma deusa, ainda mais uma tão majestosa quanto eu – e as vejo. As três Fúrias estão na porta do salão, suas garras estendidas, juntas como se não fossem três criaturas, mas sim muitos corpos de uma alma, apontando direto para Orestes, que se contorce.

"*Clitemnestra*", sussurram elas, e "Mãe!" chora ele.

"*Clitemnestra!*", entoam elas, e "Perdoe-me!" lamenta ele.

"*Clitemnestra!*". Elas avançam até pairar sobre ele, suas formas invisíveis curvando-se, fluindo em torno dos mortais que se aglomeram em torno do príncipe. Vejo Pílades engasgar quando uma o atravessa; ouço Rhene se engasgar com a passagem nociva de uma Fúria perto de suas narinas. A coruja de Atena fugiu. Estou sozinha diante das três damas e de sua presa, e eu...

... eu me afasto.

As Fúrias embalam Orestes em seus braços enquanto ele grita, e grita, e grita: "Perdoe-me, perdoe-me, perdoe-me!", diante de todo o salão, diante de todos os grandes homens das ilhas ocidentais, diante do tio, o rei, diante da irmã, diante de seus amigos e inimigos. "Perdoe-me!"

É Penélope quem finalmente abre caminho pela multidão, estremecendo com a proximidade das Fúrias cacarejantes, embora não saiba que elas estão tão perto.

— Você, ajude-o! — ela ordena para Pílades, enquanto ele segura seu rei trêmulo. — Leve-o para o quarto! Traga água limpa e o sacerdote; onde está o sacerdote?

— Eu sou o sacerdote de Apolo, servo da família do rei — declara Kleitos, inclinando-se para a frente como se estivesse um pouco envergonhado por ser pego nessa cena.

— Cuide dele! — brada ela.

Este comando causa pelo menos alguma ação, alguma agitação.

Mãos erguem o trêmulo Orestes, outras confortam Electra, que agora chora abertamente. Nicóstrato bebe sua bebida, os pretendentes se separam diante da tropa como corvos diante do lobo, Laertes assiste com as sobrancelhas levantadas, e Menelau...

Ora, Menelau se senta em sua cadeira, não diz uma palavra e sorri.

Capítulo 23

À noite, caos, confusão.
Todos os que podem se espremer do lado de fora do quarto de Orestes o fizeram. Os corredores do palácio de Ítaca são estreitos demais para que isso seja qualquer coisa senão uma experiência incrivelmente desconfortável.

Kleitos, Pílades, Electra e Menelau estão reunidos ao redor da cama de Orestes. O sacerdote de Apolo está queimando uma mistura malcheirosa de ervas, entoando orações monótonas. Apolo não responde. Apolo está muito mais interessado em música do que em medicina hoje em dia.

Penélope tenta entrar no quarto, mas Lefteris bloqueia seu caminho e balança a cabeça.

– Melhor deixar isso para os sacerdotes – fala ele devagar, a boca ainda circulando a comida meio mastigada que trouxe do banquete abaixo. Não era um homem que deixaria um rei moribundo atrapalhar uma refeição.

– Eu sou a senhora desta casa!

O espartano dá de ombros. Ela mesma disse, não foi? Ela é a senhora. De que servem as senhoras aqui?

Com uma bufada de indignação que teria dado orgulho a sua velha sogra, Anticlea, Penélope se vira, tenta pensar em outro plano, mas vê um aliado improvável. Laertes também trouxe sua comida consigo, mas não fez nenhum esforço real para se aproximar da porta, contente em ser um observador dos eventos de outras pessoas. Ela avança sobre ele, agarra-o pelo pulso.

– Orações piedosas? – pergunta ela.

O velho encontra os olhos da nora e murmura:

– Está bem.

Ela acena com a cabeça em rápida gratidão, mas, quando se vira para ir embora, os dedos ossudos dele agarram os dela.

– Cuidado – acrescenta ele, antes de marchar pelo corredor e passar direto por Lefteris antes que o espartano pudesse dizer uma palavra. – Então, qual é o problema com o rapaz?

Ela ouve a voz dele ressoar, enquanto ele marcha para o quarto do doente.

– Não consegue comer peixe? Conheço esta maravilhosa oração a Atena...

Nicóstrato espera no andar de baixo, comendo o que resta da comida nas mesas. Os pretendentes que ousaram comparecer estão reunidos em pequenos grupos ansiosos – seria o cúmulo da grosseria deixar o palácio quando o grande rei de Micenas está doente, e poderia passar a mensagem errada sobre o quanto eles se preocupam profunda e apaixonadamente com seu bem-estar. Por outro lado, não há nada que possam fazer, e, se ele morrer, a presença deles pode levar a complicações infelizes, e desse modo, pegos nessa armadilha, eles se reúnem e se agrupam em nós sussurrantes perto de portas e janelas, em quintais lamacentos e por poços silenciosos. Os guerreiros espartanos presentes não permitem que ninguém saia pelos portões vigiados; eles não dizem o porquê, e ninguém se atreve a perguntar.

– Ele vai morrer? – deixa escapar Eurímaco para Eos, enquanto ela marcha à frente de uma linha de criadas com água e panos limpos para enxugar a testa em chamas do rei. – Orestes vai morrer?

– Claro que não! – brada ela. – Não seja ridículo!

– Podemos fazer uma limpeza, já que ninguém vai dormir – suspira Autônoe, examinando a bagunça confusa do banquete interrompido. – Os deuses sabem o que o amanhã trará.

As criadas itacenses começaram a limpar. Elas não são acompanhadas pelas espartanas ou micênicas, cuja dedicação em ajudar no palácio parece parar no trabalho sujo. À luz fraca dos lampiões a óleo, as mulheres tiram mais água do poço, esfregam o chão e escancaram as janelas. As sombras oscilam, e cada canto de escuridão contém um sussurro abafado, uma palavra ansiosa, enquanto Kleitos, no andar de cima, dá ordens pedindo esta erva ou aquele remédio, este óleo sagrado para ser queimado ou outra oração a ser cantada.

– Caso Orestes morra... – sussurra Phiobe no ouvido de Autônoe, enquanto jogam a água suja dos pratos na escuridão da horta.

– Ele não vai.

– Se ele morrer... o que acontece com Ítaca?

Um vislumbre de luz antes que Autônoe possa responder; outro pequeno grupo de pretendentes se esgueira pela escuridão, vê as mulheres, vira para o outro lado. Ninguém vai falar onde outros possam ouvir, então, em vez disso:

– Continue esfregando! – Autônoe proclama.

Menelau vê Penélope esperando no corredor do lado de fora do quarto de Orestes. Põe a mão no ombro dela e balança a cabeça tristemente.

– Meu pobre sobrinho – suspira ele. – Temo que ele esteja muito, muito louco.

Ele deveria fechar os olhos ao fazer essa declaração, baixar o olhar tristemente ou talvez voltá-lo para o céu em busca de uma intervenção celestial para remediar esse mal. Ele não o faz.

Ele olha diretamente nos olhos de Penélope, esperando por sua resposta.

Ela junta as mãos à sua frente. Se juntar as mãos, talvez ela não engula em seco, não vacile.

– O que podemos fazer?

Um momento.

Um sorriso.

Um pequeno aperto em seu ombro.

– Honestamente, acho que não há nada que você possa fazer.

E com isso, enquanto os espartanos guardam a porta de Orestes e as Fúrias gritam sua alegria lá no alto, Menelau, rei dos guerreiros de vermelho e preto, conquistador de Troia, vai para a cama.

A lua segue seu curso, e, em uma sombra mais profunda que todo o resto, em uma saleta perto do arsenal trancado do palácio, um ajuntamento secreto finalmente se reúne.

Forma-se devagar, em fugas nervosas e por passagens sinuosas que os homens espartanos ainda não perceberam que se conectam umas às outras. Alguns usam mantos, puxados bem acima das cabeças para mascarar sua presença. Uma ainda usa seu véu e espera rígida e exausta na parede mais distante da porta, Eos ao seu lado, uma pequena lanterna ardendo em suas mãos em concha. Se aqueles que se encontram aqui já não se conhecessem tão bem, poderiam não se reconhecer de forma alguma, de tão profunda que é a escuridão que se acumulou e de tão baixo que suas vozes sussurram. Mas não são capazes de se esconder de mim, que tudo vejo, e eu nomeio cada um deles conforme se reúnem: Penélope e Eos; o velho conselheiro Medon, profundamente infeliz por estar fora de sua cama; Antínoo e seu pai Eupites;

Eurímaco e seu pai Pólibo; Anfínomo, o guerreiro que seria rei; Kenamon, o pretendente das longínquas terras do sul, à deriva, tão longe de seu lar.

Há sete homens para duas mulheres nesta sala. É uma proporção incomum em Ítaca. Nenhum dos homens está armado, mas nenhum precisa estar quando as coisas estão tão desiguais. Foi, em parte, com isso em mente, que Penélope convidou Kenamon, que nunca antes participou de algo tão secreto, tão escondido, e que talvez agora seja quem esteja com maior curiosidade e menos medo, não sendo informado o bastante sobre questões de política local para sentir um volume aceitável de terror. Pelo menos é o que Penélope diz a si mesma.

– Antínoo, Eurímaco. Anfínomo. Senhores todos. Agradeço-lhes por terem vindo – murmura ela, quando o último homem é conduzido a este lugar escuro e escondido.

– O que é isso? – deixa escapar Eupites, antes que o filho possa falar.

Antínoo aprendeu a ser um falastrão com o pai, mas, por consequência, o único homem que não consegue superar como maior falastrão, mais arengueiro é o próprio homem que o ensinou e que não entende que as qualidades de que não gosta no filho são as mesmas qualidades que não consegue perceber em si mesmo.

– Por que estamos aqui? O que está acontecendo? Orestes vai morrer? O que Menelau quer?

Pólibo, pai de Eurímaco, participa com um breve barulho seguindo linha semelhante. Não é que tenha algo a dizer, é apenas que, se Eupites vai falar em nome do filho, Pólibo com certeza não ficará de fora.

– O que está fazendo sobre os espartanos? Qual é a situação com Micenas? O que você fez, mulher? O que foi que você fez?!

Ele bate com o punho na palma da mão. Eurímaco dá um pulo.

Eurímaco é o único no aposento que tem motivos para associar o som da carne de seu pai batendo contra carne a medo, e ninguém mais se mexe.

Os olhos de Penélope na penumbra são poças oleosas salpicadas de fogo. Ela observa os homens, esperando que terminem, Medon ao seu lado. Normalmente caberia ao velho conselheiro falar neste momento, dar um passo à frente e defender a honra de sua rainha, exigir a atenção daqueles pais que gostariam de ser seus pares. Esta noite ele não faz nada disso. Ele sabe tão pouco sobre os eventos quanto os outros aqui reunidos e, ao contrário dos outros homens da corte de Penélope, também sabe quando manter a calma.

É, portanto, Kenamon quem pigarreia e murmura:

– Talvez devêssemos deixar a boa rainha falar?

Penélope inclina o queixo na direção dele, um leve movimento, então afasta o véu. Antínoo respira fundo – este é um gesto que poucos pretendentes viram, embora muitos o tenham fantasiado como um ato, um presente, dedicado inteiramente a eles.

– Senhores – começa ela, forçando a voz através do cansaço para se manter quieta, porém firme na sala. – Agradeço por terem vindo e em circunstâncias tão incomuns. Achei melhor falarmos agora, esta noite, enquanto ainda há alguma... confusão e antes que a situação se deteriore ainda mais. Orestes está sendo cuidado por um sacerdote de Micenas e recebeu uma poção que o colocou em um sono profundo. Nem eu, nem minhas criadas temos acesso a ele. Enquanto isso, Ítaca foi conquistada.

Isso gera protesto imediato de Antínoo, Eurímaco e seus pais. Ítaca nunca foi conquistada! Ela é louca, ela é tola, ela é...

– Os espartanos no palácio de meu marido superam meus homens em três para um e são veteranos de Troia. Mesmo que todos os pretendentes agora pegassem em armas e se unissem como uma frente aliada contra eles, teríamos uma luta muito dura em nossas mãos para nos livrarmos deles. E, se conseguíssemos, se matássemos Menelau, o que aconteceria? Ele veio até nós como um hóspede. Seus homens ocuparam este palácio para nos servir. Para nos ajudar. Eles são nossos honrados, fortemente armados, altamente disciplinados e bem-vindos aliados. Não podemos enfrentá-los em guerra aberta como as coisas estão neste momento, nem podemos recusar ou resistir a um único comando que o homem possa fazer enquanto estiver neste reino. Então, entendam, nós fomos conquistados.

– Você fez isso – vocifera Eupites, apontando um dedo rechonchudo e cinza em direção ao rosto de Penélope. – Você deixou isso acontecer. Se houvesse um rei...

– Se houvesse um rei em Ítaca, Menelau se comportaria exatamente como fez, sabendo que o homem seria fraco demais, débil demais para resistir a ele – responde ela, cansada demais para gritar, já entediada com essa discussão. – No entanto, como não há rei, acho que devemos considerar o resultado mais provável dos próximos dias. Orestes está, como sabem, doente. Os espartanos o chamam de louco.

– Ele soa bastante louco para mim – resmunga Antínoo, e é imediatamente silenciado por Anfínomo.

– Louco ou não, é quase certo que amanhã de manhã Menelau exigirá que o rei e a irmã partam com os navios espartanos para procurar... ajuda. Segurança. Não importa como ele descreva, o resultado será o mesmo. Orestes e Electra se tornarão seus prisioneiros, Menelau aproveitará a oportunidade para se tornar protetor de Micenas em nome de seu sobrinho enfermo – ajudando, como sempre faz, como veem que ele faz aqui –, e, uma vez que ele tenha assegurado sua posição em Micenas, Orestes morrerá discretamente, e teremos um novo rei dos reis. Governante dos reinos unificados, o maior poder na terra. Alguém aqui discorda dessa avaliação?

Antínoo e Eurímaco querem, mas nem eles o fazem. É Anfínomo quem fala pelo grupo.

– Parece bastante plausível. E depois?

– Bem, depois Menelau conquistará as ilhas ocidentais. Como deve ser desta vez, quero dizer. Não porque esteja muito interessado em nós, mas porque pode. Porque meu marido está desaparecido, e as ilhas precisam de um rei. Ele casará Nicóstrato com Electra para garantir seu controle de Micenas, e eu sem dúvida serei casada com algum outro de seus parentes ou com um escolhido de Esparta em cuja lealdade ele possa confiar. Se eu resistir de alguma forma, serei presa até que consinta e, então, discretamente eliminada assim que o processo for concluído. Meu filho desaparecerá em alguma infeliz viagem marítima antes que possa retornar para reivindicar seu trono, e, desse modo, Ítaca será um apêndice espartano. E nenhum de vocês será rei. Você, Antínoo, e você, Eurímaco, Menelau provavelmente os executará para minimizar a possibilidade de rebelião contra seu governo. Anfínomo, você será recrutado para servir em algum empreendimento perigoso onde, com sorte, morrerá o mais rápido possível ou será assassinado durante a noite. É conhecido por ser honrado, então sua morte pública é menos desejável do que uma oculta.

– E quanto a mim? – pergunta Kenamon, e Penélope fica surpresa.

Eu bagunço o cabelo dele. *Abençoado seja*, sussurro eu. *Você é adorável.*

– Você? Você não é importante o suficiente para Menelau matar. É um estrangeiro. Se resistir de alguma forma significativa, é claro que será assassinado, mas ninguém se importará.

Kenamon tem a graça de se irritar apenas brevemente antes de dar de ombros.

– Ah. Bem, isso é alguma coisa, eu suponho.

É Pólibo, pai de Eurímaco, quem quebra o silêncio um tanto constrangedor.

– Se o que você diz é verdade… por que estamos aqui?

– Porque você tem um navio – responde Penélope, fria e simples. – Um navio de guerra, totalmente armado, que colocou para patrulhar as águas ao redor de Ítaca.

– Eu não tenho – diz Kenamon, mas ninguém se importa. A sala virou gelo, pronta para quebrar.

– Quando ouvi pela primeira vez que vocês se uniram para armar este navio, é claro que fiquei… surpresa. Espantada mesmo. Antínoo e Eurímaco, Eupites e Pólibo, filhos e pais trabalhando juntos finalmente. E Anfínomo, você não se opôs, não pareceu horrorizado com a ideia de seus dois maiores rivais cooperarem, mesmo que isso representasse a maior ameaça imaginável à sua segurança. Informaram ao meu conselho que fizeram isso para proteger Ítaca, mas não poderiam proteger Ítaca mais do que poderiam derrubar o sol do céu. Por que, então, essa demonstração repentina e inesperada de unidade? A resposta é simples. Não estão patrulhando os mares para proteger Ítaca. Estão à espreita por meu filho.

O queixo de Kenamon cai. A mandíbula de Anfínomo se contrai. Todos os outros ficam calados, mas Penélope não parece se importar.

– Cedo ou tarde, Telêmaco retornará de suas viagens, e quando o fizer… quem sabe que tipo de ameaça poderá representar? Quem sabe que homens terá convencido a se juntar a ele, da corte de Nestor, de Esparta e Corinto, Pilos e Micenas? Ele não precisa ter tantos soldados leais ao seu lado, apenas o bastante para convencer os outros garotos das ilhas ocidentais de que ele é um verdadeiro líder, um guerreiro que vale a pena apoiar, e ele poderia massacrar todos vocês. Melhor impedi-lo de voltar para casa. Melhor para todos que o filho de Odisseu, que o *meu filho*, nunca volte para Ítaca. Apenas mais um homem desaparecido da minha família, desaparecido sem deixar vestígios.

É Anfínomo quem finalmente tem coragem de erguer a cabeça, de olhar Penélope nos olhos.

– Se Telêmaco voltar com homens, ele vai matar todos nós.

Esta declaração, sem rancor nem remorso, escancara a boca dos outros.

– Isto é culpa sua! – deixa escapar Pólibo.

– Se você tivesse se casado antes que o menino começasse a ter ideias – grita Eupites, enquanto os dois filhos tentam encontrar algo que valha a pena acrescentar por si mesmos e falham na tarefa.

Finalmente Medon intervém, revirando os olhos, levantando a voz, e tal qual seu antigo mestre, Odisseu, o velho raramente a eleva muito acima de uma gargalhada jovial ou um grito por mais vinho, mas ocasionalmente é capaz de silenciar uma tempestade.

– Pelos deuses! – proclama ele. – Poderiam ficar quietos?!

Pólibo, Eupites e Medon eram amigos, irmãos de armas, quando eram jovens. Eles se esqueceram dessas coisas. Tiveram filhos, e esses filhos cresceram, e os velhos esqueceram como era quando valorizavam coisas diferentes. Agora ficam em silêncio, sem se olhar nos olhos, até que Penélope volta a falar.

– Vejam só vocês. Os pretensos reis de Ítaca. Assustados demais, acovardados demais para enfrentar, por si mesmos, meu filho. Fracos demais para encará-lo. Em vez disso, enviam seus lacaios para o alto-mar para tentar sufocá-lo como um bebê Héracles no berço. É tão vulgar, que está quase abaixo do meu desprezo. E não pensem que estou preocupada que vocês sejam de fato uma ameaça. Ele conhece estas águas melhor do que vocês, é capaz de lutar mais do que qualquer um de seus mercenários, tem a astúcia do pai e a lealdade de seus aliados. Mesmo que seu navio possa encontrá-lo antes que ele retorne, estou confiante de que ele os superará.

Ela não está.

Ela tem uma sensação terrível de que o filho é tão ruim na navegação marítima quanto o pai e espera que não seja o caso.

Ela às vezes reza para Poseidon, que não escuta.

Reze para mim, sussurro. *Reze para Afrodite, que partiu o mundo.*

– Vossa majestade – Kenamon começa, tentando encontrar algumas palavras no silêncio, buscando… ele não sabe o quê.

Reze para mim, sibilo, mordiscando sua orelha. *Vou lhe ensinar o que dizer.*

Penélope levanta a mão, fazendo-o parar gaguejando.

– Kenamon, não acredito que você seja cúmplice dessas ações. Antínoo, Eurímaco e seus pais são os líderes aqui. Anfínomo sabia, mas não fez nada. O mesmo pode ser dito de muitos dos meus pretendentes mais importantes. Sem dúvida, não contaram a todos, por medo de que alguém viesse até mim, tentando trocar o conhecimento por algum… favor. Não valia a pena contar para você; é inocente nisso. É também por isso que está aqui. Não vou conversar com essas víboras sozinha. Deve haver uma testemunha incontestável.

Isso não é inteiramente verdade, mas Kenamon não sabe disso.

Nem, de certa forma, Penélope. Ela mesma não tem certeza de por qual razão chamou o egípcio aqui e está com medo demais do que essa incerteza pode significar se olhar muito a fundo.

– Se Menelau se tornar rei dos reis, não haverá Ítaca para vocês disputarem. Só desta vez, portanto, nossos interesses se alinham. Não desejo ser forçada a me casar com algum chanceler insignificante da corte de Menelau; vocês não desejam ser abatidos pelos espartanos enquanto dormem. Estamos de acordo?

– Mesmo se concordássemos – murmura Eupites –, o que exatamente pretende fazer sobre isso, mulher?

Qualquer um que chamasse Penélope de "mulher" em vez de "majestade", "alteza", "nobre senhora", e assim por diante, teria sido imediatamente punido se Odisseu estivesse ao lado dela. Não necessariamente morto – Odisseu acreditava no valor do choque de uma punição verdadeiramente grotesca e sabia que o choque perdia seu valor se aplicado com muita frequência –, mas com certeza teria boas razões para reconsiderar seu discurso. No entanto, Odisseu não está aqui, e Eupites sente a mortalidade batendo em seus calcanhares, portanto, fala "mulher". O olhar de Medon poderia acender tochas, mas Penélope, se ela nota a desfeita, e ela nota, não dá sinais de reconhecê-la.

– Está chegando a hora em que talvez precisemos tomar medidas drásticas. Escolher entre dois reis: Menelau e Orestes. Se apostarmos em Orestes e perdermos, Menelau com certeza matará todos nós. No entanto, conforme estabelecido, ele matará todos vocês de qualquer maneira, então isso dificilmente é uma preocupação. Na verdade, eu poderia apostar tudo em Menelau agora mesmo e concordar em me casar com quem ele quisesse, e como presente de casamento ele sem dúvida enfileiraria e executaria todos os homens que eu indicasse entre vocês, pretendentes, da forma que eu quisesse, só para demonstrar que sujeito generoso ele é – Penélope aprecia essa imagem muito mais do que sabe que deveria. Ela aprecia em particular que nenhum homem presente seja tolo o suficiente para discordar de sua avaliação concisa e sangrenta. É raro, tão raro que esses homens prestem atenção às suas palavras com tanta dedicação e preocupação. – Sendo assim, para o seu bem, devemos garantir que Orestes esteja a salvo. Saudável, seguro e rei em Micenas. Claro que sou apenas uma mulher, fraca, isolada e sozinha, mas, com bons conselhos e a lealdade dos grandes homens desta ilha, é possível que consigamos servir e proteger o rei micênico. Para fazer isso, antevejo um momento em que talvez precise de um navio rápido e poderoso. Seu navio.

Antínoo abre a boca para contestar, mas, para seu espanto, a mão do pai agarra seu braço. Eurímaco vê isso e sabiamente fica mudo. Pólibo olha para Eupites; Eupites, para Medon; Medon, para Pólibo. O velho conselheiro sorri. Os velhos desviam o olhar.

– O que... precisamente está propondo?

– Ceda o comando de seu navio para Medon aqui. Todos vocês sabem que ele é um homem honrado.

– Um lacaio de seu marido... um tonto dedicado a seu filho!

– Sim. Ele ama meu filho. Claro que sim. Mas ele também serviu Ítaca lealmente, *Ítaca*, estas ilhas e seus povos, por quarenta anos. Ele fará o que é certo. E se no processo a ameaça ao meu filho for desarmada, tudo bem. Esse é o preço que vocês pagarão para eu não ir direto a Menelau agora mesmo e humildemente implorar sua proteção contra vocês e o resto dos pretendentes. Talvez Telêmaco retorne com soldados e talvez tente lutar. Vocês vão lidar com esse problema, quando ele surgir, como homens, ou vou liberar toda a força de Esparta sobre suas cabeças agora mesmo, e danem-se as consequências. Agora me deem seu navio.

Esta é a primeira vez que Medon ouve falar disso, e ele já se sente profundamente enjoado. Mas não vai admitir isso enquanto os pretendentes e seus parentes se estudam, procurando um acordo, uma saída. Finalmente é Anfínomo quem responde:

– Minha senhora, você nos tem à sua mercê, ao que parece. Embora eu não comande as tripulações do navio em questão, com a influência que tenho, a autoridade que tenho neste assunto, cederei de bom grado ao bom Medon.

Esta é uma declaração bastante vazia, mas estas também são as ilhas ocidentais, onde declarações vazias com frequência são trocadas como se fossem pesadas como bronze. Penélope acena com a cabeça em reconhecimento, volta sua atenção para Pólibo e Eupites, ignorando totalmente seus filhos com seu olhar questionador.

– Este jogo é... perigoso – Pólibo finalmente resmunga. – Mas temo que Anfínomo esteja certo. Menelau não pode ser rei dos reis. Ele não pode. Ele não é... valoroso. Não peço desculpas por fazer o que é certo por meu filho... e por Ítaca. Meu filho é o rei de que esta ilha precisa, e foi apenas sua demora, sua teimosia insuportável que nos trouxe a este lugar. Mas, como estamos aqui, somos forçados a cooperar. Até que pelo menos esses problemas sejam resolvidos.

Todos os olhos se voltam para Eupites. Os filhos de ambos são completamente irrelevantes nessas negociações, ao que parece.

– Está certo – o velho rebate. – Medon pode ter o comando. Mas, quando Menelau se for, se vivermos tanto, haverá consequências para essas ameaças, rainha. Haverá um ajuste de contas.

Ele se vira e marcha até a porta. A porta é pesada e emperra, o que frustra um pouco o esplendor de sua saída, mas ele finalmente consegue, com Antínoo arrastando-se desolado em seu rastro. Pólibo acena com a cabeça e faz uma saída um pouco mais digna atrás de seu rival, com Eurímaco às suas costas.

Anfínomo faz uma vênia.

– Minha senhora – declara ele. – Como homem que pretende ser rei, não posso me desculpar por concordar com um esquema para frustrar meus inimigos. Telêmaco nos matará se tiver chance; é tolice deixar o leão entrar no curral das ovelhas. No entanto, como homem que também seria seu marido, peço perdão. Essas ações foram consideradas necessárias. Elas também foram cruéis. Não posso reconciliar ou desfazer essa verdade, e isso é tudo.

Dito isso, ele se curva mais uma vez e levanta os olhos para ver se há algum sinal de Penélope – um reconhecimento, um lampejo de perdão –, mas ela está mais uma vez abaixando o véu e, com um pequeno suspiro, ele se vira e se afasta no escuro.

Isso deixa Medon, Kenamon e Eos para trás.

– Bem – começa o egípcio finalmente. – Isso é, uh… realmente tudo muito…

– Estou tão surpreso quanto você – resmunga Medon, dando um tapinha no ombro do pretendente.

– Obrigada por comparecer – proclama Penélope, sem olhar o egípcio nos olhos. – É importante que haja testemunhas deste evento que sejam neutras para qualquer um dos lados.

É mesmo?

Kenamon não tem certeza.

Medon quase tem certeza que não.

Ambos estudam o chão, como se pudessem encontrar alguma resposta na poeira sob seus pés para desvendar esse mistério.

– Medon, você conversará com Pólibo e Eupites pela manhã sobre os requisitos necessários para assumir o comando do navio de guerra. Não podemos envolver os espartanos em um conflito naval aberto, é claro, mas ainda podemos precisar de uma embarcação rápida e forte. Esteja pronto para o meu comando.

Medon nunca esperou pelo comando de sua rainha antes.

É claro que ele agiu no interesse dela, deu-lhe seus melhores conselhos e fez vista grossa para as ações da parte dela que pareciam mais uma atitude de rei do que de rainha, por mais em segredo que fossem realizadas. Mas um comando direto? Ele nunca ouviu tal coisa dessa rainha. Ele fica surpreso ao descobrir que está quase satisfeito com o desenvolvimento. É melhor ser comandado do que meramente manipulado para o resultado desejado por Penélope? Talvez seja.

Ele sorri, faz uma reverência profunda e baixa, com um floreio de mão e braço.

– Minha rainha – murmura. – Que noite instrutiva está se provando ser esta.

– Eu agradeço, conselheiro. Por tudo.

Ele pega a mão dela. Dá um aperto. Sorri de novo, vê Kenamon ainda parado nas sombras, acena com a cabeça uma vez e sai.

Agora, de todos os homens, apenas Kenamon permanece.

– Confesso – diz ele por fim – que, quando vim pela primeira vez a Ítaca para cortejá-la, não esperava que as coisas fossem assim… complexas. Pensei em contar histórias encantadoras da minha terra natal, oferecer-lhe belos presentes, contar-lhe uma anedota espirituosa sobre um crocodilo, cantar algumas canções em um idioma que você não é capaz de compreender, a maioria das letras é aprimorada quando não as entendemos, acho que… – Sua voz falha. Eos sussurra ao ouvido de Penélope.

A rainha acena com a cabeça, sorri, volta toda a sua atenção para o egípcio.

– Sinto muito por termos perdido a oportunidade de você me cortejar dessa… maneira eclética – murmura ela. – Embora, é claro, eu nunca pudesse ter me casado com você, teria sido bom, acredito, ter sido seduzida com anedotas espirituosas e música exótica, em vez da abordagem menos tradicional dos que desejam ser meus futuros maridos de tentar assassinar meu filho nos altos mares.

– É uma maneira estranha de conseguir uma esposa, admito – Então, sério, sombrio, um raro lampejo do soldado sob o estranho estrangeiro: – Eu não sabia. Se soubesse, teria avisado. Eu juro.

Ela o dispensa com um movimento de sua mão.

– Eu sei. Como eu disse, sua exclusão desses assuntos era quase certa. É por isso que desejei que fosse incluído na conferência desta noite.

– É por isso que...? – Ele quer se aproximar dela, mas não o faz. Eu o cutuco na parte inferior das costas, *vá em frente, vá em frente*, mas, com todas as suas forças, ele resiste a mim, e eu não insisto. – Eu pensei que talvez... houvesse algum outro motivo.

Penélope olha para Eos. Eos desvia o olhar.

– Eu tenho que... admitir – responde ela finalmente – que, ao considerar os eventos desta noite, pensei que poderia ser útil ter... um aliado. No quarto. Alguém cuja ignorância de nossos costumes locais, incapacidade de jogar na política e total impotência, se me perdoa dizer, o torna, de muitas maneiras, irrepreensível. Mas também alguém em quem... confio. Tanto quanto eu confio em qualquer um. Medon, claro, é um conselheiro leal e digno, mas não é um guerreiro. Se as coisas esta noite não tivessem corrido tão bem, teria sido... é útil ter... Claro que entendo caso sinta que foi usado, entendo... mas você apoiou tanto meu filho quando ele estava aqui, e isso é... Bem. Eu pensei. Poderia ser útil. Dadas as circunstâncias.

Penélope está sem palavras.

Penélope quase nunca fica sem palavras.

Ah, ela é silenciosa. Grande parte do tempo ela fica calada. Mas isso não é a mesma coisa, de forma alguma. Seus silêncios são apenas palavras engolidas, um grande volume de som esperando para ser liberado. Ela falou e agora está em silêncio, isso é algo totalmente diferente.

– Bem – Kenamon se mexe no lugar –, eu... fico grato pela confiança que depositou em mim. Eu... lamento por essas dificuldades, por Menelau, por Orestes, por... Só lamento não haver mais nada que eu possa, não sendo seu marido, claro, vejo que isso é totalmente tolo, seria... mais como um... um aliado. Um aliado de sua casa. Se houvesse mais.

– Ah! – ela deixa escapar, buscando algo em sua túnica. Uma pulseira de ouro, uma cobra engolindo o próprio rabo, é tirada de dentro, estendida na direção dele com um braço como se pudesse ganhar vida e começar a morder os dedos que a seguram. – Eu, hum... aqui. Para você. Quero dizer, é seu. Desejo devolvê-la. Não deixe ninguém ver que você a tem, é claro. Se o fizesse, eu teria que dizer a eles que você entrou furtivamente em meu quarto para roubá-la, e você será afogado imediatamente. Os outros não questionarão, entende, é útil para eles que uma ameaça potencial seja removida, todos vão querer participar. Mas eu pensei... você está longe de casa, e isso talvez tenha algum valor sentimental para você, quero dizer, maior do que para mim... então, por favor.

Ela o oferece para ele de novo.

Foi um presente da irmã de Kenamon no dia em que partiu de sua terra natal para Ítaca. Ela pressionou a testa contra a dele, a mão em sua nuca.

– Volte para casa desta loucura – pediu ela. – Esqueça nosso irmão e as coisas que ele disse. Nada disso importa. Volte para casa vivo.

Isso foi há quase dois anos. Kenamon estende a mão para a pulseira, mas não a toca, não a pega. Sua mão roça o ar acima dela, como se pudesse sentir um pouco da luz do sol que antes infundia o ouro ainda brilhando no metal polido. Então seus dedos se afastam.

– Fique com ela, minha rainha – pede ele. – Acho que não gostaria de ser afogado.

Estou aqui, sussurro. Estou aqui.

Penélope hesita, depois enfia o bracelete de volta nas dobras do manto, e ele desaparece de vista, escondido em algum lugar perto de sua pele, como se nunca tivesse estado entre eles.

– Boa noite, Kenamon – diz ela.

– Boa noite, rainha de Ítaca – responde ele.

Eles seguem caminhos separados, lançando-se nas sombras do palácio como sonhos à meia-noite.

No andar de cima, no quarto do velho Laertes, Orestes jaz em um estupor de flores e ervas esmagadas. Mas mesmo em seus sonhos...

"Perdoe-me, perdoe-me, perdoe-me! Mãe! Mãe!"

Os céus se abrem, chuva gelada que se transforma em granizo, bolas de gelo do tamanho de ovos, rompendo a palha e batendo contra as paredes lamacentas, rasgando as ruas e batendo nos capacetes dos espartanos que guardam os portões do palácio. *"Mãe, mãe, mãe!"*, uivam as Fúrias, enquanto as nuvens giram selvagens acima da ilha de Ítaca, e os próprios deuses desviam o olhar.

Laertes toma vinho no templo de Atena. É uma pequena construção de madeira, notável apenas por um pouco de ouro pilhado que ele e o filho roubaram de outros reis há muito tempo. Ele inclina sua taça para a estátua tosca da deusa colocada acima do altar, enquanto lá fora os relâmpagos faíscam e o céu despeja sua ira sobre as ruas barulhentas.

– Bem – murmura ele. – Agora tudo se acabou.

Antínoo e Eupites, Eurímaco e Pólibo se encolhem em entradas, enquanto os céus desabam sobre eles, disparando de cobertura em cobertura, enquanto correm em direção a suas casas socadas pelo gelo.

Autônoe e suas criadas esfregam o chão. Melanto e Phiobe tentam acalmar os animais assustados em seus cercados. Eos fecha a porta atrás de Penélope quando ela entra em seu quarto e sussurra:

– Não há como voltar atrás agora.

No quarto de Penélope, esse lugar mais secreto e privado, a velha mestre espiã Urânia senta-se longe da luz e diz:

– Agora, permita-me contar uma ou duas coisas sobre aquelas criadas espartanas…

Relâmpagos estalam nos céus acima, mas não é Zeus quem troveja agora.

Kleitos, o sacerdote de Apolo, pressiona outro copo contra os lábios de Orestes, enquanto Pílades e Iason o seguram, uma mistura, uma poção de ervas; o rei cospe, engasga e sufoca, mas eles continuam derramando, lágrimas nos olhos de Pílades enquanto Orestes se contorce e se debate.

Anaitis está na porta do templo de Ártemis, com um arco na mão, e observa o céu se partir. Priene está ao seu lado, espada na cintura, e, atrás dela, suas mulheres guerreiras, rostos perdidos na escuridão.

Eu dou as costas às Fúrias, enquanto elas transformam a tempestade em um redemoinho, ofusco minha divindade, escondo-me dentro das paredes do palácio, enquanto Orestes grita, e Menelau sorri, e os animais berram, e a tempestade irrompe em Ítaca.

Pela manhã.

Luz do sol sobre um oceano calmo.

Silêncio na cidade.

Silêncio no palácio.

Alguns pequenos barcos de pesca entram nas águas saindo da ilha. Eles levam mais mulheres do que o normal, suas armas empacotadas sob trapos oleosos. Ninguém as questiona – todos sabem que, sem os homens, as mulheres devem pegar seu próprio jantar.

Eos desperta as criadas ainda adormecidas.

Electra está sentada com os olhos arregalados e bem acordada em seu quarto, com Rhene ao seu lado.

Menelau demora a despertar. Deuses, ele murmura, já amanheceu? Tanta coisa para fazer.

– Preparem os navios! – brada ele. – Comida, água, não podemos perder a maré, vamos, seus preguiçosos, molengas, movam-se!

– Irmão – murmura Penélope, enquanto Menelau se concentra no centro de um turbilhão agitado de homens e bronze. – O que está fazendo?

– Tenho que dar a esse menino a ajuda de que ele precisa. Ele precisa do melhor, do melhor, veja bem, sei que sua ilha tem muitas mulheres que sabem parir uma cabra, mas isso não basta. Ele é o único filho do meu irmão, eu tenho um dever, entende, eu sei que você entende.

– Vai levá-lo para Micenas?

Um movimento rápido de sua cabeça. Menelau não está olhando para Penélope enquanto fala; não por vergonha. Ele só tem coisas muito mais interessantes para observar, pessoas muito mais interessantes em quem pensar, agitação, agitação.

– Para Esparta. Agora, sei o que você vai dizer, mas garanto, quando chegarmos lá, terei enviado mensageiros a Delfos, a Atenas, terei todos os sacerdotes de Apolo esperando no palácio para ver se meu sobrinho está bem, cuidar para que ele esteja a salvo. Além disso, não posso deixá-lo voltar para Micenas naquele estado! As pessoas pensariam que ele não está apto para governar… Não deixe isso cair! Você é cego? Onde está meu filho, ele deveria estar… Você! Vá ver onde Nicóstrato está! Anda!

– Claro – murmura Penélope. – Você é sábio e bondoso como sempre. Talvez eu deva enviar para Nestor também, seria bom para Esparta ter a ajuda de seu aliado mais próximo…

Menelau descarta as palavras dela com um aceno.

– Não precisa, não precisa! Isso é coisa de família, e Nestor… bem, quero dizer, ele e eu, claro, ele e eu… mas o sangue. O sangue corre mais fundo. O sangue dura para sempre.

– Não acha que os outros reis precisam saber? Eles podem ficar ansiosos com Orestes em Esparta. Eu sou apenas uma mulher tola, é claro, eu apenas…

– Bastante – brada ele. E então se detém. Volta-se para Penélope, com um enorme sorriso nos lábios, põe as mãos no topo dos braços dela, aperta, à beira de mais um de seus famosos abraços amigáveis. – Perdoe-me, irmã. Está totalmente certa, como sempre, é claro. Eu me esqueci. Claro que enviarei mensageiros aos outros reis para informá-los de que meu sobrinho está tão... terrivelmente indisposto. Eles merecem saber. Onde está Nicóstrato? – Esta última frase, que foi gritada para o salão, não teve resposta. – Em nome de Zeus – murmura ele, virando-se para sair do corredor para as escadas tortas e rangentes até o quarto do filho.

Ele não o alcança antes que a criada que enviou para encontrar seu filho o faça. É o grito de mais puro horror dela que provoca até mesmo Menelau – que realmente sente que já fez bastante atividade física na juventude e ganhou o direito de não se esforçar agora que envelheceu – a correr.

Nicóstrato acorda.

Embora eu seja um pouco menos mesquinha do que muitos dos deuses, considero um pequeno infortúnio que, das duas pessoas no quarto, seja ele quem é acordado pelos gritos à porta. O ar fresco do mar entra pela janela escancarada, o ar dentro do aposento tão fresco quanto a terra varrida pelo mar lá fora.

O cobertor de lã sob o corpo seminu de Nicóstrato está muito perturbado por seu peso, como se ele tivesse o sono agitado, e o sangue que secou nele se tornou um preto espesso com a textura de argamassa velha. No chão, mais sangue, empoçado ali, espalhado acolá em longas linhas onde pés, braços e corpos passaram por ele. O contorno de um único pé delicado marca sua extremidade perto da porta, e há trapos da bacia vazia, saturados até um escarlate perfeito no meio da maior poça. Perto da porta, a armadura dourada que Nicóstrato carregava tão orgulhosamente consigo onde quer que fosse está mexida, o longo escudo de torre caído com a face para baixo, de modo que se podem ver as pesadas tiras em suas costas e uma lâmina deslocada de seu lugar de descanso e atravessada pelo corpo de Zosime, onde ela jaz imóvel, retorcida no chão.

Foi este último, o corpo da criada assassinada, que induziu o grito de dor lancinante que fez até Menelau correr um pouco. Agora ele está parado na porta sem fôlego, vê Zosime massacrada, vê o filho se levantando da cama, sangue nas pernas, no peito, na testa e, pela primeira vez em muito tempo, é silenciado.

– Pai...? – começa Nicóstrato, procurando um cobertor para cobrir um pouco de sua nudez. Então ele também vê o sangue, vê a criada caída e, por um breve e bastante gratificante momento, todos os homens de Esparta ficam mudos.

Então Helena enfia a cabeça pela porta, perturbada pelos sons de terror, vê sua criada morta em uma poça de sangue espesso e pegajoso, ofega, vacila e desmaia aos pés do marido.

Capítulo 24

Nas histórias dos poetas, uma donzela morta em geral tem uma relevância narrativa apenas passageira. O que sabemos sobre a esposa de Héracles, além de que ele a matou? E sobre Ariadne, além de que ela foi um joguete da traição e deslealdade, abandonada aos caprichos dos deuses e do mar?

Assim é para Zosime, assassinada ao pé da cama de Nicóstrato.

Sua vida será definida por sua morte, pois sua morte foi pelas mãos do filho de Menelau, e isso é muito mais interessante e importante para a posteridade do que a mulher que viveu antes de morrer.

Mas eu, que ouvi os lamentos tanto dos mortos quanto dos vivos, seus gemidos tristes pelos amores que perderam, por aqueles que não verão novamente, ainda ouço a canção de Zosime. Ai de mim, chora ela, ah, ai de mim, pois pensei que amava um homem e que ele me amava, e eu estava errada. Ai de mim por ter sido punida, ah, tão cruelmente punida, por causa do meu coração humano.

Helena está sentada no corredor sendo abanada por Trifosa. Se sua criada sobrevivente tem qualquer sinal de horror ou arrependimento pela morte de sua companheira, ela não o demonstra. Em vez disso, ela se concentra em sua senhora, que perde e recupera os sentidos e algumas vezes murmura: "Zosime!" e, às vezes, "Meu coração!" e, outras vezes, "Pobre Zosime!" antes de parecer sucumbir mais uma vez.

Menelau segura Nicóstrato pela garganta contra a parede, alheio ao sangue, à nudez do filho. O pretenso menino guerreiro é agora um cachorrinho, encolhido, choramingando, uma criança diante da ira do pai. E por que não seria? Só conheceu o pai de verdade quando menino, nunca teve tempo de aprender a ser homem diante dele, e agora Menelau ruge e se enfurece, com cuspe na cara e as gengivas rosadas e brilhantes:

– O QUE VOCÊ FEZ?!

– Eu não sei eu não sei eu vim para a cama eu vim para a cama eu não eu não…

Menelau esbofeteia o filho. Nicóstrato cambaleia, mas não pode cair, pois a outra mão do pai ainda está ao redor de sua garganta.

– *o que você fez?!*

– Nada, eu juro, nada, não me lembro, nada...

Menelau esbofeteia o filho outra vez, mas agora não segura, deixa o filho cair, dá-lhe um chute na barriga, chuta de novo e de novo.

Nicóstrato é um guerreiro, um lutador, ousado e valente, mas aos pés do pai ele se encolhe, rasteja, implora, as mãos acima da cabeça, até que finalmente, com sangue em seus olhos e metal em sua língua, Menelau ruge sem palavras e irrompe para fora do quarto, deixando o filho tossindo e engasgando no chão.

Helena choraminga, e aí está, só por um momento, por fim, para todos verem: desprezo, nojo, repulsa. Ele nunca viu nada tão grotesco quanto o pequeno espetáculo da esposa, e ah, sim, sim, ele sabe que isso é um espetáculo; afinal, essa mulher viu o saque de Troia! Ela guiou Menelau até o assassinato de seu então marido, segurou sua mão enquanto caminhavam pelas ruas onde mães, filhas, irmãs gritavam sob o peso dos homens gregos que as forçavam; e agora ela ousa cair neste lugar, nesta hora, como se não tivesse visto sangue? Ele a despreza por isso mais do que qualquer coisa e, com um rosnado encrespando em seus lábios, se vira e se afasta.

Aos poucos, a casa de Penélope se reúne diante da porta ensanguentada. Penélope ergue um pouco a bainha de seu vestido para evitar arrastá-lo em rubro, enquanto entra cautelosa, cuidadosa, no quarto.

– Eos – murmura ela –, por favor, leve Nicóstrato ao templo de Atena. Mande chamar o sacerdote Kleitos para cuidar dele lá. Autônoe, libere este corredor. Ninguém entra até que tenhamos concluído nosso trabalho. Quero um relatório completo dos movimentos de todos que dormem nas proximidades deste quarto, que passaram por aqui ontem à noite. Melanto, por gentileza, acompanhe minha prima de volta ao quarto dela e cuide para que ela seja atendida.

A ordem é dada e é a coisa mais calma desta manhã, por isso é obedecida.

Penélope fica na porta do quarto de Nicóstrato, as mãos cruzadas sobre a barriga, a cabeça baixa, uma sentinela para o corpo e o sangue, enquanto ao seu redor sua ordem é imposta. Somente quando ninguém está olhando, ela para por um momento para erguer a cabeça, fazer uma breve oração pela alma da falecida Zosime, abaixar a cabeça de novo e, apesar de si mesma, e com uma grande pontada de culpa pelo movimento que não consegue conter, sorri.

Logo restam apenas Penélope e Eos em todo o andar, guardas foram colocados nas escadas, criadas esperam abaixo com baldes e panos.

– O nome dela era Zosime – diz Eos, olhando para o corpo da mulher diante da cama de Nicóstrato. – Uma criada de Helena.

– Nicóstrato?

– Foi para o santuário de Atena, conforme ordenado.

– Acredito que os sacerdotes de lá seguirão seus padrões habituais de comportamento nobre e contarão a todos que puderem. Menelau?

– Saiu furioso do palácio. Acho que estava furioso demais para ter um propósito ou um destino.

– Ele estará de volta em breve. E minha prima Helena?

– Lá embaixo, com os espartanos.

– Bom. Não demorará muito para que Menelau se acalme e perceba todas as implicações desses eventos. Devemos agir rapidamente.

Este é o inventário do quarto de Nicóstrato: uma vasilha de ouro, espartana, é claro, não itacense, localizada em uma mesa mais distante da janela. Está vazia. Um pano ensanguentado ainda está molhado na poça de sangue que seca ao lado do peito de Zosime.

Três perfurações atravessam seu corpo de um lado a outro.

Apenas uma penetrou por completo, e ali a espada de Nicóstrato ainda permanece, a ponta saindo para fora do peito dela, presa, difícil de retirar.

Há uma mesinha ao lado da cama, na qual Nicóstrato colocou um único anel precioso que ele acredita ter sido presente do pai, mas que na verdade um fidalgo gentil deixou para ele quando era criança, com pena do filho criado sem pais amorosos por perto para chamar de seus.

Seu baú de viagem, com ouro e roupas, bens preciosos e objetos pessoais, não foi perturbado, exceto agora, por Penélope e Eos, que o investigam com algum interesse. A luz da manhã começa a entrar pelo canto da janela. Eos vai fechar a persiana, o frio no quarto ainda é intenso com o peso da noite opressiva, mas Penélope a impede.

– Deixe isso – ordena ela. – Nada será movido nesta sala até terminarmos.

Pelo chão, trilhas sangrentas, falando de confusão, movimento. Zosime morreu depressa, mas seu corpo foi perturbado, arrastado de um lado para o outro. As roupas descartadas de Nicóstrato não estão a um braço de distância da cabeça dela, o cobertor amarrotado e manchado.

Uma única pegada perto da porta é de algum interesse para as mulheres – pertencia à criada? A alguma outra criatura? Há sangue na sola do pé de Zosime, mas há sangue por toda parte.

– Acho que já vimos o suficiente – pondera Penélope.

Existem alguns quartos próximos, maiores e mais grandiosos do que a maioria no palácio, construídos para uma família imaginária de avós amadas e netos sem fim que nunca nasceram.

Nicóstrato não devia ter dormido neste lugar, pois os próximos quartos são os de Helena e Electra, com o próprio quarto frio e sem emoção de Penélope a uma curva de distância. Ter um homem tão próximo dessas mulheres é francamente grosseiro, mas, quando uma das mulheres é uma prostituta garantida, uma traidora, a grande vagabunda da Grécia... bem, é tão irracional que um homem a vigie?

– Apenas para mantê-la segura – diria Menelau, com um tapinha nas costas. – Um homem tentou invadir o palácio real em Esparta só para ver o rosto dela! Tive que mandar esfolá-lo, negócio terrível, terrível como as pessoas pensam que têm direito à sua esposa só porque você é famoso.

Penélope e Eos estão paradas do lado de fora da porta ao lado do quarto de Nicóstrato. É a de Helena. Várias vezes Autônoe tentou entrar para levar óleo novo para a lamparina ou panos limpos para sua bacia, e todas as vezes as austeras criadas de Helena, Trifosa e a assassinada Zosime, barraram a passagem. "Temos ordens para não sermos fardos", entoavam. "É o desejo mais profundo de nosso mestre."

Penélope se refere à sua casa como a casa de Odisseu. O trono de Odisseu, a cadeira de Odisseu, a comida de Odisseu. Mas suas criadas sempre falavam que serviam a uma senhora, não a um mestre, mesmo quando Odisseu estava em Ítaca. Penélope nunca as corrige. Há nuances aqui que ela não considerava totalmente inúteis.

Agora Penélope olha para Eos, e Eos para Penélope. A empregada abre a porta do quarto de Helena. A rainha entra.

O ar está frio, embora não tão marcado pela brisa do mar quanto o quarto de Nicóstrato. Há um espelho de pura prata polida – Penélope olha para ele com espanto – ou talvez seja mais justo dizer que ela olha para si mesma nele. Não lembra há quanto tempo não via o próprio reflexo com tanta clareza. O que são essas linhas ao redor de seus olhos, esses fios de cinza invadindo sua testa, essas sobrancelhas espessas, esses feixes de carne sob o queixo?

Em alguns aspectos de seu rosto, ela encontra um alívio – tateando com o indicador e o polegar a própria pele, ela imaginou grandes crateras ou bandeiras penduradas de carne envelhecida, que aumentaram em sua mente com a ignorância. Um reflexo visto distorcido na ondulação da água de um rio ou no polimento torto do bronze bruto é uma coisa muito mais estranha e menos nobre do que aquilo que o olho percebe no semblante de qualquer outra face que possa contemplar. Penélope fica animada ao descobrir que, pelo menos em linhas gerais, a imagem que criou de si mesma é bastante falha; ela parece perfeitamente humana, perfeitamente normal, perfeitamente radiante em sua normalidade. Mas os detalhes ainda chocam. Os olhos dela se apertam tanto? As orelhas dela são tão protuberantes? Sua mandíbula, tão quadrada? Por um momento – um momento terrível e vergonhoso –, ela se pergunta como roubar o espelho da prima, que história ela contará para poder levá-lo embora. Isso é inaceitável. Para uma mulher, contemplar a própria beleza é vaidade, orgulho superficial, vazio além do desprezo, o sinal de uma vadia estúpida. Claro que uma mulher ser qualquer coisa menos que bonita é ser feia ou, na melhor das hipóteses, invisível e sem mérito, e isso também é inaceitável, mas ainda assim, ainda assim. O máximo que uma mulher nascida sem a perfeição socialmente aceitável pode fazer é se preocupar com essas coisas em segredo em vez de ser flagrada tentando.

Com uma espécie de estremecimento, Penélope desvia o olhar do espelho.

Helena viaja com vários baús, e que maravilhas há dentro deles! Sedas do extremo leste, carregadas em camelos através de rios caudalosos e em navios de velas triangulares até essas ilhas ocidentais.

Linho e lã, macios como o primeiro tufo de cabelo na cabeça de um bebê, tingidos com as cores mais extraordinárias, carmesim e púrpura, feixes de laranja e verde amassado. Uma montanha de besouros foi abatida para criar esse acabamento de pôr do sol; a urina de muitas mães foi derramada para fixar essa faixa escarlate. Mais uma vez, um momento de fantasia paira brevemente sobre Penélope – como teria sido ser uma mulher a quem era permitido regozijar-se com seu corpo, resplandecer em cores vivas e ser honrada, celebrada por si mesma, em vez de ter que se vestir com as vestes largas da viúva de um rei desaparecido? Ninguém arqueja quando vê Penélope. Nenhum queixo cai, ninguém puxa a manga do vizinho para sussurrar olhe, olhe ali, lá está ela! Em vez disso, a reação mais comum de estranhos é um triste balançar de cabeça e um pequeno som de desagrado. Ah, é a Penélope? Uma pena. Uma vergonha.

Sobre uma mesa, uma panóplia de ferramentas para a beleza. Penélope quer arrastar todos os homens tolos que já babaram ao ver sua prima até este lugar e gritar: vejam, vejam aqui! Vejam as pastas de chumbo e pomadas de cera, as misturas de mel e palitos de carvão, os potes e pastilhas de todos os tons e texturas com os quais Helena preparou seu rosto! Ela envelhece, ah, ela envelhece, até Helena de Troia envelhece, e ela teme isso. Ela tem um medo mortal da própria mortalidade, e o que é mais feio do que o medo?

Em vez disso, ela cheira potes de pomada, maravilha-se com pós de cristal e pedra-pomes. Alguns ela consegue nomear. A maioria ela não consegue. Eos ergue um pequeno frasco dourado, abre a tampa, cheira, franze o nariz com nojo.

— Para que servem? – pergunta ela.

— Mal posso imaginar. Aqui – Penélope pega um pano com o qual Helena talvez às vezes refresque sua testa, mergulha a ponta de um dedo coberta com ele em um pote, a ponta do dedo em outro, até que logo o tecido fica manchado com uma dúzia de fragrâncias e óleos diferentes em pequenos trechos organizados. Eos enfia o pedaço de tecido em seu vestido e fecha a porta suavemente atrás delas.

Ao contrário dos quartos de Nicóstrato e Helena, o quarto de Electra está quase estagnadamente quente, as persianas, ainda fechadas. Eos as afasta apenas para que elas consigam ver o caminho pelo lugar, a pequena lâmpada ao lado da cama há muito está apagada e manchada na borda com resíduos enegrecidos.

— Quem troca as lâmpadas? – pergunta Penélope.

— Deveria ser Autônoe, mas ela foi impedida de trabalhar pelas criadas espartanas.

— Pergunte a ela quem as troca.

Um aceno de Eos; será feito, e isso é tudo o que precisa ser dito. Eos não é alguém a quem se precisa pedir algo duas vezes, e, diversas vezes, não é preciso pedir nada.

Electra viajou sem nenhum dos apetrechos reais de uma rainha. Sem mantos elegantes, sem cremes de chumbo branco, sem cera ou grampos para prender o cabelo de qualquer forma elaborada. Elas encontram o pente com o qual ela tantas vezes acaricia a cabeça do irmão. Encontram uma pulseira de ouro, guardada talvez para negociar em uma situação extrema, escondida sob o catre em que ela dorme. Elas encontram um anel de ouro com um único ônix preto em uma bolsa de couro carmesim e uma adaga sob uma tábua solta no chão. Por algum tempo, Penélope segura o anel na palma da mão, depois o devolve à sacola e o coloca junto com a arma onde foram encontrados.

Então Autônoe aparece na porta.

– Menelau está voltando!

Penélope e Eos saem do quarto de Electra no mesmo instante, fechando a porta atrás de si. Menelau é ouvido antes de ser visto, passando pela criada colocada ao pé da escada, que dá um gritinho quando ele a empurra para o lado, determinado demais em seu propósito para se preocupar em explicar sua passagem a uma mera escrava.

Ele troveja escada acima, irrompe pelo corredor, vê Penélope e rosna:

– Que porra você fez?

Capítulo 25

Penélope e Menelau estão na câmara do conselho de Odisseu.

Atrás de Penélope, seus conselheiros. Deveriam ser eles lidando com esse assunto, falando por seu reino, por seu rei.

Só desta vez, eles ficam contentes em deixar uma mulher falar, deixar alguém ficar entre eles e o estrondoso rei de Esparta.

— Bom irmão... — Penélope tenta mais uma vez.

— Você enviou Nicóstrato ao templo de Atena! Que porra estava pensando?

— Eu estava pensando que seu filho é suspeito de assassinato e que o templo da deusa era um lugar mais apropriado para mantê-lo do que a masmorra do palácio.

Menelau paira acima. Ele se eleva. Ele expande o espaço ao seu redor com seu peito empinado, mandíbula saliente. Tudo isso é uma espécie de proeza, já que ele não é um homem particularmente alto, mas nunca deixou sua realidade física impedi-lo de causar uma impressão. Guerreiros se encolhiam sob sua sombra; homens adultos se humilhavam diante do fogo em seus olhos. Apenas desta vez, e para surpresa de ninguém mais do que para Menelau e para o conselho de Penélope, a mulher diante dele se mantém firme.

— O templo de Atena está cheio de fofoqueiros e vadios. Agora todo pescador de Ítaca sabe que meu filho está lá!

— Meu palácio está cheio de fofoqueiros e vadios — responde Penélope.

Atrás dela, Pisénor se encolhe, Egípcio estuda os próprios pés, e o velho Medon observa com clara curiosidade, fascinado para ver onde essa situação pode acabar.

— Todos sabiam sobre a... condição de Nicóstrato no momento em que a primeira criada gritou ao ver o corpo daquela pobre mulher. Todos os pretendentes na ilha sabem, e garanto-lhe que eles não terão tomado fôlego antes de contar a todas as pessoas que puderem. Você os assusta, sabe. Eles têm medo de seu grande e terrível poder, e então, em seu medo, realmente acha que eles *não* aproveitariam a chance de espalhar a notícia dessa... situação? Diante disso, parecia que a coisa menos desonrosa que eu poderia fazer, em nome do meu marido, era enviar seu filho para a segurança do templo.

Nem todo pretendente soube o que acontecera no momento em que a primeira criada gritou. Entretanto, Autônoe deixou bem claro para as criadas que secavam o sangue que indiscrição era a palavra do dia. Os primeiros navios já estão navegando para Pilos e Atenas com rumores da ação; os próximos navios a partir com a maré trarão a firme confirmação do fato. Penélope não está descontente com esse desenvolvimento.

Menelau tenta pairar acima dela mais um momento. Penélope não pisca. Dou um tapinha nas costas do grande rei, sussurro em seu ouvido: *Ela também foi criada em Esparta, homenzinho. Ela viu como os meninos se comportavam quando estavam tentando se tornar homens.*

Menelau se afasta.

É uma derrota. Uma deflação. Uma visão extraordinária. Fico de fato muito excitada com isso, céus, que coisa. Ele tenta torná-la outro movimento, percorrendo a pequena distância da sala, saltando de parede para parede como uma abelha perplexa, antes de finalmente parar e se voltar para ela, apontando um dedo para o rosto implacável de Penélope.

– Estamos partindo. Agora.

– Claro, irmão. Como quiser. Embora, se o fizer, temo terrivelmente pela reputação de seu filho.

Menelau estremece como um arco, mas não se mexe. Penélope sorri com a paciência de um professor que esperava que seu aluno promissor resolvesse algum problema sozinho e vê agora que ele precisa de um pouco mais de ajuda.

– É tão difícil para um filho fazer jus ao seu pai, em especial um pai de um poder tão espantoso quanto você. Meu Telêmaco sofreu muito por isso, é claro. Eu me culpo por suas falhas, pelo quanto ele luta para encontrar uma maneira de ser homem por si mesmo, em vez de apenas filho de seu pai. E o seu Nicóstrato, ninguém poderia duvidar que ele é um herói, é claro, um grande homem em formação. Mas ainda é apresentado como filho de Menelau, como um rebento de seu sangue, antes de ser nomeado um homem por direito próprio. E agora ele matou uma criada. Pior que isso, ele matou a criada de sua esposa enquanto era hóspede em nossa casa.

Agora Menelau para.

Agora Menelau olha para Penélope.

Olha para ela, a vê, a conhece. Ele nunca soube realmente o que pensar das mulheres em sua vida. Houve prostitutas para foder, esposas para os negócios, filhas para vender. Às vezes, elas tentaram manifestar naturezas além disso. Hermíone gritou quando ele disse que ela se casaria com o pirralho de Aquiles em vez de seu noivo da infância, Orestes, e não parou enquanto ele não a espancou até ela ficar quase inconsciente. Helena o traiu, mas ela era uma prostituta, então isso era de se esperar. Essa era apenas outra parte de uma natureza feminina compreendida, sua fraqueza e falha inerentes, mas observáveis. Electra sem dúvida também resistiria quando seu destino fosse traçado, mas ela cederia. Era isso que as mulheres faziam.

Penélope, no entanto. Penélope tem sido um mistério – até este momento. Ah, com certeza ela não é mais do que a esposa de Odisseu, apenas mais uma proposta de negócios. Mas ele sempre suspeitou que ela tinha algo mais, uma *diferença assustadora e alarmante* que desafia a categorização feminina normal.

Agora ele sabe.

Agora ele finalmente reconhece aquela coisa nela que ele é capaz de nomear, até respeitar, entender.

Ele olha para Penélope e vê o rosto de sua inimiga.

E ele sorri.

Pela primeira vez, Menelau sorri para ela – não o sorriso do rei para a viúva, o magnânimo portador da ordem ou o parente jovial executando um plano. Ele sorri como sorriu uma vez quando Páris deu um passo à frente para a luta, embora os deuses saibam que aquilo na verdade não funcionou. Ele sorri como Aquiles sorriu outrora para Heitor, como Agamêmnon sorriu ao contemplar as muralhas de Troia.

– Aí, prima – sussurra ele. – Aí está você.

Ele se endireita, o sorriso se alarga, os pequenos dentes amarelos, as narinas dilatadas. Já faz um tempo desde que ele lutou – uma luta de verdade. Havia esquecido o gosto disso, o sabor em sua língua, e agora aqui está. Aqui está *ela*. Inimiga. Sua inimiga, pura e gloriosa, simples e verdadeira.

Ele nunca pensou que poderia ficar tão entusiasmado ao olhar para um combatente e ver que ele é uma mulher. Quando vencer, pensa, dará Penélope a um de seus filhos e ficará na beira da cama enquanto o menino a toma. Maldição, depois que ela estiver quebrada e as ilhas ocidentais forem dele, talvez até mesmo a tome ele mesmo, não importavam os juramentos mesquinhos que fizera ao falecido Odisseu. Penélope não havia sido bonita, mal tinha sido uma mulher aos seus olhos até este momento. É o pensamento mais excitante que Menelau teve em não sabe quanto tempo. O ardor da sensação é desconcertante, estimulante. Ele quase oscila com sua força, lembra por um breve momento o que é ser jovem e cheio de fogo novamente.

Quando Zeus desviar o olhar; quando Ares finalmente perder o interesse em seu esporte, eu virei até você, sussurro em seu ouvido. Virei até você e lhe darei desejo, tamanho desejo, que nunca será saciado. Você vai viver por muito, muito tempo em seu saco de ossos, carne desgastada e músculo murcho, engordando apenas com desejos não realizados.

Ele não me ouve – os ouvidos de Menelau estão fechados para a deusa do amor há muito tempo –, mas isso não mudará seu destino.

Em vez disso, ele respira fundo, aperta os olhos, equilibra-se e olha, finalmente, direto para o rosto de sua inimiga.

– Está certo, rainha de Ítaca – murmura. – Vejamos o que você tem. E daí se meu filho matou uma prostituta? Uma criada... uma escrava? Ele a executou por traição. Ele a mantou por trair minha casa. Ele defendeu a honra da minha esposa. Todos precisam defender a honra de minha esposa, todos os reis da Grécia juraram isso.

– Talvez. Mas tenho uma conhecida que tem um primo que tem um primo que contou para minha amiga que essa criada assassinada... essa Zosime, não era apenas uma escrava qualquer do mercado, não é? Ela era de linhagem nobre, da casa de um de seus aliados em Corinto, enviada para Esparta para tentar a sorte em uma das maiores cortes do país. Sob sua proteção, ela engravidou, mas sem casar. Uma situação embaraçosa. A criança foi exposta nas montanhas e não foi escolhida pelos deuses para sobreviver. Mas a mãe? Bem, ela dificilmente poderia ser bem casada agora, nem era de todo adequado que ela fosse mandada de volta para sua nobre família, tendo sido maculada por alguém de sua corte. Que criada, imagino, sente que pode entrar no quarto de seu filho? Que escrava se atreveria tão casualmente a ficar sozinha com seu nobre menino, a menos que ela tivesse alguma... intimidade anterior com ele? Os nobres de Corinto podem ser capazes de engolir a ideia de que sua filha foi maculada pelo filho de um rei, mas morta? Morta talvez pelo próprio pai de seu filho amaldiçoado pelo destino? Isso é demais. O nome de Nicóstrato, até mesmo seu futuro como um rei em potencial, seria arrastado para o Estige.

O sorriso de Menelau aumentou, não diminuiu, com a fala de Penélope. Ah, que beleza, que beleza mesmo, ter um adversário digno de sua atenção! Ele está quase sobrepujado, quase tonto com isso, inundado com a fantasia do que fará com ela quando ela for abatida, céus, é realmente bastante desafiador pensar sentindo esse ardor. Mas ele é um guerreiro – ele avança.

– Bem, irmã – respira ele. – Você fez o seu trabalho.

– Eu tento não dar muita importância aos rumores, é claro, mas sinto que é meu dever levantar essas preocupações... pelo bem de seu filho. Pelo bem de Esparta e de nossa longa e valiosa aliança.

– Nossa aliança – reflete ele. – Sim. Sempre tenho que estar pensando nas sutilezas dessas coisas. Suspeito que você tenha um plano, certo? Um que não envolva meus homens e eu embarcando agora mesmo, com o príncipe Orestes, e levando-o para longe daqui?

– Como eu disse, tem total liberdade para fazer isso. Mas com a nuvem pairando sobre seu filho...

– Desembuche. Vamos ver o que você inventou, esposa de Odisseu.

– Se pudéssemos limpar o nome de seu filho, se talvez houvesse evidências que apontassem que outra pessoa fez essa coisa terrível...

– Ah, entendo. Acha que um pouco de tempo, algumas semanas talvez, um mês; quanto tempo você passou tecendo aquela sua mortalha, um ano, dois? Não sou nenhum pretendente, rainha. Não vou esperar mais um verão enquanto você joga seus jogos.

– Sete dias então. Dessa forma, as pessoas podem ver que fizemos nosso trabalho. Investigamos minuciosamente esse caso para ver se, como parece, seu filho violou todas as leis sagradas de hospitalidade ou se, como tenho certeza que será o caso, alguém age maliciosamente contra ele. Se for o segundo caso, eu mesma, envergonhada pela mácula da minha casa, enviarei uma mensagem a todos os reis proclamando a inocência de seu filho. Sei que sou apenas uma mulher, mas espero que os bons homens da Grécia possam pelo menos ter um pouco de fé no juramento da esposa de Odisseu.

– Sete dias... – Medita Menelau. – Três. Três dias para o seu... erudito conselho fazer suas investigações. Para que provem que meu filho é inocente e encontrem outro… culpado. Um micênico talvez? Um dos homens de Orestes, tão louco quanto seu mestre?

– Orestes, é claro, vai permanecer no palácio.

– Claro que vai. Já que as coisas estão sendo feitas de maneira tão adequada… é claro. Naturalmente, meus soldados também ficarão para cuidar dele. Para se assegurarem de que o que aconteceu com a criada vadia não aconteça também com meu adorável sobrinho.

– Naturalmente. Não podemos ser cuidadosos demais.

– E talvez, quando sua investigação estiver concluída, além de enviar uma mensagem a todos os reis da terra assegurando-lhes a inocência de meu filho nesse caso, possamos juntos ver se conseguimos encontrar uma resposta para a questão de Ítaca. Por muito tempo negligenciei a casa de meu bom amigo Odisseu, deixei-a sofrer sozinha neste lugar. É hora de remediar isso e assumir a responsabilidade, como um irmão deve fazer.

– Você é generoso demais.

– Você é sábia demais.

– Sendo assim – Penélope faz uma pequena reverência, um leve aceno de cabeça –, temos um acordo.

– Irmã – responde ele. E, antes que alguém possa falar, guinchar, se debater ou objetar, ele a alcança, segura-a com firmeza com as mãos uma abaixo de cada ombro dela e a beija uma vez na bochecha esquerda, uma vez na direita, seus lábios demorando um momento, enquanto o hálito quente faz cócegas na orelha dela, passa por uma mecha solta de cabelo. Ele devia dizer alguma coisa. Devia sussurrar alguma ameaça oculta nessa proximidade íntima. Mas ele apenas respira. Apenas respira. E então, por fim, solta e, com um pequeno movimento dos dedos na direção dos conselheiros, sai da sala.

Os velhos de Ítaca soltaram a respiração coletiva que não perceberam que estavam prendendo quando a porta se fechou atrás do rei de Esparta.

Penélope se vira para encará-los.

É Egípcio quem fala primeiro, o que surpreende quase todos. Ele olha para Penélope, olha para seus colegas, olha para ela e, então, deixa escapar:

– O que, em nome de Atena, você fez?!

– Eu consegui três dias para nós – responde ela, afetadamente. – Três dias para impedir que Orestes seja levado para Esparta, de onde nunca mais sairá vivo caso chegue até lá. Três dias para descobrir o que aconteceu com Zosime. Três dias para salvar as ilhas ocidentais.

Os homens ficam boquiabertos. Por fim, ela bate palmas.

– Bem, vamos lá então! – brada ela. – Temos trabalho a fazer!

Capítulo 26

Alvoroço, alvoroço, alvoroço!

O sangue é lavado do chão.

Helena fica deitada em um sofá sendo abanada por qualquer um que esteja disposto a desempenhar a função.

– Meu pobre coração – choraminga ela. – Vai se partir! Com certeza vai se partir!

– Não, não, prima – suspira Penélope ao passar. – Tenho certeza que tudo ficará bem.

Com isso, Helena explode em lágrimas de força e volume tão repentinos, que, por um momento horrível, Penélope se preocupa com a possibilidade de estar testemunhando algo sincero.

Soldados espartanos cuidam do portão do palácio. Eles estão no topo de suas muralhas. Eles guardam suas portas. Encontram todos os pretendentes de olhos turvos e homens de ressaca que passaram a noite dentro de seus limites e os reúnem, fedendo e suando, no grande salão. Menelau anda de um lado para o outro diante deles, sorri para Antínoo, belisca as bochechas de Eurímaco. Até mesmo seus pais foram pegos na rede, velhos oscilantes e instáveis.

Nenhum deles, nenhum dentre os homens de Ítaca o enfrenta.

– O que é isso? – Penélope exige, vendo os homens reunidos.

– Irmã! – Menelau exclama com brilho nos olhos e um movimento de seu braço pela sala. – Para ajudar em sua investigação, reuni os suspeitos. Não vão sair desta sala até que tenhamos o homem que cometeu esse crime, não importa o tempo que leve.

– Eu agradeço, irmão – responde Penélope –, mas garanto que não é necessário.

– É necessário – retruca ele, rápido e animado. – Você mesma disse. Para pegar o homem que fez isso, para limpar o nome do meu filho, tudo é necessário.

Logo, outros pais dos pretendentes presos estão no portão do palácio, exigindo ver os filhos. Eles pensaram em trazer lanças e espadas para sacudi-las contra as paredes. Mas os espartanos que vigiam estão usando armaduras completas, totalmente armados, e nem mesmo para esses pais ansiosos parece sábio provocar os melhores guerreiros da Grécia com sua indignação.

Medon tenta acalmá-los.

– Tudo ficará bem – repete ele. – Tudo será...

– O que Menelau está fazendo? Ele não é rei de Ítaca! Ele não pode prender nossos meninos!

– Até que tenhamos resolvido esse assunto, o nobre rei de Esparta está ajudando em nossas investigações...

Um rugido, um grito de consternação. O palácio foi conquistado, seus filhos, escravizados, e ninguém resistiu.

Penélope vai até o templo de Atena.

Soldados espartanos a acompanham, para sua segurança, é claro.

Lefteris insiste nisso, insiste em ir com ela pessoalmente – uma mulher já está morta, diz ele, não pode arriscar que mais outra mocinha acabe assassinada.

– Bom lugar para um casamento – comenta o espartano ao entrar no interior fresco. – Velha sortuda.

Penélope o ignora, indo direto para os cantos mais escuros do santuário, a porta baixa para o lugar secreto dos sacerdotes.

Kleitos, embora da casa de Apolo, e não de Atena, tem estado constantemente alvoroçado, aproxima-se agora, ansioso – há notícias, o que está acontecendo? – e é afastado com uma velocidade que faz suas bochechas ficarem escarlates.

Dentro de uma pequena sala quadrada, Nicóstrato está acordado, totalmente sóbrio, andando na câmara normalmente reservada para o sacerdote receber suas oferendas – às vezes é difícil de distinguir entre elas e subornos – por vários serviços. Ele marcha, gira, rosna quando vê a rainha de Ítaca. Ele está limpo, mas ainda há uma mancha de sangue na cavidade de uma orelha que ele não tirou.

Acho fascinante, mas, como estamos no solo sagrado de minha irmã, não olho muito de perto nem me aproximo demais.

– O que está fazendo? – exige ele. – Onde está o meu pai?

– Seu pai está no palácio de meu marido, interrogando todos os homens para tentar determinar sua inocência.

– Eu *sou* inocente.

– Claro que é, você é filho de Menelau – responde Penélope. – Mas, para provar isso conclusivamente para a satisfação de seus colegas príncipes e reis, devemos ser minuciosos. Conte-me o que aconteceu naquela noite.

– Não tenho que contar nada para você.

– Não? Eu sou a esposa do rei dessas terras. Na ausência de meu marido, isso me torna sua representante. Além disso, sou confiável. Ao contrário de minhas primas, diferente de todas as outras mulheres na Grécia, minha palavra será respeitada, honrada. Eu renunciei a muita coisa para garantir que este seja o caso. Se eu jurar que você é inocente, isso será levado a sério, pois todos sabem que nunca juro em vão.

Nicóstrato tenta se impor, como o pai faz, e falha.

Ao contrário do pai, ele não consegue transformar a intimidação fracassada em movimento fluido, em vez disso, encosta-se à parede como a criança emburrada que é, o queixo para fora e os ombros curvados; ele não consegue acreditar na injustiça de toda a situação.

– Orestes enlouqueceu. Nós o colocamos na cama, então eu fui para a cama. É isso.

– Você não viu Zosime?

– Não. Ela provavelmente estava cuidando da esposa do meu pai.

– Ela não veio até você?

– Não, já falei.

– Havia algo incomum em seu quarto, no caminho até ele? Nada mesmo?

– Não. Fui para o meu quarto, eu... Deitei e depois acordei.

– Você tirou a roupa, se lavou.

– Não me lembro.

– Você não se lembra? – Ele balança a cabeça. Por um breve momento, ele é brilhante o bastante para ter medo, antes que a estupidez de seu treinamento retorne e ele se recuse a sentir qualquer outra coisa senão indignação, raiva e que foi injustiçado. – E você não se lembra de uma mulher sendo morta bem na sua frente?

– Eu já falei: eu estava dormindo.

216

– A maioria das pessoas acorda quando alguém está sendo esfaqueado até a morte ao seu alcance.

– Bem, eu não acordei! Talvez eu tenha sido drogado? Envenenado!

– Você bebeu ou comeu alguma coisa diferente ontem à noite? – Ele quer dizer sim. Seria tão conveniente se a resposta fosse sim. No entanto… Penélope suspira. – Você era… íntimo de Zosime em Esparta, certo?

Os olhos dele faíscam.

– Eu fodi muitas prostitutas.

– Mas ela não era uma prostituta. Ela era filha de um homem poderoso.

– Até rainhas podem ser prostitutas na hora certa.

Atrás de Penélope, Lefteris dá um sorriso largo, acena encorajando seu príncipe. Lefteris acha que Menelau não viverá tanto quanto o velho rei de Esparta pensa, nota como ele está ficando gordo, destemperado. Um capitão sábio sempre está de olho no sangue futuro.

– Ela teve um filho. Seu filho?

Nicóstrato não responde.

– Quem decidiu deixá-lo para morrer? Você ou seu pai?

Ele não responde.

Penélope sente que deveria ter um sentimento forte sobre isso.

Ela também foi deixada para morrer, jogada do penhasco por seu pai, Icário.

Ela não tem conhecimento de nenhum outro bebê que tenha sido salvo de seu destino por um bando de patos, como ela, e sente, portanto, que deveria ter um certo fogo apaixonado por seus colegas filhos de segredos e vergonha. No entanto, agora, ela não sente nada. Cansada, talvez. Ela está cansada há tanto, tanto tempo.

– Por favor, fique dentro do templo, Nicóstrato – declara ela. – Se deixar este lugar sagrado, ficará mal para você.

Ele franze a testa para as costas dela quando ela sai.

No caminho de volta ao palácio, ela olha para o lado e vê um homem olhando para ela.

Ele está parado no mercado, examinando lã como se nunca tivesse visto o pelo de uma ovelha, um franzir intenso na testa e os dedos no queixo, acenando com a cabeça com algum pensamento mercantil ou outro. Mas, quando ela passa, os olhos correm para os dela, e os dela, para os dele, e então os dois rapidamente desviam o olhar antes que Lefteris possa notar.

Apenas depois de cruzar os portões do palácio, cercada por bronze espartano, Penélope se volta para Eos e sussurra:

– Envie uma mensagem para Urânia. Diga a ela que Kenamon está fora dos muros do palácio.

– O egípcio? – sibila Eos, enquanto finge estar mexendo no véu de Penélope. – Como?

– Não sei. Mas precisamos colocá-lo em segurança antes que Menelau descubra. Vá.

Com isso, ela ergue a cabeça de novo e, ao ver um homem espartano com uma lança diante dela, entoa:

– Ah, maravilha, já me sinto muito mais segura! – enquanto Eos foge.

À tarde, o fedor do grande salão é quase insuportável.

Menelau não permitiu que os pretendentes partissem.

Nem que se sentassem.

Nem bebessem.

Nem cagassem.

É o velho Eupites, pai de Antínoo, que desaba primeiro.

Pólibo quase grita de alívio e angústia, grato por seu rival ter sucumbido antes dele, à beira do colapso, de nunca mais se levantar sozinho. Antínoo ajuda o pai a se levantar – não há mal em demonstrar um pouco de piedade filial diante desses homens, mesmo quando suas bochechas ardem de vergonha. Menelau está esparramado de lado no trono de Odisseu, sorrindo.

– Uma vez passei seis dias e noites sem dormir, lutando diante das muralhas de Troia – garante, quando o homem seguinte desmaia. – Mas isso foi quando os homens eram homens.

Entre os pretendentes, estão também os homens micênicos. Pílades, Iason, mas não o sacerdote Kleitos. Eles ficam bem na frente. Menelau sorri para eles quando a comida é trazida – somente para o rei espartano, é claro, para ninguém mais. Ele está decidindo qual deles gostaria que fosse o culpado, qual homem próximo a Orestes assumirá a culpa. E por que não? Faz sentido, se pensar bem nisso, que um rei micênico louco tivesse o tipo de parente micênico louco que mataria uma mulher no quarto de Nicóstrato. A lógica da insanidade é uma verdade própria.

Orestes ainda está lá em cima, em seu quarto, dormindo o sono inquieto de papoula e vinho. As Fúrias dormem no telhado acima de seu quarto, embaladas pelo mesmo licor espesso que entorpeceu o príncipe. Melhor não incomodar o pobre menino com coisas assim. Ele já tem muito com que se preocupar.

– Onde está Electra? – murmura Penélope, enquanto as mulheres atravessam o palácio.

– Com suas criadas, rezando.

– Encontre-a.

Phiobe acena com a cabeça e sai. Autônoe toma seu lugar, preenchendo a sombra que a criada deixa para trás. Agora, mais do que nunca, é vital que Penélope não ande desacompanhada. Uma mulher desacompanhada é quase tão perigosa quanto um homem.

– Falei com Melitta, Melanto, Phiobe, qualquer outra que se aproximou do quarto de Nicóstrato ontem à noite. As mulheres espartanas as mantiveram afastadas, na maioria das vezes, a própria Zosime insistia em que nossas criadas ficassem longe dos salões espartanos. Não nos deixam nem trocar as lâmpadas, exceto no quarto de Electra. Mas Melanto acha que viu alguma coisa, uma discussão.

– Quem? Quando?

– Antes do jantar, antes de Orestes adoecer. O micênico, Pílades, discutindo com Electra nas sombras da escada. Ela diz que Electra deu-lhe um tapa no rosto.

– É mesmo? Isso é… quase agradavelmente inesperado.

– Acha que Nicóstrato matou Zosime?

– Com certeza parece que sim.

– Por quê? E por que dizer que estava dormindo na hora, quando o corpo estava à vista ao pé de sua cama? – Autônoe dá um muxoxo. Ela gosta de respostas diretas, soluções simples. Elas economizam tempo, e o tempo é uma das poucas mercadorias que às vezes pertence a ela.

– O corpo foi removido?

– Sim, e o quarto, limpo.

– Eu gostaria de falar com a outra criada de Helena, Trifosa.

– Ela está com sua senhora.

– Eu gostaria de falar com ela a sós.

– Providenciarei isso.

– Também devo falar com Electra e, se conseguirmos tirá-lo das garras de Menelau, Pílades. Se Nicóstrato é inocente, as pessoas que têm mais a ganhar com esse assassinato talvez sejam as mesmas que farão de tudo para impedir que Orestes vá para Esparta. Como está nosso nobre convidado?

– Kleitos deu algo para ele, e agora ele dorme. Seu sono é muito profundo – Mais uma vez, desconfiança na voz de Autônoe. O melhor convidado, no que diz respeito a ela, é em geral um que está inconsciente, mas hoje qualquer boa notícia parece uma armadilha.

Elas encontram Trifosa de pé, rígida ao lado de Helena, o rosto pálido e rígido, olhando para o nada, sem ver nada, como se neste lugar não houvesse nada de novo para ver.

– Prima! – Helena estremece em seu sofá quando Penélope se aproxima. – Ah, graciosa prima, boa prima, você viu Nicóstrato? O querido menino está bem, ai, o querido menino, meu coração, eu só, eu nem mesmo...

– Helena – responde Penélope, com afetação, e pensa que talvez seja a primeira vez que ela fala o nome dessa mulher desde que eram crianças, chamando-a de qualquer coisa que não seja "prima" ou "rainha" ou "aquela mulher". O efeito é brevemente chocante, mas ela o afasta e volta o olhar para a última criada viva de Helena. – Preciso conversar com Trifosa.

Os olhos de Trifosa erguem-se lentamente ao som do seu nome, como se demorasse algum tempo a reconhecer, a compreender – ah, sim, é de mim que falam, sou eu que sou invocada. Ela é velha, esta mulher, para ser criada de uma rainha. Moças mais novas deveriam ter tomado seu lugar há muito tempo, ela deveria estar casada, talvez, ou ter começado a trabalhar cuidando de crianças, não de mulheres adultas.

– Trifosa? – choraminga Helena. – Não vai mantê-la longe de mim por muito tempo?

– De jeito nenhum – responde Penélope, e, então, porque o olhar da prima está tão úmido e seu lábio inferior tão trêmulo, ela acrescenta novamente, ainda mais fraca do que antes: – Tudo ficará bem.

Com isso, Helena dá um gritinho. É um "ah!" pequenino, como se tivesse pisado descalça uma pedra pontiaguda, uma coisa que vem, vai, aconteceu e passou, mas ainda assim doeu, nossa, como doeu. Antes que alguém possa perguntar por seu bem-estar, no entanto, ela fecha os olhos e vira o rosto, a dispensa dada por alguém que não deseja falar de sua angústia, para que não haja mais angústia.

Trifosa para à sombra de uma parede em ruínas, Autônoe à sua direita, Penélope à sua frente. Ela não encontra os olhos da rainha de Ítaca, mas estuda os próprios pés como se estivesse surpresa ao descobrir que eles também podem mostrar sinais de cansaço e da passagem do tempo.

Todo o efeito é bastante desconcertante para Penélope, que esperava um início de conversa mais receptivo.

– Trifosa – finalmente, ela deixa escapar –, fale-me sobre a noite passada.

Trifosa não levanta a cabeça, embora sua voz seja clara e firme.

– Levamos nossa senhora para o quarto dela, como sempre fizemos. Ajudei-a a se despir e a se preparar para dormir. Zosime partiu. Nossa senhora se deitou para dormir, e eu dormi aos pés da cama dela.

– Você dorme no quarto de Helena?

– Uma de nós sempre dorme aos pés de nossa senhora – responde ela. – É para a proteção de nossa senhora.

– E isso é tudo? A rainha se retirou, ela foi para a cama, você dormiu?

– Isso é tudo o que aconteceu.

– Você adormeceu antes de Orestes ter seu... incidente? – Um lampejo de confusão. Um momento de dúvida. Trifosa balança a cabeça. A pergunta em si é estranha para ela. – Houve muita comoção. O bastante, eu teria pensado, para chamar sua atenção.

Trifosa, Trifosa. Ela queria amar quando era jovem. Ela ansiava por isso, buscava-o, teve muitos encontros muito breves com muitas pessoas insignificantes e se convencia a cada vez que esse, sim, esse, esse era amor. Mas, quanto mais suas ilusões eram quebradas, mais longe de seu coração o amor parecia estar. O amor não era real; o amor não era para mulheres como ela. Até que por fim, uma noite muito depois de sua alma minguar e de seus sonhos se atrofiarem, ela parou sob a lua encoberta e proclamou: o amor não existe. Apenas os sonhos das crianças. Aqueles que pensam que o têm, ora, enganaram a si mesmos. Criaram uma história para esconder a própria dor, vivem uma mentira que vai se partir tão fácil, tão simples. É apenas o bater das asas de uma borboleta. Então deixe para lá.

Ela serviu na casa de Menelau sem ter alternativa.

Sem marido, sem casa. Os homens não a viam como sexual ou desejável, e ela também não se via dessa maneira. Em vez disso, como a estátua cinza que se desgasta na chuva, ela se tornou um ornamento, uma coisa vista com tanta frequência, que se torna invisível. Ela era a escolha perfeita de mulher para servir Helena quando Menelau arrastou sua rainha de volta de Troia, pois seu próprio espírito parecia subjugar o fogo do amor e o ardor de todos que a encontravam, extinguindo sua luz com seu semblante severo e abatido.

No entanto, eu, senhora do desejo, sei que, para ela mesma e para o mundo, Trifosa mente. Pois, embora muitas criaturas vivas e mortas tenham voltado seus rostos para os céus cruéis e proclamado que o amor é uma mentira e que não querem saber dele, nem suas declarações mais poderosas ou crenças profundamente arraigadas podem extinguir o desejo até mesmo dos corações feridos mais profundamente.

Você vai amar antes que sua vida acabe, sussurro em seu ouvido. No final, você abandonará a dor que tomou para si.

Mas, por enquanto, esta mulher está em Ítaca, sozinha em seu coração, e declara:

— Eu não ouvi uma comoção. Minha senhora estava dormindo antes que acontecesse, e eu também.

— E Zosime? Ela parecia estar... diferente para você?

— Ela estava agitada. Era a vez de ela se deitar aos pés de nossa senhora, mas ela pediu que eu assumisse a honra.

— Ela disse por quê?

— Não.

— Há quanto tempo você serve a senhora Helena?

— Desde que ela voltou de seu sequestro em Troia.

Todas as mulheres de Esparta aprenderam a palavra "sequestro" nos últimos anos. Foi repetida a elas lenta e cuidadosamente por soldados e sacerdotes. É uma palavra que Trifosa dissera tantas vezes, que quase perdeu o sentido, as palavras se dissolvendo em sons e apenas sons, no estranho formato de sua boca, um empurrar de lábios, um movimento de ar. Ela acha que talvez enlouqueça se tiver que dizer isso muitas vezes mais. Pensa que talvez seja uma praga essa palavra e que, quanto mais a diz, mais ela vai destruir sua capacidade de dizer, de pensar quaisquer outras palavras, toda a linguagem arrancada de si.

— E quais são os seus deveres? Além de, quero dizer, dormir aos pés da cama dela.

– Tudo o que se pode esperar quando alguém tem a honra de servir a uma rainha. Tudo o que eu imagino que suas damas fazem – um pequeno aceno para Autônoe –, mesmo em Ítaca.

Os lábios de Autônoe se contorcem, mas ela não diz uma palavra.

– Imagino que minha prima tenha muitas necessidades que devem ser atendidas, depois de seu péssimo tratamento... seu *sequestro* – Penélope experimenta a palavra em sua boca, também a acha inquietante, amarga – por um povo tão traiçoeiro. Fico feliz que ela seja tão bem cuidada por você.

Trifosa assente. Esse é o dever dela. Seu fardo. Ela o carregará, pois não há nada melhor em sua vida para lhe dar sentido, e há muitas coisas que são piores. Isso é tudo? Ora, então, ela voltará aos seus deveres, ela vai...

– Vejo que minha prima muitas vezes recebe vinho e água da própria jarra – Penélope deixa escapar, antes que Trifosa possa dar as costas por completo. – Isso também faz parte de seus deveres?

– Nós cuidamos de seu bem-estar físico, bem como de suas necessidades. Ela gosta de uma mistura de ervas e especiarias que realçam sua juventude, sua beleza concedida pelos deuses, mas que outros de menor divindade podem achar desagradável.

– Que ervas, posso saber? Não que eu pudesse me comparar em aparência, mas espero que um dia meu marido volte e não me ache fisicamente tão grotesca.

– Eu não saberia dizer – responde Trifosa educadamente. – São preparadas pelos sacerdotes.

Agora ela terminou, agora ela partirá. Ela dá um pequeno aceno de cabeça e se vira, mas ainda assim Penélope tem uma última pergunta.

– Você gostava de Zosime?

A pergunta atordoa Trifosa. Surpreende-a. Assusta-a. É levemente nojenta, grosseira. Uma rainha perguntando não apenas sobre uma criada, mas sobre o sentimento de uma criada? A afeição que uma criada pode ter pela outra, a relação entre duas mulheres que não passam de escravas? Rainhas não se importam com essas coisas. Seria indigno, inconveniente que elas fizessem isso.

Isso implica que a mulher a quem Penélope se dirige tem sentimentos. Sente-se ferida. Conhece a dor. É de fato humana. E Trifosa trabalhou tanto, por tanto tempo, para ser tudo, menos humana.

No entanto, neste momento, ela se entrega e se permite ser, apenas por um instante, uma mulher de sangue, coração, mente e alma que não pertencem a ninguém além dela.

– Não – responde ela. – Não gostava.

Então ela se foi, retornando para o lado de sua senhora.

Capítulo 27

Penélope encontra Electra rezando ao pé da cachoeira que se afunda em uma cavidade de terra entre pedras musgosas. Ela é guardada por sua criada de Micenas, Rhene; uma donzela de Ítaca, Melitta; e nada menos que cinco mulheres de Esparta que foram enviadas para "ajudar" a princesa em sua hora de aflição.

Conforme a rainha de Ítaca se aproxima, uma coruja se afasta do galho mais alto de uma árvore pendurada, um bater de penas brancas contra o sol da tarde. Sopro um beijo gentil após a fuga de Atena, mas, ao fazê-lo, capto novamente o cheiro distante das três damas com garras que se sentam nas muralhas do palácio, dentes ensanguentados e bocas podres, enquanto vigiam o quarto do adormecido Orestes, e viro as costas depressa.

O comando de uma princesa micênica não poderia dispensar as criadas espartanas. A presença de uma rainha itacense é exatamente o suficiente para forçá-las a uma ligeira retirada, o suficiente talvez para que as duas mulheres reais possam confabular em voz baixa à beira da água, suas palavras abafadas pela correnteza.

— Electra — murmura Penélope, enquanto se senta à margem ao lado da prima –, posso me juntar a você em suas orações?

Electra acena com a cabeça uma vez, e, juntas, elas se ajoelham, de costas para todos, as cabeças inclinadas, em silêncio por um tempo na educada performance de piedade, até que finalmente Electra sibila:

— Como você fez isso?

— Fazer o que?

— A criada. Nicóstrato. Como fez parecer que ele a matou?

— Electra... Eu não fiz.

— Mas então... Achei que tivesse sido você! Ganhando tempo para nós nesta ilha, pensei que... — A voz de Electra recua de um suspiro, enrolando-se em si mesma, enquanto as coisas que ela acreditava estão agora sendo desafiadas.

— Prima — murmura Penélope –, eu pensei que esse crime pudesse ter algo a ver com você.

Electra bufa, balança a cabeça.

– Eu teria matado Nicóstrato com prazer, matado qualquer um que precisasse para evitar que Menelau colocasse meu irmão em seu navio, mas não consegui pensar em como fazê-lo. Sou vigiada constantemente; até minhas criadas são vigiadas – Ela acena um pouco com a cabeça para o lado, para onde Rhene está sentada em uma composição encantadora com as mulheres espartanas, conversando como se não tivesse nenhuma preocupação no mundo, como se não houvesse cinco delas para uma dela, como se todas não trouxessem lâminas escondidas em seus vestidos. – Está dizendo que Nicóstrato foi realmente estúpido a ponto de matar alguém da própria casa em seu palácio?

– Não sei. Talvez. Todos com quem conversei sobre este assunto até agora parecem ter tido um sono incrivelmente profundo durante o evento. Suponho que você também estava dormindo?

– Há muito tempo não durmo bem – responde Electra. – E se durmo, tenho… – Ela se detém. Qualquer um pode falar de sonhos perturbadores, embora em geral seja melhor escolher com antecedência a imagem que se deseja transmitir ao fazê-lo, apenas para deixar claro que as ideias proféticas indubitáveis que foram plantadas no sono servem a uma causa mais ampla e, de preferência, teológica e política. Mas esses sonhos de Electra, essas visões que assombram suas noites – *Mãe, Mãe, Mãe!* –, ela pensa ter visto as Fúrias, pensa ouvir suas garras esmagando os crânios dos mortos – *Mãe, Mãe, Mãe!* – elas berram; e, quando acorda, não consegue dizer quais tormentos a afligiram, mas ela sabe que tem medo de dormir de novo.

– Embora eu sinta muito por isso – Penélope respira –, é inédito falar com alguém que talvez estivesse acordado. Você ouviu alguma coisa? Ouviu Zosime gritar? O quarto fica muito perto do seu.

Um balançar de cabeça.

– Não ouvi nada. Tudo parecia quieto.

– Nada mesmo? E não saiu do seu quarto, não foi incomodada?

– Não. Rhene dormiu em meus aposentos naquela noite. Era ela ou aceitar uma vadia espartana aos pés da minha cama; para minha proteção e tranquilidade, diz meu tio. Ele é monstruoso.

Electra, filha de Agamêmnon, assassino de bebês, tem opiniões muito fortes sobre quem e o que pode ser considerado uma monstruosidade e, uma vez que ela chegou a essa opinião, vai se agarrar a ela. Não achava que chegaria a essa conclusão sobre Menelau, não tem certeza de quando exatamente isso se tornou algo guardado com tanta intensidade, mas agora, tendo-a, nunca, nunca a deixará ir. Outro pensamento a atinge, algo muito mais urgente do que assassinato e sangue. Ela agarra o pulso de Penélope, sem fingir mais orações.

– Você o viu? Viu meu irmão?

– Não tenho permissão para chegar perto dele.

– Ele está em seu palácio, é seu hóspede!

– Protegido por espartanos, que insistem que é melhor deixá-lo descansar. Minhas mulheres que levaram água dizem que ele recebeu algo de Kleitos para fazê-lo dormir, e ele não desperta.

– Kleitos – Electra franze a testa. – Ele deveria ser um amigo da minha família, mas temo cada vez mais que ele tenha apostado em Menelau. Eles fazem isso, esses homens. Vão trair meu irmão, o verdadeiro rei, em nome da própria ganância e covardia, como se a honra fosse apenas um devaneio. Como se ser homem fosse apenas um ideal egoísta cantado pelos poetas. Era tolice esperar mais alguma coisa deles. Até mamãe sabia disso.

Esta foi talvez a melhor coisa que Electra disse sobre a mãe em mais de dez anos. Penélope percebe e fica maravilhada.

Electra, não. Electra tem muito em sua mente para se preocupar com a redenção. Agora a princesa se vira para a rainha, com o rosto ansioso e pálido.

– Menelau não pode tirar meu irmão de Ítaca. Aconteça o que acontecer. Se Orestes for para Esparta, não sairá vivo dela, e eu serei… Vou me matar antes de permitir que esse seja meu destino, entendeu? Jure para mim que vai lutar. Jure para mim, como somos sangue, como você é minha… Não serei um joguete para meu tio!

Penélope retira com cuidado o braço das mãos de Electra, tenta sorrir, mas não consegue.

– Meu marido jurou ir até os confins do mundo pelo marido de Helena, e, como resultado, vivi esses vinte anos sem ele. Não farei nenhum juramento, Electra. Nem por você, nem por ninguém. Mas, pelo que vale, desejo tanto quanto você ver Orestes, em vez de seu tio, no trono de Micenas. Pela minha ilha e pelo meu povo, farei tudo o que puder para protegê-lo. Mas não farei um juramento.

Electra murcha, mas não fica totalmente insatisfeita. Ela também começa a suspeitar dos votos dos grandes homens e reis dignos. A necessidade parece cada vez mais importante para ela do que um belo pedaço de honra valorosa prometida sobre pedra sangrenta de altar.

Elas voltam para suas orações. Nenhuma das duas está rezando. Hera ficaria aborrecida por não ser invocada; Atena entenderia, mas ficaria um pouco irritada. Eu bagunço o cabelo de Electra, aliso uma ponta do vestido de Penélope, espero.

Eu não tenho que esperar muito. Penélope está ocupada demais para ter paciência neste momento.

– Você discutiu com Pílades.

Electra inspira um pouco, se recupera, expira.

– Claro. Claro que suas mulheres estavam assistindo.

– Vai me dizer o motivo?

– Não. Não vou.

Penélope acena com a cabeça; que assim seja. Ela não vai insistir mais no assunto com alguém que ela respeita.

– Menelau me deu três dias para provar que Nicóstrato não matou Zosime. Ele vai querer que eu acuse um de seus homens micênicos, sem dúvida. Pílades ou Iason seriam mais convenientes, embora eu pudesse talvez aproveitar a oportunidade para acusar um pretendente e removê-lo do palácio. Por mais tentador que seja fazer Menelau matar Antínoo ou Eurímaco, uma vez que ele se fosse, eu teria que viver com as consequências.

– Então está procurando alguém politicamente distante de você para assumir a culpa? Pílades seria sua escolha mais segura, é claro. Provavelmente ganhará o favor de Menelau.

– Bastante. É por isso que eu me pergunto: você confia nele?

Electra considera isso.

– Sim. Ele morreria por meu irmão.

– E os outros? Suas criadas? Rhene…

– Ela foi dada a mim quando nós duas éramos jovens. O pai dela morreu nas minas de prata; sua mãe se maculava em troca de pão. Brincávamos juntas no palácio quando papai ainda era vivo. Ela deve tudo à minha família.

Penélope assente.

– Minhas mulheres enviarão uma mensagem. Esteja pronta.

Electra não deixa suas orações quando a rainha itacense se levanta, mas permanece à beira da água, as mãos entrelaçadas, a mente vagando para todos os lugares e para lugar nenhum ao mesmo tempo.

Capítulo 28

É Laertes quem finalmente põe fim ao tormento dos pretendentes.
– O que é isso, então? – brada ele, entrando no salão de pôr do sol de homens. Vários desmaiaram; muitos mais urinaram nas roupas.

O fedor atraiu moscas, o calor fazia o ar tremeluzir, um cheiro fétido de humanidade suada.

Menelau está sentado no trono de Odisseu, com uma perna pendurada na lateral, bebendo vinho e roendo ossos. Ele já cheirou coisas piores, viu coisas piores, passou horas, não, dias seguidos encolhido na areia ao lado do cadáver inchado de seus companheiros massacrados. Isso? Isso não é nada. Para um homem de verdade, esta é apenas uma tarde tranquila de treinamento intenso.

Laertes é muito mais velho que Menelau, não estava nem perto de Troia quando a batalha começou, mas ele era um argonauta e um rei.

Ele também sentiu o cheiro da podridão da carne, viu a luz desaparecer por trás dos olhos dos homens. Assim, com um salto fácil, um descaso tão casual pelas fileiras de masculinidade fedorenta em seu salão, como se estivesse passando pelo mercado de ovelhas, mas apenas procurando negociar vacas, ele entra no salão.

– Se importa se eu me juntar a você? – pergunta, e, antes que Menelau possa responder, uma cadeira é trazida e colocada bem ao lado do espartano, e, com um baque e um gemido de velhos ossos, Laertes está nela, gesticulando para a criada mais próxima pedindo vinho, vinho – Sim, vou tomar o que ele está tomando, obrigado, e rápido também, e o que quer que ele esteja comendo vai servir para mim, sim.

Menelau sorri benignamente para o velho, mas há algo no canto de seu olho escurecido pela presença do rei de Ítaca. Laertes recebe uma travessa de carne, quebra um osso, chupa o tutano, olha para a massa oscilante de homens.

– Pretendentes – resmunga por fim. – Meninos nojentos, todos eles.

– Não poderia estar mais de acordo – resmunga Menelau. – É chocante a que ponto chegaram essas ilhas, se me permite dizer, com a morte de seu filho e de seu adorável neto.

– Bem, quando se deixa uma mulher para comandar as coisas…

Menelau inclina sua taça a esse sentimento – o que mais há para dizer de verdade? Não é culpa dela, é um tanto esperado demais, na verdade, mas assim são as coisas, assim são as coisas.

– Então, qual é o plano? – pergunta Laertes, olhando para o salão mais uma vez. – Esperar que um deles dê um passo à frente e diga "fui eu, eu matei aquela garota no quarto do seu filho, por favor, execute-me antes de cortar minhas entranhas e alimentar os cachorros com elas"?

– Bom ponto – concede Menelau e, erguendo a voz para o salão, berra:
– Se quem fez isso confessar agora, eu o executarei *antes* de cortar suas entranhas e dar de comer aos cachorros!

Em seguida, mais baixo, outro sorriso para o itacense:
– Que conselho bem pensado.

Laertes reconhece o elogio com um olhar educado.

Acima, as Fúrias dormem enquanto Orestes dorme, roncando em grandes fungadas de narinas vermelhas e dilatadas e saliva ácida que escorre de seus lábios curvados e sibila onde atinge o telhado marcado em que elas estão pousadas.

– Claro, o problema é que – pondera Laertes – este bando é um punhado de sacanas traiçoeiros que vão primeiro acusar uns aos outros. Antínoo perceberá que a maneira mais segura de sobreviver é acusando Eurímaco, então Eurímaco terá que acusar Antínoo, e todos que tentaram sua sorte começarão a defender seu garoto idiota, e então alguém decidirá que é melhor tentar se unir e acusar alguém de quem todos não gostam, como Anfínomo, talvez, mas ele terá o favor de outro grupo, que jurará que o viu em tal momento, em tal lugar. E, mesmo que possam concordar sobre quem acusar, há um perigo de que outros se apresentem e façam juramentos sagrados para desafiar a reivindicação desses homens covardes, miseráveis e desprezíveis, e então que confusão será! Até mesmo o juramento de minha casta nora se tornará de súbito duvidoso se ela jurar que um dos homens que a cortejaram é culpado desse crime, porque é claro que dirão que ela tem algo a ganhar com isso, que está se aproveitando em vez de seguir o curso da justiça sagrada. E, se você conseguir que um micênico confesse, quero dizer, seria muito útil para ela, ia lhe poupar muitos conflitos internos; mas dessa maneira? As pessoas iam se preocupar que não fosse verdade, diriam: e se ele tiver sido intimidado a dizer isso? Ou pior: e se um micênico fizesse algo heroico, avançasse e confessasse o crime para salvar a vida de seus companheiros? Isso só lançaria *mais* dúvidas sobre Nicóstrato, não menos, fazendo parecer que seu pai tivesse vindo em seu socorro, forçando homens nobres e dignos a assumir a culpa por suas farsas. É tão difícil ter filhos famosos, não é? Por isso sempre fiz o possível para deixar Odisseu seguir em frente, cometer os próprios erros. É a única maneira de esses garotos terem uma chance na vida, saindo da sombra do papai. Minha nossa, este vinho é bom. É das suas próprias uvas?

Menelau não responde.

Laertes quebra outro osso. O som de seu sorver é úmido, prolongado, pegajoso, intenso. Tutano escorre pelo seu queixo. Ele limpa com as costas da mão, atira o osso no chão.

– Bem – reflete ele, por fim –, boa sorte com isso.

Ele deixa a sala.

Depois de um tempo, Menelau segue.

Ele não fala nada enquanto sai, nem "fiquem aí" ou "vocês podem ir". Ele apenas se levanta e sai, como se tivesse se lembrado de algo mais interessante para fazer.

Os pretendentes permanecem.

A sombra do dia rasteja pelo chão, e eles não se mexem.

Não se mexem.

Menelau não volta, mas eles não se mexem.

Eu olho ao redor para ver se algum outro deus está observando isso.

Apesar de tudo, estou admirando, pasma até, o poder que a ausência de Menelau ainda detém, mas a admiração divina tantas vezes se transforma em ciúme divino, e a última coisa de que alguém precisa neste momento é outra divindade ciumenta se irritando com Ítaca.

No alto, as Fúrias aninham suas cabeças juntas, arrepiam-se alegremente em um estado semiadormecido. Elas conseguem sentir o fedor desta sala, alimentam-se alegremente com a lufada de medo dos pretendentes à medida que se eleva até elas, arrulham uma para a outra satisfeitas com o suave aroma de humilhação, tormento, desespero. Nenhuma outra criatura profana ou celestial olha para baixo, portanto, inclino-me para Pílades e sussurro em seu ouvido: *Tenha coragem, meu belo.*

Pílades estremece da cabeça aos pés, como se tivesse andado por teias de aranha. Então, ele dá um passo. Esse movimento é poderoso, algo semelhante à magia, pois todo o salão, ao ver um movimento, parece se abrir, gemer, gritar de alívio e êxtase, o grande domínio que o rei espartano tinha sobre eles se estilhaçou com essa simples ação. Pílades olha para seus companheiros micênicos, para Iason e para os poucos homens da casa de Orestes. Ele não tem nada a dizer. Não há nada a dizer aqui que não seja tristeza, espetada em linhas finas no fundo de seus olhos, e então ele também, como o rei que o conquistará, se afasta.

Os pretendentes, à medida que recuperam os sentidos, são muito mais verbais.

Eles começam a gritar traição, horror, desonra, vingança, maldito despeito! Os mais espertos começam a lançar acusações uns contra os outros – onde estava ontem à noite, Antínoo? Onde estava você, Anfínomo? Vi este aqui se esgueirando pela escada. Eu o vi andando com intenção assassina; Eurímaco tem esse olhar desagradável no canto do olho e contou que sonhou com abutres!

Não contei, choraminga Eurímaco. *Não contei!*

A coisa toda está prestes a explodir em socos, facção contra facção, quando as criadas entram. Elas trazem água, panos limpos para enxugar a testa dos homens, copos para beber. Elas separam um grupo do outro, os levam até a luz, ouvem com apreço os gritos de indignação e dizem "Ah, não, que horror, isso deve ter sido terrível para você!" e algumas vezes conseguem não rir enquanto o fazem.

Autônoe supervisiona toda a situação antes de enviar uma mensagem a Penélope.

– Os pretendentes estão dispersados – diz a criada despachada ao quarto de Penélope.

– Muito bem – responde. – Agora só temos que dar um jeito em seus pais.

Capítulo 29

Ao pôr do sol, Orestes acorda.
Ele está suando em sua cama, gritando: *Mãe, Mãe, Mãe!*
Kleitos, o sacerdote de Apolo, é chamado.
– Bem, sim, sim – suspira ele. – Podemos continuar o alimentando com suco de papoula, mas temo que ele nunca recupere os sentidos.
– O menino já perdeu a cabeça do jeito que está! – Menelau retruca. – Se for uma escolha entre um louco barulhento e um louco quieto, eu sei qual escolheria!
No alto, as Fúrias despertaram junto com Orestes também e agora voam pelo palácio gritando e uivando de alegria. Larvas rastejam da carne fresca, a água azeda, os insetos se contorcem em estrados de palha limpa, carunchos mordiscam os pilares de sustentação do palácio, pão queima no forno e uma das melhores ovelhas de Penélope cai morta, com moscas nos olhos.
"Mãe, Mãe!", lamenta Orestes, e "Mãe, Mãe!", gargalham as Fúrias acima. Como alguém que consegue ouvir ambos ao mesmo tempo, é realmente um barulho insuportável.
Electra aperta o braço de Menelau, com lágrimas nos olhos, desespero no rosto.
– Por favor, tio – ela está prestes a implorar! Electra, filha de Agamêmnon e Clitemnestra, está prestes a implorar! Menelau vê isso, mal consegue se conter para não lamber os lábios. Ela se controla antes que possa se ajoelhar, cair, desaparecer e, em vez disso, com os olhos baixos, meio sussurrando: – Por favor, deixe-me cuidar do meu irmão.
– Bem – resmunga Menelau por fim, demorando-se em sua conclusão –, se você conseguir mantê-lo calmo, suponho que não haja mal nisso.
Electra corre para o lado da cama do irmão, acaricia sua testa, enxuga o suor de seu pescoço com um pano úmido. Sussurra:
– Estou aqui, estou aqui – e, se não houvesse homens no quarto, ela cantaria para ele as velhas canções, as canções que a mãe cantava em segredo

antes de deixar de ser mãe deles. Ela pede uma túnica limpa, ela acaricia o cabelo dele para trás afastando-o de sua testa com seu pequeno pente de concha polida. Ele parece vê-la por um momento, agarra sua mão, olha para ela, através dela, sussurra:

– Perdoe-me.

Ela diz que não há o que perdoar, mas está mentindo, e ele sabe disso.

Acima, as Fúrias riem e giram. Telhas caem do telhado, quase acertando Autônoe, enquanto ela corre para cuidar de seus afazeres. Nuvens negras giram no horizonte, um vento frio sopra do norte. Haverá chuva e trovões mais uma vez esta noite, a terra vai tremer com isso. Pastoras apressam seus rebanhos para se abrigarem; persianas são fechadas contra a noite, e, no escuro, Eos, Phiobe e Melanto se aproximam dos portões do palácio arrastando consigo um carrinho de emanações fedorentas.

– Parem! – ordenam os guardas espartanos que têm as chaves do que deveria ser o reino dessas mulheres. – Ninguém entra ou sai!

– Nossa carga… – Eos responde, levantando a tampa de um barril para liberar o fedor intestinal.

Os homens recuam.

– Não há fossas no palácio?

– Há, mas, infelizmente, com tantos nobres hóspedes, estão bastante sobrecarregadas. Portanto, devemos levar esses barris para longe daqui, antes que sua pestilência corrompa o ar.

Os espartanos hesitam.

Eles não devem, é claro, deixar ninguém sair, muito menos as mulheres traiçoeiras da traiçoeira Penélope. Menelau foi bastante claro quanto a isso. Por outro lado, ninguém gosta de dormir ao lado de esgoto, e essas são literalmente mulheres cobertas de merda, sem mérito ou posição, e sendo assim…

Qual é o problema?, murmuro ao ouvido de seu capitão. Qual é o benefício de impedi-las?

– Voltem antes que a lua esteja no auge – vocifera o soldado de bronze –, ou daremos o alarme.

– É claro – responde Eos, enquanto os portões se abrem diante dela e as mulheres saem para a escuridão turbulenta e revoltosa.

*

Não há banquete naquela noite.

Uma tempestade destruidora de paredes e de estourar o mar, uma fúria de espuma, vento, chuva e céu que deixa o velho Poseidon com um pouco de inveja, diante da qual até o próprio Zeus balança a cabeça. Mas eles não interferem, não vão interferir esta noite. Quando as Fúrias expressam suas opiniões, até os deuses se afastam.

As persianas batem e estalam contra as paredes do quarto de Penélope, mas ela mal ergue o olhar, mal parece se importar. Em vez disso, ainda ocupada, puxa um xale sobre os ombros, prende o cabelo no mesmo estilo sensato que usa quando segura as ovelhas para tosquiar e marcha pelo palácio até as portas dos homens.

Isso deveria ser um escândalo, mas todos os lugares são vigiados por espartanos, e ela é guardada por Autônoe, então, com esses olhos sobre si, ela bate sem hesitação ou vergonha.

A primeira porta em que bate abre apenas uma fresta, um olho pressionado nela.

É Kleitos, o sacerdote de Apolo.

Tenho muito pouco tempo para os sacerdotes de Apolo. Esnobes, todos eles, e toda sua bobagem profética é uma absoluta algazarra que é apenas uma vez em cem, uma em mil, resultado direto da inspiração divina. Kleitos, com barba de bode na cara de coelho, não melhora minha opinião sobre o bando.

– Minha senhora – ele deixa escapar, talvez surpreso por ver a rainha de Ítaca.

– Kleitos. Está tratando nosso grande rei Orestes, sim? Posso entrar?

A fresta na porta não aumenta.

– No momento, estou em minhas orações.

– Claro. Mas tenho certeza de que os deuses entenderiam, dada a situação extrema.

– Eu estou realizando certos rituais que não… não são para mulheres. Perdoe-me, majestade.

A sobrancelha de Penélope arqueia, mas ela sorri, acena com a cabeça, praticamente dá um saltito de donzela.

– Claro. Voltarei mais tarde.

Ele fecha a porta, e a dona da casa se afasta.

– Rituais? – murmura Autônoe em seu ouvido, enquanto elas descem a passagem sombria, o vento batendo contra as paredes com fúria crescente do lado de fora.

– Vasculhe os aposentos assim que ele não estiver lá – responde Penélope rapidamente.

A próxima porta é atendida por Iason, ele do pescoço adorável e braços realmente um tanto vistosos. Atrás dele desperta Pílades, Penélope vê um indício de uma lâmina sendo afiada. Mais uma vez, ela ergue uma sobrancelha, mas não diz mais nada enquanto entra no aposento.

– Pílades, Iason. Espero que vocês dois estejam bem.

Iason resmunga, incapaz de dizer a mentira que as boas maneiras claramente exigiriam. Pílades se levanta e, já tendo sido visto com uma arma, não faz nenhum esforço para escondê-la agora.

– Não temos permissão para ver nosso rei – dispara. – Por que não podemos ver Orestes?

Penélope olha por cima do ombro para onde está o guarda espartano, de fora da conferência. Autônoe sorri, acena com a cabeça, vai para o lado dele, apoiando-se no batente da porta.

– Olá, bonitão – diz ela ao soldado. – Nossa como você tem braços lindos.

Eu parafraseio, mas a essência do discurso é essa.

O soldado tenta ignorar Autônoe, mas o esforço não dura muito. Todo mundo sabe que as criadas de Ítaca são tão sorrateiras quanto sua senhora; entretanto, todos também sabem que por baixo de suas maneiras rudes e rústicas existem criaturas ingênuas de uma terra solitária que anseiam por um pouco de êxtase viril e sofisticado.

– Agora que mencionou – admite ele –, meus braços estão especialmente bonitos esta noite.

Com a conversa fluindo livremente do lado de fora, Penélope volta sua atenção para Pílades lá dentro.

– Uma pergunta, e apenas uma pergunta: sobre o que você discutiu com Electra?

Pílades congela. Iason está confuso. Pílades balança a cabeça em negação.

– Minha ilha foi conquistada, seu rei está envenenado e cativo. Para salvar meu reino, não hesitarei em fazer o que Menelau quer e acusá-lo de assassinar Zosime. Para salvar meu reino. Então, eu pergunto mais uma vez: sobre o que você e Electra discutiram?

Ainda sem resposta.

– Pílades, quem está envenenando Orestes o alcançou em Micenas. Você foi envenenado na sua própria cidade, algo que, devo admitir, apenas lança mais suspeitas sobre você. Orestes foi envenenado na estrada. Em seu navio. E agora no meu palácio. Há bem poucas pessoas que têm esse tipo de alcance. Esta é a última vez que vou perguntar.

Pílades olha para Iason. Iason desvia o olhar.

– Sendo assim – conclui Penélope. – Vejo que não tenho nenhum motivo real para protegê-lo.

Ela se afasta e ninguém tenta impedi-la.

O trovão rola sobre o mar, o relâmpago estala, as Fúrias uivam de alegria.

Menelau põe a mão para fora da janela para sentir a chuva na pele. Esta mão, esta mão, as pessoas não são capazes de imaginar as coisas que esta mão fez. Ele ainda sente a areia na frente de Troia em sua pele. Ele se lembra do fluxo de sangue pelas depressões e trilhas de seus dedos. Ele segurou a mulher mais bonita do mundo pelo pescoço, esmagou o crânio de um bebê apenas com a força de seus dedos, agarrou uma coroa de ouro. As coisas que fez, as coisas que viu, tocou, agarrou, e, agora, olhe para ela. As pontas de seus dedos ficam moles e macias, as costas de sua mão sobem e descem em sulcos de sangue e pele que se contorcem, e a água da chuva que cai sobre ele não é tão fria quanto sua carne que esfria lentamente.

Ele está envelhecendo, esse grande homem de Troia. Outros não o dizem, muito mal ousam enxergar isso, mas ele nunca foi tolo. Ele sabia que os reis menores falavam dele pelas costas, zombavam dele, o marido de uma esposa infiel, o tolo que não conseguiu manter uma mulher sob controle – uma garota! Agora ele sente os anos o repuxando, esticando seu coração, e quando ele se for, quem restará?

Menelau não gosta dos filhos. Ele mal os conhece, e a ausência lhe deu uma clareza cruel sobre suas muitas, muitas falhas. Na verdade, a única que ele considera remotamente abençoada com um pouco de garra é Hermíone, sua filha.

Pelo menos ela gritou e xingou e foi para cima dele com as unhas quando ele disse que ela se casaria com o filho de Aquiles. Pelo menos ela levou a surra sem vacilar ou pedir desculpas quando ele a espancou. Os filhos, ele suspira ao pensar nisso, os filhos desmoronam e rastejam e imploram no momento em que ele levanta o punho contra eles, como se isso fosse fazê-lo parar. Como se isso fosse fazê-lo amá-los.

O palácio estremece na tempestade.

Desta vez, quando Penélope bate à porta do sacerdote Kleitos, sua batida educada é abafada pelo trovão, então ela tenta de novo. Kleitos abre a porta por completo, o cheiro de incenso, pesado como âmbar queimado, exalando conforme ele a abre, sorri, diz:

– Ah, você voltou.

Penélope passa por ele até a escuridão do quarto. Há apenas uma janela quadrada, alta e lateral, remanescente de uma tentativa anterior de construir paredes neste palácio que então caíram, ou foram movidas, ou foram colocadas no lugar errado para começar, até que não restasse mais definição ou ordem no lugar.

Lá fora, a chuva cai na diagonal, arde em um branco breve, de arrebentar pálpebras, quando um raio explode sobre o mar. Uma única lamparina a óleo é apenas uma centelha de luz contra a rajada, queimando em meio a uma mesa de ervas e unguentos, bálsamos e aromas que deixariam Anaitis boquiaberta.

– Claro – murmura Penélope, olhando além de Kleitos para seus remédios. – Eu queria saber se lhe falta alguma coisa. Qualquer coisa que possa ajudá-lo a cuidar de nosso nobre rei.

Ele balança, sorri. Ele é todo bajulação e boas maneiras depois de sua rejeição anterior.

– É uma anfitriã tão atenciosa, obrigado. Mas vim bem abastecido com todos os tipos de bens preciosos que duvido que cresçam em sua ilha. Farei com que Orestes tenha o melhor cuidado.

– Há uma sacerdotisa de Ártemis nos arredores que tem alguma habilidade com ervas medicinais – talvez ela possa lhe ser útil?

– Isso é muito generoso, claro – responde o sacerdote, a voz movendo-se como água por um caminho familiar e bem polido de pedra. – Contudo, duvido que uma dama da caça tenha a experiência que minha vocação traz.

O sorriso de Penélope são pequenos dentes brancos em uma boca fina e pálida.

– Tenho certeza de que está certo. Então está bem. Se, como diz, você tem tudo, eu o deixarei com suas devoções.

Desta vez, Kleitos espera educadamente que Penélope se afaste alguns passos antes de fechar a porta.

A lua ainda não está em seu ponto mais alto quando Eos e as criadas que a acompanham retornam ao palácio. Elas estão encharcadas até os ossos, tremendo e com os lábios azuis de suas aventuras. Os espartanos inspecionam a carroça que trazem, os barris que carregam – fedorentos ainda, mas pelo menos esvaziados de seu conteúdo imundo.

Eles não questionam as criadas nem inspecionam todos os barris. Uma cheirada daquilo já é suficiente, obrigado.

– Boa noite, nobres senhores – Eos diz enquanto elas passam pelos portões. – Boa noite.

Capítulo 30

Depois da tempestade, a madrugada traz consigo o cheiro da vida. Encontro Ártemis sentada nos degraus de seu templo, protegido por bosques de árvores. Ela está colocando uma nova corda em seu arco. Seus dedos descalços se curvam sobre o solo, os músculos de suas costas ondulam, há um único pedaço de folha quebrada em seu cabelo encharcado pela tempestade. Ela esteve correndo livre e selvagem através do trovão e da chuva, sem se importar se deuses ou Fúrias convocaram a tempestade. Pergunto-me qual é a sensação de sua pele ao toque, quais partes ainda estão quentes de suas excursões, quais estão geladas pela noite. Seria um prazer radiante descobrir, mas, infelizmente, Ártemis não está interessada, e não peço a pessoas que não estão interessadas, mesmo quando seus mamilos são tão firmes e seus dedos tão hábeis.

– Irmã – cumprimento, mantendo uma distância educada dos degraus de seu solo sagrado.

– Olá – responde ela. – Estou encordoando meu arco.

– Posso ver isso e como é muito firme e longo.

– Haverá sangue. Será esta noite.

– Tem certeza?

Ártemis não me agracia com uma resposta, mas contorce o rosto em uma expressão de espanto, até mesmo de descrença, por eu ou qualquer outro tolo vivente não conseguir sentir o cheiro de sangue prestes a ser derramado. Atena jamais desfiguraria suas feições de modo tão animado; o desprezo da deusa da sabedoria é gelo e desdém, em vez da expressiva perplexidade da prima Ártemis diante dos modos completamente estúpidos de seus parentes. Suspiro, aproximo-me um pouco mais e, quando ela não mostra os dentes para mim como um maldito lobo por minha intromissão, digo:

– Ouvi falar que você andava por aqui às vezes.

Ela gesticula vagamente em direção à floresta.

– Mulheres armadas com arco e lâmina protegem a ilha. Elas matam homens que vêm aqui para fazer mal, caçam-nos como veados durante a noite, matam-nos com um único golpe, uma flecha na garganta. É muito bom.

– E as questões de... política? De reis e rainhas?

Ela pisca para mim, confusa por um momento, então sacode a cabeça, limpando-a de noções estranhas.

– As mulheres caçam qualquer um que as ameace, e eu caço com as mulheres.

Até agora ela não recusou minha presença, então eu me sento no degrau abaixo dela – afinal, esse é o espaço sagrado dela, não meu. Ela não parece notar ou se importar. Tiro um besouro da ponta do pé dela e, quando ela não reage de imediato com indignação, sussurro:

– E as Fúrias que cercam a casa de Penélope?

– Elas estão aqui pelo garoto que matou a mãe – responde depressa. – A mãe era amada por Hera. Ela também se importava com as coisas da política.

– Acha que corre o risco de irritá-las se ajudar as mulheres em sua luta?

– As Fúrias não se importam com ninguém além de Orestes. Elas fazem o trabalho delas, eu faço o meu. Elas são velhas, criaturas da terra. São simples em seus desejos. Eu respeito isso.

Ela testa a corda do arco, mira em um alvo imaginário, músculos se movendo em seu braço, suas costas, seu pescoço, controle sem esforço. Eu lambo meus lábios, me viro, contemplo o céu da manhã.

– Está certo, então. Você diz que esta noite haverá sangue? Vou acreditar na sua palavra.

Eu me levanto, afasto-me para sair.

– Os outros sabem que você está aqui? – pergunta ela. – Em Ítaca, quero dizer. Zeus ficou com ciúmes quando descobriu que Hera estava interferindo, e agora ela está presa no Olimpo fingindo que gosta de jantares para a família. Eles sabem que você está aqui?

– Atena sabe; tenho certeza de que alguns também – respondo finalmente. – Mas todo mundo sabe que sou vaidosa e boba demais para ser um problema. Apenas enviando a Penélope lindos sonhos de outros homens, sem dúvida. Nada como o êxtase de uma mulher passional que finalmente, depois de ansiar por muito tempo, nem mesmo se dando prazer, se liberta.

Posso estar falando a língua das grandes tribos do sul ao explicar assuntos de desejo proibido para Ártemis; assim declara o piscar largo de seus olhos.

Sorrio, paciente, resisto ao impulso de dar um tapinha em seu ombro nu e forte, murmuro:

– Sendo assim, então...

– Eu vi que aquela mulher espartana está aqui – Ártemis não sabe esconder suas perguntas com um sorriso. Ela pensa, depois fala, os olhos fixos em outro lugar, fingindo desinteresse. Atena ficaria chocada com a falta de sutileza dela, mas acho todo o efeito um tanto libertador. – Helena. Ela. Eu apenas presumi que você estava aqui por ela, porque ela também é vaidosa e boba. Engraçado como culpam as tolas por todas as coisas que os fortes fazem.

Sorrio benignamente para minha prima divina, resisto à vontade de apertar seu realmente magnífico braço direito e, na forma de uma pomba, volto aos céus.

Atena não está em seu templo, mas em pé sobre o penhasco, olhando para o mar, com a testa franzida como se seu olhar estivesse voltado para longe, para algum lugar além do horizonte.

– Atena – cumprimento, pousando com um suspiro suave ao seu lado.

– Afrodite.

– Está procurando... ah. Que encantador.

Sigo seu olhar, muito além da água, muito além da espuma e da rocha e da profundidade oculta da criatura à espreita e da tempestade rodopiante no céu distante. Ouço os gritos da ninfa, seu prazer sensual misturado com lágrimas amargas, pois, pela última vez, de fato a última vez, ela se deita com seu amante em sua cama de penas. Odisseu não foi um amante terno para Calipso por muito tempo, mas hoje ele honra o corpo, o prazer, as necessidades dela como se estivessem se encontrando pela primeira vez, aprendendo os mistérios do sexo um do outro pela primeira vez, seguran-do-a perto quando terminam, para que ela possa envolver com seus braços magros e escuros os ombros dele, antes que finalmente ele se levante e vá em direção ao mar.

Então ela fica em silêncio na praia, com lágrimas no rosto e nenhuma palavra mais em seus lábios, enquanto Odisseu empurra sua jangada na água.

– Então acabou, é? – Pergunto. – Odisseu vai voltar para casa?

– Não acabou – responde Atena, enfim voltando seu olhar para esses mares mais próximos. – Poseidon descobrirá em breve e erguerá uma tempestade contra ele. Mas ele não vai desafiar Zeus; a tempestade vai surrar, mas não vai matar Odisseu. Ele vai naufragar mais uma vez, e eu irei até ele e o guiarei na última de suas viagens, até que ele retorne a Ítaca.

– Bem a tempo de encontrá-la arrasada, Menelau rei e Orestes babando em uma sala escondida em Esparta, sem dúvida.

– De fato. Bem a tempo para isso.

– Vi Ártemis encordoando o arco.

– Ela adora uma caçada.

– Suponho que Penélope agirá esta noite?

– Ela tem que agir. Não há mais tempo para adiar.

– E você vai ajudá-la quando chegar o momento?

– Devo observar Odisseu – responde ela, a carranca se aprofundando. – Preciso cuidar para que ele esteja seguro e trazer seu filho de volta também. Telêmaco não deve estar longe quando o pai finalmente retornar. Não seria... poético – Ela se mexe um pouco, com as costas eretas como sua lança, os olhos em qualquer lugar, menos nos meus. – Em Troia, estávamos em lados opostos. Você até foi para o campo de batalha para defender seus preciosos animais de estimação; eu não esperava por isso e posso prever quase tudo. Meu dom não é a profecia, como o de Apolo, mas consigo julgar e não gosto quando meus julgamentos estão errados. A deusa do desejo no campo com uma lâmina. Notável. Imprevisível.

– O que é o amor se não luta pelo amor?

Seus lábios se curvam; há algo nesse sentimento que ela acha banal demais para tolerar, mas também nada nele que ela possa refutar.

– Fui forçada a considerar que meus paradigmas são... falhos. Nós, mulheres de céu e de fogo, nós, deusas, somos tão poderosas. Mas, se aprendemos alguma coisa com a velha mãe Hera, é que, quanto mais reluzimos, mais os homens se alinham para nos fazer cair. Nosso poder será suprimido, subjugado, e seremos transformadas de criaturas de majestade imortal em esposas acovardadas e prostitutas afetadas, meros complementos de uma história contada por um homem. Uma história sobre um homem. Os poetas contarão a história de Odisseu por milênios e, quando o fizerem, falarão *meu* nome. *Eu* serei sua guardiã protetora. *Eu* serei aquela que o trará de volta ao seu amor. Os homens prestarão homenagem a mim. Mas mesmo aqui ainda devo ser secundária. Esta é... a vitória que posso obter. Às vezes, na guerra, essa é a única vitória que se pode ter.

Um pequeno suspiro, uma pequena inclinação da cabeça, igual à coruja que é sua criatura, ainda olhando para o horizonte.

– Tenho observado Helena. Eu tenho observado você. Começo a ver que talvez haja alguma pequena proteção em ser uma tola. A garota risonha que não entende nada e só pensa em prazer carnal ou satisfação temporária. Que ser a tola é de fato... sábio. Seguro. Um ser humano inteligente, capaz e vivo, podemos responsabilizá-lo por suas ações. Mas uma garota boba?

– Ela fecha os olhos, apertando-os com força; ela está se esforçando para compreender isso, para aceitar, para acreditar, no entanto, a evidência, a evidência concreta... Céus, é demais quando uma deusa da sabedoria está tendo dificuldades com uma ideia simples!

Ela balança a cabeça mais uma vez, abre os olhos, sai do penhasco para caminhar sobre o ar à espera, virando o corpo enquanto caminha para não ter que olhar para mim, a cabeça baixa, sua luz concentrada ao seu redor, escondida do olhar do Olimpo.

– Sei que você cuida de Helena. Acho que talvez você cuide de Penélope também – Então um pensamento, uma pergunta que ninguém além de mim pode responder.

Ela aceita bem isso; considera o domínio dessas coisas tão trivial, não a incomoda que esteja fora de seu alcance.

– Penélope ama Odisseu?

Demoro para responder, saboreando a experiência de sua ignorância e minha percepção.

– Seus poetas vão se importar com a resposta?

Ela considera apenas brevemente.

– Não. De jeito nenhum. É preciso que ela o ame, e é isso que a história dirá. Mas estou... curiosa quanto ao coração da mulher.

– Ela também, irmã. Ela também.

Finalmente, Atena olha para mim.

Tão poucos dos deuses me encaram, e menos ainda das deusas. Mas ela o faz agora e ela sorri e me saúda com um breve erguer de sua lança, antes de alçar voo para o céu em um bater de asas emplumadas.

No palácio, os espartanos vigiam, as criadas cozinham, Penélope reza.

Ou melhor, ela se ajoelha diante de um pequeno santuário particular e, quando as pessoas pedem para falar com ela, Eos intervém e diz: "Minha pobre senhora está aflita, sofrendo por seu marido e filho e reza pelo seu rápido retorno para salvar esta casa".

Menelau envia Lefteris para interromper essas orações, mas as criadas sussurram antes de sua chegada e, assim, enquanto ele marcha em direção às costas da rainha ajoelhada, alguém que não é uma criada o intercepta.

– Honrado hóspede – começa Medon, inserindo primeiro a barriga, depois o queixo e, por fim, todo o seu corpo redondo entre o espartano e sua rainha –, podemos ajudá-lo?

Lefteris matou muitos homens, incluindo velhos e desarmados. Ele olha Medon de cima a baixo e conclui que este será um sangrador, mas é um sangrador que, pelo menos nesta casa, seria politicamente de pouca ajuda matar. Então ele para, paira acima do homem, rola a saliva em sua boca, estala o lábio inferior entre os dentes sagazes e informa:

– Menelau, rei de Esparta, quer saber se sua rainha chegou a alguma conclusão sobre o assassinato da criada Zosime e a lembra que amanhã de manhã ele zarpará.

– Naturalmente, minha rainha colocou todo o seu conselho de homens sábios para resolver esse assunto terrível – Medon responde com tranquilidade –, e agora ela reza. A vida dela tem sido difícil, sabe, sem marido por tanto tempo. Ela é facilmente dominada pela fraqueza e devoção.

A carranca de Lefteris não sabe se é um sorriso, um olhar malicioso, um rosnado e, portanto, fica em algum lugar entre tudo isso. Mas ele não insiste, gira nos calcanhares e sai tempestuoso.

Medon espera que ele se vá, então, se ajoelha ao lado de sua rainha.

– Seja o que for que vai fazer – sussurra ele –, é melhor que faça hoje à noite.

– Você viu o venerável pai de meu marido? – responde ela, os olhos ainda fechados em suas contemplações. – Percebo que tenho sido bastante negligente em minha piedade filial.

O venerável pai do marido dela, Laertes, está em um de seus lugares favoritos no palácio: o chiqueiro. Porcos são ótimos, ele diz. São espertos, são capazes, de boa índole se você cuidar bem deles e fornecem excelente gordura quando abatidos. Ele teria mais em sua fazenda, mas ah, não, ah, espere, sim, agora ele se lembra – toda a sua fazenda foi totalmente incendiada por piratas, não foi? E embora novas paredes se elevem acima de sua casa recém-construída, ele perdeu seu porco favorito no ataque e ainda não foi substituído. Então agora ele inspeciona os porcos do filho, e, céus, como são bons, e talvez sua nora considere enviar aquele para ele em breve, não…?

– Venerável pai – entoa Penélope, enquanto um espartano se inclina contra o batente da porta, observando-os –, é claro que pode ter qualquer porco que quiser.

Laertes passa de sua inspeção dos animais para o escrutínio do espartano observador.

– Oi – brada. – Você, caia fora.

– Devo guardar a senhora Penélope – responde o soldado, sem se levantar de sua posição desleixada ou demonstrar o menor interesse no comando real. – Devo mantê-la segura.

– Eu sou Laertes, pai de Odisseu, outrora rei e herói do *Argo*! Você acha que ela não está segura comigo?

O espartano apenas pisca para ele e não se move. O velho rei sorri, dentes amarelos em gengivas brilhantes.

– Claro. Guardar uma mulher; ela é grata por isso. Ela é grata por sua proteção, pela proteção de seu mestre. Mas eu? Guardar um rei? Isso é algo completamente diferente. Esse é o tipo de coisa que deixa os outros reis nervosos, começam a falar, não está certo, eles dizem, não está nada certo. Posso não ter ido a Troia, garoto, mas estava ficando bêbado com Nestor, enquanto você era apenas uma fantasia nos olhos de sua mãe. Eu estava cagando nos fundos do palácio de Teseu e bebendo com malditos centauros, enquanto você ainda era um merdinha desdentado chupando a teta da sua mãe. Pode proteger uma rainha o dia todo, rainhas precisam de alguma proteção. Mas não pense nem por um instante que pode se safar guardando um rei.

O espartano hesita, depois se afasta alguns passos.

Não há outro lugar para Penélope e Laertes irem além do chiqueiro, é claro, não há problema em dar a eles esse pouco de espaço, mas pelo menos por enquanto suas vozes não serão ouvidas.

Laertes se vira para a nora.

– Certo – sussurra ele. – Quando você vai fugir?

Penélope contorna uma porca, as vestes cuidadosamente erguidas acima do chão fedorento, os olhos desviados, não responde de imediato.

Laertes bate as mãos uma na outra, um estalo alto o suficiente para assustar até mesmo os plácidos animais a seus pés.

– Vamos, menina! Não pode deixar que Menelau mande aquele garoto idiota de Orestes para Esparta, e não pode demorar mais! Significa que você tem que tirar ele e a si mesma do palácio hoje à noite; então, desembuche.

Penélope olha mais uma vez para o soldado que observa, move-se para o canto mais escuro e fedorento do cercado, olha Laertes de cima a baixo. Ele a encara de volta, e ocorre a ela que o sogro a conhece há muito mais tempo do que seu marido e que, uma vez que ela cumpriu seu dever tendo um filho, um herdeiro para o reino, ele parou de tratá-la como uma esposa e talvez até tenha começado a considerá-la um ser humano, embora um no qual ele não tivesse muito interesse. Laertes não se interessa por muitos humanos. Ele os considera muito mais tediosos do que porcos.

– Hoje à noite – diz ela finalmente. – Os preparativos estão em andamento.

– Vi suas criadas escapando ontem à noite com um carrinho cheio de merda – comenta ele, aprovação em sua voz, uma certa satisfação quase régia na retidão de suas costas. – Preparando aquele navio que sua Urânia mantém, sim? Enviando uma mensagem para seu pequeno exército de mulheres? – Penélope enrijece, mas ele logo dispensa sua reação. – Posso ser velho, mas não sou burro! Piratas "mortos pelas flechas de Ártemis", *faça-me o favor*. Já vi mulheres rondando com seus "arcos de caça" e "machados de lenhador", e sim, elas derrubam uma árvore quando precisam de madeira, mas ninguém queima tantos gravetos. Vai conseguir? Vai conseguir tirar Orestes de lá?

– Acredito que sim. Orestes, Electra, eu mesma. Mas preciso que você fique aqui.

– Claro que sim – responde ele, e há certa satisfação em sua voz, certa alegria de estar tramando novamente, de estar conspirando, lembra-lhe a juventude, aqueles eram bons tempos.

– Precisa de alguém para proteger aqueles que você deixará para trás. Assim que fugir, Menelau vai torturar seu conselho, massacrar suas criadas, a menos que o bom e velho Laertes esteja lá para detê-lo. Claro que tenho que ficar para trás.

– Acha que consegue? Detê-lo?

– Ele é um valentão, mas ainda não é o rei dos reis. Ele quer que o resto da Grécia entre na linha, é melhor não começar matando o velho de Odisseu, não? Posso impedi-lo de torturar suas mulheres. No entanto, não serei capaz de impedi-lo de matá-la, se ele a capturar. Será "Penélope, a rainha vadia de Ítaca, fugiu para ter um encontro secreto com algum homem" e "Penélope, a prostituta, assassinou aquela criada no quarto de Nicóstrato para esconder seu terrível segredo lascivo". Não serei capaz de fazer nada por você, exceto talvez matá-la mais rápido do que ele.

— Bem, tenho certeza de que apreciarei isso, se for o caso.

— Vai precisar de uma distração se quiser chegar ao seu pequeno barco de fuga.

— Houve uma tempestade ontem à noite.

— E?

— Observei que, após um clima violento, o vento muitas vezes sopra para o mar. É como se a própria terra exalasse tudo o que foi golpeado contra ela; você notou isso?

Laertes cospe em um canto em resposta; claro que sim, ele é um maldito rei, ela não sabe? Então, um pouco mais pensativo:

— Nicóstrato fez aquilo? Ele matou a garota?

— Talvez — responde ela, então se corrige. — Provavelmente não.

— Pena. Quem fez? Um dos nossos? É melhor você simplesmente culpar um micênico e acabar com isso de qualquer maneira.

— Não tenho certeza. Muitas pessoas tiveram um sono muito mais pesado do que acho que deveriam; tão pesado quanto parece que o próprio Orestes tem quando o suco de papoula está sobre ele. Tenho o começo de uma ideia, mas… há mais coisas que preciso fazer — Ela se curva respeitosamente para o sogro, vira-se e para. — Esta noite. Fique perto de Menelau. Certifique-se de que ele sempre o veja a seu lado.

— Onde mais um rei deveria estar? — Laertes responde, dando um tapinha casual no traseiro de um porco enquanto passa.

Mais tarde, Penélope percorre o jardim florido onde as abelhas gostam de se alimentar, em piedosa contemplação. É possível dizer que é uma contemplação piedosa, porque ela se move lentamente, passando os dedos por folhas e pétalas, os olhos semicerrados, a cabeça inclinada de maneira tão charmosa, que reflete o sol de um lado do rosto, talvez apreciando o contraste entre luz e sombra, calor e frio.

Seus vigias espartanos seguem a uma distância educada, e ela não se importa.

Ela passa sob a oliveira cujos galhos se entrelaçaram na própria parede da casa, fora do quarto onde dorme sozinha sob o luar. Vagueia sob as persianas fechadas do quarto de Orestes, ouve os fracos soluços de Electra lá dentro, as orações mais altas de Kleitos sobre a forma trêmula do rei. Pensa ter ouvido outra coisa também, garras e asas de morcego, acompanhadas pelo fedor de podridão e sangue, mas ela se vira e isso desaparece. Ela perambula sob o quarto de Electra, não ouve nada, sob o quarto de Helena, sob as persianas abertas do aposento onde Zosime foi assassinada.

Estão tentando afastar o cheiro de sangue e morte, mas ele persiste mesmo quando soprado pela brisa salgada do mar. Seus dedos brincam com os caules de um arbusto de erva perfumada que cheira a noites de outono e sonhos taciturnos e, enquanto brincam, ela o afasta para ver, em um pequeno buraco que marca a folhagem, um vislumbre de argila quebrada.

Ela não para para pegar a lamparina quebrada, nem comenta sobre ela, mas apenas continua em sua peregrinação, como se estivesse perdida em devaneios.

Uma batida à porta.

É Penélope, chamando por sua prima Helena.

– Prima – chama ela. – Posso entrar?

A porta de Helena é aberta por Trifosa. Trifosa não teve tempo de lamentar Zosime. Não ocorreu a ninguém que ela pudesse precisar. O luto é para pessoas com tempo livre, pessoas que têm tempo para sentimentos importantes. Acaricio sua bochecha com meus dedos. Mais tarde ela chorará, no escuro, quando ninguém estiver olhando, e estarei lá, segurando-a em meus braços.

Mas, por enquanto, há coisas a fazer e serviços a realizar.

Helena está sentada em sua longa mesa de unguentos e pomadas, adornando sua bochecha.

– Quem é? – grita ela, por detrás do ombro protetor de Trifosa à porta.

– É Penélope, prima. Posso entrar?

– Não estou muito decente, na verdade!

Helena está totalmente vestida, mas não está totalmente maquiada. Metade de seu rosto está manchado de branco e rosa, a sobrancelha desenhada em uma linha sólida de carvão. A outra metade é a pele levemente enrugada da amêndoa, linda, fascinante, quente. Eu a acaricio, eu a beijo. A idade está chegando para Helena, e ela poderia ser ainda mais resplandecente do que quando era uma jovem flor, crescendo em um corpo que pertence a ela e somente a ela. Mas não, não. Ela esconde sua pele, ela a pinta, será novamente um corpo para ser visto por outras pessoas, pelo qual os homens vão brigar e matar, um complemento para a história de outra pessoa. Suspiro e me afasto.

Penélope ainda está na porta, cara a cara com Trifosa.

Ela não vai a lugar nenhum.

Helena suspira, aplica apressadamente a maquiagem mais leve e superficial, o mínimo necessário para ser vista, e gesticula para que Trifosa se afaste.

– Sim, o que quer? – demanda e, vendo o leve sobressalto no rosto de Penélope com a rispidez de seu tom, sorri, se suaviza e acrescenta: – Sinto muito, ainda estou terrivelmente chateada com toda essa coisa horrível com Zosime. Pegou o monstro que a matou?

Penélope passa por Trifosa, aproxima-se da prima em sua mesa, os olhos percorrendo seu conteúdo numeroso. A jarra dourada de água e vinho da qual apenas Helena parece beber está ao lado dela, com um copo vazio ao lado. Os lábios de Helena estão manchados de vermelho enquanto ela sorri.

– Você acredita que Nicóstrato é inocente, então? – Penélope pergunta. – Embora ele tenha sido encontrado com o corpo coberto de sangue?

– Querido Nico, quero dizer, adorável Nico, ele é um menino tão bem--intencionado! Mas ele tem um temperamento terrível, e sua mãe era, bem, como posso dizer isso… ela tinha ideias acima de sua posição.

Helena segue o olhar de Penélope, acena com o pulso para Trifosa, um banquinho, uma cadeira, traga algo para minha prima, rápido, agora! Um banquinho é trazido, Helena pega Penélope pela mão, acomoda-a ao seu lado, as duas mulheres agora sentadas diante do notável e perfeito espelho de Helena. Penélope vislumbra o próprio reflexo, desvia o olhar, mas Helena a estuda – não seu rosto, mas seu reflexo, um ato que tem a vantagem conveniente de permitir que Helena estude o próprio rosto ao mesmo tempo.

– Adorável – sussurra enfim. – Encantadora. Eu invejo você, sabe… sua autenticidade – Ela afasta uma mecha perdida da testa de Penélope, enrola-a no dedo para fazê-la se cachear um pouco mais, deixa-a solta, não gosta do efeito, empurra-a com ternura para trás da orelha de Penélope.

Penélope fica sentada, hipnotizada pelos cuidados da prima. Todos os dias, Eos a ajuda a arrumar o cabelo de uma maneira adequadamente graciosa, porém, sensata, mas isso é outra coisa. Uma lembrança se agita – de ser uma criança, uma menina em Esparta, de Helena trançando o seu cabelo diversas vezes, testando nós fabulosos e tranças gloriosas em seu couro cabeludo, de rir, de ser inocente e livre pelo menos por um pouco, um pouquinho de tempo. Mesmo quando criança, todos os que a viam diziam a Helena que coisa linda ela era, que mulher linda ela se tornaria quando crescesse. Uma profecia proferida tantas vezes deve ser cumprida. Ninguém dissera a Helena que ela cresceria para ser nobre, régia, sábia, erudita ou reverenciada, então, de fato não ocorreu a sua mente infantil que essas poderiam ser aspirações a serem buscadas. As brincadeiras de se vestir e brincar com o cabelo tornaram-se lições sérias, Penélope era repreendida caso se mexesse, zombavam de seu traje simples e tez pálida. Mas houve um momento, antes que as crianças se tornassem meninas e as meninas se tornassem esposas, em que Helena brincava com o cabelo de Penélope como se fossem uma família, que se foram tão rapidamente quanto um dia de verão.

– Zosime teve um filho de Nicóstrato; sabia disso? – Helena exala esse segredo como se estivesse se pronunciando sobre a qualidade de um figo ou as cores de um pôr do sol. – Ela estava realmente muito apaixonada por ele. Encantador, de verdade; embora, é claro, ela nunca pudesse se casar com ele, teria sido uma péssima ideia, ela estava muito abaixo da sua posição. O pai dela ficou furioso quando descobriu, exigiu que o querido Nico "fizesse o certo" por sua filha. Então, meu marido, sendo um homem bom e amoroso, manteve Zosime na corte, embora ela estivesse, bem, quero dizer, não se quer usar a palavra "estragada", mas aí está, e a colocou a meu serviço na esperança de que pudesse encontrar um bom par para ela em algum lugar. Alguém que a aceitasse. Pobre querida, ela foi mesmo terrivelmente azarada. Terrível azar.

Helena separa uma mecha de cabelo da massa na cabeça de Penélope, puxa para um lado e para o outro, experimentando algum outro visual, vendo como este ou aquele alinhamento de mechas muda a forma do rosto da prima. Nada parece muito satisfatório. É possível que a autenticidade rústica seja o único estilo que servirá de verdade para a rainha itacense. Penélope deixa-a brincar, seduzida, encantada, desnorteada pelo toque dos dedos em seu couro cabeludo, a furiosa contemplação concentrada em seu rosto. Mas não – não! Na verdade isso não é bom. Helena solta um bufar de decepção e solta o cabelo de Penélope, virando o rosto de volta para o espelho para continuar os próprios cuidados, outra camada de carvão, outra camada de chumbo.

Penélope rompe com seu devaneio, com a lembrança de ser criança, com o presente de ser vista como um objeto de alguma beleza potencial.

Ela observa a prima por um momento no espelho, depois estende a mão para pegar a taça de ouro.

– Posso tomar um…

A mão de Helena pega a de Penélope, rápida e forte. Há um olhar em seus olhos que é algo do tipo de Atena, nada do meu adorável comportamento, mas desaparece assim que é visto. Ela solta, seus dedos deixando marcas brancas na pele de Penélope enquanto a itacense afasta a mão e sorri.

– Sinto muito, prima – ela dá um risinho –, mas tenho tomado meu remédio. Deixe-me pedir um copo limpo para você.

Ela se vira para Trifosa, mas Penélope a interrompe antes que o comando possa ser dado.

– Não, de jeito nenhum. De jeito nenhum. Sinto muito. Não vou incomodá-la mais, só queria ter certeza de que você tem tudo de que precisa.

– Estamos muito bem abastecidas, obrigada. Você é, como dizem, a anfitriã perfeita.

– Se tem certeza… O vento pode ser frio à noite, posso pedir que tragam a melhor pele de carneiro para sua cama, ah, você precisa de uma lâmpada nova? Eu não estou vendo…

– Trifosa cuida de tudo para mim, obrigada. Ela é tão boa para mim.

Penélope se levanta, acena com a cabeça, olha para Trifosa, não vê nada vivo, nada que ouse estar vivo, no rosto da velha criada.

– Bem, prima – murmura ela. – Se tem certeza, vejo você mais tarde.

– Estarei rezando para Hera – Helena responde afetadamente. – A deusa das esposas.

Penélope mal consegue não se engasgar com a própria saliva diante dessa declaração fervorosa enquanto sai do quarto.

Capítulo 31

Então o sol se põe em Ítaca.
É chegada a hora.

Até eu estou um pouco empolgada, um pouco agitada para ver como os eventos desta noite vão se desenrolar.

Não há banquete servido no palácio, nem reunião formal de homens, mas ainda há pretendentes, guardas, soldados, reis e criadas a serem alimentados, e assim, na cozinha, vapor, fumaça, ocupação, ocupação, ocupação, agitação, agitação, agitação!

Lefteris, capitão dos espartanos, ronda a muralha. Ele não olha para fora em busca de ameaças, mas para dentro, mestre de uma prisão, guardião de correntes.

Nicóstrato anda pelo templo de Atenas e não deixa que a presença da divindade abafe seus xingamentos.

Orestes está dormindo em seu quarto, Electra, ao seu lado.

Kleitos reza. Pílades e Iason não deixaram seus quartos. Não é considerado sábio fazê-lo – os espartanos designados para vigiá-los deixaram isso claro. Todos, ao que parece, precisam de proteção, dadas as circunstâncias.

Menelau, Helena, Penélope e Laertes comem juntos no grande salão. Está mais quieto agora que os pretendentes tiveram sua alegria rompida. Um bardo canta sobre Jasão e os Argonautas, sobre o Velocino de Ouro e sobre a adorável e injustiçada Medeia. A música foi pedida por Menelau, um gesto de respeito a Laertes. Os olhos de Laertes faíscam à luz do fogo, enquanto ele acena de volta. Ele sabe das mentiras que esse poeta canta, mas não se importa. São mentiras que lhe serviram bem, serviram a sua casa, e, se fosse menos sábio do que era, sem dúvida teria aprendido a acreditar que eram verdade há muito tempo.

– Bem, Hécuba, veja bem, Hécuba tinha essa teoria de que, uma vez que se tivesse dado à luz meninos suficientes, toda mãe precisa ter uma menina, que é assim que se completa o conjunto, entende, que toda mulher está incompleta até que tenha tido uma menina... – Helena segue chilreando, bebendo vinho de uma taça de ouro, e ninguém a nota.

– Como andam as suas... *investigações*, minha querida? – indaga Menelau, com a boca cheia de carne remexida e pastosa. – Tem alguém pronto para acusar?

– Estou quase terminando, irmão – responde Penélope, mexendo em seu prato. – Tenho certeza de que a justiça será feita para a satisfação de todos.

– Seu sábio sogro lembrou que pode lhe trazer alguns problemas se você acusar a pessoa errada – reflete Menelau, raspando um punhado de cartilagem entre um bocado de pão. – Eu só quero que saiba que qualquer um que atrapalhar sua acusação, qualquer um que diga qualquer coisa para você, eu estou com você. Tem o meu apoio.

– Que gentil, irmão. Sempre compreende tão bem as necessidades de uma mulher.

Menelau sorri, e em sua mente ele é um jovem renascido, é vibrante e vigoroso e pode passar a noite toda, foder, sim, foder a porra de uma inimiga, fodendo a porra de sua inimiga, é exatamente isso, é exatamente isso que vai provar que ele ainda é capaz, ela vai estar tremendo feito uma borboleta embaixo dele no fim das contas, ela vai estar gemendo com o êxtase de ser conquistada, de ser escravizada por um homem como ele, quando ele tiver terminado, apenas espere e verá.

Por um breve momento, ele se pergunta se alguém pode ver os sinais físicos de sua excitação, mas não, todos estão preocupados demais evitando o olhar uns dos outros. Não que ele se importasse se notassem – é o tipo de virilidade que marca um verdadeiro homem entre os homens.

– A propósito – proclama ele, e meus deuses, ele estava esperando por este momento, porra, é tão bom, que é um milagre que ele não a agarre agora mesmo e mostre a ela do que ele é capaz –, meus homens saíram para caçar esta manhã, para fazer sua parte, é claro, você entende, para aliviar um pouco do fardo intolerável de nossa estada. Eles encontraram um barco em uma pequena enseada perto do palácio, parecia algum tipo de barco de pesca abandonado, talvez algo que contrabandistas possam usar. Coisinha adorável, seria uma pena que se perdesse; eles o puxaram um pouco para a terra para protegê-lo do mar, posicionaram vigias para o caso de seu dono voltar. Tão crédulo é o seu povo rural, apenas deixando coisas assim por aí.

– É muita consideração de sua parte – entoa Penélope. – Tenho certeza, não importa quem seja proprietário do barco, vai agradecer.

– Apenas fazendo a nossa parte para ajudar no que pudermos.

– Claro, irmão. Claro.

Menelau observa Penélope, e ela não sua nem se encolhe, nem demonstra qualquer reação, e isso só o faz ficar mais rígido por ela do que antes.

Que engraçado, falando em barcos…

– Fogo, fogo!

O menino que é enviado correndo das docas é um guerreiro espartano em treinamento. Ele foi espancado, chutado, cortado, atingido pela vergonha, perseguido por cães, deixado para morrer de fome na encosta da montanha e, tendo sobrevivido a todas essas coisas, ele sabe que suportar a dor e o sofrimento é o que faz um homem. Admitir a angústia é covardia e fraqueza, e, sendo assim, descalço, ele corre, com queimaduras nas costas e cinzas na garganta, até os portões do palácio, que estão trancados por dentro, para gritar: "Fogo, fogo!".

Lefteris interrompe seu estudo das entranhas do palácio por tempo suficiente para se virar e considerar o lado de fora, e lá ele de fato vê uma conflagração ardendo. Nas docas, dois dos navios espartanos atracados no porto já estão completamente em chamas, e um terceiro começou a queimar e ondular. Do outro lado do cais, há pessoas apressando-se, correndo, pegando água do mar para jogar com baldes, mas já é tarde demais para os dois primeiros navios, e todos os trabalhos estão sendo direcionados para encharcar o terceiro navio fumegante antes que também se incendeie. O clarão mancha as paredes da cidade de vermelho, ricocheteia na pedra dura da baía, faz o mar arder como um espelho carmesim; porém, a brisa suave sopra as faíscas em direção à água, para longe da terra. Considero adicionar minha respiração suave à sua passagem, protegendo ainda mais o porto, mas não. Por que chamar a atenção para algo que já está correndo bem?

Lefteris é um veterano de Troia. Ele se lembra de quando os troianos queimaram os navios gregos, naquela noite sangrenta que quase quebrou o exército de Agamêmnon, que deixou homens adultos chorando sobre as cicatrizes do mar. É por isso que seu próximo julgamento é talvez um pouco imprudente, pois, com a lembrança das chamas às suas costas e da fumaça em seus olhos, ele se vira para seus homens e ordena:

– Abram os portões, seus tolos! Vão para os navios!

Os homens obedecem, e essa ordem é dada antes mesmo que a palavra chegue ao grande salão onde a realeza se senta – fogo, fogo!

Imediatamente Laertes se levanta, exige saber onde, onde, o que está queimando?

Tudo isso é muito bom e impressionante, uma boa dose de preocupação régia por parte do velho, e é grandiosa o bastante e alta o suficiente para que, por um momento, Menelau não se mexa. Incêndios acontecem, e ele está longe de casa, ele tem certeza de que não vai afetá-lo muito.

Navios, vem a resposta! Há navios em chamas no porto!

Agora Menelau se levanta, assustado como um animal que de repente percebe que está sendo sangrado vivo pelos insetos que se agarram a ele.

– Tragam os homens! Guardem a porta de Orestes. Vocês! – Ele aponta um dedo para dois de seus guardas. – Cuidem da rainha!

– Vou acompanhá-lo até as docas – proclama Laertes.

– Eu não preciso de um velho maldito! – Menelau ruge e imediatamente tenta engolir as palavras que acabou de gritar para o pai de Odisseu, murmurando um meio pedido de desculpas. Laertes sorri, dá um aceno de dispensa, já ouviu coisas muito piores, mas se você acha que algum palavrão o impedirá de ficar do lado de Menelau, está muito enganado.

– Eu deveria ir também – declara Penélope, levantando-se de seu assento. – Cuidar do povo do meu marido.

– Não! – dispara Menelau. – Seu pai cuidará de Ítaca. Você deve ficar segura, no palácio.

Ela afunda lentamente na cadeira, acena com a cabeça uma vez. Helena se inclina e aperta a mão dela.

– Tenho certeza de que vão ficar bem – sussurra ela. – Meu marido é tão corajoso.

Penélope não responde, enquanto observa Menelau e Laertes saindo do salão.

Caos e movimento, movimento e caos!

Os espartanos correm do palácio em direção ao porto – rápido, peguem mais baldes, usem o que encontrarem, seu capacete servirá! – para jogar água sobre as embarcações em chamas.

Isso não significa que todos os espartanos deixam o palácio. As mulheres permanecem, e Lefteris tem o cuidado de garantir a proteção adequada de todos lá dentro, mantendo cerca de trinta homens totalmente armados para o caso, como ele diz, de o incêndio se espalhar de forma terrível e inesperada em direção às paredes do palácio.

Menelau dispara para a costa para dirigir os esforços, Laertes ao seu lado. O velho rei está tendo momentos extraordinariamente agradáveis, pois, toda vez que Menelau grita: "Você, traga água!", Laertes ecoa imediatamente: "Mais água!"

Ou se Menelau grita: "Não desperdice seus esforços lá, ajude aqui!"; Laertes repete no mesmo instante o mesmo comando, mas com uma ou duas palavras fora de lugar. O efeito é produzir uma carranca cada vez mais profunda no rosto do rei espartano e o aumento da pulsação de uma veia gorda na lateral de seu pescoço. Mas, tendo gritado com o pai de Odisseu uma vez, seria profundamente rude gritar com ele de novo, portanto, Laertes continua em suas artimanhas com alegria, saboreando cada segundo no calor forte de uma chama espartana.

Os pretendentes se aglomeram nos portões do palácio, exigindo poder sair e ver – mas não, não. Eles são empurrados para trás, ordenados a voltar para seus quartos, a assistir pelas janelas de lá.

Ultraje, gritam eles – inaceitável! Estes são os homens que seriam reis de Ítaca! Alguém empurra uma pessoa, uma pessoa empurra de volta. Ninguém está pronto para de fato sacar armas e lutar – eles podem se arranhar se fizerem isso, alguém pode se machucar, alguém pode literalmente morrer! Mas eles se enfurecem, rugem e amaldiçoam os espartanos que os afastam de seus destinos viris, até que, finalmente, os espartanos abaixam suas lanças e ordenam que voltem. Um verdadeiro insulto! A maior violação das regras de hospitalidade que se pode conceber! Mas, pensando bem, os navios dos espartanos estão em chamas, Nicóstrato é acusado de assassinato, uma criada está morta, Orestes está louco e considerando todas as coisas... talvez seja o momento de os pretendentes darem um pouco de folga a esses guerreiros, não?

Lentamente, os pretendentes recuam. O que chama a atenção em todo esse caso, no entanto, são os três pretendentes que *não estão* presentes na briga, os três que provavelmente deveriam estar liderando-a.

Onde estão Antínoo, Eurímaco e Anfínomo?

Lancemos um olho divino que tudo vê pelo do palácio – e lá estão eles. Estão esperando junto da parede do palácio, perto das latrinas, amontoados, sem luz de tochas, nas sombras, piscando na escuridão silenciosa. Enquanto esperam, Melanto desliza da escuridão em direção a eles, um rolo de corda na mão, uma escada curta e tosca usada para subir em oliveiras no ombro. Ela os entrega para os pretendentes sem dizer uma palavra, e no mesmo momento eles encostam a escada na parede e começam a subir. Do outro lado há uma queda íngreme até a beira do penhasco, mas não, olhe de novo, pois há uma pequena trilha irregular e estreita, pouco mais do que uma saliência para arrastar os pés contra a qual esses pretendentes podem se esgueirar, saindo do palácio e entrando para a escuridão da noite itacense.

Desse modo, à luz refletida do fogo na baía, os três primeiros fugitivos do palácio de Odisseu conseguem escapar para a escuridão.

Quem será agora?

Penélope se retira para seu quarto. Dois soldados espartanos estão à sua porta. Uma criada espartana é enviada para atendê-la.

— Absolutamente não! — brada Eos. — Temos o bem-estar de nossa rainha sob controle, obrigada.

Ela bate a porta na cara da mulher. Um soldado espartano a empurra de volta. Eos fica boquiaberta.

— Como ousa?! — grita ela. — *Como você ousa?!*

— Para a proteção de sua senhora — resmunga ele em resposta.

— Querida, o que está acontecendo? — Trina uma voz vinda de mais adiante no corredor. Helena põe a cabeça para fora da porta, vê os soldados, as criadas, aproxima-se, preocupação e ansiedade estampadas na sua face. — Querida Penélope, está tudo bem?

— Tudo bem, obrigada — responde Penélope. — Seu atencioso marido enviou esta amável criada para me atender, mas como *minha* criada estava dizendo, estou muito bem cuidada.

— Ah, céus — Helena exclama. — Isso não está certo! Com licença! — Ela passa pela criada espartana à porta, encara o guarda, dispara — Eu vou cuidar da minha pobre prima enlutada! — e bate a porta na cara deles.

Eles não batem de novo. Helena pressiona as costas contra a porta que acabou de fechar diante dos olhos atentos deles, sorri brilhantemente e exclama:

— Bem, pode ir, suponho que vai escapar agora? Vai logo!

O queixo de Penélope cai.

Não é a expressão mais digna, mas pelo menos ela não está sozinha em sua reação, pois Eos também está boquiaberta, piscando sem compreender para a rainha espartana. Helena balança a cabeça e acena em direção à janela.

– Vão, vão, agora! Embarcações espartanas não pegam fogo sozinhas. O que quer que esteja planejando, está claramente acontecendo esta noite. Vamos lá!

Penélope consegue um momento de compostura, um vislumbre de calma.

– Você parece... muito otimista quanto a isso, prima.

– Bem, claro! É tudo muito emocionante, não é? Quando meu marido disse que estávamos visitando Ítaca, não vou mentir, pensei, que entediante. Que atrasado, tedioso e monótono. Mas, na verdade, tudo tem sido muito mais emocionante desde que chegamos aqui! Agora, não vou perguntar como você planeja passar Orestes e Electra furtivamente pelos guardas deles, mas tenho certeza de que você também tem um belo plano para isso. Ah, mas meu marido de fato não estava blefando sobre ter encontrado sua pequena embarcação de fuga, por favor, fique longe dela. Suponho que você tenha outra maneira de sair da ilha? Claro que tem. Sempre tramando com essa sua cabecinha esperta!

Eos olha para Penélope. Penélope olha para Eos. Então, com um encolher de ombros, Eos marcha direto para a janela e assobia para Autônoe, que espera lá embaixo com uma corda com nós que ela atira agora para sua colega criada.

– E você? – pergunta Penélope, enquanto Eos começa a amarrar a corda no canteiro da oliveira. – Os guardas viram você entrar aqui, saberão que nos ajudou a escapar.

– Bobagem! – Helena responde. – Eu estou bêbada! Entrei, desmaiei, ronquei de um jeito leve e aflautado que é mais encantador do que grotesco, despertei apenas com a sacodida de qualquer criada que for enviada para vê-la pela manhã. Observe!

Ela se joga como uma criança tonta na cama de Penélope, fecha os olhos e, por tudo que há de mais sagrado, começa a roncar. Não é um ronco leve e lírico. É o ronco dos bêbados de vinho, a fungada profunda de um alcoólatra miserável. E tão logo começou, terminou, e Helena está sentada de novo, ereta, radiante de deleite encantador. Penélope ainda está estupefata, então Helena acena para a janela.

– Vá embora então! Fuja logo! Não seja pega!

– Prima... Helena... – Penélope começa, mas Helena a interrompe.

– Prima – declara ela, e não há um vestígio de vinho nela, nem um fulgor de delírio em seus olhos, nem um sinal da criança em sua voz. Em vez disso, por um breve momento, há uma mulher contemplando outra, em um lugar privado iluminado pela luz refletida do fogo. Penélope se impede de recuar e, em vez disso, quase se inclina, estudando a súbita sobriedade na face de Helena, a idade em sua boca puxada para baixo. Por um momento, ela tem certeza, tem total certeza de que, quando Menelau matou o último dos príncipes troianos, foi Helena quem lhe entregou a lâmina. – Não há tempo – declara Helena. – De verdade, não há tempo.

Feita esta declaração final, ela se arrasta um pouco mais para o meio da cama de Penélope, cobre-se com uma pele de carneiro para se proteger do ar frio da noite, fecha os olhos e fica tão quieta e contente quanto um bebê docemente adormecido.

Por um momento, Penélope fica estupefata demais para falar, quanto mais para se mexer. Então, Eos pousa a mão com gentileza no braço da rainha, e juntas elas vão até a janela, agarram a corda que está pendurada nela e saem para as sombras rodopiantes da noite ardente.

Há mais duas pessoas críticas para extrair do palácio de Odisseu, e elas não vão sair por uma janela.

Orestes está deitado encolhido ao lado da irmã, enquanto Electra acaricia sua testa, beija seus dedos, penteia seu cabelo. A criada dela, Rhene, está a postos com água e panos limpos. Kleitos reza em seu quarto abaixo. Nada menos que cinco espartanos guardam a porta de Orestes, o corredor que se aproxima de sua cama.

Penélope considerou muitos esquemas sutis para distrair esses homens, mas eles são os que não se distraem. Nada os tira do lado de Orestes, e, com grande relutância, ela foi forçada a aceitar essa realidade. É por isso que, ao sair da janela do próprio quarto, ela não se dirige diretamente para as muralhas do palácio. Em vez disso, esgueira-se, finalmente sem ser vista por ninguém, exceto por suas criadas e pelos deuses, livre para se mover sem impedimentos na própria casa, para a parte profunda do palácio onde apenas um espartano guarda apenas uma porta.

Autônoe agora se aproxima desse homem, trazendo água, vinho, algumas migalhas que sobraram do banquete.

Ele os aceita sem questionar, espera que Autônoe vá embora antes de tomar um gole, dar uma mordida. Ele não precisa de muito para se nutrir – é um guerreiro de Esparta, um dos maiores militares do mundo! Foi com isso em mente que Autônoe não foi sutil quanto à droga que derramou no copo, espalhou pelo prato, esfregou nos pedaços de peixe que ele agora mastiga. A mistura, quando o atinge, não o faz cair de imediato, mas esquenta seu rosto, transforma seus dedos em gelo, agita suas entranhas, faz seu mundo girar. Ele cambaleia, ele se segura, seus ouvidos rugem, ele cai, rasteja de quatro, pensa que vai vomitar. Ele sai para o ar fresco da noite para vomitar, e é enquanto está lá, lutando para resistir ao tormento crescente da própria pele em chamas, que Autônoe, Eos e Penélope passam por ele para o quarto de Pílades e Iason.

Os dois micênicos estão lá dentro, já completamente armados, embora não saibam bem para quê. Também eles, talvez, estivessem planejando algum resgate corajoso, algum ato heroico de bravura e desespero. Preparam-se para atacar quando a porta é empurrada, mas se detêm ao ver as mulheres ali.

– Pílades – proclama Penélope –, ouvi dizer que está disposto a morrer por seu rei.

O soldado se endireita, acena com a cabeça uma vez, a mandíbula tensa, os ombros para trás, uma demonstração realmente adorável de nobre masculinidade.

– Esta pode ser a noite em que colocaremos isso à prova. Venham.

Eles a seguem pelo palácio. Rápidos e confiantes, eles se movem através de sua teia de aranha, seu labirinto de corredores quebrados e sombras cruéis. Ao pé da escada que leva ao aposento de Orestes, param. Um espartano jaz esparramado ali embaixo, meio encoberto pelo próprio escudo. Pílades o cutuca com cuidado, e ele geme, mas não se desperta.

No alto da escada, outro de seus colegas, e depois mais dois, todos caídos, os olhos perdidos em algum lugar distante, ofegando, engasgando, um deitado de bruços no próprio vômito. A seus pés, taças de vinho derramadas, comida pela metade. Pílades absorve tudo isso, ergue uma sobrancelha no que deseja que fosse desaprovação, mas não pode desaprovar de todo. Penélope passa por cima dos corpos, bate à porta de Orestes, não ouve resposta, afasta-a.

Lá dentro, captada pela luz de uma única lanterna, uma cena de sombras e tênue luz dançante. Orestes está deitado em sua cama. A criada Rhene está encolhida em um canto, como se as paredes pudessem engoli-la inteira. Um único homem espartano está no centro do quarto, sua lâmina pressionada contra a garganta de Electra.

O nome deste homem é Plutarco e nunca mais será pronunciado pelos vivos. Ele não comeu a comida nem tomou o vinho que lhe foi trazido pelas criadas itacenses, pois estava um pouco mal do estômago por causa de um peixe estragado na noite anterior e tinha medo de comer tão cedo. Desse modo, quando seus companheiros começaram a cair, ele cambaleou de um para o outro, exclamando, veneno, veneno, socorro, socorro! Mas ninguém respondeu, seus companheiros tendo corrido para as docas, ou bêbados, ou distraídos pelas criadas de Penélope. Nem as espartanas atenderam ao seu chamado, pois, no momento em que os pratos estavam sendo levados aos homens, Phiobe na cozinha derramou uma panela inteira de caldo borbulhante no pé de outra mulher, que ainda está sentada no chão gritando, uivando de dor, suas irmãs reunidas em volta dela; ah não, que pena, sinto muito, Phiobe chora, sinto muito! Phiobe, entre todas as criadas de Penélope, é a melhor em soltar as lágrimas, em chorar e dizer o quanto sente muito, e, minha nossa, é um espetáculo.

Portanto, Plutarco se viu sozinho e com bom senso suficiente para perceber que isso só poderia significar uma coisa.

Ele irrompeu no quarto de Orestes, pronto para se defender e fazer alguma coisa... não tem certeza do quê, este é realmente o tipo de decisão para a qual não está qualificado... mas *alguma coisa* para impedir o que quer que esteja vindo para o rei micênico.

Ele não pode ferir Orestes, é claro.

Um espartano matar o rei de Micenas significaria guerra, retribuição, caos. Todos os reis da Grécia se voltariam imediatamente contra Menelau caso isso acontecesse. Orestes deve ser visto vivo e louco, não assassinado pelas mãos do tio. Portanto, como ferir Orestes estava fora de cogitação, e como ninguém estava interessado em assassinar uma criada, ele fez a única coisa violenta que lhe resta: agarrou Electra pelos cabelos e tirou-a do lado do irmão e agora a mantém pressionada contra o corpo, a espada em seu pescoço.

Esta é a cena que Penélope observa ao abrir a porta do quarto de Orestes, e por um momento ela fica parada, em silêncio. Então Pílades vê o mesmo por cima do ombro dela e no mesmo instante desembainha sua lâmina e rosna: "Pelo rei!". Ele se prepara para atacar, para dar a vida de uma maneira que também não lhe é muito clara – há muita motivação heroica acontecendo neste momento e uma certa falta de bom senso –, entretanto, Penélope o impede, coloca a mão entre ele e sua presa, detendo-o.

– Soldado de Esparta – começa ela, suave como a meia-noite, calma como a escuridão da madrugada –, o que está fazendo?

Plutarco não tem ideia do que está fazendo. A ignorância foi arrancada dele quando criança, junto com a tristeza e o arrependimento – ele não pode admitir nenhuma dessas coisas, caso contrário será espancado de novo, e, em vez disso, fecha mais o aperto contra o peito de Electra, puxa-a um pouco mais forte contra o próprio corpo, cerra os dentes, projeta a mandíbula.

– Você está segurando a princesa de Micenas – Penélope continua. – Está violando a filha de Agamêmnon, sobrinha de seu rei. Mais uma vez, eu pergunto: o que está fazendo?

Plutarco não é treinado para responder a uma mulher, mas algo tem que ceder neste momento. Atrás de Penélope estão dois homens armados de Micenas, e é verdade que sua refém também é sobrinha de seu mestre, e então...

– Meus irmãos foram envenenados. Envenenados por suas criadas.

Penélope lambe os lábios. Ela está procurando por um estratagema astuto, mas, dadas as circunstâncias, é difícil até para ela inventar uma desculpa rápida para explicar por que há quatro espartanos caídos atrás de si, homens armados ao seu lado. Plutarco nota isso. Electra também. Talvez seja esse entendimento que faz Electra se decidir, pois ela move um pouco a mão por dentro do vestido e tira de um lugar escondido uma adaga. É a mesma adaga que Penélope tinha visto escondida sob o chão; o tipo de lâmina que uma princesa nunca deveria carregar e que todas as princesas deveriam.

Ela não tem espaço para enfiar com força ou fundo, mas não precisa. A sua estocada, quando a enfia em Plutarco, desliza por todo o caminho entre o músculo na parte superior de sua coxa e a curvatura inferior de sua barriga.

Ele arqueja , mas não grita – gritar também é inaceitável para um guerreiro –, mas também não faz o que pensou que poderia: cortar a garganta de Electra. Mesmo em agonia, há uma parte dele que sabe que este é um plano tolo, um plano sem sentido, e então seu braço, por um momento, fica flácido, e Electra o agarra com as duas mãos, afastando-o de seu pescoço. Ela não consegue afastá-lo muito, mas não precisa. Pílades imediatamente passa por Penélope, quase derrubando-a no chão, e adiciona sua força à de

Electra. Há um momento de luta, confusão, arfar. Uma lâmina corta carne; sangue começa a fluir. Então Pílades puxa Electra para longe de Plutarco, e, enquanto o espartano cambaleia para trás, Iason avança e enfia sua lâmina no lado do soldado, dividindo costela, pulmão e peito.

Plutarco cai, e agora apenas os mortos falarão seu nome.

Electra cambaleia para longe do braço de Pílades, uma mão pressionada contra o pescoço. Há sangue em seus dedos. Penélope vai em sua direção, mas ela acena para que se afaste.

– Não é nada! – ofega ela. – Meu irmão!

Penélope acena para Eos, que no mesmo instante se aproxima de Electra, segurando a lamparina para ver melhor o pescoço da princesa. Rhene também se levanta de seu canto, enxuga as lágrimas dos olhos, solta um suspiro trêmulo, não olha para o espartano morto onde ele jaz, mas rasga tecido de seu vestido para pressionar a ferida de Electra. Na verdade, não é profundo – o último arranhão da lâmina em sua pele, quando a espada foi afastada –, mas sangra e deixará uma gloriosa e adorável cicatriz branca que em anos futuros os amantes poderão traçar com os dedos e se maravilhar com a história que conta, se Electra fosse dada a esse tipo de flerte. Ela não é.

Pílades vai para o lado de Orestes, sacode-o suavemente onde ele jaz – acima, as Fúrias chocalham e grasnam com a perturbação –, e há lágrimas brilhando nas faces dele, a pena partindo em seu coração ao ver seu rei tão caído, tão fraco e tão pálido. Os olhos de Orestes estão afundados em seu crânio; os ossos se projetam pela pele pálida e amarelada. Suas pálpebras mal piscam para ver o amigo, mas ele sorri. Pílades quase se engasga; Electra desvia o olhar. Orestes está leve como um saco de gravetos quando Pílades o ergue da cama.

– Acredito que estamos fugindo, certo? – Electra grunhe, afastando as mulheres que cuidam de seu pescoço que sangra e arrancando o pano da mão de Rhene para pressionar com força contra a ferida ela mesma.

– Se você estiver disposta – responde Penélope.

Electra franze a testa, cutuca o espartano caído com os pés, levanta o queixo como antes sua mãe costumava fazer.

– Agora – comanda. – *Agora*.

*

O fogo ainda arde nas docas, enquanto as cinco mulheres e os três homens deslizam para o jardim de flores doces perto das colmeias de Penélope. Ainda há cinco espartanos guardando o portão. Eles não beberam vinho nem comeram comida – não o farão até o amanhecer, pois têm seu dever e não serão distraídos.

Em vez disso, Autônoe guia o pequeno grupo até onde a escada que os pretendentes usaram para fugir ainda está esperando contra a parede.

Içar Orestes escada acima exige Pílades e Iason, grunhindo, enquanto tentam manipular o rei, que geme e se remexe em seus braços.

– O que Kleitos deu a ele? – Penélope sussurra para Electra, enquanto os homens trabalham.

– Não sei. Nada que eu tenha visto antes – responde Electra.

Com um impulso, os homens colocam Orestes no muro e começam a amarrá-lo nas costas de Pílades para a descida do outro lado, como se ele fosse um bebê a ser carregado enrolado. Aperto um pouco mais a escuridão ao redor de suas formas; respiro um perfume perturbador no vento que sopra em direção aos espartanos no portão.

Electra sobe, depois, Rhene. Quando a criada estica a mão para a escada, ela escorrega, tropeça nas sombras. Penélope a pega pelo braço, a equilibra, acena com a cabeça, sorri para tranquilizá-la – embora o gesto se perca um pouco no escuro.

Pílades, com Orestes nas costas, acaba de descer do outro lado da parede quando o grito vem de dentro do palácio.

É o grito das mulheres espartanas, que finalmente abandonaram o pequeno drama que Phiobe criou na cozinha para verificar o bem-estar de seus homens, apenas para encontrá-los envenenados, caídos, mortos. Socorro, socorro, elas gritam, socorro, fomos traídos!

Em alguns momentos, os guardas que não estão embriagados irromperão pela porta do quarto de Orestes para descobrir que ele se foi, correrão para onde Pílades deveria estar sob guarda e, na mais grosseira violação de todas as regras sagradas da terra, derrubarão a porta de Penélope para encontrar Helena dormindo grogue na cama dela.

– Ah, deuses – Helena dirá. – Devo ter bebido um pouco demais...

Então, gritarão socorro, traição, socorro, chamem o rei! E o mais rápido deles, um menino de uns treze anos de idade, correrá até o porto para dizer a Menelau que ele foi de fato traído, que a rainha das bruxas dessas ilhas levou Orestes e sua irmã, socorro, socorro, chame os homens!

A notícia será uma surpresa apenas para Menelau. Ele também sabe que os navios espartanos não pegam fogo do nada, mas, em sua arrogância – e com mais do que um gostinho dos incêndios de Troia ainda em suas costas –, ele pensou que o incêndio de sua frota era uma prioridade maior do que se manter ele mesmo de olho em uma rainha traiçoeira.

Deuses, ele está aprendendo sobre sua inimiga esta noite, não está?

Tudo isso, então, está se desenrolando quando Pílades, com Orestes nas costas, desliza pela corda até a precária borda do penhasco e começa a se esgueirar ao longo dela, uma das mãos pressionada à muralha ao seu lado por segurança, a outra nas costas para firmar o monarca, amarrado a ele. Iason o segue, ajuda Electra a se equilibrar.

Penélope é a próxima e, embora ela tenha uma cabeça razoável para alturas, não olha para baixo, para o mar agitado abaixo, para um crânio rachado e membros esmagados, para a queda no escuro. Em vez disso, ela fixa os olhos no ponto distante onde a saliência aumenta, virando um caminho mais largo que se alarga ainda mais à medida que se afasta das muralhas e rumo a uma única luz que pisca a distância, convidativa.

Rhene vem atrás, mas, quando ela olha para baixo pela corda que deve descer, vê o mar revolto abaixo e começa a tremer, a sacudir a cabeça de um lado para o outro, a rastejar de volta pelo caminho por onde veio. Eos a agarra pelo braço e sibila:

– Vamos agora ou não vamos!

– Não consigo – choraminga a micênica. – Não posso. A queda… Não consigo…

– Então fique! – rosna Eos, que, na melhor das hipóteses, tem uma empatia limitada por pessoas lentas. – Reze para que Laertes possa protegê-la também!

Com isso, Eos começa a descer. Autônoe faz uma pausa, como se pudesse dizer algo gentil a Rhene. Ela se inclina para dar à micênica um sorriso reconfortante, para pressionar sua testa contra dela – acalme-se, irmã, acalme-se, ela parece dizer. Ela não é conhecida por sua natureza generosa, por sua bondade, mas estes são tempos extraordinários. Ela aperta a mão de Rhene, depois hesita.

Talvez seja a natureza incomum do gesto. Talvez Autônoe se surpreenda com a própria delicadeza, a própria compaixão.

Suas narinas se dilatam; talvez seja algo completamente diferente.

Seja o que for que a desconcertou, já está passando.

Agora Autônoe recua, volta a sorrir, com algo no canto do olho, e desce a corda do outro lado da parede.

Por mais um momento, a micênica se demora na muralha, olha para a esquerda, para a direita, como se procurasse alguma alternativa, qualquer caminho que pudesse redimir o que tinha que fazer, e, não vendo nenhuma, desce a corda atrás dos outros e rumo à escuridão que espera.

Capítulo 32

Penélope, Electra, Pílades, Orestes, Iason, Rhene, Autônoe e Eos. Estes são os oito que se arrastam, um passo cauteloso de cada vez, para longe da sombra do palácio de Ítaca rumo à noite.

Os espartanos estão se arregimentando, reunindo-se no pátio.

Menelau desistiu de salvar os três navios, mas pelo menos conseguiram empurrar os navios para a baía, em direção ao mar aberto, levados pelo vento que muito fortuitamente parece ter encorajado as chamas a se espalharem em direção aos navios espartanos e para longe da cidade.

Muito ardilosa, pensa ele, enquanto marcha de volta para o palácio.

Uma rainha itacense muito ardilosa. Odisseu disse que ela era esperta, mas Odisseu era um tolo quando se tratava de mulheres. Ele vai mostrar a ela o que é ser propriedade de um homem de verdade.

Desvio meu olhar dele com desgosto, enquanto ele reúne seus homens.

– Espalhem-se! – comanda ele. – Encontrem-nos!

Eles se agitam pelo palácio, golpeiam as criadas que ficam em seu caminho, derrubam mesas e cadeiras como se oito pessoas pudessem de alguma forma se agachar sob um banquinho, abrem portas a chutes, socam um pretendente no estômago, quebram o nariz de outro, até que Laertes dá um passo à frente e ruge:

– VOCÊS VÃO AGIR COM RESPEITO NO PALÁCIO DE MEU FILHO!

Menelau se vira para golpear o velho, mas se detém.

O pai de seu irmão de sangue jurado encara o rei espartano, desafia-o a fazê-lo, desafia-o a ser o homem que levanta o punho contra um velho rei da Grécia, um antigo aliado de sua casa e da casa de Agamêmnon. Desafia-o a ser quem começa aquele fogo, começa aquela guerra. Menelau abaixa o braço, e Laertes sorri.

– Certo – declara ele lentamente. – Todos os pretendentes, todas as criadas, todo o conselho de Odisseu. Eles são itacenses. Estão sob a proteção do meu filho. Isso significa que, até que a esposa dele seja encontrada, eles estão sob a minha proteção, entendido?

Menelau avança, o peito pressionado contra o de Laertes, empurrando o homem menor e mais velho para trás. Laertes fica surpreso por um momento, cambaleia, quase perde o equilíbrio, mas se recupera antes de cair. Não é um golpe na cara; não é uma lâmina desembainhada. É apenas Menelau ocupando o espaço que sente que deveria possuir por direito.

– Quando eu encontrar a esposa de seu filho – sussurra ele –, vou levá-la comigo. Vou levá-la para Esparta, e ela vai ficar hospedada em minha casa. Ela, Orestes e sua irmãzinha. Todos serão tratados com a minha hospitalidade. Entendeu, velho? Entende o que quero dizer?

Laertes pisca para o rosto de Menelau, então, devagar, pensativo, ele cospe. Ele não cospe em Menelau – em vez disso, dispara um glóbulo de saliva e catarro no chão aos pés de Menelau, sorri e não diz nada.

Na escuridão além das paredes do palácio, oito figuras correm em direção a uma luz.

Urânia espera, sua pequena lâmpada erguida. Ao seu lado está a tenente favorita de Priene, Teodora, com um arco na mão e uma aljava no quadril. Urânia inspeciona cada rosto, enquanto eles cambaleiam para o pequeno círculo de luz, observando um de cada vez sem emoção, até que finalmente vê Penélope e se permite um leve suspiro de alívio. Mesmo o pequeno deslizar ao longo da borda da muralha começou a sujar esses viajantes, com lama nas bainhas das vestes e vento nos cabelos. Urânia tira o xale e o enrola nos ombros de Penélope, e a rainha não se opõe. Pílades começa a desamarrar Orestes de suas costas, para que Iason possa carregar a carga por sua vez, enquanto Teodora proclama:

– Há espartanos armados guardando seu barco. Podemos atacá-los se desejar, embora a maioria de nossas forças já esteja fora desta ilha.

Esta é uma declaração direta, feita no mesmo tom enérgico que Teodora tantas vezes ouviu Priene usar para assuntos militares.

Teodora está confiante de que, se as mulheres atacarem esses homens espartanos, os espartanos morrerão. Mas também tem quase certeza de que algumas das mulheres de sua pequena tropa cairão, tal é o caos de lutar no escuro. Essa é a realidade; Teodora nunca foge de coisas reais.

– Não – responde Penélope. – Tenho outra maneira de sair da ilha. Devemos chegar a Fenera.

– Haverá espartanos na estrada – avisa Urânia. – Menelau desistiu de tentar salvar seus navios queimados.

– Sempre soubemos que seria apenas uma breve distração. Teodora, pode ir à frente fazendo o reconhecimento?

Teodora assente com a cabeça uma vez. Esta terra é a terra dela, cada pedra e trilha é conhecida por ela, cada galho e folha. Ela se vira e se retira, veloz, para a escuridão, e, ao fazê-lo, sinto outra se movendo com ela, correndo com ela, um roçar de galho se dobrando sob pés descalços e duros. Ártemis corre junto com suas amadas mulheres guerreiras esta noite, guia Teodora através da escuridão, deleita-se com ela, dá um pequeno grito que alguns pensam ser apenas uma lufada do vento distante, mas que outros podem ouvir como o uivo do lobo.

– Você tem um plano? – exige Electra, enquanto Urânia começa a seguir a sombra de Teodora pela pequena trilha suja.

– Claro, prima – responde Penélope, sem levantar os olhos do caminho que segue com cuidado. – É claro.

O luar que os guia é tênue, mas as nuvens se abriram após a tempestade da noite anterior para revelar o cobertor do céu, um presente de luz das estrelas. Nenhuma cor brilha neste mundo, exceto pelo brilho ocasional de uma lâmpada acesa pelas mulheres da ilha para guiá-los em seu caminho. Enquanto Teodora corre à frente, rápida e segura, Urânia lidera o grupo atrás dela. Ela também carrega uma lâmpada, mas não a desvela a não ser para apontar um riacho que cruza a trilha e avisar ou para gritar baixinho no escuro: por aqui, vamos, por aqui.

Criaturas da noite e da névoa se afastam do grupo enquanto eles viajam. Uma corsa assustada, talvez, ou uma lebre atordoada. Uma coruja está silenciosa acima; apuro meus ouvidos para ouvir os passos de Ártemis, enquanto ela salta pela noite, mas nem eu consigo encontrar a caçadora apenas ouvindo. Os viajantes não falam, não levantam a cabeça do estudo da escuridão pela qual se movem, não sussurram sobre coisas assustadoras. Teodora reaparece da floresta, leva o dedo aos lábios: para baixo, para baixo. Eles caem na terra, pressionam os ombros e as costas contra a pedra, abafam a luz, esperam e não respiram. Há uma estrada, do tipo das de Ítaca, a poucos passos deles, e agora, com o barulho do bronze e o estalo do escudo, um grupo de homens corre por ela, espartanos guiados por um capitão com uma lanterna.

Ele acha que viu algumas das luzes que as mulheres deixaram para guiar o caminho, se pergunta o que são, tem vontade de entrar para o interior, desbravar os lugares desconhecidos da ilha – mas não, olhe. Mesmo enquanto tenta se decidir, uma lâmpada se apaga. Uma lenhadora da ilha sentiu um certo desejo de extinguir a chama antes que chamasse muita atenção, e ao seu lado está Ártemis com uma flecha encaixada na corda. Os espartanos balançam a cabeça – não adianta tentar tatear na escuridão para encontrar uma luz que não está mais lá. Afinal, todos esses fugitivos reais, ou melhor, hóspedes, não têm para onde ir.

O grupo espera em silêncio pela passagem dos espartanos, antes que Teodora surja de novo gesticulando para que se movam. Rápido, rápido, por aqui, rápido!

Seguem o caminho de um riacho seco, pedras polidas num corte fino pela terra, descendo agora até ao mar.

Mesmo os ouvidos mortais podem captá-lo, o quebrar da espuma contra pedra escarpada e a sucção mais densa e rasa da maré alcançando uma curva estreita da costa arenosa onde um barco pode esperar. Eles não podem seguir o leito do riacho até o fim, pois ele dá na beira de um penhasco de onde, depois da chuva, cai uma cachoeira fina; então, dão a volta para acompanhar uma trilha estreita que desce em ziguezague até a praia. Aqui quase não há cobertura, pois o vento cruel curvou a vegetação rasteira para pouco mais do que uma irritação de arranhar canelas, e, desse modo, o grupo acelera o passo, as costas emolduradas pela luz das estrelas.

Eles vão pensar que é essa mesma luz das estrelas que os trai, mas Orestes, que geme e grunhe em seu sono embriagado, é o único dos mortais que sabe que não é. Então, eu as vejo, as três megeras sentadas nos galhos brancos queimados de uma árvore torta e queimada de sal. Elas sorriem ao me ver, cacarejam e batem palmas de alegria por seu pequeno truque, inclinam a cabeça como se estivessem ouvindo uma nota agradável. As Fúrias lambem o ar, e eu também sinto o cheiro agora, o cheiro de suor e almíscar dos homens – um aroma que considerei mais do que agradável em diversas ocasiões, mas que esta noite evitaria com prazer.

É assim que, quando nosso pequeno bando de nobres corredores alcança a borda de uma colina que desce para uma baía arruinada de casas queimadas, eles ouvem de novo o ruído de armaduras e o bater de pés, o som de vozes masculinas se elevando em urgência repentina. No mesmo instante, Teodora aparece ao lado deles, gritando sem pretensão de discrição:

– Espartanos! Corram!

Urânia não precisa ouvir duas vezes, mas puxa a bainha para cima o suficiente para revelar seus velhos joelhos ossudos e corre. Penélope e Eos galopam atrás dela, toda a dignidade real abandonada, enquanto descem pelo caminho arenoso em direção à costa, ao passo que atrás os micênicos se esforçam para suportar o peso de Orestes, conforme atravessam a escuridão. Electra não está acostumada a descer correndo um trecho íngreme de caminho em ruínas; Rhene quase cai e grita, mas é pega pelo braço por Pílades, que a puxa de volta de pé, a sustenta enquanto Iason carrega Orestes encosta abaixo.

Atrás deles, movimento, um brilho de bronze e uma voz que grita, alarmada. Um lampejo de luz de tocha, outro, brandido no alto. Há apenas quatro espartanos, sem escudos – um pequeno grupo de batedores, talvez, mais leve e rápido que seus irmãos mais pesados. Não esperavam ver ninguém passar por aqui esta noite; a maioria dos homens de Menelau está disposta ao redor do pequeno barco de pesca de Urânia em sua enseada escondida, em vez de todo o caminho até aqui, perto dos restos de uma cidade incendiada por piratas. Estavam meio cochilando, quase adormecidos, embalados talvez pelo ar fresco do mar ou pelo cheiro suave de folhas caídas que vinha da floresta, mas um deles pensou ter sonhado com asas de morcego e garras de ébano, então acordou sobressaltado e… bem, aqui estão eles.

Aqui estão eles e aqui vêm eles.

Abaixo, na baía de uma cidade que já se chamou Fenera, um navio está esperando.

Não é o navio que Menelau esperava.

Em vez disso, é um navio de guerra, com velas quadradas e altivo. A luz do fogo bruxuleia na praia ao redor, em movendo-se em sua base não estão as mulheres que estamos acostumados a ver correndo no escuro, mas as sombras de homens. Em direção a eles, agora, nosso pequeno grupo corre aos trambolhões, Teodora liderando o caminho, arco na mão, gritando:

– Preparem o navio! Preparem o navio!

Sua voz ressoa fracamente acima do vento, mas, antes que eu possa empurrá-la, Ártemis está lá, erguendo o som, atirando-o para os ouvintes abaixo, que olham para cima e, vendo as figuras descendo em sua direção, começam a se mexer, começam a trabalhar sobre a proa encalhada de seu navio. Urânia é a primeira a alcançá-los, cambaleando direto para a espuma em direção à corda pendurada na proa do navio, içando-se, desajeitada, pela amurada. Em seguida, Eos e Penélope, mas elas não sobem de imediato, mas se viram e gritam para seus companheiros – vamos, vamos! Venham rápido!

Electra tropeça no escuro, quase cai. Agarro-a pelo cotovelo, levanto-a, incito-a. As Fúrias estão girando no alto agora, o ar vertiginoso sob suas asas, a vela do navio estalando e girando com sua passagem. Iason é o último, meio caído sob o peso de Orestes, e, atrás dele, os espartanos.

É Teodora quem conclui que eles não vão conseguir, então é Teodora quem para ao lado de Penélope, enfia uma flecha no arco, puxa, aponta, atira. A flecha deveria ter acertado direto na coxa macia do espartano mais próximo, enquanto ele avança em direção às costas de Iason, com a lâmina desembainhada, porém, as Fúrias batem o ar e a flecha se desvia. Imediatamente, Ártemis está ao lado de Teodora, uma carranca de desgosto nos lábios, a testa tão franzida que parece estar tentando sufocar o próprio nariz. Ela firma o braço de Teodora, enquanto a mulher puxa o arco para outro tiro, mas, outra vez, as Fúrias batem suas asas e, mesmo com a divindade em seus membros, a flecha de Teodora erra o alvo.

Iason cai à beira da baía, sem fôlego sob seu fardo, e Pílades se interpõe entre ele e os espartanos, lâmina desembainhada, pronto para defender seu rei. Teodora joga seu arco no chão e tira adagas do cinto, corre em direção aos micênicos, enquanto os espartanos começam a cercá-los. Electra puxa sua pequena lâmina de dentro do vestido, mas Penélope a agarra pela mão antes que ela possa correr para a briga, balança a cabeça, arrasta-a para o lado do navio.

– Meu irmão! – Electra exclama.

– Você não pode protegê-lo!

Estas são palavras que deveriam partir o coração de Electra. São palavras que estão pairando sobre ela há… ela não sabe quanto tempo. Agora, ela as ouve em uma praia golpeada pelo mar, com sal entre os dedos de seus pés e fogo nos seus olhos, e descobre que seu coração não se parte. Talvez, pensa, não tenha mais um coração para ser partido.

Iason ainda está tentando se desvencilhar do peso de Orestes, quando o primeiro espartano avança para Pílades. O micênico se vira para repelir o golpe, tenta acertar as mãos do atacante em resposta, mas tudo é rápido demais. São homens acostumados com a guerra, eles entendem que a melhor luta é aquela que se consegue vencer depressa e não deixam nada de si expostos. No entanto, eles não esperam que Teodora venha correndo da água, facas em punho para enfiar na axila exposta de alguém que está de costas para ela.

Eles não esperam que ela esfaqueie, esfaqueie, esfaqueie repetidas vezes sua carne até que ele caia gemendo sob o peso dela, seu sangue jorrando na areia. Alguém mira um golpe para a cabeça dela por instinto, e Pílades avança para bloqueá-lo, embora esteja tão surpreso quanto qualquer outra pessoa com esses acontecimentos.

Somente agora o combate completo e feio irrompe, um redemoinho giratório de pés e lâminas, enquanto cada um tenta encontrar um ângulo além da guarda do outro, avançando e saltando para trás e golpeando pele e carne.

Ninguém grita – ninguém dá um grito de guerra heroico. Este é um negócio de vida ou morte, e qualquer fôlego deve ser guardado para lutar. Pílades bloqueia golpe após golpe, mantendo a espada sempre à sua frente, seu corpo sempre seguro atrás de sua guarda, mas não consegue encontrar espaço contra o ataque para atacar de volta, não consegue encontrar um momento em que uma defesa possa se transformar em um contra-ataque, e já está exausto, lutando para manter o equilíbrio, enquanto seus pés retorcem e giram na areia agitada. Teodora, por sua vez, se afasta do homem que matou, enquanto outro espartano tenta mais uma vez dividi-la em duas, mas uma de suas facas está alojada fundo no cadáver e só lhe resta uma. A lâmina mais longa do espartano raspa por sua garganta, volta de novo e quase arranca sua mão na altura do pulso, enquanto ela tenta deslizar por ela com a adaga restante.

Priene lhe dissera para nunca lutar assim – nunca sozinha, nunca tão de perto –, mas suas flechas falharam, e, então, aqui está ela, recuando um passo de cada vez, quando sabe que deveria estar tentando avançar, tentando encontrar um caminho pela guarda cortante do espartano, tirar a distância que agora é amiga dele, não dela. Tenta dar uma estocada, mas ele a empurra para trás com o braço livre, um golpe que ressoa em sua mandíbula e orelhas e a faz cair de quatro no chão.

Estendo a mão para pegar o pulso dele, um momento de distração, apenas um breve momento – e então as Fúrias estão sobre mim.

Grito e me afasto, enquanto elas mergulham, garras, unhas, asas e penas carbonizadas em meu rosto, sufocando, me surrando.

Elas não tiram sangue – até mesmo as Fúrias hesitam antes de cortar a pele de uma divindade como eu –, mas me sufocam em sua escuridão como um enxame, repelindo a luz do céu, um cheiro sufocante de ácido e metal, carne podre, pestilência e decadência, calor purulento e frio de apertar a garganta, tudo ao mesmo tempo no bater de suas asas. Eu grito e tento afastá-las, mas elas apenas me giram com mais força, puxando meu cabelo, agarrando com garras o tecido solto do meu vestido. Durante tudo isso, acho que ouço Teodora gritar, sinto o cheiro de sangue mortal através da nuvem inebriante de caos que as Fúrias derramam.

Então, Atena está lá. Ela arde, ela arde, ela segura sua lança erguida e seu escudo perto da lateral do corpo. Seu rosto está oculto por seu capacete dourado, seu vestido ondula sobre seus pés, enquanto ela flutua acima do solo. Os mortais não a veem, pois essa visão é apenas para as damas da terra e do fosso, mas ela crepita com trovões e relâmpagos, a única criatura além de Zeus que ousaria empunhá-los. As Fúrias cospem e gritam diante dela, rosnando, as garras abrindo cortes carmesins no próprio ar; elas giram para o céu, tirando suas garras de meu vestido, com fogo em seus olhos e a noite ondulando de forma repugnante em suas asas.

– Basta! – ruge Atena. E, quando as Fúrias não respondem, a não ser com cuspe de pus amarelo que marca a terra onde cai, mais uma vez, ela ergue sua lança e, de novo, emite uma explosão de luz celestial. – *Basta!*

Na luz, vejo novamente Ártemis na praia, o arco retesado, os dedos pressionados contra a bochecha, a flecha pronta para disparar.

A caçadora revestiu-se de sombras; agora mesmo elas estão queimando em resposta, enquanto o trovão estala do braço de Atena.

– ELE É NOSSO! – as Fúrias gritam. – ELE É NOSSO!

– Isso ainda precisa ser determinado – responde Atena. E, céus, é apenas uma das coisas mais atraentes que acho que já vi, a confiança calma, a impassividade de seu tom, o jeito como, de qualquer modo, sua voz ressoa. Sempre soube que ela tinha certa qualidade especial, mas ver é de fato outra coisa. – Terão o que lhes é devido, senhoras da noite; porém, primeiro devemos ver o *que* é devido.

– Você não pode nos impedir – rosna uma delas, e imediatamente a próxima retoma suas palavras, as vozes se misturando, três como uma. – Você não pode nos desafiar, não pode roubar nossa presa!

– E eu não vou. Mas é preciso ter certeza de que o que dizem ser seu é dado por direito. E de qualquer maneira – os lábios de Atena se contorcem em um sorriso, mal visível através da linha fina de seu capacete, e eu me derreto um pouco por dentro ao vê-lo. Nossa, é realmente incrível ver a deusa da sabedoria satisfeita com a própria esperteza –, vão descobrir que essa luta acabou.

As Fúrias olham para os mortais, lâmina contra lâmina, ainda bloqueados. Teodora está sangrando, um corte fino no braço, lutando, cambaleando para longe do homem que a pressiona. Pílades repele a lâmina de um homem, mas seu movimento se tornou desleixado, sua guarda está toda aberta, e aí está – um chute lateral que o faz cambalear, derruba-o sobre um joelho, mal se segurando para se abaixar sob o próximo golpe que mira o lado de sua cabeça. Uma lâmina desce, e Pílades não vai se mover a tempo, mas Iason agarra o braço, antes que possa completar sua jornada, e se atira em cima do guerreiro espartano que estava a um instante de cortar a garganta de Pílades. Iason tem uma lâmina, mas não teve tempo de desembainhá-la, então, por um momento, os dois homens brigam no chão, grunhindo e rolando, enquanto cada um luta para enfiar a ponta de uma arma na carne do outro.

Não vejo o que há nessa cena que possa entreter tanto Atena. É Ártemis quem me alerta, seu olhar piscando para a beira de uma casa em ruínas que margeia a baía. Ali outro homem se move, correndo de pés descalços sobre a terra macia, sem armadura no peito nem elmo na cabeça, mas uma espada curta e cortante em uma das mãos e uma faca curva na outra. Eu o reconheço e tenho que resistir ao impulso de guinchar quando, com um movimento silencioso, ele vem por trás do espartano que está tentando matar Teodora e corta a parte de trás de suas pernas sem parecer nem mesmo diminuir a velocidade.

O espartano cai, seus pés são massas inúteis na ponta de membros de chumbo. Teodora olha para ele e considera, mesmo que apenas por um momento, misericórdia. É apenas um momento. A vida dele termina rápido, a lâmina dela em sua garganta.

O espartano que chutou Pílades para o chão é o próximo a morrer. Nem ouve o homem aproximar-se por trás dele, não saberá que nome dar ao barqueiro quando chegar ao rio dos mortos nem a quem culpar pela faca que lhe atravessa o pescoço. O último espartano cai por um esforço em grupo – arrancado do peito de Iason por Pílades, preso sob o joelho do micênico, esfaqueado até a morte pelo homem com a lâmina curva.

As Fúrias berram e giram no ar, elevando-se em pontinhos de escuridão que agitam nuvens negras acima delas em sua fúria.

Atena deixa sua luz se apagar, sua divindade desvanecendo, enquanto ela volta a caminhar com suavidade sobre a terra. Ártemis sussurra sobre o braço ensanguentado de Teodora, enquanto a mulher guerreira manca em direção à beira do mar.

Por um momento, acho que minha prima caçadora pode estar prestes a lamber a ferida e me pergunto se é apenas a presença de deusas mais civilizadas como eu que a restringe.

Então Electra está correndo para o lado de Orestes, chamando Iason sem fôlego, Pílades tonto – ele está bem, ele está bem?

Os micênicos se recuperam, grogues, ensanguentados, exaustos, ajudam Electra a rebocar Orestes de novo em direção ao navio. Isso apenas deixa o último guerreiro de pé, com sangue nas mãos, espirrado em suas bochechas, formando uma poça ao redor dos seus pés. É Penélope quem se aproxima dele no escuro, Eos ao seu lado.

– Kenamon – diz ela, educada, olhando para qualquer lugar, exceto os guerreiros mortos a seus pés.

– Minha senhora – responde o egípcio, com um aceno de cabeça. Ele ainda está sem fôlego, ombros subindo e descendo rapidamente, armas em punho.

Ela sorri com a cortesia dele, olha para a escuridão às suas costas como se estivesse procurando por mais homens prestes a atacá-los – ou talvez não. Talvez não seja nada disso. Talvez ela esteja se despedindo de Ítaca, ouvindo uma última vez a noite de sua ilha, para o caso de nunca mais ouvi-la. Então, mal olhando para ele, ela estende a mão para o egípcio.

Ele enfia a faca curva no cinto e, com os dedos ainda encharcados de sangue espartano, pega a mão dela. Então, sem dizer uma palavra, ela o conduz até o navio que está esperando.

Capítulo 33

— Meu Deus, um egípcio fora do palácio? – Urânia exclamou quando chegou a notícia de Kenamon livre no mercado de Ítaca. – É melhor escondê-lo antes que algum espartano tenha uma ideia brilhante.

— Eu saí para minha caminhada matinal – Kenamon balbuciou quando as damas de Urânia o pegaram e o levaram embora. – Gosto de me mover antes do amanhecer.

— Não é encantador, não é adorável? – respondeu Urânia. – Você tem um cabelo tão lindo.

— E você faz… o que exatamente para a rainha?

— Eu protejo os pretendentes por quem Penélope tem uma leve queda de serem torturados e estripados por nosso hóspede espartano! – explicou ela. – Aceita um pouco de peixe?

Este foi o início do processo que agora vê Kenamon de Mênfis em um navio de guerra grego no meio da madrugada, coberto de sangue espartano, navegando para longe de Ítaca.

Ele não é, no entanto, o único pretendente no convés.

— Porra! – berra Antínoo, enquanto olha para trás em direção à costa, onde as gaivotas já estão ocupadas começando a explorar os cadáveres dos espartanos mortos. – Ele os matou! Você os matou!

— Eles estavam tentando matar os guardas pessoais do rei micênico – responde Kenamon educadamente, enquanto Eos lhe traz água em uma tigela para lavar o sangue de seus braços e rosto. – Pensei que talvez fosse melhor que eles fossem impedidos, certo?

— Eu teria ajudado – oferece Eurímaco de seu canto. E, no mesmo instante:

— Cala a boca, Eurímaco! – berra Antínoo.

— Meus cumprimentos, senhor – oferece Anfínomo, de onde está, mais próximo à proa, encolhido sob um manto grosso contra o ar frio da noite. – Lutou bem e com velocidade.

Ora, sim, claro que sim. Esses três, os pretendentes mais poderosos de Penélope, os espinhos mais irritantes, pode-se dizer, em seu lado, estão agora em um nó inquieto no convés deste navio, enquanto ele salta sobre a água, observando à luz refletida do fogo, enquanto Urânia faz um curativo na ferida sangrenta no braço de Teodora, enquanto Electra acaricia a testa do irmão, onde Pílades e Iason o deitaram, e enquanto Penélope, rainha de Ítaca, os observa em volta. Eles de fato deveriam ir até ela, fazer algumas reverências, oferecer alguns "ficamos felizes por vê-la bem, minha senhora", mas mesmo Anfínomo, o mais ousado deles, não consegue encará-la esta noite.

Então, em vez disso, Penélope vai até eles.

– Senhores – começa ela –, estou feliz em ver que chegaram em segurança a este navio.

Os três talvez estejam gratos pelo rolar do convés sob seus pés, pois isso esconde o desconforto com que se arrastam pé ante pé. Por fim, Anfínomo declara:

– Minha senhora. Sua fuga não ocorreu sem incidentes, pelo que vejo.

– Não. Estou grata por um de vocês ter podido intervir, embora com o coração partido, porque as coisas tomaram um rumo violento – responde ela, apontando para Kenamon ensanguentado. Ela não parece ter o coração partido, devo dizer.

Quando Eurímaco engole em seco, um nó sobe e desce em sua garganta. Antínoo, no entanto, nunca deixa ninguém ficar com qualquer glória, então deixa escapar:

– Tem sorte de termos este navio para ajudá-la, rainha. O que teria feito se não estivéssemos aqui para salvá-la?

Penélope volta o olhar para ele devagar, como se precisasse se preparar para esse momento, como a serpente se preparando para atacar. Quando finalmente seus olhares se encontraram, ele quase se impede de se encolher, mas não de todo.

– Ora, é claro – reflete ela. – Que sorte a minha por vocês, senhores e seus pais, terem equipado este belo navio com tanto sigilo. Que sorte excelente que o mesmo navio preparado para a caça e assassinato de meu filho possa agora ser usado de modo mais conveniente.

Seria gentil neste momento dar as costas imperiosamente e se afastar.

Penélope não está em um humor gentil.

Ela se demora um momento.

Deixa-os estremecer por um momento.

Considera o céu por um momento.

Considera o vento por um momento.

E somente então dá as costas e os deixa tremendo juntos na proa.

As Fúrias estão em algum lugar alto no céu, enquanto a nau abre caminho na escuridão.

Ártemis nos observa do penhasco na praia, desinteressada em assuntos náuticos.

Atena estuda os céus da popa, o vento puxando seus cabelos. O vento nunca seria tão atrevido e ousado se ela não o permitisse. Talvez ela também seja sensual, afinal de contas; talvez ela adore a sensação de movimento em seu couro cabeludo, se pergunte se essa é a sensação de uma mão passando por seus cabelos, tocando sua pele. Parte meu coração saber que apenas o vento pode acariciar sua adorável carne.

Eu me inclino contra o parapeito com ela, sigo seu olhar para cima. Finalmente falo:

– Você desafiou as Fúrias?

– Desafiar não – responde ela. – Simplesmente questionei seus direitos. Deve haver regras. Mesmo para o profano. Até para o divino. Elas voltarão em breve. Devemos estar preparadas – Então, ela olha para o convés, na direção de Orestes, embrulhado nos braços de sua irmã. – Ele deve estar preparado.

No horizonte leste, uma nesga de cinza, o mais leve beijo da aurora que se aproxima. Eu me viro para cumprimentá-la, abençoá-la com gentileza e iluminação suave. Atena segue meu olhar, então vira o rosto.

– Vejo você novamente em Cefalônia – declara ela. E então, cuidadosa, cautelosa, uma palavra que ela não gosta de usar, uma palavra que está experimentando, ela acrescenta: – Irmã – e parte em um bater de asas emplumadas.

Capítulo 34

A aurora de dedos rosados acaricia o céu como uma amante conhecida, ainda apaixonada pelas curvas deste mundo radiante e resplandecente.

No palácio de Odisseu, Helena cai no chão, pressionando os dedos contra o queixo. A contusão vai inchar antes de recuar, mas ela vai virar o rosto só um pouco, só um pouquinho, e maquiar a marca. Em Esparta, Menelau quase nunca a atinge onde apareça – isso passa a mensagem errada para sua corte. Ele gosta de manter os hematomas nas costelas, na barriga, nas nádegas, nas pernas. Ele aprendeu a atingi-la bem assim, apenas assim, para passar sua mensagem, mas deixar margem para dúvidas, em todos os que a veem, de que ela já tenha sido atingida por mais do que uma brisa e um capricho.

– Bêbada de merda – rosna ele. – Vadia de merda.

Helena fica no chão, chorando baixinho.

Ela continua chorando até que ele se vá, até que Trifosa também tenha saído para buscar um pouco de água para lavar sua senhora. Então, ela se levanta. Arruma os cabelos soltos no reflexo perfeito do espelho. Ajeita seu vestido. Aperta os dedos no local sensível onde amanhã haverá manchas roxas vibrantes de dor. Pressiona um pouco mais fundo, até que haja lágrimas diferentes, lágrimas de natureza diferente, brotando em seus olhos. Suspira.

Solta. Senta-se em seu banquinho e espera que a criada retorne para ajudá-la a se arrumar para o dia.

Às margens de uma vila que já foi chamada Fenera, Lefteris observa os cadáveres de seus homens assassinados. Ele não tem as mesmas ideias românticas do que é ter um inimigo como Menelau. Um inimigo é apenas um trabalho. É apenas um trabalho a ser feito. Noções de vingança, retribuição, honra, justiça – são para o tipo de homem de quem os poetas falam. Lefteris não será mencionado pelos poetas. Ele simplesmente fará seu trabalho.

– Peguem as armaduras e lâminas – ordena. – Queimem os corpos.

Sua ordem é obedecida. Estes são homens de Esparta, afinal.

A devoção é sua causa.

Em um navio que salta entre as águas ralas que separam Ítaca de sua ilha irmã...

Kenamon senta-se isolado. A última vez que esteve em um navio dessa natureza, foi deixando sua terra natal, acelerando rumo ao norte do lugar onde moravam seu coração, sua família, suas esperanças e seus sonhos.

Era um navio que se dirigia para Ítaca, levando consigo nada além de tristeza e vergonha.

Agora ele está sentado, sujo de sangue, em um navio rumo a Cefalônia, e a ondulação do mar e o bater da água o lembram de quão longe ele veio de casa.

Então Penélope está ao seu lado, Eos e Autônoe são uma discreta mureta de feminilidade montando guarda, de costas para eles, afastando os olhos e os ouvidos dos pretendentes reunidos, já brigando, ao leme.

– Kenamon.

Um pequeno aceno de cabeça – nenhum dos dois dormiu, ambos estão cansados de palavras trocadas na tênue luz da manhã. Penélope olha além de suas criadas, verificando mais uma vez se nenhum olho masculino as observa, então, com um pequeno sorriso, senta-se encolhida ao lado do egípcio, puxando um xale apertado contra a brisa fria e úmida, o ombro batendo no dele, enquanto ela se ajusta neste recanto curvo do navio. Ele fica surpreso, mas não sabe o que falar sobre isso, então, apenas se senta com ela, aproveitando o calor magro que o corpo dela emite ao seu lado. Depois de um tempo:

– Parece que devo lhe agradecer mais uma vez por uma oportuna intervenção militar.

– De jeito nenhum, eu...

– Não. Por favor. Você salvou meu filho quando os piratas atacaram, várias luas atrás. Agora foi fundamental para me proteger mais uma vez, sem mencionar o rei de Micenas.

– Ah sim. Seu rei dos reis. Ele não parece... bem.

– Ele não está.

– E ainda assim você o protege?

– Não deveria?

– Me perdoe. Eu apenas quis dizer que... das opções disponíveis, você parece ter escolhido uma imprudente. Como minha lâmina talvez possa atestar.

Penélope franze a testa brevemente, antes que a expressão seja substituída por um lampejo de surpresa; ela está chocada consigo mesma, espantada por ter se flagrado tão aberta em suas feições ao lado de alguém, ainda mais de um homem. Ela se recompõe, e ele espera enquanto ela o faz, apreciando o formato de sua testa trêmula.

– Se aprendemos alguma coisa com Troia, e acho que não aprendemos, é que forjar alianças com valentões e assassinos pode parecer o melhor caminho rumo à segurança agora, mas em longo prazo com certeza trará problemas. Toda a Grécia jurou honrar e defender as reivindicações justas de Menelau e Agamêmnon, porque, francamente, se não o fizessem, isso os tornaria inimigos desses dois homens bárbaros. E veja aonde esse juramento os levou. Tão mortos nas praias de Troia como se tivessem morrido defendendo os próprios palácios. Pelo menos lá, eles teriam morrido por algo mais do que apenas...

Ela faz um gesto sem rumo, englobando o quê? A ambição de Agamêmnon? As malditas paredes de Troia? Helena gritando quando Páris a puxou pelos cabelos? Helena caindo alegremente nos braços de seu único amor verdadeiro? Helena, uma garota risonha que não parava para pensar demais sobre nada em particular?

O que esse movimento frouxo do pulso de Penélope encerra?

Talvez tudo isso. Talvez nada.

– Então você está escolhendo resistir enquanto pode, em seu próprio terreno.

– Esse é mais ou menos o objetivo, sim.

– Não posso culpá-la por isso. Como você disse, é melhor morrer em casa.

Os olhos de Kenamon estão em algum lugar distante, suas narinas cheias das memórias de uma terra distante. Penélope vê isso, talvez imagine as visões que a mente dele gera.

– Kenamon... quando nos conhecemos, escolhi confiar em você, porque ficou claro que você não tinha nada a ganhar e nada a perder. Você nunca terá o poder para ser rei, e como está tão longe de casa, tão longe de... Sei que não dei o devido valor a certas coisas. Não estou... Não estou acostumada a pensar nessas coisas como uma mulher, em vez de uma rainha. Você é... Eu queria agradecer a você. Mais uma vez. Muito obrigada.

Tão sem palavras com esse egípcio! Se fizessem amor aqui e agora, seria "assim está bom?" e "tem certeza de que está confortável?" e um desajeitado remexer nas roupas um do outro enquanto tentam não rir.

Kenamon também nota. Seu coração canta isso, e há um momento aqui no qual talvez...

Mas o navio bate contra as águas do mar, e o coração de Kenamon está navegando para casa de novo, cruzando o oceano até Mênfis, rumo às terras do sul de seu nascimento, para uma língua que é familiar e pessoas que ele chama de família. E o navio bate contra as águas do mar, e Penélope está sendo despedaçada e lançada para as ondas onde seu marido provavelmente se afogou, está sendo assassinada por seu filho tal qual Clitemnestra foi, chamada de prostituta, meretriz, vadia, seus membros decepados lançados nas profundezas, que são como garras de caranguejo.

Tais imagens destruirão até mesmo as mais adoráveis e maduras fantasias sensuais, e assim, com uma pequena exalação de ar, Penélope dá as costas a Kenamon, e Kenamon observa os próprios pés, e ela se levanta e retorna para a proa do navio, onde todos os olhares podem mais uma vez contemplá-la isolada em sua castidade contemplativa e sem fim.

E na ilha de Cefalônia, conforme o sol fresco nasce sobre um novo dia?

Priene espera em uma praia de cascalho, observando enquanto o navio de guerra pressiona seus remos com cautela na baía. Escondidas no topo do penhasco e atrás das grandes rochas ao redor, estão vinte mulheres, todas armadas com lâminas e arcos, as pescadoras e pastoras, viúvas e as que jamais serão esposas do pequeno exército de Penélope. Mais cem estão espalhadas pela ilha, esperando para receber suas ordens, para armar seus arcos e caçar algo um pouco mais substancial do que coelhos.

Priene não é dessas ilhas. Ela não é dessas pessoas, jurou certa vez matar todos os da estirpe deles que encontrasse. Mas, quer ela goste, quer não, ela conhece essas mulheres, está aprendendo a amá-las e entende que, à sua maneira estranha, elas agora são sua tribo. Embora aqueles no barco não possam ver seu pequeno exército, ela sabe que suas mulheres veem tudo, que a veem e a consideram sua capitã.

Por enquanto, porém, Priene espera, enquanto o navio avança rumo à costa, com a mão na empunhadura de sua espada embainhada, mastigando a carne de peixe seco, aguardando que as pessoas do navio comecem a desembarcar. Anaitis está ao lado dela, a sacerdotisa de Ártemis também carregando um arco agora, uma aljava de flechas, um pesado saco de ervas amarrado à cintura. Essas mulheres cruzaram a água juntas várias noites atrás, da mesma forma que muitas mulheres vieram, respondendo ao chamado de Penélope.

Pílades é o primeiro a escorregar pela corda da lateral do navio e cair na costa de Cefalônia. Ele olha ao redor, para a ilha, a irmã maior, mais atraente e em geral mais adorável da pequena Ítaca, e claramente não se impressiona. Mas está longe de estar em posição de reclamar de quase tudo o que lhe é dado neste momento, então, mal lançando um olhar para Priene e Anaitis, ele se ocupa em ajudar Electra a descer a corda, depois, com mais cuidado, com Iason e Anfínomo para ajudar a suportar seu peso, Orestes.

A viagem de Ítaca a Cefalônia é curta, um leve sopro de água entre as duas ilhas. Mas mesmo esta viagem abalou o jovem Orestes, que agora oscila entrando e saindo da vigília, chorando mais uma vez pela mãe, por perdão, engasgando, às vezes, como se fosse sufocar, o olhar vidrado de olhos esbugalhados, mastigando os próprios lábios inchados e feridos. Assim que o rei micênico está na praia, Anaitis corre para o lado dele, perguntando:

– O que foi dado a ele agora? – e, quando ninguém tem uma resposta, fecha a cara e balança a cabeça, mais desapontada do que zangada com a ignorância desses homens. Ela se ajoelha entre Electra e Rhene, empurrando-as para fora de seu caminho, alheia à classe da princesa. Fareja o ar, captando o cheiro de algo inesperado ao fazê-lo, então balança a cabeça e pressiona a mão na testa de Orestes, sua garganta, seu pulso, murmurando em consternação. Só desta vez Electra se deixa apoiar pelo cotovelo pela criada, encara o irmão como se já estivesse morto, não diz uma palavra.

Antínoo e Eurímaco, ao desembarcar, olham para Priene, confusos. Uma mulher armada é uma anomalia, uma coisa que não conseguem compreender. Realmente deveriam fazer perguntas a essa altura. Perguntas como "quem é você?" e "de onde você veio?" e "por que ninguém mais parece incomodado com uma mulher carregando um monte de facas esperando por nós nesta praia?". Mas fazer perguntas seria admitir ignorância, e a ignorância poderia ser interpretada como fraqueza, e a fraqueza não é masculina – portanto, eles não o fazem.

Anfínomo, enquanto firma, agradecido, suas pernas agitadas pelo mar em terra firme, olha para Priene, observa suas maneiras, sua postura, seus braços cruzados, a lenta rotação de sua boca, enquanto ela mastiga outro pedaço de peixe matinal, e é brilhante o suficiente para ficar brevemente com medo.

Ele também deveria fazer perguntas, mas talvez pressinta que gostará muito pouco de algumas das respostas que poderiam ser dadas.

Eos ajuda Teodora a sair da embarcação, o braço da tenente agora envolto em pedaços de tecido rasgado. Priene ergue as sobrancelhas ao ver isso, aproxima-se de Teodora, conforme a jovem caminha em direção à capitã, para diante dela, avalia, diz por fim:

– Sangrou muito tempo ou foi fundo demais?

Teodora balança a cabeça em negativa.

Priene assente, satisfeita.

– Bom. Vai me contar sobre isso mais tarde.

Há um lugar aqui onde a gentileza poderia estar. Teodora consegue vê-la, anseia por isso. Priene está prestes a concedê-la, uma expressão de algo... ela não tem certeza do quê. Algo que fala de... ternura? Mas já se passou muito, muito tempo, ela ainda não está pronta, e desse modo terá de ser uma sacudida de cabeça, com a esperança de que talvez, em outro momento, mais tarde, haja mais a dizer.

Penélope está flanqueada por Autônoe e Urânia, Kenamon a uma distância educada atrás dela. Ele, como Anfínomo, tem a sensação de que qualquer pergunta que ele possa fazer sobre a situação atual produzirá respostas que ele não quer ouvir. Ele deseja estar perto de Penélope, sente um anseio estranho e urgente de protegê-la. E, no entanto, não quer estar tão perto que ela tenha que mentir para ele, que mudar seu discurso para protegê-lo de coisas que ela não quer que ele ouça. Então ele fica um pouco afastado, fora do alcance da voz, cortês, silencioso. Ele espera que um dia ela lhe conte seus segredos. Surpreende-lhe o quanto ele deseja isso.

– Priene – chama a rainha itacense, enquanto se aproxima de sua capitã.

– Rainha – responde Priene, brusca. – Vejo que saiu de Ítaca mais ou menos incólume.

– De fato. Houve um pequeno conflito, mas foi resolvido satisfatoriamente. Meus cumprimentos às mulheres que incendiaram os navios de Menelau. Fiquei impressionada com a força da conflagração.

Priene dá de ombros. Ela viu os navios gregos queimarem diante de Troia, da mesma forma que Menelau. Mas ela os viu do outro lado das linhas, considerou ter sido uma visão espetacular e uma terrível decisão tática. Sua relação com o fogo pode ser classificada como ambivalente.

– Montamos acampamento perto do santuário de Hera – Priene vai direto ao ponto; esta é uma questão militar, e é pura cortesia que mantém Penélope informada das decisões que tomou a esse respeito. – Já podemos reunir quase uma centena, e mais virão até nós; mas nossos movimentos serão observados se reunirmos muitas forças. Observamos vinte espartanos em Cefalônia, quase todos ao redor da cidade e do porto. Eles não estão indo para o campo, e nenhum navio chegou de Ítaca avisando-os de sua fuga.

– Podemos matá-los agora? – pergunta Penélope, com uma calma que reviraria o estômago de qualquer pretendente. – Antes que a notícia chegue de Ítaca e os coloque em guarda?

Priene pensa nisso.

– Poderíamos queimar sua guarnição, mas o fogo se espalharia e feriria muitos na cidade. Precisamos atraí-los para fora de sua fortaleza, e não acho que possamos fazer isso antes que a notícia chegue até eles.

Penélope estala a língua no céu da boca. Era uma ideia otimista e sabia disso. E se foi tão facilmente quanto veio.

– Muito bem. Vamos para o interior e montar acampamento – Ela levanta um pouco a voz, para atrair mais ouvidos. – Antínoo, Anfínomo, Eurímaco, aqui, por favor.

Os pretendentes se aproximam se arrastando, fazendo o possível para não encarar Priene.

Penélope sorri para eles. É um sorriso que, de certa forma, lembra o de sua prima Helena quando quer que algo seja feito. Na boca de Helena, é inocente, brilhante, deslumbrante, sincero. Em Penélope, é um faiscar de dentes, um sorriso de lobo. Nem todo mundo vai ser uma perfeita sedutora.

– Senhores. Para sua segurança e proteção, sugiro que se refugiem no templo de Zeus, mais para o interior.

– O navio... – começa Anfínomo, mas Penélope o interrompe.

– Há vários marinheiros habilidosos que conheço em Cefalônia que garantirão que sua embarcação seja mantida segura e longe das mãos dos espartanos. Afinal, podemos precisar dela de novo, não é mesmo?

Os pretendentes se entreolham. Por um lado, querem discutir. Discutir é seu estado natural de ser. Até mesmo depois de receber uma ordem, e definitivamente isso é uma, de uma mulher é motivo suficiente para brigas, mesmo que a ordem seja a coisa mais sensata que já ouviram. Por outro lado, Priene está ao lado de Penélope, e Teodora também, e há algo em toda a situação que só desta vez, pela primeira e possivelmente última vez, os faz hesitar.

– Minha senhora – Anfínomo faz uma reverência.

Penélope os agracia com um único lampejo de sorriso e se afasta.

Eles olham um para o outro e, em silêncio taciturno, começam a se arrastar pela praia.

Kenamon os segue, sempre de fora, diferente deles.

– Você não, Kenamon – Penélope declara.

Os homens param.

Eles se viram.

Ela aponta para onde Orestes está, Anaitis ainda curvada sobre ele, resmungando de descontentamento com tudo o que vê.

– Está claro para mim que o rei precisa de proteção adequada que eu e minhas pobres mulheres... – Outro lampejo daquele sorriso; agora tem algo de afiado, aquela ponta de faca entre o prazer e a dor. – Minhas pobres e fracas mulheres... não podemos oferecer. Kenamon se provou útil com uma lâmina. Ele permanecerá.

– Eu posso... – Eurímaco deixa escapar. E:

– Cale a boca, Eurímaco! – estala Antínoo.

– Isso é prudente? – Anfínomo indaga, a voz estridente em uma polidez forçada. – Um estrangeiro, um estranho, por melhor que seja com uma lâmina, junto ao rei? Junto a você?

O sorriso de Penélope já provou sangue, caçou sob a lua, é Ártemis, é Atena, é a flecha, é a lâmina.

Não é nada que eu conheça. Ela o direciona agora para Anfínomo, que desvia o olhar, então se vira para Electra, que encontra seu olhar.

– Prima? – pergunta ela.

Electra corresponde ao olhar de Penélope por um momento, então se vira para os pretendentes.

– O egípcio fica com meu irmão – decreta ela. – Eu ordeno.

Os pretendentes abaixam a cabeça e se afastam lentamente.

Capítulo 35

O santuário de Hera é pouco mais que um recanto esculpido em uma caverna, mas cheira a poder.

Poder oculto, poder antigo, o poder que a mãe uma vez guardou para si mesma. No alto das colinas de Cefalônia, cercadas por olivais e sombreadas por grandes pedras cinzentas, não há pilares de mármore ou estátuas de ouro, nem tigelas de prata ou marcas de fama para chamar a atenção. Em vez disso, há um riacho estreito e límpido correndo por um regato raso, folhas carmesim ondulando em uma brisa suave do interior e entalhes riscados na parede, antigos, mais antigos do que o primeiro arranhão do raio de Zeus.

Imagens de mães, as barrigas inchadas com crianças; de filhas dançando; de esposas correndo nuas pela terra com lanças erguidas. As partes mais profundas da caverna cheiram a tempo e sangue, e as imagens erguidas para Hera não são de alguma matrona de queixo com várias papadas, mas de uma deusa criadora de seios enormes de quem, de entre as pernas, surge a própria vida. Detenho-me em seus limites, sinto o cheiro das orações, provo o sangue derramado em sacrifícios e partos diante deste altar rústico, me pergunto por um momento se Hera está olhando para baixo, se ela se recorda de como era ser essa senhora de pedra e terra, antes que fosse reduzida a ser apenas a esposa de Zeus.

Na entrada da caverna, Priene e suas mulheres montaram acampamento.

Com a partida dos pretendentes, não há fingimento de quantas se uniram à causa de Penélope. Pílades e Iason ficam boquiabertos ao vê-lo; a mandíbula de Electra está severamente tensa, enquanto caminham entre as tendas e sob os toldos de tecido, passando por mesas longas e ásperas ao redor das quais as mulheres se sentam, as pedras nas quais lâminas são afiadas. A mais jovem do exército de Priene é uma criança de treze anos cuja mãe a vendeu quando não tinham dinheiro para alimentar o resto das irmãs que gritavam à mesa e que fugiu de um mestre que disse gostar da forma como sua feminilidade crescia. Essa garota agora corre como o cervo, como a própria caçadora, atravessando as ilhas, levando mensagens onde quer que Priene precise que sejam levadas. Ninguém disse a ela que ela não podia, então ela corre o dia todo e a noite toda, alheia à ideia de consenso entre os mais sábios das terras de que isso é obviamente impossível para uma garota fazer.

A mais velha é uma mãe de mais de sessenta anos, com marcas de garras na coxa e linhas prateadas na barriga e nas costas, de crescer com as filhas que nunca serão esposas.

Essas mulheres, quase cem reunidas, se viram para olhar para sua rainha quando ela entra no acampamento, com sal no cabelo e lama no vestido. Elas não se curvam. Não se ajoelham nem demonstram qualquer deferência. Estão aqui porque é necessário. É necessário que lutem, é necessário que tenham uma rainha pela qual lutar.

Necessidade sempre foi a palavra pela qual estas ilhas viveram.

Orestes é depositado em cima de um cobertor de lã sob um toldo aberto à brisa suave e ao cheiro de fogueiras.

Electra não se ajoelha ao lado dele, não acaricia sua testa, não chora. Em vez disso, ela se vira para Anaitis e questiona:

– Meu irmão sobreviverá?

Anaitis olha para aqueles que ouvirão sua resposta – Penélope, Electra, Rhene. Pílades também quer fazer parte dessa conversa, mas a sacerdotisa instintivamente dá as costas para ele, até que Penélope chega um pouco para o lado para dar espaço ao homem.

– Talvez – Anaitis admite. – Deram para ele uma bebida que faz a pessoa dormir como se estivesse caminhando à beira da morte, mas deve ser tomada com frequência. Acordar pode ser tão perigoso quanto adormecer.

– Pode fazer alguma coisa? – Penélope pergunta.

– Posso dar-lhe ervas para ajudar a facilitar o processo. Mas, como antes, o que ele mais precisa é de tempo. Tempo sem remédio. Tempo sem veneno.

Electra olha para Penélope, então desvia o olhar depressa.

– Orestes foi envenenado enquanto estava em meu palácio – suspira Penélope. – Ele estava se recuperando e depois não estava mais.

– Bem, isso não é uma surpresa, é? – deixa escapar a sacerdotisa. – Todas aquelas pessoas, todos aqueles espartanos?

– Eu o protegerei agora – proclama Pílades. – Eu não vou dormir.

– Isso é estúpido – retruca Anaitis. – Mesmo que você pudesse ficar acordado, o que é um absurdo, quem vai buscar água? Fazer a comida dele? Lavar as roupas dele? Você ficar de guarda não tem sentido contra veneno.

– Eu vou buscar a água, a comida – proclama Electra. – Fiz isso em Micenas e farei aqui.

– Você fez isso em Micenas, e ele foi envenenado em Micenas.

A voz de Penélope é baixa, quase gentil.

– Suas respectivas devoções são amáveis, mas comprovadamente não são o caminho.

– Então o que sugere? Que deixemos meu irmão morrer?

– Se eu fosse deixar seu irmão morrer, acha que teria abandonado minha própria cidade? Eu fiz minha escolha. Faremos o que pudermos. Espero que tenhamos deixado para trás quaisquer outras ameaças ao bem-estar de Orestes ao fugir do palácio.

Penélope diz essas palavras com calma, mas Electra franze a testa, os braços cruzados, estremece como se tivesse sido mordida por um vento norte cruel.

As mulheres realizam seus trabalhos no acampamento.

Teodora organiza guardas; Autônoe se junta às mulheres indo buscar água.

Electra vai com elas, como se talvez a própria fonte da qual agora extraem tivesse sido de alguma forma envenenada, como se o mundo inteiro estivesse maculado contra ela. Electra, porém, apesar de ser ela e somente ela quem deseja encher o copo de seu irmão, não está acostumada a carregar coisas pesadas, e, enquanto balança um pouco sob o peso do líquido, Rhene a segura pelo braço e a firma, antes de, sem dizer uma palavra, tomar seus fardos.

Autônoe observa isso um pouco e, então, quando Electra volta para o lado do irmão e Rhene fica sozinha, aproxima-se e diz:

– Isso não a deixa com raiva?

Rhene fica surpresa, confusa, pega torcendo um pano com água fria para levar para sua senhora.

– Raiva?

– A maneira como Electra trata você.

– Ela não me trata de forma diferente de como sua rainha trata você.

Os lábios de Autônoe se contorcem, pois há segredos aqui, entendimentos e acordos, que ela não dirá em voz alta. Em vez disso:

– Ela arrisca sua vida. Com o veneno. Tudo isso… mimando o irmão, toda essa loucura. Diga-me que ela não ordenou que você experimentasse a comida ou bebesse do copo dele antes que ele provasse. Sua vida vale menos que a dele.

Rhene coloca o pano na tigela tosca de barro, como se estivesse preocupada demais para mover os dedos e pensar os pensamentos que agora a assolam.

– Você não beberia do copo para salvar sua rainha?

Autônoe bufa de desprezo diante dessa ideia, mas os olhos de Rhene se voltam para ela, profundos e sempre escuros.

– Eu beberia – diz Rhene simplesmente. – Pela minha rainha, eu beberia.

Autônoe não tem ideia do que responder diante disso, mas outra vez suas narinas se dilatam quando a criada micênica lhe dá as costas, e ela balança a cabeça um pouco, como se estivesse tentando desalojar uma mosca emaranhada em seu cabelo.

Penélope recebe uma tenda mais próxima da entrada do santuário. É uma posição facilmente defensável, declara Priene, e longe de fogueiras de cozinhar e latrinas. Na opinião de Priene, não há maior honra que possa ser dada a qualquer criatura viva do que estar em uma posição defensável que não tem muita probabilidade de pegar fogo e não cheira a xixi.

Penélope acena com a cabeça em reconhecimento, embora não entenda totalmente a cortesia que sua capitã lhe concedeu aqui; empurra a tela áspera para entrar no interior bolorento. Um pouco de palha foi espalhada pelo chão. Alguém deixou uma pequena estatueta de madeira de Ártemis, saltando sobre a terra com o arco na mão. Isso talvez tenha a intenção de ser uma gentileza, uma cortesia com a rainha, um sinal da bênção e boa sorte que recairá sobre esse pequeno exército de mulheres. Penélope a pega, sente por um momento como se fosse chorar, como se fosse lamentar, desabar.

Ela está incrivelmente cansada, incrivelmente faminta. Ela acha que, caso se sente, não vai conseguir ficar de pé; caso desabe, ela sabe que nunca vai se levantar. Quando foi a última vez que dormiu uma noite inteira? Não consegue se lembrar.

A privacidade da tenda; o súbito silêncio do momento.

Há quase uma permissão aqui, uma concessão de espaço para a rainha de Ítaca, que agora agarra a imagem da caçadora com tanta força, que seus ossos podem explodir de sua mão; suga a respiração trêmula, aperta os olhos com força e pensa, com um choque de terror, que pode haver lágrimas neles.

Então Eos está ao seu lado, como Eos sempre está, pegando-a pelo cotovelo – e depois mais. Mais do que apenas uma criada deveria. Eos coloca os braços ao redor de Penélope e a abraça, enquanto a rainha treme e se recusa a se curvar. Ela tenta falar, dizer... alguma coisa, qualquer coisa. Mas ela passou tantos anos sem falar nada, sem sentir nada, sem ser nada além do que é preciso ser, que agora, quando as palavras estão desesperadas para sair, ela ainda não consegue.

Ela não consegue fazer isso.

Sua boca se move, suas mãos tremem, ela se agarra a Eos com todas as forças e não consegue dizer uma palavra. Não, nem mesmo algo como: O que fizemos?

O que *eu* fiz?

O que vai acontecer conosco agora?

Sinto muito. Sinto muito. Sinto muito.

Porque, é claro, Penélope olhou nos olhos de Menelau e viu o que espreita lá dentro. Ela o viu se iluminar ao vê-la, o viu lamber os lábios, ouviu a saliva estalar atrás de suas gengivas. Mas, mesmo quando tiver terminado com ela, ele a manterá viva. Não pode matar a esposa de Odisseu – pelo menos não publicamente. De nenhuma forma que pudesse levantar suspeitas. Ele a manterá viva e, uma vez conquistada, ficará entediado. Ele ficará entediado porque a conquista é o que o excita, e a conquista não pode durar para sempre. Penélope viverá, uma velha solteirona em alguma ilha ressecada, mas suas criadas?

Ah, sim, suas criadas.

Eos e Autônoe, Melanto e Phiobe; o que Menelau fará com elas quando tudo estiver acabado? Nada, é claro. Não vai ocorrer a ele. Elas serão deixadas para seus guardas, para seus homens. Os soldados de Esparta não receberão os verdadeiros despojos – nem um reino, nem o ouro de Ítaca, nem seu estanho e âmbar e ricas águas correntes.

Eles não vão lutar e morrer por isso, nem pensar. Tudo o que os soldados devem esperar são as sobras da mesa de Menelau e, naturalmente, as criadas. Os gritos e as lágrimas, a súplica e o horror das alquebradas mulheres de Ítaca não alimentarão esses homens, não lhes valorizarão aos olhos de seu mestre, não lhes trarão felicidade, contentamento ou descanso do medo. Mas pelo menos eles vão sentir alguma coisa. Se vencerem – quando vencerem –, os homens sentirão alguma coisa.

Penélope encara os olhos de Eos, e Eos encara de volta.

Elas conhecem bem a verdade do coração uma da outra, essas mulheres de Ítaca. Elas viram o mais baixo dos espíritos uma da outra, ouviram o quebrar da alma uma da outra. Eos segura Penélope, e Penélope segura Eos, e por um tempo isso é tudo, enquanto ambas se recusam a chorar.

Eu as envolvo com meus braços.

Normalmente, eu seria totalmente a favor de colocar para fora. Abrir um bom e velho berreiro, largada no chão, uma boa sessão lamentação entre moças, seguida de um pouco de autocuidado e uma massagem. Contudo, estamos em um acampamento militar, escondidas em uma ilha à beira da guerra. Até eu, que em outras circunstâncias seria a primeira a trazer os óleos aromáticos, entendo que tudo tem seu tempo e lugar.

Então, ouve-se uma tosse à entrada da tenda, e no mesmo instante Eos e Penélope se afastam, ficam eretas, sempre eretas, olhos secos, bocas cerradas.

Autônoe entra. Olha para uma e para a outra, vê tudo e, só desta vez, não julga nada.

– Muito bem – diz ela. – Ouçam. Acho que alguém tem um cheiro estranho.

À noite, um destacamento de espartanos chega à costa de Cefalônia.

São apenas um grupo de reforço de trinta. Isso é tudo o que Menelau pode dispensar, já que agora enfrenta o duvidoso desafio de procurar em todas as ilhas ocidentais, desde a menor rocha até a ilha mais extensa, por seu rei micênico desaparecido.

Eles não vêm em navios de guerra espartanos. Depois do incêndio, restam apenas três embarcações dignas de serem lançadas ao mar, e Menelau precisa delas vasculhando as águas em busca de qualquer vestígio da desaparecida Penélope. Em vez disso, eles vêm em um navio mercante confiscado, arrancado de debaixo do nariz furioso de Eupites.

– Para o bem do bom rei Orestes – Lefteris proclamou, espada desembainhada, ponta virada para o pescoço de Eupites. O capitão espartano não pensou em perguntar a Eupites para onde seu filho havia ido. Ele simplesmente não entendia o suficiente sobre a ilha para saber que devia perguntar.

Uma pescadora da cidade reporta a uma tecelã, que reporta à mãe, que cuida das ovelhas nas colinas, que conta à garota que espera ao lado de sua porta sobre o número e a disposição dos espartanos que chegaram agora às costas de Cefalônia.

A garota corre até o santuário de Hera para contar a Priene, que marcha até a tenda de Penélope e proclama:

– Cinquenta espartanos ao todo, aquartelados para esta noite. Vão se espalhar e começar a vasculhar a ilha amanhã, sem dúvida.

Autônoe veio e se foi, então, agora, apenas Penélope e Eos ouvem as notícias de Priene.

– Todos ou em grupos? – pergunta a rainha.

– Se fosse eu, em grupos de não menos que quinze, com uma pequena força deixada para trás na guarnição.

– Quem os lidera? Não é Menelau?

– Não, Nicóstrato.

– Interessante. Achei que Menelau libertaria o filho do templo mais cedo ou mais tarde. Não pensei que fosse mandá-lo para Cefalônia. Pode matar qualquer espartano que quiser, mas, se pudermos capturar Nicóstrato vivo, isso seria útil.

Priene considera isso.

– Ele pode não estar ileso.

Penélope descarta a noção com um movimento da mão.

– Desde que ninguém possa dizer que matamos o filho de Menelau, não tenho nenhuma preocupação quanto ao que acontecerá com os joelhos dele.

Priene dá um breve aceno com a cabeça. Ela não é uma grande fã de capturar pessoas vivas ou, pelo menos, com ferimentos que não vão com certeza matá-las nos próximos dias. O cuidado envolvido em tal operação é sempre mais confuso e difícil de administrar no calor da batalha do que apenas um abate limpo – mas pelo menos ela sabe que tem opções. Ela sai para reunir suas forças. Há armadilhas a serem armadas, emboscadas, escaramuças brutais no crepúsculo prateado – nada que os poetas cantarão.

Na escuridão taciturna de sua tenda, Penélope está sentada em uma pilha de palha. Eos se senta ao lado dela. Há uma proximidade aqui que nunca seria vista no palácio, ombro a ombro na escuridão crescente da noite fria. A distância formal entre as mulheres é habitual, uma fachada necessária, mas essas coisas ficam um pouco absurdas quando a destruição iminente está em jogo. Eos comenta:

– Eu pentearia seu cabelo, mas… – Um pequeno gesto, para indicar a trágica verdade de que, de todos os apetrechos femininos com os quais Eos poderia ter escapado do palácio, o único que ela trouxe foi uma lâmina escondida. Penélope engole uma gargalhada deselegante e balança a cabeça. – Perguntei a Rhene se Electra poderia me emprestar seu pente, mas a resposta da mulher foi notavelmente pouco caridosa – acrescenta a criada, desapontada.

Penélope volta seu olhar para Eos com um lento alargar de seus olhos, sua escuridão reluzindo meio perdida na tenda.

– O quê? – Eos deixa escapar quando sua rainha não fala, embora sua respiração seja rápida e leve. – Eu estava errada?

Penélope segura a mão da criada.

– É assim – ofega ela. – É desse jeito.

No mesmo momento ela se levanta, afasta a aba da barraca, por um instante, fica perplexa ao sair por perceber que não sabe exatamente para onde ir neste acampamento, não está familiarizada com a noite barulhenta. No entanto, Teodora havia sido designada para ficar de guarda para ela e agora se aproxima da borda da luz do fogo, arco na mão, olhos se voltando constantemente para as sombras além de sua morada oca, cabeça inclinada um pouco para o lado como se ela, abençoada por Ártemis, pudesse ouvir pés correndo pela noite movimentada.

– Minha senhora?

– A tenda de Orestes e Electra. Tenho que vê-la agora. Eos, busque Autônoe e me encontre lá.

Penélope fica gloriosamente atraente em um de dois estados: no início do outono, a pele brilhando de suor, enquanto ela trabalha na colheita, o sol refletindo em seu cabelo desgrenhado, uma mulher de negócios, uma mulher cercada inteiramente por mulheres que também trabalham com ela; não uma rainha, mas uma agricultora que ama a terra que pisa e agradece por sua generosidade.

Odisseu nunca a viu dessa forma – ela estava ocupada demais sendo uma rainha quando ele ainda era rei em Ítaca –, mas, deuses, ele teria achado de fato uma visão e tanto ver a esposa rindo e cantando as canções das mulheres, enquanto lavavam seus pés quentes no rio gelado no final do longo dia de colheita.

Seu próximo estado mais atraente é de fato o de uma rainha, mas não é o de dar audiência ou sentar-se com o conselho nem de oferecer banquetes tediosos e acenar para o povo como se dissesse: ora, sim, sim, sou eu, como isso deve fazer vocês se sentirem especiais.

Nessas circunstâncias, ela mantém uma postura modesta e subjugada, a cabeça baixa e olhos erguidos, como convém a uma mulher de serviço – serviço ao marido, serviço ao povo. É apenas nas raras ocasiões em que ela talvez enfrente um adversário habilidoso no *tavli*[1] e nota uma armadilha astuta, uma pequena jogada inteligente, e não consegue se conter, não consegue suprimir as batidas de seu coração e a contração do sorriso em seus lábios, que ela cintila. Ela reluz de entusiasmo, e, acredite em mim, entusiasmo e excitação muitas vezes têm a mesma respiração trêmula, os mesmos lábios lambidos, os mesmos olhos arregalados, as mesmas bochechas coradas. Odisseu viu isso na esposa, antes de embarcar para Troia, apenas uma vez. Mas nunca havia tempo suficiente durante o dia para jogos, e depois ele havia partido.

Esta então é a luz que agora reluz no rosto de Penélope, enquanto ela abre caminho através do acampamento esfarrapado abrigado sob as rochas de Cefalônia. É o olhar de quem viu o caminho e o conhece, uma beleza que resplandece através da lama e dos cabelos embaraçados e do cansaço e do peso do tempo que avança.

Pílades está sentado na terra do lado de fora da tenda de Orestes, como uma rocha guardando a entrada, recusando-se taciturnamente a dormir, mas seus olhos vão trai-lo muito antes de seu espírito. Rhene se aproxima, vinda do riacho próximo, com uma jarra de água fresca nas mãos; Iason dorme em uma cama de musgo próxima. Eu acaricio sua testa, faço-o dormir um pouco mais fundo, um descanso fácil para recompensar as excursões realmente masculinas de seu dia.

Pílades não se levanta com a aproximação de Penélope, está estúpido demais esta noite para ver como ela resplandece lindamente à luz oscilante do fogo. Ele olha além dela para Teodora, então, se remexe um pouco quando Eos e Autônoe se aproximam. Esta reunião de mulheres desperta a curiosidade de outros – os olhos se voltam para a tenda, prende-se a respiração, há pessoas no acampamento não tão cansadas quanto Pílades para ver algo em Penélope que indica ação.

– Vou ver Electra agora – decreta Penélope.

Pílades abre a boca, embora a divindade saiba que ele não tem nada de interessante a dizer. Suas palavras são interrompidas pela aba da tenda sendo afastada e Anaitis colocando a cabeça para fora.

---

[1] Nome grego do jogo "Gamão". (N. E.)

– O que você quer? – exige ela. – Estou tentando cuidar do paciente!

– Apenas alguns momentos do tempo da irmã dele, nada mais – acalma Penélope.

Anaitis pisca esta informação para dentro de seu crânio, acena com a cabeça uma vez, desaparece de volta na tenda e, em seguida, com um quase empurrão, expulsa Electra dela, tendo tão pouco interesse em ter a princesa perturbando seus esforços quanto qualquer outra que possa se aventurar em seus domínios.

Electra encara Penélope, o hábito de quem não gosta de ser afastada do lado de seu irmão – mas, como Penélope é uma rainha e não deve ser olhada com raiva, dirige sua ira com um lampejo de calor em suas bochechas para Pílades, que desvia o olhar.

Penélope pega a prima pelo pulso. Electra quase dá um salto, quase ataca diante da intrusão, mas se detém, hesita. Embora o aperto seja forte, não machuca, não é uma ameaça. Apenas uma âncora, um convite para ficar firme, para estar aqui, para que os dois corações em dois corpos talvez agora sintam a força do pulso um do outro e brevemente batam em união.

– Seu pente – Penélope murmura. – Posso ver seu pente?

– O que?

– Seu pente. Aquele com o qual você penteia o cabelo do seu irmão. Aquele que você usa para acalmá-lo em seu sono conturbado.

Penélope não solta o pulso de Electra, e agora talvez a princesa esteja aliviada por isso, sente a força que a segura, enquanto, com a outra mão, ela procura em seu vestido. Quase deixa cair o pequeno objeto de concha polida, atrapalhando-se ao colocá-lo na palma da mão aberta de Penélope. Penélope o vira para um lado e para o outro, segurando-o contra a luz do fogo, e chama baixinho:

– Anaitis?

Movimento dentro da tenda, em seguida, a sacerdotisa aparece de novo, os lábios moldando uma pergunta decididamente desrespeitosa que ela mal contém diante de tanta realeza. Penélope sorri para ela, serenidade em sua face.

– Poderia examinar isso, por favor?

Anaitis considera o pente que lhe é oferecido, abre a boca para deixar escapar algo que seria decididamente nada diplomático e se detém. A mesma ideia que agora se aninhou na cabeça de Penélope desliza para a da sacerdotisa também, e, embora fosse delicioso receber algum crédito divino por esse ato, devo admitir que foi tudo trabalho da adorável cognição delas. Anaitis pega o pente. Examina as pontas afiadas de cada dente. Leva-o até o rosto. Cheira. Leva-o aos lábios. Lambe. Rola o gosto pela boca. Olha para Penélope. Sorri. Assente só uma vez. Devolve o pente à rainha de Ítaca.

Um círculo de mulheres formou-se em torno dessa cena, atraídas por uma história que não compreendem, um mistério que se desenrola e que as chama como os poetas sempre chamaram a todos os ouvidos que se inclinam para ouvir. Penélope solta o pulso de Electra, e a micênica cambaleia, quase parece cair, pega a mão de Penélope nas suas, segurando agora, segurando firme. Olha nos olhos dela. Sussurra:

– Fui eu?

Penélope acena que sim com a cabeça, e Electra parece ceder por um momento. Ela se curva, ela quebra, ela se dobra sobre a própria barriga como se tivesse levado um soco, ela agarra os ombros de Penélope, seu peito, cai em seus braços e, por fim, em convulsões infantis, em suspiros ofegantes e arquejando, ela chora como uma criança em um abraço de mãe.

Capítulo 36

Certa vez, quando Electra tinha dezesseis anos, um criado a tocou. Seus lábios, suas línguas, suas carnes emaranhadas atrás dos estábulos. Ele acariciou seus mamilos, adorou sua barriga, correu sua língua, seus dedos entre suas coxas. Ela se remexeu e se contorceu em êxtase e, então, no momento em que estava quase explodindo em paixão e prazer, o chutou para longe.

Saiu de seu abraço, juntou suas roupas e fugiu daquele lugar. Ele ficou bastante confuso com essa reação, ainda mais quando dois dias depois foi vendido a um ferreiro em uma cidade distante.

De sua parte, tendo despachado seu antes futuro amante, Electra chorou e rezou diante do altar do todo-poderoso Zeus, implorando perdão. Não exatamente por ter se deitado com um menino; ela era filha de Agamêmnon o bastante para saber que os votos de casamento eram, na melhor das hipóteses, coisas vagamente ambiciosas. Mas por ter desfrutado de seu corpo, exultado em sua carne, aproximando-se da fronteira do êxtase. As mulheres não deveriam fazer tais coisas, ela sabia.

Sua mãe gritava de prazer por ser adorada por Egisto; sua tia Helena havia traído o mundo quando atraída pela promessa apaixonada de Páris e seu corpo ágil e firme. O deleite das mulheres era pecaminoso, cruel, antinatural. Os deuses eram prova disso, pois qualquer deus podia tomar qualquer mulher que quisesse, e ela seria punida por seu ato, como era o caminho natural das coisas. Então Electra rezou para que, quando fosse casada, como com certeza seria, seu marido a empurrasse de bruços contra o leito conjugal, como diziam que seu pai tinha feito com a esposa, enquanto seus homem assistiam e aplaudiam, e fizesse seu serviço nela até que ela sangrasse, e ela suportaria a dor. As mulheres da casa de Agamêmnon não eram nada senão feitas para suportar.

Orestes tinha quinze anos quando se deitou pela primeira vez com uma mulher. Foi considerada uma parte útil de sua educação ser apresentado às nuances do corpo feminino por seus tutores em Atenas, que ficaram um pouco desapontados por ele ainda não ter tomado posse de seu prazer nesse sentido. E, desse modo, certa noite, ele foi levado a um santuário erguido em minha honra, e as atenções de uma mulher realmente fabulosa de meu credo, que prometia com sua arte todos os tipos de delícias maravilhosas e êxtases secretos, foram negociadas.

– Não, não, não! – repreendeu seu professor. – Você a segura assim, e então você a penetra assim, e você apenas faz isso até terminar!

Pílades também estava lá naquela noite. Sua educação sexual era muito menos importante do que a de Orestes, visto que a necessidade de ele produzir um herdeiro teria menos importância política, mas, como eram meninos da mesma idade, considerou-se adequado que Pílades também tivesse uma amostra dos assuntos viris. Além disso, diziam seus professores, não era saudável para homens conter suas essências por muito tempo, em especial, homens que seriam reis guerreiros.

Então Pílades fez seu serviço ao lado de Orestes, e os dois meninos não se olharam enquanto trabalhavam e não olharam, não olharam e não olharam.

Desse modo, os filhos de Agamêmnon deixaram a infância para trás.

Na ilha de Cefalônia, muitos anos depois, um pequeno círculo de mulheres – e alguns poucos homens – senta-se ao redor de uma fogueira. Penélope segura o pente no colo, Anaitis à sua esquerda, Autônoe à sua direita.

– Meimendro – proclama Anaitis para a assembleia de olhos que refletem a luz. – Os sacerdotes de Apolo a queimam em seus chamados oráculos, fazem suas sacerdotisas inalarem a fumaça. Já o vi ser usado como óleo também, pingado na comida ou esfregado nas partes finas da pele para provocar sonhos proféticos. É fácil tomar demais; alguns morreram por causa disso. Mas, em pequenas quantidades, provoca visões. Alguns poderiam dizer loucura.

– Tudo o que Orestes bebeu, tudo o que ele comeu foi comido ou bebido por outra pessoa também – acrescenta Penélope, enquanto Electra a observa através das chamas dançantes. – Em Micenas, na estrada para Ítaca, no meu palácio. Ele não bebeu de nenhum recipiente especial como Helena faz, ele não foi alimentado com comida que outros não poderiam comer. E ainda assim foi envenenado. Tocado por algo único para ele, algo pelo qual só ele poderia ser tocado.

Electra chorou todas as suas lágrimas. Agora, mais do que nunca, fica quieta e rígida, como a mãe fazia – há tanto de Clitemnestra em sua filha, ainda mais agora do que antes. Clitemnestra uma vez jurou nunca ser vista como fraca, nunca mostrar suas lágrimas diante dos olhos dos homens. Electra também fará esse juramento, já o está tecendo em seu coração, sem saber que é o mesmo que a mãe carregou consigo até o fim.

– Pílades também foi envenenado, em Micenas – Electra sussurra. – E minha criada.

– Sim. Mas isso foi antes de vocês fugirem. Era bem fácil revestir uma xícara, uma tigela de lavar, algo íntimo de Orestes. A água com que lavava o rosto; o pano com que limpava a pele. Até a cama em que se deitava. Uma vez que ele estivesse na estrada, isso se tornaria muito mais difícil de sustentar, então vemos, talvez, uma mudança de tática.

Pílades olha para o nada, embora muitos ao redor do fogo olhem para ele.

– Levaria muito tempo e teria que ser feito regularmente – Anaitis reflete, mais pela própria curiosidade do que pelos ouvidos dos ouvintes. – Mas os dentes do pente, usados com bastante frequência, passariam sobre a superfície da pele, permitindo que o óleo penetrasse. Um veneno paciente, mas eficaz, como podemos ver.

– Como isso aconteceu? – A voz de Electra é uma respiração nua. Ela tem que tossir e tentar de novo, empurrando suas palavras mais alto, com mais força, executando o papel da rainha injustiçada; melhor ser uma rainha injustiçada, melhor ser Clitemnestra, do que ser a garota tola que quase matou o próprio irmão. Esta criança deve morrer, esta criança nunca mais deve ser vista, tudo menos isso, tudo menos uma garota culpada chorando por causa das crueldades deste mundo. – *Como isso aconteceu?* Eu mantive o pente comigo o tempo todo. Era da nossa irmã… é de família… Como isso aconteceu?

– Você dormia – Penélope responde com um encolher de ombros. – Até você tinha que dormir. Você trocava de roupa, tomava banho. Apenas alguns momentos são necessários para cobrir os dentes com óleo e devolvê-lo ao seu lugar.

– Mas como? – exige Electra, a voz se elevando de novo, um pouco mais próxima do terror, um pouco mais perto de rachar; ela inspira uma respiração trêmula, puxa-a de volta. – Como?

– Você protegeu o acesso ao seu irmão, não a você – Penélope está tentando ser gentil. Ela costumava tentar ser gentil com o filho, Telêmaco, e ele a odiava por isso. Agora ela não tem certeza de como soar gentil sem também errar.

– Embora você servisse a seu irmão, as mulheres serviam a você. Em Micenas. E em Ítaca – Ela estende uma mão educadamente para Autônoe, sentada, impaciente, ao seu lado. – Conte a minha prima o que você me falou.

Autônoe não tem escrúpulos em encontrar o olhar de Electra. Ela teria sido uma rainha gloriosa se não tivesse sido vendida como escrava.

– O sacerdote. Kleitos – Os lábios de Electra se curvam de nojo, mas ela segura sua bile. – Fomos visitá-lo, examinar seus aposentos, suspeitando que ele não fosse da sua causa. Ele não nos deixou entrar na primeira vez que batemos, disse que estava em suas orações. Mas, quando voltamos, ele nos admitiu. Perguntei-me, então, o que ele estava escondendo – ou quem. Quem poderia estar visitando esse fornecedor de óleos e pomadas no palácio. Havia um cheiro no ar, um incenso talvez usado para algum rito religioso ou para dar a aparência de um. Não temos incensos refinados como esse em Ítaca, mas a memória ficou no meu nariz. E eu senti o odor nela.

Um dedo se estende, sem malícia ou arrependimento especial, em direção a Rhene.

A criada micênica está sentada em silêncio à beira da fogueira.

O lugar de uma criada é sempre ficar quieta à beira da luz.

– Electra – murmura Penélope –, qual foi a criada envenenada em Micenas?

– Rhene – A voz de Electra é uma pedra irregular, presa em sua garganta. – Foi Rhene.

– Rhene e Pílades. As únicas duas pessoas além de Orestes a serem afetadas. Supomos, é claro, que talvez tenham comido ou bebido alguma coisa que Orestes também comeu ou bebeu, mas e as alternativas? Ou que são... íntimos de seu irmão, próximos, digamos... ou talvez a envenenadora, quando começou sua missão, ainda não era tão habilidosa a ponto de não se envenenar por acidente.

Ninguém ofega. Ninguém exclama "que horror!" ou desmaia. Não há ninguém para fazer isso, por enquanto, apenas a fria verdade se revelando no amargo fim. Rhene olha para Autônoe e parece quase assentir com a cabeça, de uma criada para outra, um reconhecimento de iguais, talvez mais importante do que reconhecer essas rainhas próximas.

– Rhene? – Electra respira. – Mas você me ama.

Ninguém ama Electra. Até Orestes, quando está sóbrio, acha difícil amar a irmã. Ele tenta, é claro, é seu dever fraterno, mas o dever não é capaz de derreter o coração nem de realizar o desejo sincero e bondoso de alguém apenas por desejar.

Rhene olha para Electra, e há quase pena em seus olhos; uma pena que fica a apenas uma piscada de distância do desprezo. Depois, ela olha para Penélope e, em voz alta e calma, diz:

— Quando elas me matarem, vai garantir que seja rápido.

É Pílades quem ofega, quem busca sua lâmina, mas Eos detém sua mão, balança a cabeça, exigindo paciência, silêncio. Ele está acostumado a demonstrar sua lealdade de maneiras significativas e heroicas, mas este não é o momento nem o lugar.

Penélope considera a criada, então acena com a cabeça.

— Sim. Não realizaremos crueldades bárbaras aqui.

Rhene ergue o queixo para a sombra de Priene, parada na borda do círculo, onde a luz encontra a escuridão.

— Ela vai fazer. É uma guerreira. Ela será rápida.

Electra deveria protestar, deveria gritar por tortura, sacrifício, a mais horrenda retribuição, deveria exigir beber seu sangue! Mas Electra fica calada. Suas lágrimas acabaram; ela não vai chorar de novo. Eu acaricio seus cabelos, abraço-a com força, e ela não me sente, foi longe demais até do amor.

Penélope olha de Rhene para Priene, balança a cabeça.

— Não vou ordenar que ela seja uma carrasca.

— Você fará? — Rhene pergunta, fixando Priene agora com seu olhar.

Priene pensa, de braços cruzados, encarando por um bom tempo os olhos da criada. Então assente com a cabeça. Rhene sorri e desvia o olhar.

Electra, agora prestes a explodir, os nós dos dedos brancos no colo, a respiração rápida e rala, deixa escapar:

— *Você jurou me amar!*

Rhene parece quase surpresa com isso, com a convicção absoluta na voz de sua senhora.

— Sim — responde ela. — Eu jurei. Prometi a sua mãe que, não importava o que acontecesse, eu amaria você. Sua mãe insistiu. Ela me pegou pela mão, olhou nos meus olhos, me fez jurar que eu ia protegê-la, mantê-la segura. Eu faria qualquer coisa pela minha rainha. Qualquer coisa mesmo. Portanto, eu jurei. Por ela. Por Clitemnestra.

Electra se atira em direção a Rhene, com os dedos estendidos, as mãos transformadas em garras, quase se incendiando com seu descuido ao pular sobre o fogo. Teodora a agarra antes que ela alcance a criada, puxa-a para trás, sibilando e rosnando, e a abraça. Pílades se coloca entre elas, ajuda Teodora a segurar a micênica enquanto Electra grita:

– *Eu confiei em você, eu confiei em você, eu confiei em você! Como você pôde, como você pôde, como você pôde?*

Suas palavras se tornam murmuradas, distorcidas, finalmente se dissolvem em um berro animal, um grito de raiva e horror, do mais puro desespero, que rompe a noite. As Fúrias, girando acima, imitam o barulho, ecoam o berro pela ilha, pelo mar, tornam as águas vermelhas e quebram as pedras, até que, finalmente, esvaziada e estripada de todo som, Electra desmorona nos braços de Pílades.

– Priene, Teodora, Eos. Deveríamos nos afastar um pouco com Rhene, eu acredito – determina Penélope.

Rhene se levanta depressa, alisa o vestido, acena com a cabeça para Priene, enquanto a mulher sai da escuridão para ficar ao seu lado, Teodora assumindo a posição ao lado de seu outro braço. Electra vira o rosto, e Pílades ainda a segura e indica com o queixo para Iason seguir o grupo de mulheres, enquanto elas se afastam do fogo.

Eu sinto o aroma da luz das estrelas e o torno um pouco mais vibrante ao redor deles, enquanto caminham para a floresta. Teodora encontra o caminho sobre pedras ásperas e através de galhos quebrados até a beira do riacho, onde as árvores e rochas suspensas se abrem o suficiente para deixar passar o olho brilhante do céu. Priene para atrás de Rhene. Eos está ao lado de Penélope, Iason a alguns passos de distância, silencioso, testemunha dessa cena, mas sem fazer parte dela.

Rhene ergue o queixo para o céu, fecha os olhos, deixa-se banhar nesta noite, na brisa, na beleza do ar e no peso de sua própria carne adorável. Penélope a observa por um momento e então diz:

– Para minha própria curiosidade. Se puder. Menelau lhe pediu para envenenar Orestes?

Rhene só entreabre os olhos, responde como se já estivesse morta, já em um lugar distante onde a névoa rola sobre campos de trigo quebrado.

– Não diretamente. Mas ele é dono de Kleitos, e Kleitos me conheceu há muito tempo. Ela me salvou, sabe. Clitemnestra. Ela salvou a todos nós. Eu era apenas uma criança quando ela me encontrou, já destinada a ser uma... prostituta de algum velho. Ela me acolheu, lavou meu rosto, penteou meu cabelo, me vestiu com as roupas da filha, passou óleo em minha pele. Ela era... ela era tão bonita. Quando Agamêmnon estava em Micenas, as mulheres eram apenas... carne. Para serem atiradas de um cachorro para outro como um velho osso roído. Mas, quando ele navegou para Troia, ela acabou com isso. Aplicava as antigas regras, ordenava que qualquer homem que tomasse uma mulher sem consentimento, mesmo a escrava mais vil, fosse punido por isso, não a mulher. Os homens odiavam isso, usavam contra ela, mas nós... Eu... a amava. Homens dão poder para mulheres, e mulheres sacrificam as mulheres ao seu redor para apaziguar os homens. Não Clitemnestra. Ela era uma verdadeira rainha. Ela poderia me pedir para fazer qualquer coisa, qualquer coisa, e eu estaria grata por servir.

As Fúrias estão girando lá em cima, tentando captar novamente o som do grito de Electra, imitando, brincando com o barulho – mas elas não conseguem acertar, gritam *Mãe, Mãe, Mãe!*

Depois, percebo que há outras observando também, espiando este lugar de luz das estrelas. Ártemis está de pé, com os pés no riacho, o arco sem corda ao lado do corpo, a cabeça baixa como se fosse cair na água corrente. Atena também espera à beira da clareira, seu elmo no chão a seus pés, a lança cravada no chão com a ponta para baixo. Elas vieram, não por Penélope nem mesmo por Electra ou seu irmão, ou pelas Fúrias enraivecidas acima. Com um sobressalto, percebo que elas vieram por Rhene. Por uma donzela anônima, as deusas vieram.

– Mas você fez um juramento. Para Clitemnestra. De proteger a filha dela.

Rhene acena com a cabeça, afiada e viva. – Eu fiz. Electra nunca entenderá o amor de sua mãe. Clitemnestra viu que sua filha estava sozinha e me pediu para brincar com ela. Foi o que fiz, e, por um tempo, acho que houve uma espécie de amizade ali. Eu queria muito ser amiga de Electra, se isso deixasse Clitemnestra feliz. Mas Orestes jurou vingar o pai e, então, matou a mãe. As únicas pessoas que se importam com juramentos são guerreiros e reis. Ninguém se importa com o que uma escrava diz.

Coloco a mão no ombro de Rhene, respiro força para sua coluna, firmeza para seu peito. Seu amor arde radiante e glorioso: *Clitemnestra, Clitemnestra, maravilhosa Clitemnestra,* canta sua alma. Enquanto a rainha viveu, Rhene nunca expressou isso, nunca ousou dizer à rainha de Micenas obrigada,

obrigada, mulher gloriosa, eu seria sua para sempre. Somente quando Clitemnestra se foi, Rhene finalmente, em meio à perda, permitiu que a consumisse. O que poderia importar mais do que o amor?

Autônoe sussurra: Talvez banimento, talvez...

Eos responde: Não. Nós duas sabemos que não é possível.

Se Priene não encerrar este negócio esta noite, Pílades ou Iason o encerrarão amanhã, ou Electra no dia seguinte, e serão cruéis. Eles serão tão cruéis, esses filhos e filhas. Eles pensarão, talvez, que o tormento de outra pessoa pode de alguma forma aliviar a dor de seus corações – e estarão errados.

– Você sabe quem matou Zosime? – questiona Penélope, uma pergunta para a qual não espera uma resposta.

Rhene balança a cabeça em negativa; não tem motivos para mentir agora.

– Não – suspira a rainha. – Imaginei que não.

Eos segura a mão de Autônoe quando Priene saca sua lâmina. A capitã do bando itacense hesita um momento, para diante da criada micênica, olha-a nos olhos.

– Irmã – declara ela. – Creio que, se eu fosse você, teria feito o mesmo.

Rhene acena com a cabeça, um reconhecimento de uma verdade, nada mais, e não olha para a lâmina de Priene.

A gritaria das Fúrias parou, percebo. Enquanto Priene ajusta sua lâmina, procuro as três megeras malditas, as damas com garras de fogo e dor, e as vejo, não girando no céu nem gargalhando de alegria, mas paradas agora, em silêncio, às margens do bosque, as asas enroladas em seus corpos curvados, os olhos faiscando como o coração da chama.

Elas estão quietas agora, de cabeça baixa, não vieram para zombar, para cacarejar nem se banquetear com a tragédia, mas para honrar uma de suas filhas.

Quando Priene golpeia e Rhene cai, ouço um som que acho que jamais ouvirei de novo, quando tanto deusa quanto Fúria erguem suas vozes em uma canção de luto pela alma da criada morta.

Capítulo 37

Narremos a passagem de três dias.
Bandos espartanos se espalharam pela ilha, mas não encontraram sinal das mulheres. Cefalônia é muito maior que Ítaca, embora a ilha menor comande a maior. Menelau não trouxe homens o bastante para conquistar todo o território – pensou que bastaria para tomar o palácio e agora paga por esse erro de julgamento.

Priene envia batedoras para observar o progresso dos soldados em suas armaduras de bronze, enquanto passam por pomares e campos irregulares e esburacados. As batedoras vão exatamente como o que são – pastoras de cabras ou coletoras de lenha, as que trazem óleo para casa e as mulheres que batem cobre e estanho. Elas podem ficar a menos de três passos dos homens espartanos e observá-los boquiabertas e são invisíveis à sua maneira estranha.

– Cuidado com as mulheres! – Menelau instruiu seu filho antes de enviar Nicóstrato através da água de Ítaca. – Elas são sorrateiras! Estão do lado dela!

Nicóstrato assentiu e disse sim, pai, claro, pai, mas ele não entendeu. Claro que sabia que Helena tinha ido para Troia e causado a guerra que quebrou o mundo, mas isso era apenas outra história. A Helena que ele conhece é uma bêbada chorona babando aos pés de seu pai, e, portanto, a imprecação de considerar as mulheres das ilhas como algum tipo de ameaça significativa é um anátema para os fundamentos da mente de Nicóstrato.

Assim, ele marcha por Cefalônia, exige saber onde está a rainha, quem viu a traidora Penélope – e eis que toda mulher a quem ele pergunta isso se encolhe e rasteja e diz, oh deuses, ah não, caro mestre, ah, por favor, não nos machuque, bom senhor, poupe-nos, somos apenas humildes viúvas e solteironas, e isso corresponde às expectativas de Nicóstrato e, portanto, tinha que ser verdade.

Priene ouve tudo isso das mulheres que correm pela floresta para lhe trazer notícias. Ela planeja, prepara, conta lanças, conta arcos e lâminas, senta-se no topo de uma colina que dá vista para baixo em direção ao mar e se pergunta o quanto Penélope leva a sério a ordem de trazer Nicóstrato vivo.

– Seria realmente muito ruim matar o filho de Menelau – repete a rainha de Ítaca durante um jantar de coelho capturado assado na fogueira.

– Realmente muito, muito ruim.

Priene suspira, mas descobre, para sua surpresa, que mesmo ela pode pelo menos desta vez ver os méritos táticos em longo prazo de não matar todos os gregos que encontra, apesar de suas inclinações naturais.

Anaitis cuida de Orestes.

Às vezes, vejo Ártemis caminhando com sua sacerdotisa enquanto Anaitis colhe ervas da floresta; noto também a rapidez com que as pegadas das mulheres desaparecem na terra enquanto elas se movem pelo acampamento, como as árvores se curvam para esconder a luz de suas fogueiras de madrugada.

Ártemis, cuja castidade é uma piada corrente no Olimpo, que é ridicularizada porque não pode ser conquistada, ridicularizada porque não se importa em ser desonrada – os deuses bêbados, às vezes, esquecem quantas maneiras existem para amar. Enxergo isso nela agora, enquanto ela firma a faca de uma criança que está aprendendo a esfolar uma lebre; quando ela sopra um pouco mais de calor na fogueira escondida; enquanto ela corre ao lado de Teodora à luz do sol poente, carmesim nos cabelos, liberdade em seu riso. Ela ama, ela ama, ah, com todo o seu glorioso coração, ela ama; mais luminoso e mais belo até do que o amor de Atena por Odisseu, mais ardente e mais bonito do que o desejo de Páris por Helena, Ártemis ama as mulheres da floresta, seu povo, suas irmãs, as parentas de seu coração. Ela sangraria divindade por elas; ficaria nua diante da raivosa Cila em nome delas. E, no entanto, porque o seu amor não é algo sexual, porque não é aquilo sobre o que os poetas farão baladas, acariciando a barba, ela mesma não sabe que é amor. Sua alegria não é contada pelos contadores de histórias nem cantada pelos músicos, e ela não a entende nem mesmo como felicidade, nem como deleite. Ela vive apenas neste momento sem um nome e recuará em horror ferido se eu sussurrar a verdade em seu ouvido: que ela profundamente e verdadeiramente ama.

Eos cuida de Electra.

Electra não sai de sua tenda.

Não cuida do irmão.

Não chega perto dele.

Come quando mandam que coma.

Bebe quando mandam que beba.

Não diz quase nada.

Não mostra sinais de choro.

Dorme muito, mal.

Acorda cansada e com uma dor baixa e inquieta que não consegue afastar.

Eos diz: vamos caminhar? E em silêncio elas caminham.

Eos diz: vamos nos banhar no riacho? E em silêncio elas se banham.

Então, à noite, Eos retorna a Penélope e diz: ela come, ela bebe, ela caminha, ela toma banho. No entanto, ela é como um fantasma que bebe as águas do rio Lete, esquecendo-se de todas as coisas e de si mesma.

Penélope ouve tudo isso sem comentar, depois agradece a Eos quando ela termina e se retira para sua tenda para pensar e orar.

Suas orações são, pela primeira vez em muito tempo, reais.

Ela passou tanto tempo rezando pelas aparências, exibindo piedade em lugares públicos e invocando os deuses sempre que precisava de um momento para organizar seus pensamentos, que rezar por algo real é uma experiência um tanto desconfortável e desconhecida. Mas ela fica de joelhos e faz o melhor que pode.

Ela reza a Atena, pela sabedoria marcial para derrotar seus inimigos.

Ela reza a Ártemis, para manter as mulheres de seu pequeno exército escondidas e seguras e para que sua sacerdotisa seja sábia em seus serviços ao rei micênico.

Ela reza a Hera, por força régia.

A Apolo, pela rápida recuperação de Orestes.

A Poseidon, por mares bravios para prender os navios espartanos no porto, mas bons ventos para levá-la de volta a Ítaca quando chegar a hora.

Ela sabe que deveria rezar a Zeus, mas não consegue pensar em nada que valha a pena que possa querer do velho trovejante.

Ela reza a Hades. É considerado de péssimo tom rezar ao deus dos mortos, oferecer libações em sua honra, até mesmo invocar seu nome em voz alta neste mundo que respira. Penélope, no entanto, envia seus pensamentos para baixo da terra de qualquer forma, para pedir consolo aos que partiram e para aqueles cuja hora de partir ainda está por vir. Ela reza para que, quando ela também chegar àqueles campos distantes, os espíritos daqueles que a receberem tenham compaixão de uma irmã dos condenados.

Ela não reza a mim. Ela não pode imaginar que possível mérito poderia haver em elevar orações à senhora do amor.

Em Ítaca, Helena reza, e suas orações são: Afrodite, Afrodite, Afrodite! Nunca fui tão triste como quando era seu brinquedo! Nunca tão pequena, nunca tão diminuída! Afrodite, Afrodite, você me vendeu como carne, você me vendeu como pele, como sexo, você me transformou em joguete, uma paródia da fidelidade, você quebrou o mundo em meu nome, oh deusa Afrodite, você quebrou o mundo. Dê-me seu poder mais uma vez. Dê-me o seu amor. Faça com que o mundo me ame. Faça com que o mundo se despedace por mim novamente.

Fecho meus olhos e deixo suas palavras me atravessarem. As orações dos mortais carregam todas um sabor diferente, um aroma diferente da boca de quem as profere. Os homens raras vezes elevam suas vozes para mim; é pouco masculino desejar, precisar, ansiar por companhia ou ter medo da solidão e do arrependimento. Afaste isso! Afaste o desejo tolo! As orações das donzelas são ingênuas e fantasiosas, as orações das velhas esposas muitas vezes azedas de arrependimento. Mas Helena – suas orações são néctar e mel, são a carícia do calor contra a pele fria, o roçar dos dedos na testa, o sabor das lágrimas na língua. Elas me enchem, elas me preenchem, meu amor por ela é tão brilhante, que, às vezes, temo que vá me quebrar, insuportável, inebriante, minha linda, minha partida, meu amor, minha rainha.

Havia três deusas que se banhavam nas águas do Monte Ida enquanto Páris nos encarava com malícia, Zeus ao seu lado. Há três Fúrias que giram acima da tenda de Orestes. Havia três rainhas na Grécia – uma amada por Hera, que matou seu marido e morreu. Aquela que é casada com o amado de Atena, cujo marido agora mesmo parte de novo em seu barquinho tosco. E aquela que é minha e cujo nome viverá enquanto houver amor, enquanto os corações baterem por toda a eternidade.

E então Atena está ao meu lado. Ela põe a mão sobre a minha, e é um choque como um raio. Sinto lágrimas nos olhos, volto-me para ela, abro a boca para dizer irmã, minha irmã, finalmente está pronta para ser amada? Demonstrar amor, sentir amor, ser do amor, meu amor, minha bela Atena?

Mas ela balança a cabeça, como se descartasse qualquer pensamento que não fosse o seu, e suspira:

— Está na hora.

Assim, parece que naquela terceira noite em Cefalônia, Orestes, filho de Agamêmnon, filho de Clitemnestra, envenenado pela criada que amava sua mãe, agravado pelo sacerdote que servia seu tio, salvo talvez pela sacerdotisa de alguma ilha atrasada, desperta em sua cama. Abre os olhos. Olha em volta da casca de pano que o envolve. Tenta falar, descobre que sua boca está seca. Toma alguns goles da água que Anaitis leva aos seus lábios. Tenta mais uma vez encontrar as palavras, encontrar o sentido e faz uma súplica que parece vir do fundo da alma:

— Mãe, perdoe-me.

— *Ele é nosso, ele é nosso, ele é nosso!* – berram as Fúrias.

— Ainda não – responde Atena.

— *Ele é nosso, por sangue e por direito ele é nosso, sem mais demora!*

— Ainda não – repete ela, segurando sua lança com força, o elmo abaixado sobre seus olhos. Eu fico ao lado dela, bem, talvez um pouco atrás, e saída da floresta surge Ártemis, a flecha encaixada na corda de seu arco, para ficar ombro a ombro com ela.

— Perdoe-me! – grita Orestes para a noite, e as Fúrias uivam, garras para fora, asas batendo pestilentas no céu noturno.

— Perdoe-me – sussurra Electra, para o vazio frio de sua alma.

— Mãe! – lamenta o príncipe.

— Mãe – sussurra a princesa.

— *ELE É NOSSO!* – gritam as Fúrias. – *PRIMEIRO O IRMÃO, DEPOIS A IRMÃ TAMBÉM!*

— Ainda não – repete Atena. E, enquanto as Fúrias rosnam e mostram os dentes, ela ergue sua lança, um raio estalando em volta da ponta, e aponta para outra parte do acampamento. Em direção à tenda de Penélope, na qual Anaitis agora entra, movendo-se com propósito. Atena sorri, o mesmo rosnado de satisfação que às vezes vejo na boca de Penélope.

— Ainda não – declara. – Ainda há um último julgamento a ser feito.

*

A tenda de Penélope está lotada naquela noite.

Urânia, Eos, Autônoe, Anaitis, Electra. Quase não há espaço suficiente para uma rainha e sua criada, muito menos para este grupo de mulheres, mas elas se espremem o melhor que podem e tentam não bater com as cabeças com muita força, enquanto se afastam da aba.

– Orestes está louco – declara Anaitis.

Electra não se mexe, não se opõe, não desperta com isso, então cabe a Penélope levantar uma sobrancelha questionadora.

– Eu pensei que ele estava acordado. Achei que você estava cuidando dele, que ele não estava mais sendo envenenado.

– Ele está. Eu estou. Ele não teve contato com o veneno do pente por vários dias, e tenho sido surpreendentemente habilidosa e excelente em meus cuidados – responde Anaitis com a mesma compostura impassível que sua padroeira costuma manifestar ao explicar o quão boa ela é com um arco. – No entanto, ao acordar, ele ainda clama pela mãe, pedindo perdão. O que acha que os sacerdotes de Apolo fazem quando queimam aquela planta em seus bosques proféticos? Eles não apenas enfiam qualquer garota virgem lá e dizem "profetize". Eles escolhem jovens boas e impressionáveis com uma profunda devoção ao seu patrono, explicam-lhes com muita firmeza e em linguagem clara quais são os problemas, aconselham sobre possíveis resultados desejáveis e *depois* as fazem inalar a fumaça do arbusto em chamas.

– Não tenho certeza se entendi o que você quer dizer.

– Meu ponto é que as mulheres que fazem seus pronunciamentos já estão apropriadamente preparadas para ter uma experiência religiosa excepcional. Acha mesmo que o resultado seria igual se eles pegassem alguma… garota louca por sexo com uma obsessão por… gatinhos… – Anaitis está lutando para pensar em coisas que são um anátema[2] a sua própria natureza. Imaginação vívida não é sua maior qualidade – e esperassem que ela fizesse pronunciamentos proféticos de maneira adequada? Não. Deve-se preparar a pessoa a quem se está influenciando, levá-la a um estado de espírito adequado e *depois* fornecer a fumaça.

---

[2] Na Grécia Antiga, anátema seria uma oferenda aos deuses feita em templos sagrados. Normalmente, para agradecer alguma conquista ou felicitação. (N. E.)

– Está sugerindo que Orestes já estava preparado para ter um certo... estado emocional complicado antes de ser envenenado? E que essa experiência apenas o levou ao limite?

– Exato. Como eu disse: ele está louco. Tudo o que as drogas fizeram foi trazer à tona esse estado que já existia.

– *Ele é nosso, ele é nosso!* – gritam as Fúrias, mas agora elas estão rondando, observando, esperando a conclusão dessa conferência.

Penélope olha para Electra, e Electra não olha para nada.

Estendo a mão para ela, mas Atena agarra minha mão e a puxa de volta.

Nem deusa, nem Fúria decidirão este momento. Em vez disso, devemos observar. Enfurecedor! Eu me eriço de indignação, luto um pouco contra o aperto de Atena, mas ela é implacável.

As Fúrias rodopiam, mas não falam, não gritam, não cospem veneno na terra fria.

Rhene vagueia pelo submundo, chamando por sua rainha, seu amor, Clitemnestra, Clitemnestra!

Clitemnestra pensou ter visto o fantasma de Ifigênia nas águas do rio do esquecimento, mas, quando a alcançou, não tinha certeza se era sua filha ou não. Ela já está achando difícil lembrar do próprio nome nesta terra dos mortos.

Poseidon retornou de seu banquete nas terras distantes do sul para descobrir que Odisseu fugiu de Ogígia. Em fúria, vasculha os mares para pegar a pequena jangada que o rei itacense construiu com o machado favorito de sua ninfa do mar e agora derrama o oceano sobre a cabeça de Odisseu, atira-o do pico de uma onda gigantesca para um vale que parece raspar o fundo do mar, vislumbres de ossos quebrados e areia rachada pelo fogo. Ele mataria o homem em um instante se pudesse, mas não... não. Zeus se pronunciou.

Odisseu sobreviverá a esta tempestade. Odisseu será livre.

Menelau ronda os corredores de seu irmão de sangue jurado. Vê um afresco mostrando Odisseu e o cavalo de madeira, um monumento pintado à inteligência do rei perdido. Helena, de pele alva como a neve, cabelos dourados ao redor do rosto redondo e inocente, olha para baixo das muralhas da cidade.

Menelau olha para a esquerda. Olha para a direita. Não vê ninguém olhando. Desembainha a lâmina e raspa o reboco solto da parede, naqueles olhos pintados e desce para aqueles lábios pintados até que sua lâmina fique cega como uma tábua de madeira e o ocre da parede se transforme em pó fino e pálido sobre seus pés que se arrastam.

Helena se senta ao lado de seu espelho perfeito, puxa o lábio inferior, odeia o modo como a pele secou, odeia como no interior de sua boca ela pode ver nódulos estranhos, pequenas imperfeições em sua carne úmida.

Ninguém mais as verá nem saberá que estão lá. Mas ela vai. Ela saberá.

E em Cefalônia, enquanto as deusas e as Fúrias assistem, Penélope senta-se em contemplação silenciosa, seu conselho reunido com ela, a lua escondida lá no alto.

Então ela se levanta.

Marcha até a entrada de sua tenda sem dizer uma palavra, seguida por seu conselho de mulheres.

Escolhe seu caminho através do acampamento.

Vai até a entrada da tenda de Orestes, onde Pílades mantém sua guarda interminável.

Ordena:

– Afaste-se!

Ele se afasta para o lado.

Penélope agarra Anaitis por uma mão, Electra pela outra, e puxa as mulheres para dentro.

Capítulo 38

Na escuridão da tenda de Orestes, três mulheres e um homem. Mas não – não.

Estas são apenas as figuras que os olhos mortais podem ver.

Olhe novamente e observe. Elas dobram o espaço ao seu redor, distorcem os sentidos para encontrar sua acomodação, mas aqui estão elas. As Fúrias vieram, estão agora à cabeceira da cama de Orestes, e neste lugar elas se parecem mais com mulheres do que eu jamais as vi antes. Suas asas estão fechadas, suas línguas enroladas dentro de suas bocas, seus dedos dobrados para esconder as garras. São uma donzela, traída e violada por alguém que jurou que a amava. São uma mãe, espancada por dar à luz apenas meninas, até que não sangrasse mais. São a viúva que não ouviu uma palavra gentil em sua vida, mas serviu de qualquer maneira, porque era seu dever, e cujo cadáver foi roubado no momento em que morreu. Eu vejo todas elas, por apenas um momento, tendo que lutar contra o desejo de erguer minhas mãos para elas, de gritar, minhas irmãs, minhas adoráveis irmãs! Mas então uma rosna, como se sentisse o mais leve vislumbre de minha compaixão, e desvio meu rosto.

Do outro lado dessa assembleia, estão as deusas. Nós também distorcemos o espaço e a percepção para encontrar nosso lugar ao pé da cama de Orestes, Atena no centro, a líder de nosso pequeno bando.

Também observaremos, como fazem as Fúrias, para garantir que nada interfira nos negócios desta noite exceto mãos mortais.

Penélope ajoelha-se ao lado de Orestes, afasta-lhe o cabelo do rosto, sorri para o primo.

Ele pisca os olhos turvos para acordar, parece vê-la, pega a mão dela.

– Mãe – sussurra.

– Não – responde ela, gentil, bondosa. – Penélope. É Penélope.

Ele fica confuso por um momento, então parece ver, balança a cabeça, aperta a mão dela com mais força.

– Penélope. Eu me lembro agora.

– Como você está? – Ele não responde. A pergunta não deveria ser feita para reis, os reis devem sempre estar bem, é seu dever; e ainda assim ele é humano também, e há lágrimas em seus olhos.

– Você esteve doente – acrescenta Penélope, antes que ele possa chorar e tornar as coisas ainda mais difíceis para todos. – Envenenado por ordem de seu tio, Menelau.

– Meu tio?

Um pequeno aceno de cabeça, um pequeno suspiro.

– Ele quer você louco. Ele quer o trono do irmão.

– Talvez ele devesse assumi-lo. Não sou forte como ele. Eu sou um homem fraco.

Electra deve dar um passo à frente agora, bradar *é claro que não! Claro que você não é!*

Ela não o faz.

– Você está chamando por sua mãe – Penélope sussurra. – Por Clitemnestra. "Mãe, mãe!", você clama, "Perdoe-me".

Orestes segura a mão de Penélope com tanta força que dói, mas ela não se mexe nem se afasta.

– Perdoe-me – sussurra ele. – Perdoe-me.

Penélope olha para Anaitis, que balança a cabeça, para Electra, que não se mexe, depois de volta para Orestes.

– Orestes – diz ela finalmente –, o que você acha que é o perdão?

Ele não sabe. Ele pensou que talvez devesse saber, e não sabe, balança a cabeça em silêncio.

– Quando meu marido foi para a guerra, ele ficou no cais, segurou minha mão e pediu que eu o perdoasse. Houve uma profecia, entende. Dizia que se Odisseu fosse para Troia, ele não voltaria por vinte anos. Nós dois sabíamos disso. "Perdoe-me", ele disse. "Estou fazendo o que tenho que fazer".

As Fúrias se agitam, mas Atena as encara e segura sua lança com um pouco mais de força. Orestes olha nos olhos de Penélope, mas ela não está mais olhando para ele, mas para alguma memória distante.

– É claro, meu marido não tinha escolha; nenhuma escolha. Como rei, ele era aliado jurado de Agamêmnon, comprometido a ir quando o rei dos reis ordenasse. Ele havia feito o juramento que ele mesmo havia proposto no casamento de Helena, de ir em auxílio do marido dela caso outro tentasse reivindicá-la para si mesmo. Seu dever era claro e não havia, portanto, pelo que pedir perdão.

Mas é claro, houve outro juramento traído no dia em que meu marido foi embora. Seu juramento a mim como marido. Como pai de nosso filho. Ele fez esses juramentos também como homem, ele se comprometeu comigo, mas um marido é um homem muito inferior a um rei. Aquiles se disfarçou de mulher e se escondeu em uma ilha distante para evitar navegar para Troia, sabendo que poderia morrer. Odisseu fingiu loucura para evitar sua convocação, arou um campo, enquanto balbuciava coisas sem sentido; mas foi, para ser franca, um de seus esquemas menos impressionantes. Muito fácil de ver a verdade. Um belo toque para adicionar à história de sua esperteza, nada mais.

No dia em que meu marido partiu, ele pelo menos teve a decência de não dizer nenhuma bobagem, como "a guerra vai ser curta" ou "estarei de volta antes que nosso filho se torne um homem" ou algo do tipo. Em vez disso, ele segurou minha mão e disse "perdoe-me". Perdoá-lo por fazer o que tinha que ser feito. Quero dizer, que mulher faria menos? Claro. É claro. Mas também: perdoá-lo pelo que ainda estava por vir. Por vinte anos em uma cama vazia. Vinte anos sem companhia, sem conforto, vinte anos sitiada em minha própria casa, criando nosso filho sozinha, o sol nascerá e o sol se porá dia após dia após dia, ano após ano, implacável, o inverno, o verão; "perdoe-me". Perdão por um voto de casamento traído. Perdão por um lar estéril. Claro que dei um beijo na bochecha dele e disse o quanto ele era corajoso, disse que não havia nada a perdoar. E, com meu perdão em seus ouvidos, ele partiu. Tudo muito... poético.

Tive muito tempo para repensar aquele momento. Meu perdão, tão amplo, tão vago. Que esposa não o concederia a um homem que vai para a guerra? Perdoei-lhe as coisas que deviam ser feitas, perdoei-lhe os nossos votos matrimoniais e perdoei-lhe os deveres da paternidade. Assim, com a consciência aliviada e o coração tranquilo, ele partiu. Sem dúvida ele também se arrependeu, mas que grande presente meu perdão lhe concedeu, um bálsamo para suas feridas. Que roubo inescrupuloso cometi naquele dia contra minha própria existência. Porque, claro, o ponto é que... ele nunca pediu desculpas. Ele não pegou minha mão, me olhou nos olhos e disse: "Penélope, minha esposa, sinto muito. Sinto muito por ter que deixá-la. Lamento por decepcioná-la. Sinto muito pelos fardos que colocarei sobre você. Sinto muito pela criança que abandono ao seu lado. Sinto muito.". Isso teria sido o presente dele para mim, é claro. Seu pedido de desculpas, concedido a mim. Mas não foi isso que aconteceu. Ele *me* pediu que *o* perdoasse. Que eu concedesse este presente ao meu marido. Mesmo naquele momento, naquele momento terno, o mais delicado dos momentos, um momento que os poetas consideram o ato de maior devoção de um homem para sua esposa, aquela despedida necessária – ele não me deu, mas *tomou*. Tomou meu perdão, e não apenas um pouco dele, não apenas a parte necessária. Tomou-o por todas as coisas que aconteceram e tudo o que ainda poderia acontecer. Eu o odeio por isso às vezes. Odeio mesmo.

Orestes encara Penélope e mal respira, não se mexe. Até mesmo Electra despertou um pouco de seu estupor, olhando para a rainha itacense, lábios entreabertos, ombros subindo em movimentos curtos e rápidos ao redor do peito. As Fúrias se agrupam como se quisessem conforto, se ajeitando umas contra as outras. Sinto o calor da divindade de Atena ao meu lado, sinto o cheiro da floresta ao redor dos dedos descalços de Ártemis, onde se enroscam na terra.

Penélope suspira, balança a cabeça – deixa para lá. Deixa para lá. Volta sua atenção para Orestes, longe deste lugar distante.

– Então, entende, primo. Você fica deitado e pede perdão. Você grita "Mãe, Mãe!", mas sua mãe está morta. Você a matou. Você, sua irmã... e eu. Você pode ter segurado a lâmina, mas todos nós o ajudamos a cravá-la no coração dela. Todos nós. Era a coisa necessária. Todos nós teríamos perecido se você não tivesse feito isso, e ela sabia disso. Ela o perdoou, se vale de alguma coisa. Isso é perfeitamente óbvio para qualquer pessoa com olhos para ver. Ela o perdoou muito antes de você matá-la, como mãe, ela o perdoou. Foi uma das coisas mais surpreendentes que acho que ela já fez, e ela viveu uma vida realmente notável. A única coisa que interessava a ela mais do que a própria sobrevivência era a sua, e, para você sobreviver, ela tinha que morrer. Ela sabia disso. Eu acho que você sabe isso. Acho que você enxergou nos olhos dela na noite em que a matou. O que, portanto, levanta a questão: pelo que exatamente você está pedindo? Minha sacerdotisa aqui pensa que você está louco. Ela acha que a loucura começou antes que o veneno tomasse você, que ele apenas trouxe à tona o que já estava presente. Diz-se que, quando um filho mata um dos pais, a alma desse pai ou mãe convocará as Fúrias, libertará as velhas megeras de sua prisão na terra. Clitemnestra, no entanto, ela o adorava. Adorava-o de uma forma que eu acho... vergonhosa. Vergonhosa porque não sou capaz de amar meu próprio filho como ela amou você. Ela me envergonha como mãe. O amor dela faz o meu parecer pequeno. De quem é o perdão que você está procurando, então? O dela? O de sua irmã? O meu?

Orestes não responde, então Penélope gesticula energicamente para Electra, puxando a princesa micênica para seu lado.

– Electra – chama ela, a voz forte o suficiente para chamar a atenção da princesa, os olhos levantados pela primeira vez em dias. – Você foi traída por sua criada, que amava sua mãe, que você ajudou a matar. Elas estão mortas. Elas não podem perdoá-la. Você cometeu erros, foi usada e usou outros. Usou seu irmão. Mas você não o envenenou.

Electra agora olha para Penélope, encara-a, através dela, como se estivesse amarrada a ela por uma corda. Não consegue desviar o olhar. Penélope suspira, balança a cabeça, dá tapinhas distraídos nas costas da mão de Orestes.

– Seria conveniente, claro, se pudéssemos nos perdoar. Meu filho... quando penso no meu filho, fico... confusa. Envolta tanto em culpa quanto em amor. Olho para trás em minha vida e digo a mim mesma que as escolhas que fiz foram as únicas que poderiam ser feitas, a única coisa a se fazer. Isso é verdade, é claro. Também é mentira. Houve palavras ditas que poderiam ter sido expressas de outra maneira. Havia segredos guardados. Julgamentos feitos. Não posso mudá-los agora. Revejo minhas memórias de novo e de novo, e cada vez elas ficam mais distorcidas, a verdade desaparecendo na fantasia. Digo a mim mesma que era uma mulher sozinha. Digo a mim mesma que fiz o melhor que pude. Digo a mim mesma que somos apenas mortais. Falíveis. Imperfeitos. Desta forma eu me perdoo. E é claro que nunca perdoarei. Quando um pai morre, quando uma mãe morre, nunca esquecemos de fato essa dor. Fica dentro de nós, lá no fundo, e em cima dela colocamos mais das nossas vidas vividas, mais experiências, até que fica tão soterrada com a matéria dos nossos dias, que nos surpreendemos ao descobrir em uma lua nova qualquer em que olhamos para dentro, e lá está, intensa e brilhante como no dia em que nasceu. Esta é a realidade com a dor. Com a culpa. Com o pesar. Tudo o que podemos fazer é honrar as lições que trazem, olhar honestamente para quem éramos e o que fizemos e tentar fazer melhor quando o próximo sol nascer. O perdão não muda isso. Em especial o perdão dos mortos. Portanto, diga-me, Orestes... você busca o perdão de quem?

Ele não tem resposta. Electra se ajoelha ao lado dele, aperta a mão dele entre as suas, como se estivesse rezando.

– Creio que o truque – reflete Penélope – para viver com uma dor que não pode ser apaziguada, um sofrimento ou uma fúria, uma ira que se acha que vai nos queimar de dentro para fora, é não remoer todas as razões pelas quais sua vida acabou, mas se perguntar o que ela pode se tornar agora. Eu sou uma rainha viúva. Esta é minha armadilha, minha maldição. Meu poder. Minha dor é uma faca. Minha raiva é astuta. Tendo sido negado o propósito destinado a mim, ser uma esposa, uma mãe amorosa, meu propósito é ser uma rainha, servir não a mim mesma, mas ao meu reino. *Meu*. A terra que *foi confiada a mim*. Não para o fantasma do meu marido. Não para alguma... imagem poética de Odisseu. Mas para mim. Eu viverei e pegarei tudo o que foi colocado sobre mim e farei algo novo. Algo melhor. Você quer perdão, Orestes? Isso nunca acontecerá. Portanto, ou você rasteja para o seu buraco, murcha agora, morre agora ou busca o arrependimento por fazer a coisa necessária. Faça do seu arrependimento a sua força. Construa vida em cima das cinzas de seu pai açougueiro, de sua mãe assassinada. Onde Agamêmnon massacrou Ifigênia, erga um santuário para moças solteiras, um lugar seguro em nome dela. Onde Clitemnestra matou Agamêmnon, estabeleça tribunais de justiça para trazer de volta a harmonia à sua terra. Onde você matou Clitemnestra, derrame libações sobre a areia e faça naquelas praias tratados de paz, dando um fim ao derramamento de sangue. Alguém deve acabar com essa história. Pode muito bem ser você. Viva com esse fogo em seu coração ou morra em uma dor enrugada e enegrecida. Ninguém vai perdoá-lo. Nenhum perdão será suficiente. E ninguém além de você pode fazer de suas ações o pedido de desculpas devido aos mortos. Arrependa-se e viva e pare de pedir aos mortos que levem a dor embora. Eles não podem. Você vai viver com isso, e isso é tudo.

Dizendo isso, ela se levanta, brusca e ligeira, passando a mão que segurava a de Orestes pelo vestido como se estivesse manchada com alguma coisa pegajosa. Acena uma vez para o príncipe, uma vez para Electra, uma vez para Anaitis e então olha ao redor da tenda mais uma vez, como se pudesse nos ver aqui reunidas, como se sentisse o cheiro do sangue das Fúrias, sentisse o calor de nossas divindades. Ártemis já está se afastando, entediada, voltando para a noite quente que a envolve, mas Atena e eu permanecemos, enquanto Penélope puxa a porta de tecido da barraca e se afasta sem dizer mais nada.

Depois de um momento, Anaitis a segue, e agora apenas Electra e Orestes permanecem.

Olhem para eles, ó Fúrias. Os últimos filhos de uma casa amaldiçoada.

Eu me ajoelho ao lado deles, e Atena não me impede, nem as Fúrias despertam em vingança sibilante. Sopro um pouco de calor na frieza dos dedos de Electra, enxugo uma única lágrima do olho de Orestes, derrubando-a por sua bochecha. Irmão e irmã se dão as mãos em silêncio, não falam, não choram, não gritam nem lamentam. Tudo isso já foi gasto, por pais e mães, avôs e avós, gerações de choros que correm no tempo, um tormento lançado sobre os filhos desta casa antes mesmo de nascerem.

Electra pressiona a testa contra a do irmão, crânio contra crânio, e por um momento eles permanecem ali. Em seguida, ela se afasta, sorri, não está acostumada a sorrir, imediatamente o esconde sob uma carranca, um rosto de pedra, para que não seja algo muito ousado, muito atrevido e presunçoso. Orestes aperta as mãos dela entre as suas.

– Irmã – murmura. – Sinto muito.

– Não, você não…

– Não – interrompe ele, rápido e direto. – Por Pílades. Pelo que eu queria fazer. Por tudo que eu causei a nós. A você. Sinto muito.

Agora, pela última vez, Electra chora.

Eu a abraço com força, enquanto ela chora nas mãos do irmão, afasto os cabelos de seus olhos salgados, limpo o ranho de seu nariz com a bainha de meu vestido, sacudo-a um pouco quando ela para, seguro-a de novo, quando ela cai no choro mais uma vez. Ela chora pela irmã, pelo pai, pelo irmão, por ela mesma. Chora pela infância que não teve, pela filha que nunca poderá ser, pela princesa com quem sonhou, pela mulher que se tornou. Ela também chora pela mãe, pela mãe que Clitemnestra foi, pela mãe que Electra rezava para que ela fosse, poderia ter sido e nunca foi. Ela chora por si mesma, de verdade, e Orestes a abraça e diz: Sinto muito, sinto muito, sinto muito mesmo.

Atena se coloca entre os irmãos e as Fúrias, e as três criaturas de fogo e terra se afastam de sua presença.

– Terminamos aqui – proclama a deusa. – Terminamos.

– *Ele é nosso* – sussurra uma delas, mas sem convicção.

– *Ele é nosso!* – choraminga outra. E da última, um mero silvo de ar sobre dentes quebrados:

– *Ele é nosso.*

– Foi Orestes quem as convocou, foi Orestes quem colocou sua maldição sobre si mesmo. A mãe dele não fez isso, foi ele mesmo. E está acabado – Então Atena remove seu capacete.

Fico tão surpresa que me levanto, me afasto do lado de Electra, sem saber o que significa a guerreira se desmascarando diante dessas criaturas de violência e sangue. Atena põe seu escudo de lado, estende as mãos, palmas para cima em direção às Fúrias, um gesto de paz. Sua voz é suave, quase gentil quando ela fala – não consigo me lembrar da última vez que ouvi compaixão em seu tom.

– Irmãs – murmura ela. – Senhoras da terra. Haverá santuários erguidos em seu nome.

As Fúrias rosnam diante disso – *"hipocrisia!"* –, sibilam suas línguas oscilantes – *"mentiras!"* –, cospem seus olhos vermelhos; Atena, no entanto, não parece sentir o calor de sua ira nem recuar de suas garras flexionadas.

– Haverá santuários – repete ela. – Vocês serão honradas. Até mesmo adoradas. Quando a justiça falhar. Quando não houver leis. Quando esposas matarem maridos, e maridos matarem filhas, e filhos matarem mães; quando o mundo não for nada além de loucura e sangue, o povo dessas terras rezará a vocês. Eles vão rezar; não por vingança, ou retribuição, ou sangue por sangue, mas por justiça. Justiça que não será negada. Vão orar a um poder que não se importa com reis, não, nem mesmo com deuses. As grandes niveladoras. Quando tudo mais lhes falhar, orarão a vocês. Eu o proclamo agora, e assim será.

O ar ressoa com o pronunciamento, a terra estremece sob seus pés. Em um instante, sou a pomba de asas brancas no ar agitado, disparando para o abrigo das árvores mais próximas, e nem em um segundo cedo demais, pois eis que vejo as nuvens do céu se abrirem e sinto os olhos dos deuses se voltarem para contemplar este pequeno lugar, atraídos pela força do pronunciamento divino de Atena. Zeus dá de ombros nos céus, uma ondulação de relâmpago se espalhando pelo céu. Hades suspira sob a terra, uma queda de rochas caindo do penhasco próximo para mergulhar em uma barulheira de escuridão. Poseidon resmunga por todas as coisas que Atena faz em geral, os mares se encrespando em uma súbita e amarga rajada de sal contra a costa, mas ninguém a impede. Não essa noite. Não enquanto ela está de pé acima do filho de Agamêmnon, as Fúrias acovardadas diante dela, divindade ressoando em seu comando.

Até mesmo os insignificantes mortais sentem isso, a mudança do vento, o rugido do trovão, a reviravolta do mar, pois se amontoam, unem as mãos, se inclinam para a segurança de suas pequenas fogueiras.

E finalmente, com todos os olhos do céu sobre elas, as Fúrias dão um último grito, marcam a terra com suas garras, batem no ar retorcido com suas asas de couro e partem. Elas não derramam sangue pelo caminho nem fazem chover pestilência. Não repuxam o coração das criaturas abaixo delas nem matam o gado, nem queimam as árvores tenras. Em vez disso, rodopiam uma última vez pelo céu agitado, berrando para o ar que as segura, estalando e mordendo para o céu, antes de virarem seus rostos para a terra de onde vieram e mergulharem nas fissuras feridas das profundezas escancaradas.

Capítulo 39

Na manhã seguinte, ao amanhecer...
Os espartanos nunca vieram a esta fazenda antes, mas estão prontos para fazer seus negócios habituais. Para chutar e vasculhar, roubar comida, esmurrar qualquer um que fique em seu caminho.

Eles espancam qualquer homem que encontram, mas há bem poucos homens em Cefalônia. Qualquer mulher que encontram, eles encaram e ameaçam, prometem levá-las de volta para seus pequenos alojamentos à beira-mar, prometem mostrar a elas como é um homem de verdade.

Pelo menos esse seria o jeito usual, mas na verdade tiveram dificuldade em encontrar alguém para fazer qualquer coisa. Não são fortes o bastante em números para ocupar significativamente qualquer lugar, e sabem que é apenas pela ausência de homens e uma milícia significativa que sua passagem pela ilha não foi resistida. São de fato pouco mais que uma gangue errante de bandidos, tanto em comportamento quanto em número, caçando uma rainha desaparecida e um príncipe louco por fazendas desertas e vilarejos vazios, as pessoas já desaparecidas como a noite.

Essa fazenda então. Outro lugar vazio. Os depósitos de grãos foram esvaziados, há rastros recentes da carroça que os levou. Não há lenha na lareira, como se até mesmo a visão de gravetos pudesse ser provocativa demais. As ovelhas se foram, levadas para o outro lado de uma colina escarpada próxima. Não há ninguém para ameaçar, ninguém para interrogar e nada que valha o tempo dos espartanos para roubar.

Eles murmuram e resmungam entre si, se perguntam se vão se dar ao trabalho de acender uma chama para queimar o lugar por completo e, no meio dessa conversa, estão totalmente despreparados para as flechas que caem sobre eles.

As flechas não são muito úteis para matar homens armados em bronze pesado, embora dois na verdade caiam naquela primeira saraivada com algumas flechas sortudas disparadas da borda da floresta. O resto se aglomera, confuso, se esconde atrás do canto da casa, espreita para tentar ver seus atacantes.

– São... garotas! – deixa escapar um, um pouco mais ousado em seu exame do que os outros. E, de fato, onde as terras agrícolas encontram a fina cobertura de árvores, uma fileira de mulheres está de pé, arcos preparados e flechas posicionadas, demorando-se para encontrar seus alvos, relaxadas e pacientes. A paciência delas deveria ser um aviso: os soldados deveriam mesmo perceber algo da caçadora nessas senhoras calmas, mas, infelizmente, não estão de fato preparados para esse grau de contemplação.

Sendo assim, resolvem atacar. Eles são veteranos o bastante para saber que cobrir até mesmo a curta distância entre eles e as mulheres vai ser cansativo usando armadura completa, mas tudo bem. Eles se moverão atrás de seus escudos, correrão um pouco para motivar uns aos outros e encorajar a sensação geral de que não há problema em avançar rumo a uma saraivada de flechas, caminhar um pouco para recuperar o fôlego e, dessa maneira sistemática, perseguir e massacrar as mulheres tolas que têm a ousadia de atacá-los.

Um – um dos mais inteligentes do grupo – opina:

– Há pelo menos tantas delas quanto de nós, acham...

Mas ele é abafado por um coro geral de confiança viril e zombaria, enquanto o pequeno grupo de espartanos ergue seus escudos e ataca.

A distância entre os homens e as mulheres não é grande.

A grama longa e amarela roça nas pernas dos espartanos, suas coxas, faz cócegas nos quadris de uma maneira que, em outras circunstâncias, eu acharia divertida. Eles correm em direção às mulheres, que imediatamente abaixam seus arcos e se afastam, serpenteando entre as árvores de troncos finos antes de pararem e se virarem para atirar de novo.

Então, os espartanos marcham atrás de seus escudos, mas outro cai mancando com um tiro sortudo em sua coxa, enquanto o resto das flechas ricocheteiam no metal grosso. Em seguida, eles voltam a correr, e, mais uma vez, as mulheres recuam, velozes, desimpedidas, disparando em uma linha silenciosa e ordenada. Esse padrão se desenrola até que os homens estejam quase todos à beira da floresta, suando, grunhindo, já cientes de que esse plano de batalha não está funcionando para ninguém, mas sem imaginação para fazer muito mais.

É ali, bem na beira das árvores, que surge o outro grupo de mulheres. Elas se erguem da grama alta atrás e ao lado dos espartanos, seus braços, pernas e rostos cobertos de lama – menos para servir como disfarce e mais como um repelente refrescante contra os muitos insetos que, de outra forma, as picariam enquanto elas estavam à espreita. Elas carregam dardos, que lançam nas costas dos espartanos a menos de vinte passos de distância. Mesmo as couraças dos homens guerreiros não resistem a tamanho peso de arma lançada tão perto, e aqueles que evitam a saraivada inicial da morte não estão equipados para lutar contra seis mulheres que desabam sobre cada homem individualmente, arrancando os capacetes de suas cabeças, ajoelhando sobre suas pernas, seus braços, seu peito, suas costas, enquanto as faquinhas delas encontram uma dúzia de maneiras de se esgueirar pelos vãos entre as placas de metal.

Dos quinze homens que vão para a fazenda naquele dia, apenas quatro sobrevivem, e dois morrem devido aos seus ferimentos pela manhã.

E então, à tarde...

Nicóstrato, filho de Menelau, está diante da bela vila perto da muralha do porto que ele e seus homens tomaram emprestado para o bem de Ítaca, da qual Esparta é uma aliada tão leal, e procura as tropas que não voltaram. Dos cinquenta homens espartanos agora em Cefalônia, há apenas seis destacados com ele agora, o resto tendo sido enviado em grupos de dez a quinze para procurar a realeza desaparecida.

Naquela noite, nenhum voltou para casa.

Nicóstrato nunca odiou um lugar mais do que essas ilhas ocidentais, sabe em seu coração que seu pai o fará rei delas se Menelau conseguir o que quer. Nicóstrato preferiria ser rei de um formigueiro do que deste lugar amaldiçoado, não suporta pensar em ter que tolerar a velha e feia harpia Penélope como sua rainha troféu e, é claro, nunca ousará dizer nada disso a seu velho, morrerá em vez disso, calado e amargo em seu ressentimento taciturno e aterrorizado.

O sol corre em direção ao horizonte, sangue no céu, sangue na água. A população local deste porto miserável está fechando portas e persianas, enxotando as crianças para dentro. Engraçado isso – e então não tão engraçado. Nicóstrato olha de novo e vê que as ruas estão desertas, os pequenos barcos de pesca que estavam amarrados no cais soltaram seus nós e chapinharam suavemente de volta para os mares escuros; até a porta do parco templo de Poseidon está fechada e trancada.

Nicóstrato é um merdinha miserável com todas as habilidades amorosas de uma panela quebrada, mas pelo menos é soldado suficiente para reconhecer um problema quando ele surge. Ele saca sua lâmina.

– Espartanos! Comigo! – convoca.

Os seis homens de sua guarda pessoal se reúnem, armas prontas e olhos questionadores, ao redor de seu príncipe. Procuram a ameaça que tanto alarmou seu mestre e veem... nada.

Longas ruas vazias. Becos e passagens de vazio. Ouvem o silêncio onde vozes deveriam estar, apenas as gaivotas gordas ocupadas gritando sobre alguma disputa por espinhas de peixe.

Ao invadir as terras do sul, Nicóstrato aprendeu que este era precisamente o momento em que um guerreiro sensato voltava para seu barco e navegava com força para águas abertas. Mas seu barco não é um navio de guerra, e sim uma barca confiscada de Eupites que mesmo agora – ah sim, mesmo agora – parece ter sido colocada à deriva e oscila a alguma distância da boca do porto. E, mesmo que não estivesse, só há um lugar para Nicóstrato ir, e é onde está seu pai. Nicóstrato não tem certeza de quando se tornou mais desejável para ele morrer em uma batalha gloriosa do que olhar o pai nos olhos, mas seria de pouco conforto para ele saber que não é o único homem de Esparta que se sente dessa forma.

Os espartanos se amontoam, escudos levantados, armas em punho e esperam que o desastre aconteça.

Ouve-se o clop-clop-clop dos cascos.

O ronco lento de uma carroça.

O reflexo da luz das tochas brinca no final de uma rua vazia e silenciosa.

Os homens se voltam para o som, ganhando tempo, economizando energia para uma luta.

Quando Orestes aparece, deveria estar montado em um animal magnífico e nobre. No entanto, animais magníficos e nobres são difíceis de encontrar nas ilhas ocidentais, então, em vez disso, ele monta um burro. Sendo justa, é um dos mais nobres de sua espécie e com uma natureza razoavelmente agradável em comparação com muitos de seus parentes. O animal gosta de ter suas orelhas acariciadas e da atenção cantarolada de algumas das mulheres do exército de Priene, que, embora preparadas para partir qualquer invasor do crânio à virilha com todos os tipos de armas, caso provocadas, também são indulgentes com qualquer criatura peluda com olhos úmidos e o mero sopro de uma sensibilidade social que cruza seu caminho.

Desta forma, portanto eram: seis espartanos, armados, e, no final do caminho que eles guardam, o filho de Agamêmnon montado em um jumento.

Orestes está pálido, magro, desgastado, mas ainda consegue sentar-se nesta pesada besta com algo que lembra a dignidade de um rei. Atena o apoia na sela, ergue seu queixo um pouco mais. Eu bagunço seu cabelo, aliso um toque de algo brilhante em sua tez amarelada. Ártemis conversa alegremente com sua montaria na língua dos animais, parece muito mais interessada no animal do que no homem.

O efeito é pelo menos suficiente para fazer Nicóstrato hesitar ao reconhecer seu nobre primo, talvez sentindo sem saber o toque da divindade que caminha com o rei.

Em seguida, o resto da comitiva de Orestes aparece, e a lâmina de Nicóstrato vacila.

Primeiro, Electra e Penélope, que ao menos fizeram algum esforço para escovar as folhas de seus cabelos e raspar o pior da lama de suas unhas. Então Pílades, Iason e o adorável Kenamon, totalmente armados, conduzindo a carroça na qual cavalgam cinco homens espartanos, mãos e pés amarrados, despojados de suas armaduras até os parcos panos em torno de suas partes inferiores – eu tiro um momento para apreciar a imagem resultante – e, em outra carroça maior puxada atrás deles, pilhas de bronze brilhante, manchadas de sangue. As mulheres tiveram certa dificuldade para descobrir a melhor forma de arrumar os peitorais e braçadeiras de seus inimigos mortos, tentando várias configurações para deixar a pilha organizada. No final, elas em grande parte desistiram e, em vez disso, amarraram as armaduras em torno de fardos de feno para dar a impressão de um carregamento mais volumoso de armamento roubado e um pouco de estabilidade estrutural para toda a exibição.

É com esta última carroça que vêm as outras mulheres.

Priene caminha à frente delas, espada em uma das mãos e adaga na outra, pronta para se entregar a seu passatempo favorito de matar gregos. Teodora marcha ao seu lado, flecha preparada, e atrás dela estão as mulheres desse exército, quase cinquenta, dardos e arcos e machados e lanças. O resto das mulheres agora também se junta a elas, marchando do lado oposto da rua, saindo dos becos e escalando os telhados para cercar Nicóstrato e seu grupo de homens. Nenhuma delas se lavou, como as rainhas fizeram. O sangue de Esparta ainda está úmido em suas túnicas; seus cabelos desgrenhados ao redor de seus rostos limpos de terra, seus dentes estão à mostra como os do lobo. Em silêncio elas se reúnem, cercando o filho de Menelau com pontas de flechas e lâminas ensanguentadas, esperando por um comando.

Orestes para a cerca de duas lanças de Nicóstrato.

Desce das costas de seu jumento, é estabilizado um pouco por Pílades ao aterrissar, endireita-se, afasta-se de Pílades para ficar de pé com os próprios pés. Ele está instável, sem fôlego, prestes a cair. Portanto, é ainda mais majestoso que não o faça. Por pura vontade – e talvez um pouco de força divina –, o filho de Agamêmnon olha para o filho de Menelau, olha em volta para a massa de mulheres armadas, olha de novo para os homens espartanos.

Ele diz simplesmente:

– Primo. Fico tão feliz em vê-lo aqui. É bom saber que meu tio se preocupa tanto com meu bem-estar que enviaria seu filho mais amado para ver como estou.

Nicóstrato não se rende naquela noite.

Render-se – ainda mais para mulheres – seria um insulto escandaloso, impossível de suportar.

Em vez disso, como costuma acontecer, ele é convidado para desfrutar de certa hospitalidade itacense.

– Seu pai tem sido tão bom em cuidar de mim – declara Orestes, a voz rouca onde ele a força para uma qualidade que seu corpo ainda não quer sustentar. – É uma honra retribuir o favor. Aqui, não precisa usar uma armadura nem carregar uma lâmina tão pesada. Permita que essas gentis mulheres o ajudem com isso.

Orestes é o mestre de Micenas, a aliada mais próxima e estimada de Esparta.

Filho de Agamêmnon, rei dos reis.

Seria terrivelmente rude recusar sua hospitalidade.

Capítulo 40

À noite – um banquete.

É um verdadeiro banquete, estranho aos olhos de Penélope.

As mulheres de seu exército se reúnem na vivenda que os espartanos usavam como base, bebem, comem e cozinham juntas na fogueira e cantam. Não as canções dos poetas, dos barbudos comprados por reis ricos, mas canções de mulheres. Baladas indecentes e lamentos fúnebres, antigas canções de amor e cantigas impertinentes sobre garotos de pernas finas. O jumento de Orestes de alguma forma acabou ocupando um lugar de destaque no centro do pátio, enfeitado com flores e acariciado por crianças animadas. Teodora dá as mãos a Autônoe, e, antes que alguém possa protestar, as duas formam um círculo dançante de mulheres, facas balançando em seus quadris, girando e rindo ao redor do fogo.

Eos é uma explosão de atividade na cozinha da vivenda, exclamando em desespero com a desordem das coisas, até que finalmente Urânia a senta e explica que todos parecem estar se alimentando de maneira bastante adequada e que, talvez, Eos deva pensar em tirar a noite de folga também.

Os homens de Nicóstrato – aqueles que estão vivos – estão presos no depósito, os dedos dos pés mordiscados por roedores, a porta guardada por cães. O próprio Nicóstrato foi cordialmente conduzido até um quarto para repousar, comida foi trazida à sua porta, todos muito atenciosos, muito respeitosos, como convém a um nobre hóspede de anfitriões tão prestativos.

– Bom primo, você parece pálido – Electra disparou quando ele abriu a boca para contestar. –Talvez devesse se deitar.

Orestes está sentado, Pílades ao seu lado, um pouco distante da dança e do barulho. Quando finalmente se cansa, diz isso, inclina-se para Penélope e sussurra:

– Acho que devo descansar. Para tudo que está por vir.

Há uma fraqueza aqui. Uma queda, um desvanecer. É desonroso ser fraco; não é masculino estar cansado de tudo o que aconteceu antes.

Há força aqui também. Uma verdade, uma confiança, uma realidade. Com o tempo, a realidade conquista tudo.

Electra se esconde nas sombras, observa o irmão ser levado para seu descanso, ouve música, belisca a comida e, enfim, ocupa o lugar vazio ao lado de Penélope.

Por algum tempo, elas observam a dança, mergulhadas no som de vozes que se elevam de alegria. Priene é empurrada para a frente de suas mulheres, chamada a cantar, cantar, cantar! Ela não conhece nenhuma canção dos gregos. Suas canções são sobre as pastagens orientais, a estepe e as mulheres cavalgando com vento nos cabelos. Ela acha que deveria cantar sobre Pentesileia, sobre sua bela rainha caída e fica surpresa ao descobrir que a canção está nela, está em seus lábios, essa coisa secreta e quebrada tentando agora ser ouvida de novo. Terminaria a noite não mal, não com crueldade, mas com a melancólica contemplação da outra coisa que é verdade, da verdade de que esse exército de mulheres se uniu na perda, e a vitória é algo vazio e passageiro. É importante, pensa Priene, que soldados cantem canções sobre os mortos, endureçam seus corações diante da morte, aprendam a chorar, aprendam a sofrer.

Então, ela olha para os rostos de suas mulheres enlameadas e pensa: esta noite, não.

Esta noite, em vez disso, ela canta uma canção sobre os fogos orientais e a deusa-mãe, ensina as mulheres a levantarem a voz em coro, as bocas tropeçando pelas palavras estrangeiras. As mulheres de Troia teriam achado essa canção mais fácil, reconheceriam algo em sua melodia. Mas elas estão mortas, embora sua música viva.

Electra e Penélope sentam-se juntas por um tempo, enquanto as mulheres cantam com sua capitã, até que por fim Electra revela:

– Orestes enviou Pílades para negociar com meu tio.

Imediatamente Penélope se senta ereta, assustada, o rosto drenado da bebida. Mas Electra balança a cabeça e acrescenta rapidamente:

– Agora não. Antes. Antes de tudo isso. Ainda em Micenas, quase imediatamente depois de ser coroado. Meu irmão era noivo de Hermíone, filha de Menelau, desde muito jovem. Eles deveriam se casar, mas, depois de Troia, Menelau prometeu a mão da filha ao filho de Aquiles. Era uma fonte de grande desonra, um grande insulto. Orestes deveria ter exigido Hermíone como um presente trazido a ele no dia em que foi coroado, deixado claro que era de fato filho de seu pai, rei dos reis. Mas ele não o fez. Isso demonstrou fraqueza. Ele também sabia disso. Enviou Pílades a Esparta para negociar; pensei que talvez fosse para negociar a respeito do casamento de Hermíone. Mas não. De jeito nenhum. Em vez disso, meu irmão me ofereceu a Nicóstrato para selar a união de nossas casas. Me negociou para aquela... criatura como um pedaço de carne. Quando descobri, fiquei com tanta raiva, que fiquei... mas também fiquei aliviada. Era a coisa certa a fazer. Uma decisão forte. Meu irmão estava me vendendo e era... o ato apropriado de um rei. Mas Menelau nunca deu uma resposta. Ele murmurou e gaguejou e dizia que logo se decidiria; uma resposta escandalosamente indelicada, uma provocação grosseira fazer qualquer coisa que não fosse prostrar-se em gratidão quando uma princesa é oferecida ao filho de uma escrava! Mas a essa altura imagino que ele já tivesse a lealdade de Kleitos, Rhene... Rhene no palácio; já estava visando assumir o trono micênico por direito próprio. Ele não precisava casar seu filho comigo. Ele conseguiria o que queria de qualquer maneira e muito mais cedo.

Ela toma um gole de vinho ralo, não gosta do sabor, bebe mesmo assim.

– Na noite em que suas mulheres me viram discutindo com Pílades... Eu o culpei, é claro, por me vender para Menelau. Eu compreendi a sabedoria do ato e fiquei com raiva. Tanto perdoava e me enfurecia. Eu perdoei meu irmão. Descontei minha raiva em Pílades. Mas isso não é tudo. Pílades, você sabe, ama meu irmão. Ama-o. Mais do que qualquer homem.

Penélope acena com a cabeça para o nada, mas Electra aperta seu braço, os dedos afundando na carne.

– Não. Ouça. Pílades o ama. E Orestes ama Pílades. Mais que o amor de meninos que se tornaram homens juntos. Está me entendendo?

Penélope acena com a cabeça, devagar e com cuidado, e os dedos de Electra se soltam. A princesa de Micenas volta seu olhar para a dança, para os corpos das mulheres rodopiando, sua voz ainda baixa, apenas para sua prima.

– Quando tudo estiver acabado, Orestes deve reivindicar Hermíone como sua esposa para provar que é forte. Ele deve possuí-la. Ter filhos com ela. Esse é o dever dele. Mas ele ama Pílades. Jura que nunca vai desistir dele. E Pílades... Implorei para ele ir embora. Essa... coisa infantil que pensam que compartilham... matará nosso rei, destruirá o próprio homem que ele jurou amar. Ele entende, claro. Digo a ele que seu maior ato de amor seria ir embora sem dizer mais nada. Ele diz que o maior ato de amor que existe é amar contra todas as adversidades, ser corajoso pelo amor. Por isso discutimos. E é por isso que Orestes será o último de sua linhagem.

As canções são cantadas, os pés descalços batem nas pedras polidas, o vinho é servido, as mulheres riem, e a voz de Electra é como pedra.

– Eu amo meu irmão. Eu também o odeio às vezes. Fiquei orgulhosa quando ele me vendeu para Menelau. Eu estava orgulhosa dele. Pensei que quando Nicóstrato... quando ele fizesse o que tinha que fazer comigo... talvez, então, eu finalmente deixasse meu pai orgulhoso. Minha mãe, é claro... ela teria ficado horrorizada. Indignada. Ela teria me dito para matar Nicóstrato no dia do nosso casamento, para enfiar minha adaga em seu olho. Coisas impossíveis, claro. Coisas impossíveis. Mas do jeito dela... era amor. Meu irmão ama, entende. Ele ama de todo o coração. Eu o odeio por isso. Às vezes. Eu de fato o odeio por isso.

Electra suspira.

Ela não tem mais nada a dizer.

Não quer conselhos, percepções, promessas ou perdão.

Suas palavras estão ditas, seu negócio, terminado.

Ela se levanta, acena com a cabeça uma vez para a rainha de Ítaca e se afasta do fogo.

Capítulo 41

Kenamon, cante, cante!
É Urânia, um pouco bêbada, que agarra o egípcio pelo braço e o puxa para o círculo de mulheres.

As mulheres deveriam suspeitar desse pretendente, desse homem estranho no meio delas, mas não esta noite. Ele lutou por sua rainha, provou ser um aliado mais de uma vez, marchou com elas, dormiu ao lado delas e não mostrou nada além do ápice das boas maneiras. Ele as ajudou a buscar água no riacho, não reclamou muito da comida, carregou lenha para o acampamento e agora, quando também bebe um pouco demais, começou a contar estranhas histórias estrangeiras sobre criaturas exóticas chamadas crocodilos e hipopótamos, bem como algumas piadas totalmente sem graça que parecem às mulheres ainda mais hilárias por serem tão mal contadas.

Priene cantou! Ela cantou suas canções de terras distantes, agora, Kenamon, cante! Ensine-nos as suas canções do rio caudaloso e das areias sem fim!

Ah não, é serio, eu não devia, não devia…

Não seja tão chato e entediante! Não há mais homens aqui para julgar, e prometemos que não nos importamos, olhe para nós! Mal somos mulheres agora, mal somos reconhecidas pelas pessoas de nossas próprias terras como criaturas que podem nomear e possuir. Está seguro conosco, forasteiro, está seguro com nossa família. Então cante!

Ele canta.

Ele tem uma voz terrível para cantar. Eu estremeço, mas as mulheres não parecem se importar.

Ele canta uma canção infantil, uma parábola sobre um leão que persegue o menino travesso que se afasta muito de casa. As mulheres gritam, diga-nos, diga-nos, o que é isso? O que isso significa? É uma história sobre guerreiros? Sobre amor? Sua terra ardeu por uma mulher, seu faraó rachou o mundo em dois pelo amor de sua noiva?

Hum. Não. É sobre um leão...

O que é um leão?

É como um gato muito grande.

Isso não soa tão mal.

Não acho que "grande" seja o termo certo, hum, deixe-me pensar...

Urânia caiu em um estupor de embriaguez. Priene e Teodora não podem ser encontradas. Eos foi procurar um quarto adequado para sua rainha dormir, e havia este com uma linda cama macia, então ela deitou a cabeça e, bem, opa...

Autônoe aconchega sua colega criada, vagueia pela casa apagando as lanternas, traz água para as mulheres que montam guarda na beira do telhado, olha por cima do mar para a escuridão de Ítaca que se aproxima, esperando de costas para o horizonte. Electra dorme em um quarto distante da cama do irmão e não sonha, não chora no escuro. Pílades espia para fora da porta do quarto de Orestes, vê apenas Iason dormindo na sua cadeira de guardião, fecha a porta para afastar o mundo e deita-se na cama ao lado de seu rei, sentindo a respiração lenta e constante de seu irmão, seu mestre, gêmeo de seu coração, seu Orestes, subindo e descendo no escuro.

Kenamon canta sobre o lar, e mais tarde no escuro ele passará por Penélope, enquanto ela se retira para a cama, e seus ombros se roçam na passagem estreita e desconhecida deste lugar, e seus dedos também, e eles se olham na escuridão silenciosa e veem apenas o brilho cintilante do olho um do outro.

E, quando a aurora se eleva sobre o mar, outra voz se eleva, salgada demais e machucada demais pelo mar para cantar, e clama pelo lar, lar, lar. Vejo Atena se mover ao lado dele, enquanto Odisseu levanta a cabeça das ruínas de sua jangada e pisca um pouco de vida de volta para as bolas gomosas de seus olhos para saudar o amanhecer que brilha sobre suas costas. Lar, ele sussurra, com o olhar fixo no mar sem fim.

Lar.

Na manhã seguinte, um navio de guerra está estacionado fora do porto de Ítaca.

É o mesmo navio em que Penélope fugiu de sua ilha, o navio dos pretendentes, enviado para a escuridão e agora chamado à luz do fogo para esses mares agitados. Em seus conveses estão mulheres, algumas usando couraças espartanas, outras, as braçadeiras de bronze pilhadas de um cadáver espartano.

São poucas as que usam esta armadura, pois ela é inadequada, e Priene não aprova lutar com qualquer equipamento em que não se é totalmente competente. A única concessão que ela fez ao traje de suas mulheres guerreiras, enquanto elas ficam no convés, é que podem pintar seus rostos em listras assustadoras de carmesim sangrento e ocre lamacento, podem tecer seus cabelos em coroas imundas e uivar como animais, uma canção amarga para saudar o dia claro e acolhedor. Elas se revezam para bater os tambores de guerra, martelando seu barulho selvagem, e no leme está Orestes, sua irmã à esquerda, Pílades à direita. No meio do convés, estão empilhados os bens restantes saqueados dos espartanos massacrados da ilha, uma exibição espalhafatosa de riquezas reluzentes que é visível até mesmo das muralhas do palácio, de onde agora Menelau os contempla.

– Comande os homens – ordena ele –, todos os soldados que temos, a se enfileirarem no porto.

Lefteris obedece, e, em fileiras e colunas organizadas, os espartanos que ainda permanecem na ilha se reúnem no porto, segurando as lanças com força, escudos pressionados contra o peito para saudar o navio que se aproxima. Os tambores soam, e os remos atravessam a água, enquanto a embarcação avança em direção ao cais. Uma fila de mulheres, flechas preparadas, olham da lateral do navio para os espartanos reunidos, que não piscam.

Menelau se demora para desfilar até a beira da água, dedos enganchados em seu cinto de ouro, espada na cintura. Ele não se esconde atrás de suas tropas, mas avança, tranquilo, confiante.

Isto? Isto não é uma batalha, seus ombros soltos proclamam. Isto não é nem uma pequena escaramuça. Isto são apenas... pessoas tolas agitando suas lâminas, pouco mais que uma dança cortês, um jantar ligeiramente turbulento. Menelau já viu batalhas. Menelau sabe o que são verdadeiras lutas.

Orestes e Electra aparecem na amurada do navio, mas nenhuma corda é lançada nem pranchas abaixadas. Em vez disso, Orestes grita:

– Tio! Acredito que você perdeu seu filho, certo?

Pílades tem sua espada na garganta de Nicóstrato, enquanto o príncipe é apresentado. O sorriso de Menelau contrai-se, recupera-se, não consegue manter a curva relaxada dos lábios, desvanece-se. Sua carranca é longa e demora a se formar, sua voz é o desfraldar de uma bandeira quando ele finalmente fala, não se dirigindo a Orestes ou sua irmã, mas a Pílades.

– Está apontando sua espada para o pescoço de um príncipe de Esparta, *garoto*. É melhor tomar cuidado com a porra da sua lâmina.

– Seu filho é suspeito do assassinato de uma mulher inocente na casa do rei de Ítaca – retruca Orestes, a voz ressoando pela água. – Fiquei surpreso ao encontrá-lo vagando livremente.

– Orestes – responde Menelau, inclinando um pouco a cabeça para trás para olhar para o rei –, esteve doente. Por que não desce, deixa os sacerdotes darem uma olhada em você?

– Não, obrigado, tio. Estou, como vê, perfeitamente bem atendido.

– Por mulheres. Mulheres enlameadas com arcos sujos. Escravas e viúvas. Prostitutas e órfãs, não? Considerando que eu… – um encolher de ombros tranquilo, um encapsulamento gentil do melhor da masculinidade ao seu redor.

– Nicóstrato – Quem fala é Electra, tranquila, aproveitando o momento. – Por favor, informe a seu pai o que aconteceu com o resto de seus homens.

Nicóstrato não quer morrer. Ele também não quer nunca mais olhar nos olhos do pai, nem falar em voz alta sobre fracasso, derrota ou humilhação. Preso entre esses dois estados, ele se debate, sua boca se revira, seus olhos se arregalam, seus joelhos fraquejam. Isso pode não ser eloquente, mas é expressivo o bastante.

A mandíbula de Menelau se contrai. Ele olha novamente para as mulheres enlameadas no convés, considera seus arcos, permanece não impressionado, mas talvez um pouco menos.

– Entendo – murmura ele. – Pois bem.

Um pensamento o atinge. Seus olhos vasculham o convés mais uma vez, piscam para Orestes, para Electra, passam direto pelo filho sem nem mesmo diminuir a velocidade. Ele oscila para a frente sobre os calcanhares, balança para trás, sentindo o peso de seu corpo envelhecido se mover, sentindo o rangido em suas juntas. Se firma. Olha Orestes nos olhos.

– E onde diabos está Penélope?

Capítulo 42

Isso parece familiar.
Até reconfortante.

Um certo fechamento de nosso círculo, um nó satisfatório na trama de nossa história.

Onde diabos está Penélope?

Ora, ela está em Ítaca. Claro que ela está. Ela veio em um pequeno barco de pesca, deslizando para a mesma baía onde Urânia manteve por tanto tempo seu navio de fuga uma vez descoberto. Enquanto todos se reúnem no cais para fazer alarido por causa de Orestes, sua irmã e seu inesperado bando de mulheres armadas, Penélope e seus companheiros se esgueiram para a ilha, Teodora como guia, e voltam pelo mesmo caminho lamacento do penhasco que pegaram alguns dias atrás.

Ninguém fala.

Ninguém olha muito de perto para a baía, onde agora mesmo Nicóstrato está com uma espada em sua garganta.

Seus olhos estão fixos em seu destino: o palácio, as muralhas, o fim da estrada.

A corda com a qual desceram as muralhas sumiu, mas isso não é problema, pois também não há guardas nos portões do palácio, todos os espartanos estão no movimentado cais. Em vez disso, as portas foram escancaradas, e, em sua moldura oca, estão duas figuras que conhecemos bem. Medon esteve ouvindo o discurso de Laertes sobre a criação e o abate de porcos durante o que parece ser a maior parte de seus anos de velhice, quando as mulheres chegam, mantos puxados sobre as cabeças, poeira sob os pés. Laertes continua tagarelando até o momento em que Penélope está bem na frente dele, determinado a concluir um ponto muito importante antes de finalmente se virar para cumprimentar a nora. Ele mexe a saliva dentro da boca, lambe os dentes, examina-a de cima a baixo e diz por fim:

– Bem, você demorou para voltar.

– Minhas humildes desculpas, pai. Havia espartanos para matar. Reis para salvar. Príncipes para sequestrar, e assim por diante.

Laertes passou um período completamente tedioso, prisioneiro em seu próprio palácio. Ele não foi prejudicado nem foi honrado, mas foi cerceado, descartado, confinado e, em geral, tratado de uma maneira que não condizia com um grande e nobre rei de outrora. A única razão pela qual tolerou isso com algo parecido com certa resoluta humildade foi por este momento, e é neste momento que finalmente se permite sorrir.

– Está aqui para fazer o bastardo pagar, certo?

– Esse é realmente o meu plano. Vamos lá?

Ele faz um gesto para que ela entre, com um amplo movimento de seu braço e uma pequena inclinação de sua cabeça, como uma vez ele lhe deu as boas-vindas a estas paredes quando ela era pouco mais que uma criança, a jovem noiva de seu filho empertigado. Medon se move para ficar ao lado dela, a cabeça inclinada para um lado.

– Príncipes sequestrados? – pergunta educadamente. – Espartanos mortos?

– Foram alguns dias extenuantes – responde ela levemente. – Embora notavelmente monótonos durante os períodos em que tudo o que se pode fazer é esperar. Ah, vejo que houve um dano leve a um dos afrescos. Teremos que cuidar disso.

Laertes dá um tapinha na parede marcada, enquanto passam por ela, cortes na testa pintada de Helena, reboco esfarelado no nobre rosto de seu filho. Um pouco de poeira cai, e ele limpa a mão na coxa antes de proclamar:

– Talvez seja uma oportunidade de reconsiderar parte da decoração? Gosto tanto de imagens de meu filho sendo valente quanto qualquer pai orgulhoso, mas a história de Ítaca é muito mais longa, muito maior.

Mulheres espartanas espiam pelas portas enquanto a comitiva real avança mais fundo no palácio, procuram homens espartanos, não veem nenhum. Mulheres itacenses estão saindo dos pátios, da lavanderia, da cozinha para formar uma parede de feminilidade que protege sua rainha, conforme ela se move pelo palácio, e há algo na maneira como Melanto segura aquela panela pesada, uma certa intenção em como Phiobe agarra sua faca de corte que faz as mulheres espartanas recuarem diante da aproximação dos itacenses. Uma mulher corre para o portão da frente, mas Teodora está esperando lá, Eos ao seu lado. Elas não ameaçam, não proclamam "pare ou morra!" – nem precisam. Teodora está com a espada desembainhada e brinca com ela de leve, como se estivesse soltando um pouco da rigidez em seu pulso de golpear, enquanto Eos comenta calmamente sobre algo ótimo que poderia fazer com o cabelo de Teodora.

Assim, sem serem incomodados e sem serem anunciados, eles chegam ao pé da escada que leva aos aposentos reais, no momento em que Laertes pondera:

– Talvez uma pintura de outras grandes viagens? Afinal, houve pelo menos um itacense que navegou com o *Argo*, se é que você me entende...

– Obrigada, honrado pai – entoa Penélope. – É claro que você está inteiramente certo, e seu sábio conselho é muito apreciado. Assim que salvarmos nossa ilha dos invasores espartanos, devemos com certeza reconsiderar a decoração. Agora, se me der licença...

Ela faz uma pequena reverência e, sozinha, sobe as escadas.

Aqui estão aposentos com história mais do que suficiente para encher uma balada.

Este quarto aqui, onde Anticlea, a mãe de Odisseu, chorou e bebeu até morrer pelo filho desaparecido, gritando para todos que ousassem tentar ajudá-la: *VOCÊ NUNCA ENTENDERÁ MINHA TRISTEZA!!*

Aqui é onde Zosime morreu, lavada no próprio sangue carmesim.

Aqui o quarto cujas paredes estão entrelaçadas com a oliveira, onde o bebê Telêmaco chorou pela primeira vez, onde Odisseu se deitou ao lado da esposa depois que Eos lavou o sangue e disse: *obrigado por me dar um filho.*

Aqui está Helena de Esparta, Helena de Troia, sentada à janela aberta olhando para o mar, uma jarra de ouro ao seu lado, uma taça de ouro vazia na mão. Ela não adornou seu rosto hoje. Não passou carvão nas sobrancelhas nem pintou de preto o contorno dos olhos. Ela não prendeu o cabelo em uma trança alta e dolorida nem esfregou carmesim em suas bochechas.

Em vez disso, ela se senta tão inocente em suas feições quanto a criança que já foi, como a garota que não sabia que não era seu papel rir, ou esfolar os joelhos, ou erguer a voz em uma canção. Ela também não é uma menina, pois, embora olhe para o mar, seus olhos veem muito além, para um passado, para torres queimando, para amantes mortos, para crianças vivas e mortas, os gritos do parto, o choro sobre ossos, o primeiro suspiro da aurora quando a vida retorna, conforme a vida continua, continua, continua, persistindo.

Ela está linda nesse momento. Ela é minha Helena, minha rainha, minha mais bela. Ela é a inocente e conhecedora, a esperançosa e a sábia, a amante que perdeu, a amante que sonha, aquela que joga o jogo e aquela que se quebra vulnerável sob o peso da vida. Corro até ela, acaricio seu rosto, grito Helena, Helena, minha adorável Helena, e ela fecha os olhos ao meu toque, prende a respiração ao meu abraço familiar, parece, por um momento ofegante, à beira das lágrimas, dominada por excesso de excesso, por tudo o que ela é, por tudo o que sente, ama, deseja e viu.

Minha rainha, sussurro. Minha amada. Meu eu mortal. Minha Helena.

Quando Penélope para à porta, e Helena abre os olhos de novo, ela vê através de mim, além de mim, vê a prima. Levanta-se e diz:

– Ah. Você conseguiu. Vamos?

Capítulo 43

Helena e Penélope avançam pelo jardim.
É um jardim muito pequeno, destinado a cultivar flores que agradam às abelhas, ervas que agradam a Autônoe em sua cozinha.

Elas andam de braços dados. Enquanto caminham, conspiram.

Helena diz sim, claro que posso fazer isso. Claro que posso. Eu só estava esperando você pedir, é sério.

Penélope diz foi o que pensei, prima, mas não quis presumir. Não queria perguntar até ter certeza.

Tsc tsc, repreende Helena. Tsc tsc! Somos primas, não somos? Somos sangue. Deve sempre saber que pode contar comigo.

Um acordo é firmado.

Um trato está feito.

Helena retorna para seus aposentos para fazer alguns breves preparativos.

Penélope reúne suas criadas, seu sogro, os homens de seu conselho e segue para o cais para encontrar os reis da Grécia.

No porto, os reis da Grécia estão passando por momentos muito difíceis.

– Sobrinho, você não quer descer do seu navio? – pergunta Menelau.

E:

– Não, obrigado, tio, por que não vem comigo a bordo? – Orestes responde.

– Eu adoraria, sobrinho, mas meus homens, entende, meus homens são terrivelmente protetores.

– Isso é compreensível – responde Orestes –, dada a sua idade.

Dessa maneira bastante grosseira, as coisas poderiam continuar por um tempo, até que Penélope chegasse.

O fato de ela chegar por trás de Menelau, do próprio palácio, causa grande consternação. Guerreiros treinados que deveriam saber o que fazer se sobressaltam diante da aproximação dela, separando-se em uma formação tensa e rompida conforme ela passa tranquila. Mas ela não está armada, não está acompanhada por mais mulheres diabólicas de sangue e arco – Teodora está discretamente em outro lugar – e ela sorri radiante para Orestes e Menelau ao se aproximar.

– Meus queridos primos – exclama, brilhante como o sol do meio-dia. – Mas o que está acontecendo aqui?

O rosto de Menelau está a uma carranca pesada de um rosnado completo, sua mandíbula trabalhando para frente e para trás em seu crânio, enquanto ele procura controlar seus sentimentos realmente bastante fortes sobre a aparição dessa rainha às suas costas muito expostas.

– Rainha Penélope – murmura ele. – Que bom vê-la aqui. E com seu sogro idoso também. Que ótimo.

– Meu Deus, aquele é Orestes, rei dos reis, filho de Agamêmnon, mestre de Micenas e sujeito de aparência saudável, de pé naquele navio? – Laertes fala devagar, braços cruzados e olhos cintilando, enquanto encaram Menelau. – Bem, é melhor não deixá-lo esperando, seria terrível. O que as pessoas vão pensar da hospitalidade de Ítaca? Desça, rapaz! Venha tomar uma bebida!

No final, eles se reúnem nos salões vazios do palácio.

Nicóstrato permanece no barco dos pretendentes, a lâmina de Pílades em sua garganta. Lefteris fica abaixo, um contingente de soldados atrás dele, observando seu príncipe cativo. Electra encontra o olhar do espartano, sorri do navio, não desvia o olhar, enquanto seu irmão desce com Iason ao seu lado. Ela não pode fazer parte do que se segue – não seria adequado para uma mulher de sua posição se envolver.

Eos espera por eles no grande salão do palácio, mesa já posta com vinho, pão e, claro, peixe. Ela oferece um copo a Menelau assim que ele entra pela porta, e ele o derruba da mão dela. A argila rústica se estilhaça no chão. Eos suspira. Ela separou apenas os bens mais pobres da cozinha para este pequeno encontro diplomático, mas, mesmo assim, lamenta quebra desnecessária.

Helena também desceu, andando, ansiosa, de um lado para o outro. Quando Menelau entra, ela se joga sobre ele, se enrola em seu pescoço e grita:

– Eu estava com tanto medo! Eu estava tão…

Ele a empurra para longe. Ela cai. Ninguém se oferece para ajudá-la a se levantar de novo. Ela se afasta um pouco da mesa, depois se levanta, murmura:

– Vou para o meu quarto… – cambaleia para longe, ignorada.

Há cadeiras para quatro. Menelau ocupa uma, Orestes, outra, Laertes, a terceira. A última deveria de fato ser tomada por um conselheiro de Odisseu, mas, antes que eles possam se mover, Penélope desliza para ela, cruza as mãos no colo, sorri para os homens, pega um copo que está diante dela e o ergue em saudação.

– Ao meu pai – proclama ela, inclinando o copo para Laertes. – Aos meus convidados de honra. Demos graças aos deuses.

Orestes borrifa vinho no chão; Laertes derrama um pouco da borda de seu copo, então esvazia o resto. Penélope inclina a cabeça em oração – e não reza. Menelau não levanta a bebida, não toca na comida nem olha para o vinho que lhe é oferecido.

Penélope reza por um bom tempo. Laertes deveria ser o primeiro a interromper essa devoção, mas está gostando de como o silêncio prolongado dela está enfurecendo seu convidado espartano. Orestes deveria ser o próximo a falar, mas ele está – é claro – compenetrado nas próprias orações, nas próprias devoções inteiramente sinceras.

Eu me redimirei, mãe, ele reza. *Posso não ser um herói, mas serei um homem melhor do que meu pai era.*

O punho de Menelau batendo na mesa desperta Orestes de suas contemplações, um rugido de grosseria que ecoa pelo salão vazio.

– Que jogo pensa que está jogando? – o espartano rosna, não para nenhum dos reis reunidos, mas para a rainha pensativa. – Que porra você pensa que está fazendo?

Laertes ergue uma sobrancelha. Orestes espera, talvez aproveitando a oportunidade para poupar a voz, suas forças, ainda tão magras sobre seus ossos.

Penélope encara Menelau nos olhos, olha-o de cima a baixo e, por um momento, é a coisa mortal mais bela desta terra, embora a própria Helena não esteja a um minuto de distância.

Há uma palavra para sua beleza – uma palavra como poder ou vitória; ou, talvez ainda mais excitante, há algo em Penélope que é *indomado*.

– Primo... *irmão* – ela se corrige. – Devo relatar algumas coisas vergonhosas.

Laertes se recosta na cadeira, os tornozelos cruzados, os braços cruzados, um público inteiramente disposto a desfrutar de um bom espetáculo.

– Houve uma terrível conspiração contra você. Uma conspiração contra toda a sua família. Um sacerdote de Apolo, Kleitos, creio que você conhece o homem, tramou com uma criada de Micenas para envenenar nosso querido primo e rei dos reis, Orestes. A criada confessou e está morta, executada por seus crimes, e o sacerdote logo será encontrado, interrogado, torturado e obrigado a confessar os nomes de todas e quaisquer partes que o induziram a seus crimes hediondos. Sem dúvida, ele espalhará mentiras terríveis para tentar justificar suas ações, mas todos sabemos quem de fato estava por trás do envenenamento de nosso nobre primo. O mesmo homem que, em sua ambição desmedida, planejaria tomar uma coroa. O mesmo homem que pensou que poderia, pela força e astúcia, talvez, não apenas tomar o trono de Micenas, mas as próprias ilhas ocidentais. Refiro-me, é claro, ao capitão de sua guarda, Lefteris.

O sorriso de Laertes vai rachar seu rosto ao meio. Orestes é um príncipe de gesso, sempre olhando para algum ponto invisível.

– Lefteris – rosna Menelau. – Você foge de seu próprio palácio, sequestra meu filho e depois volta para culpar… Lefteris.

– De fato. Depois de extensas investigações, está claro para mim que você foi traído internamente por um de seus soldados e amigos mais próximos e queridos. Ele teve acesso ao sacerdote Kleitos, acesso à criada Rhene e até mesmo acesso ao seu querido Nicóstrato. Foi para envergonhar Nicóstrato que Lefteris assassinou a criada Zosime, enquanto seu amado filho dormia, para fazer parecer que seu próprio herdeiro – ouso presumir que ele é seu herdeiro escolhido, de todos os seus excelentes filhos – era inadequado para assumir o trono. Sei o quanto Lefteris é próximo de você, mas creio que meu marido certa vez observou que a lâmina mais perigosa é aquela que não se pode ver.

Menelau olha de Penélope para o sorridente Laertes, de Laertes para Orestes, depois de volta para Penélope mais uma vez.

– Não – diz ele.

– Não?

– Não. Você vem aqui com as suas… suas mulheres. *Mulheres*. Eu tenho esta ilha. Tenho este palácio, eu tenho…

– Minhas mulheres mataram ou capturaram todos os espartanos que pisaram em Cefalônia e não sofreram nenhum arranhão ao fazê-lo. Deve ter ouvido rumores sobre alguns piratas que atacaram minha terra – perdoe-me, a terra de meu marido – no ano passado, instigados por um pretendente que queria se casar comigo, certo? Eles foram todos mortos, abatidos pelas flechas da abençoada deusa Ártemis. Seus cadáveres foram deixados amarrados a seus navios, expostos para todos verem, tripas penduradas para gaivotas e corvos. Claro, é vital que a deusa nos proteja dos piratas. Ninguém levaria a sério uma ilha defendida por mulheres e meninas. E você, irmão, você é o grande Menelau de Esparta. Você derrotou Páris, ateou o fogo que fez Troia queimar. Não pode ser derrotado por viúvas e meninas. Não você. E, portanto, entenda, você não foi. Quando deixar este lugar, o que você fará, não contará a ninguém o que aconteceu aqui. Seus homens que morreram foram perdidos no mar. Pereceram nos incêndios quando seus navios, infeliz e inesperadamente, pegaram fogo. Eles não foram massacrados por mulheres. Isso seria inacreditável. Inaceitável. E, sendo assim, não aconteceu. Você diz que tem seus homens e tem. Eu tenho esta ilha. Tenho mais espadas, mais lanças, mais arcos e minhas mulheres... não lutam com honra. Tenho a proteção do rei de Micenas, sua promessa de me ajudar em tudo que eu fizer e em breve terei uma frota de navios micênicos empenhada em proteger as vias navegáveis das ilhas ocidentais, e eles... serão hóspedes bem-vindos, irmão. Serão hóspedes que conhecem seu lugar.

Orestes levanta um pouco o queixo ao ouvir isso, acena para Penélope, acena para o tio em confirmação. O sorriso de Penélope é fino, cansado, o fio de uma faca. Ela apoia os cotovelos na mesa, o queixo apoiado nas mãos entrelaçadas. É muito indigno de uma dama. Eu lambo meus lábios ao ver.

– Eu tenho o seu filho – continua ela. – Eu tenho Nicóstrato com uma lâmina na garganta. Um pequeno mal-entendido, claro. Ele estava confinado ao templo de Atena, de onde lamentavelmente fugiu quando nosso querido primo Orestes estava visitando locais sagrados em Cefalônia. Pensando que talvez sua fuga pressagiasse alguma culpa, nossos bons amigos micênicos o capturaram de novo e o mantêm prisioneiro até que sua inocência seja provada. Agora acredito que ele *é* inocente do assassinato de Zosime, e assim, entende, podemos ter todo esse pequeno mal-entendido esclarecido e todos a caminho de casa de maneira satisfatória.

Menelau conheceu a derrota, é claro.

Nas praias de Troia, diante das muralhas da cidade – anos de derrota esmagadora e devastadora.

Ele conheceu a vergonha de ser corno. A maneira como as pessoas olham para ele, o homem que não conseguiu manter a esposa, não conseguiu manter uma mulher, não foi capaz de satisfazer uma mulher, homenzinho, ridicularizado por uma mulher, corno, corno, pintinho, pênis minúsculo e flácido, homenzinho trêmulo.

Nenhum ferimento em seu corpo ferido foi tão profundo quanto a partida de Helena, a maneira como todos os reis da Grécia ficavam atrás dele e sussurravam uns para os outros: lá está ele. Lá está Menelau. Lá está o homem fraco demais para manter sua esposa.

Ah, Menelau conheceu a derrota.

Ao lado disso, isto…

… isto é apenas uma pequena escaramuça na estrada.

– Sobrinho – reflete ele, olhos fixos na rainha itacense. – Se o que essa… sábia esposa diz é verdade, parece que alguém em quem confio o feriu gravemente. Se esse é… se é o caso, devo pedir seu perdão.

– Eu agradeço, tio – murmura Orestes. – Eu compreendo seu sentimento, como tenho certeza de que você compreende que o perdão é só meu para dar.

Os olhos de Menelau enfim se voltam para Orestes, que o encara calmamente. O velho espartano sorri, mas o sorriso desaparece assim que surge. Ele balança a cabeça para as mãos, lambe os lábios, remoendo palavras, pensamentos, planos.

Então Orestes diz:

– Você vai enviar Hermíone para mim, é claro – A cabeça de Menelau se ergue, mas o rei micênico não pisca. – Ela foi-me prometida quando criança. É adequado e apropriado que nossos lares continuem em estreita harmonia. Afinal, o que poderia ser mais maravilhoso para sua filha do que se casar com o rei dos reis? Nicóstrato retornará a Esparta, e minha irmã procurará um marido apropriado onde ela quiser.

Menelau considera.

Menelau já conheceu a derrota antes.

Afinal, uma filha não é um preço tão alto a pagar.

– Pois bem – replica ele. – Pois bem. Isso tudo não está acabando confortável e familiar?

– De fato – declara Orestes. – Farei com que meus homens organizem os detalhes com você.

Ele se levanta, oscila por um momento, apoia-se na beirada da mesa. Os olhos de Menelau faíscam ao vê-lo caminhar, lento, torto, em direção à porta. Laertes também se levanta, junta-se a Orestes, uma mão frouxa posicionada no cotovelo do jovem rei, não exatamente tocando, apenas estando ao seu lado.

– Já lhe contei sobre quando naveguei no *Argo?* – trina ele, enquanto conduz Orestes para a luz.

Agora, apenas Penélope e Menelau permanecem.

Eles se observam, *inimiga, inimigo,* de cada lado da mesa.

Menelau se espreguiça, longo e lento, as juntas rangendo, as costas estalando ao se curvar. Em seguida, relaxa na cadeira, tranquilo, com as pernas estendidas. Diz:

– Você sabe que eu vou pegá-lo. No fim. Só porque ele está sóbrio agora, não significa que vai durar. Casar-se com minha filha apenas torna mais fácil para mim fazer minha reivindicação quando ele finalmente perder a sanidade. Regente, talvez. O bondoso tio Menelau intervindo, como é de seu costume. Então seu... pequeno bando de garotas não vai significar nada. Assim que Orestes quebrar novamente, sua proteção terá desaparecido. Então eu vou voltar. Cuidando da esposa do meu querido amigo Odisseu, ouvi rumores de algum culto de mulheres loucas, perigosas, sacrílegas, ouvi dizer. Mil homens. Cinco mil. Quantos forem necessários. Quando terminarmos, não haverá uma única puta que não tenhamos fodido em todas as malditas ilhas do oeste.

Ele agarra a mesa enquanto fala. Seu rosto está corado, quente, gotas de suor em sua testa. A sala está aguada nas bordas; ele suga uma respiração irregular. Isso também parece uma derrota, mas algo mais, algo mais, algo que ele não consegue...

– Orestes vai estar louco, e sua irmã vai ser uma... um maldito trapo para um gordo... algum criador de porcos... e, assim que terminarem, enviarei Nicóstrato para a sua... sua cama. Vou vê-lo fazer isso, vou assistir e, quando ele terminar, eu vou...

A respiração dele fica mais rápida agora, rápida demais para que as palavras fluam, arfadas entre cada pensamento, borrando entre cada ideia.

Penélope se levanta, e ela é alta demais, séria demais, há reflexos dela nos olhos dele, criaturas aladas com fúria em suas línguas e garras em seus dedos. Ela se inclina, e o mundo parece se inclinar com ela, estuda seu rosto, diz com uma voz que ressoa no crânio dele:

– Irmão? Você está bem?

Ele estende a mão para ela, mas avalia mal a distância, perde o equilíbrio e cai da cadeira.

Ele está no chão, ofegando, agarrando-se à terra em busca de estabilidade, fraco, girando, engasgando, ofegando. Penélope dá a volta na mesa para olhá-lo um pouco mais de perto, fora do alcance de seu braço flácido e solto.

– Irmão? – chama ela, cantarolando, a voz retumbante e distante. – Irmão, está ferido?

Ele tenta falar, chamá-la de puta, vagabunda, vadia, contar tudo que vai fazer com ela, ele já pensou em tudo, sabe, em detalhes íntimos, a buceta dela, a boca dela, ele vai mostrar a ela, ninguém vai chamá-lo de corno, ninguém vai rir dele, ele é Menelau, porra, ele vai mostrar a todos.

Em vez disso, de seus lábios, um choramingar. Um pequeno gemido de som, um hino fúnebre de voz. Ele tenta falar de novo, e o som faz ah-ah-ah e nada mais.

Penélope suspira, agacha-se diante dele, balança a cabeça tristemente.

– Ah, céus. Você parece ter pegado alguma coisa da aflição de seu querido sobrinho. Pergunto-me como isso pode ter acontecido. Dizem que os filhos da casa de Atreu são amaldiçoados. Mas o veneno é uma ferramenta de mulheres, não acha? Algo usado por covardes e putinhas fracas, não por grandes reis.

Ele tenta virar a cabeça para a porta, para chamar seu guarda, para Lefteris, mas Penélope o agarra pelo queixo, afasta sua cabeça, o rosto voltado para ela antes que ele possa falar. Inclina-se para perto.

– Irmão? – trina ela. – Irmão, consegue me ouvir? Quero que me ouça com muita atenção. Quero que não haja espaço para dúvidas. Eu posso alcançá-lo em qualquer lugar. Entende? Você pode não ter medo de minhas mulheres com seus arcos, mas as outras mulheres – as que trazem água para você, as que limpam suas roupas, as que você fode, aquelas em quem você bate, as que você nem percebe paradas nos cantos de sua visão –, elas estão por toda parte. Nós estamos em todo lugar. Podemos alcançá-lo, não importa para onde você corra.

Ela sacode um pouco o rosto dele de um lado para o outro, gosta de ver como o corpo dele balança frouxamente com o movimento, como toda a sua forma parece estremecer como uma água-viva nas mãos dela.

– Você vai deixar Orestes em paz. Ele vai ser rei em Micenas, e você, em Esparta, e ponto final. Você não tomará o trono de seu irmão. E não vai tomar o meu. Se tentar, será o mesmo miserável babão, se mijando e se cagando em que tentou transformar seu sobrinho, e, se pensa que os corvos estavam famintos pela carne de Orestes, imagine o que farão com você quando estiver fraco demais para se defender. Não. Você envelhecerá e morrerá, Menelau de Esparta, o homem que queimou o mundo para capturar sua bela e indisposta esposa. Viverá os dias que lhe restam com tranquilidade, em paz. Isso é o que os poetas dirão de você. Isso é tudo o que há para ser dito. Adeus, irmão.

Assim dizendo, ela solta Menelau, levanta-se, marcha até a porta, olha para a multidão reunida no pátio. Criadas espartanas e itacenses também. O rei de Micenas, o pai de Odisseu, os pretendentes nos portões, os conselheiros de Ítaca. Eles olham para ela, e ela para por um momento, apenas um momento, para apreciar seus olhares. Para devolver seus olhares como se fosse uma rainha.

É, infelizmente, apenas um momento. Com um pequeno suspiro logo escondido, ela inclina a cabeça, pressiona a mão na boca e exclama:

– Ah, me ajudem! Nosso querido Menelau está doente! – E, apenas para reforçar o ponto, desmaia suavemente nos braços que esperam de Eos.

Capítulo 44

Há negócios a serem feitos.
Menelau é levado em uma liteira para um navio espartano, enquanto Helena chora e lamenta ao seu lado.

Ele é carregado até o convés, gemendo, saliva escorrendo de sua boca, enquanto as mulheres correm para carregar suprimentos e os soldados olham em volta, um pouco confusos, em busca de algo parecido com liderança.

Lefteris diz:
– É veneno, é a porra...
E Orestes vocifera:
– Prendam esse homem como traidor da coroa do meu tio e da minha!

Os homens mais próximos que podem obedecer a esse comando não são micênicos, mas sim os pretendentes de Ítaca. Não terão permissão para desabafar sua indignação, seu orgulho vazio e vingança quebrada em Menelau – mas a violência é como os pais lhes ensinaram a expressar seus sentimentos, e então Antínoo tenta chutar Lefteris nas bolas, mas erra e dá uma topada com o pé na coxa do guerreiro. Eurímaco puxa improdutivamente o cabelo de Lefteris. Anfínomo é o único que consegue organizar uma corda e uma equipe de homens para sentar nas costas do espartano enquanto ele é amarrado. Ele não se opõe quando Kenamon sugere educadamente que amordacem o soldado também, antes que ele possa gritar mais obscenidades na frente das mulheres.

Lefteris grita:
– Menelau! *Menelau!* – Mas seu mestre não pode ouvi-lo.

Kleitos é encontrado escondido atrás das latrinas perto do templo de Atena. Ele é atirado rastejando aos pés de Orestes e Electra. Orestes olha para ele, mas está cansado demais para pronunciar ódio, perdão, qualquer coisa significativa. Em vez disso, o jovem rei reza a Atena, reza a Zeus, reza a qualquer um que queira ouvir por descanso, sossego, paz, misericórdia.

Apenas eu ouço seus sussurros e não posso atender a suas orações.

Electra, no entanto, está tendo uma espécie de segundo fôlego, e é ela quem se ajoelha ao lado de Kleitos e sussurra em seu ouvido todas as coisas terríveis que ela fará com as partes do corpo dele se ele não tomar certas decisões rápidas e sábias.

Kleitos escuta, depois uiva:

– Foi Lefteris! Lefteris me fez fazer isso!

Por sua cooperação, o sacerdote é amarrado com pedras e empurrado de um penhasco no dia seguinte. Seu crânio se quebra nas rochas abaixo, antes que a água possa afogá-lo. A língua de Lefteris é cortada por Eupites para silenciar suas mentiras, e cavam o poço dentro do qual ele morrerá. Antínoo e Eurímaco ficam lado a lado para atirar as primeiras pedras nele, seus pais esperando em seguida na fila.

Com o número de espartanos conscientes em uma posição de autoridade diminuindo, é com Nicóstrato que Penélope, Electra e Orestes se sentam em uma noite quente, enquanto a maré muda.

– Primo – declara Orestes, olhando para algum ponto muito além do rosto de Nicóstrato –, você veio a Ítaca para me prestar um grande serviço, mas não era necessário. Estou, como pode ver, muito bem. Infelizmente, enquanto estava aqui, três de seus navios foram perdidos devido ao mau tempo e chamas inesperadas, e muitos de seus nobres colegas morreram afogados. Seu pai também adoeceu, e você está voltando às pressas para Esparta para cuidar de sua recuperação. Enviará sua irmã para mim imediatamente após seu retorno, como foi prometido por nosso antigo acordo. Quanto à questão da criada assassinada em seu quarto, foi Lefteris quem o fez. Eu atestarei que esta foi a descoberta feita a qualquer um que possa perguntar, e sua reputação estará… limpa. Por enquanto.

Nicóstrato não é tão inteligente quanto o pai, mas também não é um idiota.

Quando viu Menelau babando no convés, reduzido de guerreiro a velho fedorento, teve um impulso avassalador, um desejo súbito e profundo de urinar no rosto do pai. Ele não faz ideia de onde veio e está aliviado por ter passado sem que ele agisse movido por ele, mas os céus sabem que terá dificuldade em conter a bexiga na viagem de retorno para casa.

Algo sobre o barulho da água dia e noite, ele conclui. Algo sobre isso.

– Claro, meu rei – responde, e se curva a Orestes, filho de Agamêmnon, antes de virar o rosto para o mar e o horizonte que o espera.

Isso deixa apenas uma pessoa de Esparta de alguma posição notável circulando pelo palácio de Ítaca.

Helena se agita, enquanto as criadas carregam seus baús escada abaixo, estridente:

– Ah, tome cuidado! Tenha cuidado com isso, oh deuses, são tão desajeitadas!

Penélope observa da porta aberta do quarto de Helena, que se esvazia depressa, a cabeça inclinada, as mãos cruzadas diante do corpo.

– Ah, uma viagem marítima… de novo – suspira a prima, enquanto o último de seus vestidos é entregue com segurança às mulheres que esperam no salão abaixo. – Eu fico com a barriga horrível, sabe, e sal, quero dizer, sal pode fazer maravilhas, mas em excesso, e com o sol também, terrível para a pele, o envelhecimento! Quero dizer, querida Penélope, espero que não se importe que eu diga, mas esta vida costeira e todo o tempo que você passa sofrendo sob o sol… realmente deveria pensar sobre esse tipo de coisa, sabe.

Trifosa e Eos embrulharam o espelho de prata perfeito de Helena em grossas camadas de lã crua, depois amarraram o embrulho com uma corda. Mesmo assim, elas agora o carregam entre si para o navio à espera como se fosse delicado como a asa de borboleta, milagroso em sua existência.

Por um breve momento, Helena e Penélope ficam sozinhas.

– Prima – chama Penélope suavemente, quando Helena se vira para a escada.

Helena olha para trás, já esvoaçando com seu xale marinho para garantir que ele repouse da maneira mais atraente possível sobre seus ombros longos e pálidos.

– Prima?

– Eu sei que você matou Zosime. Não tenho certeza do porquê.

Helena ri. É o que ela faz quando vai ser estapeada, espancada, derrubada, chutada, agredida, violentada, escarnecida.

É hábito. É instinto. É um som que lhe dá um pouco de tempo antes do golpe.

Penélope se encolhe, e o som morre nos lábios de Helena.

Helena espia escada abaixo, espia para cima, não vê ninguém, e, em um instante, a criança se foi. Agora apenas duas mulheres estão juntas, observando uma a outra na luz fria da tarde. É Helena quem estende o braço e diz:

– Vai me acompanhar até o navio, prima? Uma última vez?

Penélope e Helena caminham juntas pela cidade ao anoitecer, de braços dados. As criadas de Ítaca mantêm à distância todas as pessoas que possam se aproximar, um escudo de discrição em torno das rainhas que passam.

– Eu a ofendi, prima – diz Penélope por fim. – Eu a... julguei mal.

– De jeito nenhum! – Helena trina. – De jeito nenhum. Na verdade, prima, você tem sido a flor da hospitalidade.

– Eu tratei você como uma tola. Como a criança que você finge ser.

– E eu sou grata por isso. Minha vida seria... muito mais difícil – suspira ela – se alguém se comportasse de outra maneira.

– Você matou Zosime.

– Sim, pobrezinha. Eu me senti muito mal com isso na época, mas sabe como são essas coisas. Nós, mulheres, às vezes temos que fazer coisas horríveis, não é? Como soube que fui eu?

– Eu não soube, por muito tempo. Suspeitei de Electra ou Pílades, um micênico pelo menos, desesperado para tentar manter Orestes longe das mãos de Menelau por qualquer meio. Mas eu não conseguia ver como qualquer um deles poderia ter feito isso. Nunca considerei a possibilidade de ser você, até a noite em que fugimos do palácio. Você nos ajudou então, obrigada por isso, não como uma tola afetada em um jogo bobo, mas como uma mulher totalmente ciente de tudo o que estava acontecendo e fazendo a escolha deliberada e ponderada de agir contra os interesses de seu marido. Isso mudou tudo.

Helena segura o braço de Penélope um pouco mais apertado, encosta sua bochecha no ombro da itacense, um carinho entre família, uma familiaridade que é um presente de Helena e não traz nada além de perplexidade para Penélope.

– Diga-me o resto, eu adoro ouvir sobre mim.

– Sua maquiagem; suas tinturas – Penélope murmura. – Quando revistei seu quarto, peguei amostras de cada uma, mostrei para minha sacerdotisa. Havia muitas que ela não conhecia... e algumas ela conhecia. Pós para a beleza, pós para o prazer. Óleos que podem causar sonhos vívidos ou que podem provocar o mais profundo dos sonos. E eu lembrei: tantas pessoas na noite da morte de Zosime dormiram profundamente. Anaitis diz que às vezes os sacerdotes inalam a fumaça de suas drogas sagradas, e a lamparina a óleo desapareceu do quarto de Nicóstrato na manhã seguinte ao assassinato. Nós a encontramos mais tarde, no jardim, atirada de uma janela aberta, de propósito, ao que parecia. Por que alguém tentaria esconder uma lâmpada? Na verdade, ao vento frio havia sido permitido soprar livremente no quarto dele, nenhuma persiana fechada, como se para afastar o cheiro de algum odor desagradável da noite. A única conclusão que parecia se encaixar nessa história era esta: o óleo que queimou na lamparina não era do tipo mais puro.

E se Nicóstrato estivesse dizendo a verdade? E se ele tivesse ido para seu quarto e caído imediatamente em um sono pesado, profundo, embalado pela própria luz? A única outra pessoa que teve a mesma experiência parece ter sido Trifosa, sua criada. E então me lembrei: a lâmpada também estava faltando no seu quarto. Era demais para ser coincidência.

Uma curva na esquina, passando pelo templo de Atena, passando pelas casas do velho Eupites, do idoso Pólibo, o mar brilhando abaixo, refletindo o sol da tarde.

– Nicóstrato mantinha uma armadura absurda em seu quarto; um grande escudo também. Não grande o suficiente para um homem adulto se esconder atrás, talvez, mas uma mulher? Havia uma pegada no sangue, pequena e leve; talvez de Zosime, mas então como Zosime poderia ter deixado uma pegada no próprio sangue se já havia morrido? E você saiu da festa naquela noite antes de todos os outros; todos vimos, e Trifosa confirmou que você estava em sua cama dormindo profundamente. Quando Orestes começou a delirar, todas as atenções estavam voltadas para ele, incluindo a de Electra, a próximo suspeita mais plausível; o disfarce ideal talvez para alguém preparar um crime. Você trocou o óleo das lâmpadas, tanto no seu quarto quanto no de Nicóstrato. Trocou por uma das suas... tinturas calmantes, para que todos os que inalassem o perfume caíssem em um sono profundo e sem pensamentos. Eu não sei como você resistiu a sua influência, algum tipo de máscara perfumada, talvez, ou outro antídoto de sua coleção...

– Uma flor esmagada, para ser exata – Helena entoa, os olhos cintilando sob o sol da tarde. – Suas gotas sobre os olhos produzem essas extraordinárias pupilas escuras, bem como fortes dores de cabeça, coração acelerado... e uma certa resistência aos odores narcóticos do óleo.

– Claramente você estudou essas coisas.

– Estudei; quando se é boba e tola demais para fazer qualquer coisa útil em um palácio, não há realmente muito mais para se manter ocupada. De fato, quando seu adorável filho Telêmaco veio me visitar, posso ter colocado uma certa coisa no vinho para que todos em seu banquete de boas-vindas se divertissem bastante. Sim, sim, pode me agradecer depois, eu sou fabulosa, eu sei.

Penélope assente com a cabeça, o arrependimento tenso em sua mandíbula, seu coração batendo um pouco mais rápido – *Telêmaco, Telêmaco!* Mas não, agora e como sempre, estes são pensamentos para outro momento. Deixe para lá.

– Então você primeiro troca o óleo da lamparina em seu quarto, embalando Trifosa em um sono profundo. Enquanto ela dorme e todos se preocupam com Orestes, você entra no quarto de Nicóstrato, troca também o óleo da lamparina dele, se esconde atrás daquele escudo absurdo e espera. Quando finalmente ele volta de todos os alvoroços sobre Orestes, basta que ele respire longa e profundamente para que o sono caia sobre ele, e então você pode fazer o que quiser. O que não entendo é por que, nessas circunstâncias, você decidiu matar Zosime.

Outra curva, e aqui há um súbito perfume de flores roxas, o aroma rico das últimas flores de um verão quente e alto. Helena faz uma pausa para cheirar o ar, para apreciar o perfume, exalá-lo ao seu redor como se pudesse se agarrar às costas de seus dedos adoráveis e perfeitos antes que o mar cruel o limpe novamente.

Então um suspiro, um puxão no braço de Penélope, e lá vão elas de novo, de volta para as curvas do caminho fedendo a peixe.

– Menelau me droga – revela Helena, honesta e direta como o céu sem limites. – Ou melhor, ordena que suas mulheres façam isso. Desde que voltamos de Troia. Ele disse que eu chorava demais quando estava sóbria, falava demais quando estava bêbada. Na verdade, fiquei bastante aliviada quando minhas criadas começaram a batizar meu vinho. Afastou... tantas coisas desagradáveis. E todos pareciam achar muito mais fácil falar comigo quando eu era uma tola. Uma pessoa tola, você sabe, não faz escolhas. Ela não considerou as consequências. Ninguém poderia esperar nada de alguém assim. Não o perdão. Definitivamente não um desafio ou arrependimento. É preciso estar acordado, sabe, para sentir qualquer coisa. Era mais fácil para todos me manter dormindo.

É claro, depois de algum tempo, as misturas que minhas criadas me davam começaram a não fazer efeito. Era mais fácil fingir que estava bêbada, é claro; muito mais fácil para todos os envolvidos. Mas Zosime, os deuses a abençoem, estava começando a suspeitar que poderia haver algo um pouco errado com todo o negócio. Ela estava sempre tão desesperada para voltar às boas graças do meu marido, tão alerta. Na noite em que meu marido teve seu pequeno acesso de raiva... nossa, nem lembro pelo que agora, era tudo tão bobo... deixei cair minha taça. A droga que elas me dão forma pequenos cristais no fundo, bastante distintos quando se sabe o que se está procurando; bem, então, imagine meu choque. Minha surpresa. Sem cristais! Nenhum jogo de cores à luz do fogo. Foi quando eu soube: Zosime havia parado de me dar o remédio. Claramente ela estava me testando, vendo se meu comportamento mudava sem as drogas em meus lábios.

Bem, querida, meu comportamento tem sido muito consistente nos últimos dez anos! Com bebida ou sem, é assim que sou hoje em dia, mas é claro, se Zosime soubesse, se ela falasse para alguém que tudo isso é, como posso dizer? Bem, um pouco de atuação? Um tanto como, pode-se dizer, vestir-se com trajes de viúva para afastar a atenção de pessoas difíceis; seria realmente muito constrangedor. Poderia levar meu marido a se perguntar o que mais seria um pouquinho de encenação, e eu não podia aceitar isso. Claramente Zosime precisava ir. Felizmente, antes que ela tivesse a chance de contar a alguém sobre suas suspeitas, o querido Orestes teve seu pequeno incidente e eu tive a oportunidade perfeita. Zosime tinha sido amante de Nicóstrato, sabe. Ela sempre ia procurá-lo primeiro.

– Então você nunca teve a intenção de matar Nicóstrato; você estava esperando no quarto dele por Zosime.

– Exato! Ele ficou inconsciente muito antes de ela conseguir terminar seus deveres e abrir a porta. Então foi apenas o caso de pegar uma de suas espadas e... bem, como se deve dizer isso? Executar a ação.

Helena fala disso como uma garota travessa falaria de um encontro divertido com um belo pastor. Tudo um pouco infeliz, um pouco lamentável, mas bem... mas bem. Helena de Troia não é de remoer muito os arrependimentos de sua vida.

Há uma ruga na testa de Penélope que sugere que ela não vê as coisas dessa forma. Helena bufa, cutuca-a nas costelas, franze a testa e alarga as bochechas.

– Não seja tão mal-humorada, prima. Você sabe que tudo correu bem, de verdade! A morte de Zosime deu-lhe tempo para fazer aquele lindo negócio com Orestes, você tem de volta a sua divertida ilhota, e meu querido marido ficará... bem... ele vai se recuperar, é claro, mas não será necessariamente assim... sabe.

– Se você poderia ter envenenado Menelau antes, por que não o fez?

Helena pressiona a mão na boca em horror.

– Eu? Envenenar meu marido?

– Você estava disposta a fazer isso quando eu pedi. Foi muito hábil, devo dizer, em se jogar sobre ele com suas agulhas envenenadas quando ele entrou no salão.

– Pobre querido Menelau – Helena balança a cabeça. – Admito que às vezes o comportamento dele foi... grosseiro, para dizer o mínimo. Mas, se eu tivesse feito alguma coisa em Esparta, revidado em seu próprio palácio, de quem acha que ele suspeitaria? Talvez não de mim no início, porém, mais cedo ou mais tarde... mais cedo ou mais tarde. Dessa forma, porém, ele sabe quem o envenenou! Foi você! A esperta Penélope o envenenou, e, bem, se ele continua adoecendo em Esparta, é claramente porque você tem mulheres por toda parte. Você tem mulheres em todos os lugares, não é, querida? Todo mundo sabe que você tem, embora ninguém se atreva a dizer isso em voz alta. Meu marido viverá, mantendo seus filhos realmente pestilentos longe do trono, e ele será... administrado. Administrável, digamos. Ninguém vai olhar duas vezes para mim, não agora que todos estão olhando para você. Tudo funcionou maravilhosamente bem, não é?

Penélope para.

Olha fixamente nos olhos de sua prima.

Olha tão profundamente, que se pergunta se consegue ver até sua alma.

Tenta ver.

Tenta entender.

Compreender tudo o que está diante dela.

Balança a cabeça.

Vira-se.

Olha para o chão, para o céu.

– Você se arrepende de alguma coisa, prima? – pergunta finalmente, para os céus abobadados acima. – Você assassinou uma mulher, não em um ímpeto, mas com calma, com muito cuidado, em minha casa. Enfiou a lâmina em seu coração. Você vive com um homem que bate em você sempre que o sangue dele esquenta. Você rachou o mundo. Arrepende-se de alguma coisa?

Helena suspira, segura a mão de Penélope.

– Querida – repreende ela –, quando você ajudou Orestes a matar minha irmã, mãe dele, sentiu... arrependimento? Claro que sentiu. Claro. No fundo você é tão mole. Tenho certeza de que muitas pessoas se sentiriam muito mais felizes consigo mesmas, com as próprias culpas e fracassos, se você rasgasse um pouco o vestido e puxasse os cabelos e gritasse "ai de mim" e em geral assumisse a responsabilidade pelas crueldades deste mundo. Isso tornaria a vida de todos os outros envolvidos muito mais fácil, permitindo-lhes, talvez, fazer menos perguntas sobre a própria participação nesse evento fatídico. Penélope chorosa. Tudo culpa dela. Seria um grande serviço para tantas pessoas se você pudesse apenas... ser isso para eles. Ser aquela que carrega todo o fardo. Assume a responsabilidade de todos. Mas, minha querida, diga-me, diga-me a verdade. Como isso serve a *você*?

Ela suspira, afasta as palavras, solta a mão de Penélope pela última vez.

– Arrependimento – conclui. – Todo mundo sente de uma forma ou de outra. Pobre Menelau... ele está realmente bastante consumido por isso, não que jamais fosse permitir que transparecesse. Isso é parte do problema dele, entende? Mas, em última análise, se alguém deseja viver um tipo de vida mais gratificante, só pode ser um passo na estrada.

Capítulo 45

E assim os navios partiram de Ítaca.
Estou sobre o penhasco, Ártemis ao meu lado.

Os navios espartanos desenrolam velas carmesim. Nicóstrato ordena que os homens toquem os tambores.

Helena põe uma colher de caldo entre os lábios abertos de Menelau.

– Pobre cordeirinho – murmura ela. – Pobre querido.

O rei espartano já está se recuperando, claro. Seria loucura lançar-se ao mar se ele estivesse à beira da morte. Mas será uma longa viagem, e, pensa Helena, quem sabe que contratempos seu amado marido pode experimentar. Afinal, está ficando velho. Nenhum deles é mais jovem.

– Está tudo bem – declara ela, enxugando o suor da testa dele. – Pode contar comigo.

Além das ondas, o navio micênico de Orestes se volta para o leste, irmão e irmã juntos na proa, Pílades atrás deles, observando o oceano. O mar é mais fácil de contemplar do que uns aos outros. Há um casamento esperando por Orestes quando ele chegar em casa – um casamento há muito prometido com a filha de Menelau. Ninguém vai perguntar a Hermíone qual é a opinião dela sobre isso. Ninguém na verdade se importa em saber.

– Sabe, você tem um cabelo muito bonito – digo a Ártemis, enquanto ela se despede do alto do penhasco.

A caçadora se vira, surpresa, imediatamente na defensiva, subitamente envergonhada. Abre a boca para me dizer para cair fora, ir embora, guardar minhas opiniões venenosas para mim. Então para. Hesita. Estica a mão para sentir uma mecha solta perto de sua testa, como se somente agora estivesse pensando nisso.

– Tenho? – pergunta ela.

– Tem sim. Totalmente lindo. Emoldura seu rosto com perfeição, e seu corpo, quero dizer, minha nossa, os músculos, os braços, a aljava, a nudez; as estátuas realmente não lhe fazem justiça.

– Bem, isso é porque, se algum homem ousasse olhar para mim, eu arrancaria seus olhos e os daria para meus ursos comerem – responde ela afetadamente.

– Eu sei – suspiro, passando meu braço pela linha quente de suas costas largas. – E nunca deixe ninguém fazer você mudar.

No palácio de Odisseu: o banquete.

Os pretendentes estão se divertindo excepcionalmente.

Mais vinho, mais carne, mais tudo! Canções obscenas, canções divertidas, canções de deleite – cante aquela canção sobre como Menelau perdeu a esposa, cante aquela canção sobre como ele mijou nas calças e fugiu, cante!

Por uma breve noite, inimigos são aliados, rivais são amigos.

Antínoo envolve Eurímaco em seus braços e exclama:

– Nós mostramos para aqueles espartanos, não foi? Vir aqui, querendo dar as cartas, mostramos a eles quem manda!

– Bem, na verdade, eu... hum...

– Apenas cale a boca, Eurímaco, cale a boca, cale a boca, cale a boca! *MAIS VINHO!* Todo mundo, mais vinho!

À luz de uma tocha bruxuleante, Laertes desmonta do velho jumento resmungão que ele montou de volta até sua fazenda. Urânia e Eos estão em uma carroça atrás dele, carregada de bugigangas e bens graciosos concedidos pelos pais dos pretendentes em agradecimento ao homem que possivelmente salvou a vida de seus filhos.

– Onde quer que coloquemos todas essas coisas? – Urânia pergunta, mas Laertes já está tirando os sapatos e procurando por seu manto favorito, o segundo mais sujo. Ser rei por um tempo foi divertido e tudo, mas há uma razão para ele gostar da vida simples, da lareira familiar e de ninguém o questionar quando ele vagueia sem nada sobre os lombos e come com a boca aberta.

– Deixe em qualquer lugar! – Ele gesticula vagamente da porta que já se fecha de sua fazenda. – Tenho todo o lixo de que preciso!

Pelas docas:

– Está afundando rápido, está afundando, devemos buscar ajuda, devemos...

– Não, Egípcio. Não.

Egípcio faz uma pausa em sua gesticulação frenética para olhar nos olhos do velho Medon, que está paciente e contente no cais. Então, vira-se de novo para olhar para a baía, onde sim, de fato, o navio de guerra, o único navio de guerra que resta no porto, está agora sombriamente inclinado de lado. É o navio, ele parece se lembrar, financiado pelo velho Eupites, o sábio Pólibo e seus filhos pretendentes, para patrulhar essas águas costeiras. Prestou algum serviço para a rainha e, agora que a rainha está de volta ao seu palácio, parece ter encontrado um destino inexplicável. Engraçado o quanto isso tem acontecido, reflete ele.

– Vai atrapalhar o tráfego do porto se simplesmente afundar ali – comenta ele por fim.

– Sim, acredito que vai.

– Vai causar uma impressão terrível também, uma bela embarcação como essa sendo a primeira coisa que se vê quando chega ao porto.

– Eu não tinha pensado nisso por esse ângulo.

– As pessoas vão olhar para isso e pensar... e falam tanto dos marinheiros de Ítaca.

– De fato – Medon reflete. – Pode-se dizer que será uma espécie de aviso. Pergunto-me como os pretendentes vão receber isso. Dado que era para ser o navio deles.

Egípcio assente, estala a língua no céu da boca.

– Coisa engraçada.

– Engraçada mesmo – Medon concorda.

Os dois homens ficam juntos por mais algum tempo, enquanto observam o navio afundar.

– Ah, Kenamon, eu, uh...

– Minha senhora, eu não sabia que estaria neste jardim... é...

– Não, desculpe-me, na verdade eu estou... bem. Como pode ver. Estou indo para a cama.

– Claro. Desculpe. Com licença. Eu vou... hum. Deixá-la. Boa noite.

– Sim. Obrigada. Boa noite.

O egípcio está na porta diante da rainha itacense.

Ela diz:

– As canções que você canta...

Mesmo quando ele deixa escapar:

– Espero não a incomodar com... ah...

Os deuses não estão vigiando este jardim esta noite. Eu lanço um beijo de despedida para os dois, congelados na escuridão estranha, e me afasto.

Está tão tarde, que se tornou quase cedo, o hálito quente do amanhecer tocando o horizonte oriental. Abro minhas mãos para cumprimentá-lo, teço sonhos de desejo, de esperanças realizadas e confiança tornada sagrada, de pele sobre pele em êxtase vulnerável, de gritos de deleite e sussurros da mais profunda ternura. Eu perfumo o ar da manhã com aroma doce, ordeno que as pétalas caiam em lençóis carmesim das flores curvadas, envio bandos de pássaros que se espalham pelo céu em um coro da mais doce canção, beijo nos lábios uma ninfa que passa quando ela sobe do leito do rio, volto meu rosto para o céu e minha beneficência para todos, grito: amantes, amantes, amantes! Que sejam amados! Que o amor chegue a todos vocês!

Com asas de penas brancas, sigo meu caminho rumo ao céu, espalhando o aroma de um amante que há muito se foi, o sabor da fruta doce, o som de um gemido abafado meio ouvido através de uma fina parede lamacenta. Amantes, eu exclamo! A todos vocês, amor, e amor a todos vocês!

Espalho as nuvens para que a primeira luz do amanhecer possa penetrar pelas janelas do leste e brilhar dourada sobre a pele quente de uma nádega arrebitada, um seio suavemente curvo; para que olhos, ao se abrirem, possam ser ofuscados pelo brilho de tudo o que aconteceu antes, encantados por tudo o que ainda está por vir. Amantes! Proclamo. Sejam minha celebração! Jamais vão sangrar mais do que em meu nome, vão quebrar o mundo e consertá-lo de novo, vão morrer pelas minhas mãos e pelas minhas mãos viverão mais uma vez, venham cantar, venham voar alto, venham celebrar! Eu sou sua deusa, sou sua senhora vestida de branco, eu sou...

Então eu o vejo.

Lançado em uma costa sul.

Eu quase caio do céu, tenho que me segurar em um dedo retorcido do vento, firmar minhas asas no ar para dar uma olhada mais de perto. Ele está dormindo, encolhido em uma curva, tesouro reunido ao seu redor, o navio que o carregou até aqui já empurrando de volta para as ondas. Atena está ali ao seu lado, olhando para baixo, acariciando sua bochecha com tanta suavidade – *ame, minha linda, ame*, eu choro, mas não dou voz ao pensamento, não ouso deixá-la me ouvir, deixá-la saber que foi vista em tamanha ternura. No entanto, é amor, mesmo aqui, mesmo por tudo o que pressagia, tudo o que será quebrado e tudo o que será refeito.

Desvio meu olhar e volto para meu palácio, meu caramanchão, minhas ninfas risonhas e adoráveis criadas. Lá embaixo, nas margens de Ítaca, entrelaçado nos braços de sua deusa Atena, Odisseu acorda.

Sobre a autora

CLAIRE NORTH é um pseudônimo de Catherine Webb, que escreveu vários romances em vários gêneros antes de publicar seu primeiro grande trabalho como Claire North, *As primeiras quinze vidas de Harry August*. Foi um sucesso aclamado pela crítica, recebendo ótimas críticas e tornando-se um best-seller de boca a boca. Desde então, ela publicou diversos romances extremamente populares e aclamados pela crítica, ganhou o World Fantasy Award e o John W. Campbell Memorial Award e foi indicada para o prêmio *Sunday Times*/PFD Young Writer of the Year, o Arthur C. Clarke Award e o Prêmio Philip K. Dick. Ela mora em Londres.

SIGA NAS REDES SOCIAIS:

- @editoraexcelsior
- @editoraexcelsior
- @edexcelsior
- @editoraexcelsior

editoraexcelsior.com.br